Das Buch

In New York geht ein Serienkiller um, der sich scheinbar selbst zum Richter ernannt hat. Seine Opfer sind in der Regel Kriminelle, bei denen mangelnde Beweise oder Verfahrensfehler zu einem Freispruch führten, obwohl ihre Schuld eindeutig festzustehen scheint. Er kündigt seine Morde zuvor in einer Boulevardzeitung an. Als der Strafverteidiger Adrian Whitfield als nächstes Opfer ausersehen ist, bittet er Matthew Scudder um Hilfe.

Whitfield weiß, daß er die Drohung ernst nehmen muß, denn ein Mandant von ihm – ein mehrfacher Kindermörder, den er erfolgreich verteidigt hat – wurde bereits umgebracht. Doch auch die Bodyguards, die Scudder für Whitfield organisiert, können nicht verhindern, daß der Anwalt an einem vergifteten Whisky stirbt. Die Polizei geht davon aus, daß er ein Opfer des Serienkillers wurde.

Aus dem Autopsie-Bericht erfährt Matthew Scudder einige Dinge, die ihn stutzig machen. Obwohl ein anderer Fall ihm eigentlich nicht die Zeit läßt, sich weiter mit dem Fall Whitfield zu beschäftigen, stellt er weitere Nachforschungen an. Und es zahlt sich aus: Er kann bei seinem anderen Fall einen Versicherungsbetrug mit Mord aufdecken und findet zur Ermordung Adrian Whitfields einige ganz erstaunliche Fakten heraus.

Der Autor

Lawrence Block hat bereits dreizehn Romane um seinen Helden Matthew Scudder geschrieben. Eine Reihe davon sind auch auf deutsch erschienen, darunter *Tanz im Schlachthof* (05/2), *Nach der Sperrstunde* (05/36), *Endstation Friedhof* (05/68), *Engel der Nacht* (05/86), *Der Teufel weiß alles* (05/110) und *Der Privatclub* (05/135).

Die Kriminalromane des in New York lebenden Autors haben alle eines gemeinsam: seine Stadt New York spielt eine Hauptrolle darin.

LAWRENCE BLOCK

IM NAMEN DES VOLKES

Roman

Aus dem Amerikanischen
von Sepp Leeb

Deutsche Erstausgabe

WILHELM HEYNE VERLAG
MÜNCHEN

HEYNE ALLGEMEINE REIHE
Nr. 01/10553

Titel der Originalausgabe
EVEN THE WICKED

Besuchen Sie uns im Internet:
http://www.heyne.de

Umwelthinweis:
Das Buch wurde auf
chlor- und säurefreiem Papier gedruckt.

Redaktion: Bernhard Matt

Printed in France 1998
Umschlagillustration: Bilderberg / nonstock / Oote Boe, Hamburg
Umschlaggestaltung: Atelier Ingrid Schütz, München
Satz: Wolfgang Taschner, Wörthsee
Druck und Bindung: Brodard & Taupin

ISBN 3-453-13137-1

Für Bill Hoffman
Mit bestem Dank an Joan Acocella,
Ron Brogan und Memphis Jim Evans

Sogar die Bösen bekommen Schlimmeres, als sie verdienen.

Willa Cather, *One of Ours*

1

An einem Dienstagabend im August saß ich mit TJ im Wohnzimmer, sah auf einem der spanischsprachigen Kabelkanäle zwei Typen beim Prügeln zu und genoß die frische Luft mehr als den Kampf. Die Hitzewelle, die die Stadt zwei Wochen lang geplagt hatte, war übers Wochenende endlich zu Ende gegangen. Seitdem hatten wir drei perfekte Tage gehabt, mit strahlend blauem Himmel und geringer Luftfeuchtigkeit und Temperaturen knapp über zwanzig Grad. Man hätte, ganz gleich, wo, von idealem Wetter gesprochen; mitten im New Yorker Sommer konnte man nur von einem Wunder sprechen.

Ich hatte den Tag damit verbracht, das Wetter auszunutzen und in der Stadt herumzugehen. Ich kam gerade rechtzeitig nach Hause, um noch duschen zu können, bevor ich in einen Sessel plumpste und mir von Peter Jennings die Welt erklären ließ. Die erste Viertelstunde leistete mir Elaine Gesellschaft, dann ging sie in die Küche, um Abendessen zu machen. TJ kam gerade in dem Moment vorbei, als sie die Nudeln in das kochende Wasser gab; er behauptete steif und fest, keinen Hunger zu haben und sowieso nicht lange bleiben zu können. Elaine, die diese Leier nicht zum erstenmal hörte, verdoppelte auf der Stelle die Zutaten, und TJ ließ sich überreden, einen Teller voll mitzuessen und ihn mehrere Male leerzuputzen.

»Das Problem ist«, sagte er zu Elaine, »du kochst einfach zu gut. Ab sofort komme ich nicht mehr zu den Essenszeiten vorbei. Sonst werde ich noch richtig fett, wenn ich nicht aufpasse.«

TJ ist eine Marke für sich. Ein schlanker, gelenkiger Bursche von der Straße, unterscheidet er sich auf den ersten Blick in nichts von den anderen jungen Schwarzen, die am Times Square rumhängen, für die Monte-Zocker

Lockvogel spielen, kleine Gaunereien durchziehen und einfach sehen, daß sie irgendwie über die Runden kommen. Allerdings hat TJ noch einiges mehr drauf, aber soweit ich das beurteilen kann, könnten auch viele der anderen mehr drauf haben, als ihnen anzusehen ist. Er ist der einzige, den ich näher kenne; was die anderen angeht, kann ich sie nur nach dem oberflächlichen Eindruck beurteilen.

Apropos oberflächlicher Eindruck: TJ ist in der Lage, sich seiner Umgebung wie ein Chamäleon anzupassen. Ich habe ihn mit eigenen Ohren mühelos vom gängigen Hip Hop-Straßenjargon auf einen seriösen Brooks Brothers-Akzent umschalten gehört, mit dem er sich an jeder Eliteuniversität sehen lassen könnte. Auch seine Frisur hat in den paar Jahren, die ich ihn schon kenne, verschiedene Wandlungen durchlaufen, angefangen von einem altmodischen Afro bis hin zu allen möglichen schrillen Modeschnitten.

Als er vor etwa einem Jahr begann, Elaine in ihrem Laden auszuhelfen, kam er von sich aus auf die Idee, daß dafür ein nicht so extremer und auffälliger Schnitt besser wäre. Seitdem trägt er das Haar relativ kurz geschnitten, während sein Spektrum in Sachen Kleidung von den seriösen Outfits, die er im Geschäft trägt, bis zu dem Ihr-könnt-mich-mal-Stil reicht, der auf der Deuce gerade im Schwange ist. Heute abend hatte er sich mit Hemd und Khakihose fein gemacht. Als ich ihn vor ein paar Tagen zum letztenmal gesehen hatte, war er eine Erscheinung in weiten Kampfanzughosen und Paillettenjacke gewesen.

»So was Blödes, daß die nicht englisch reden«, beklagte er sich. »Warum müssen die eigentlich die ganze Zeit spanisch quatschen?«

»So ist es besser«, sagte ich.

»Willst du etwa behaupten, du verstehst, was die sagen?«

»Ein paar Brocken. Das meiste ist bloß Lärm.«

»Und das findest du gut?«

»Die englisch sprechenden Kommentatoren reden zuviel«, sagte ich. »Sie haben Angst, die Zuschauer könnten nicht mitbekommen, was im Ring passiert, wenn sie nicht pausenlos ihren Senf dazugeben. Außerdem sagen sie sowieso immer das gleiche. ›Er bringt seine linke Gerade nicht genügend zum Einsatz.‹ Ich glaube nicht, daß ich in den letzten zehn Jahren fünf Kämpfe gesehen habe, in denen der Sprecher nicht bemerkt hat, ein Boxer sollte seine Gerade häufiger zum Einsatz bringen. Das muß das erste sein, was sie ihnen auf der Journalistenschule beibringen.«

»Vielleicht verzapft ja dieser Typ das gleiche, bloß auf spanisch.«

»Schon möglich«, gab ich ihm recht. »Aber ich habe keine Ahnung, was er alles erzählt, also kann es mir auch nicht auf die Nerven gehen.«

»Schon mal was davon gehört, daß man den Ton auch einfach abschalten kann?«

»Das ist nicht dasselbe. Das Publikum oder die Treffer muß man schon hören.«

»Besonders viele Treffer landen die beiden aber nicht.«

»Daran ist der Kerl in der blauen Hose schuld«, sagte ich. »Er bringt seine linke Gerade nicht genügend zum Einsatz.«

Es reichte aber trotzdem, um den über vier Runden gehenden Vorkampf zu gewinnen und vom Publikum höflichen Applaus zu bekommen. Als nächstes stand ein Weltergewichtkampf über zehn Runden auf dem Programm, eine klassische Paarung mit einem schnellen, nicht besonders schlagkräftigen jungen Hüpfer und einem alten Hasen mit ordentlich Dampf in den Schlägen, dessen Glanzzeit schon ein paar Jahre zurücklag. Der alte Haudegen – ich glaube, er war mindestens Mitte Dreißig – machte dem Jungen ganz schön zu schaffen, wenn er einen Treffer landen konnte, aber das Alter hatte ihn langsam gemacht, und er schlug öfter daneben, als daß er traf. Umgekehrt bombardierte ihn der Junge mit Schlägen, hinter denen kein Saft steckte.

»Ganz schön raffiniert, der Typ«, sagte TJ nach ein paar Runden.

»Nur schade, daß nicht mehr Dampf hinter seinen Schlägen steckt.«

»Er ist ständig am Attackieren, macht den Gegner mürbe. Gleichzeitig heimst er damit Punkte ein. Und der andere Typ wird von Runde zu Runde schlapper.«

»Wenn wir Spanisch könnten«, sagte ich, »würden wir wahrscheinlich hören, wie der Sprecher ziemlich genau das gleiche sagt. Wenn ich auf diesen Kampf eine Wette abschließen würde, würde ich auf den Alten setzen.«

»Das sieht dir ähnlich. Aber ihr alten Knacker müßt ja auch zusammenhalten. Glaubst du, wir können was von dem Krempel da brauchen?«

»Dieser Krempel da« war das Warenangebot aus dem Gehlen-Katalog. Die Gehlen Company ist ein Unternehmen in Elyria, Ohio, das elektronische Spionagehilfen vertreibt, Geräte, mit denen man anderer Leute Telefone und Büros abhören kann, und Geräte, mit denen man sein eigenes Telefon und Büro gegen Lauschangriffe schützen kann. Das Ganze hat etwas merkwürdig Zwiespältiges; immerhin dient die eine Hälfte der Produktpalette, die diese Leute anbieten, keinem anderen Zweck, als sich gegen die andere Hälfte ihrer Produkte zu schützen, und entsprechend springt in ihrem Katalog die Devise praktisch im selben Atemzug ins genaue Gegenteil um. »Wissen ist Macht«, heißt es da auf einer Seite, und zwei Seiten weiter steht: »Ihr ureigenstes Recht – das Recht auf ihre persönliche und berufliche Privatsphäre.« Da wechseln die Argumente munter die Seiten, von »Sie haben ein Recht darauf, Bescheid zu wissen!« zu »Ihre Angelegenheiten gehen *niemanden* etwas an!«

Bei wem, fragt man sich da ganz automatisch, liegen die Sympathien des Unternehmens? In Anbetracht ihrer Namensvetternschaft mit dem legendären deutschen Geheimdienstchef nehme ich an, daß die Gehlen Company bedenkenlos jedem alles verkauft und sich nur für ihre Umsatzsteigerung und Gewinnmaximierung interessiert. Würde allerdings eines ihrer Produkte auch meinen Umsatz steigern und meine Gewinne maximieren?

»Schätze, wir kommen auch ohne dieses Zeug aus«, sagte ich deshalb zu TJ.

»Aber wie wollen wir ohne diesen ganzen elektronischen Schnickschnack Will schnappen?«

»Wer sagt denn, daß wir das überhaupt wollen?«

»Meinst du, weil dieser Typ nicht unser Problem ist?«

»Jedenfalls nicht, daß ich wüßte.«

»Der Typ ist das Problem der ganzen Stadt. Ganz gleich, wo du hingehst, die Leute reden über nichts anderes. Will hier, Will da.«

»Heute hat die *Post* schon wieder eine Schlagzeile über ihn gebracht – obwohl in dem dazugehörigen Artikel absolut nichts Neues stand, weil er nämlich seit letzter Woche nichts mehr von sich hat hören lassen. Aber um die Auflage zu steigern, setzen sie ihn weiter schön auf die erste Seite. Diesmal stand in dem Artikel nur, daß die ganze Stadt gespannt darauf wartet, daß er wieder zuschlägt.«

»Mehr stand nicht drin?«

»Sie haben es in einen historischen Kontext zu stellen versucht. Andere gesichtslose Mörder, die wie Son of Sam bei den Leuten einen ganz bestimmten Nerv getroffen haben.«

»Mit einem Unterschied: Son of Sam hat kein Schwein applaudiert.« TJ deutete auf eine Abbildung im Gehlen-Katalog. »Dieses Telefon da, mit dem man seine Stimme verändern kann, finde ich echt klasse. Obwohl, die Dinger sieht man inzwischen schon überall. Sogar bei Radio Shack haben sie schon welche. Das hier ist zwar vielleicht besser – jedenfalls, wenn man sieht, was sie dafür verlangen –, aber die bei Radio Shack sind billiger.«

»Das wundert mich nicht.«

»Will könnte doch auch so ein Ding benutzen, wenn er irgendwann anfängt anzurufen, statt Briefe zu schreiben.«

»Ich werd's ihm sagen, wenn ich ihn das nächste Mal sehe.«

»Erst kürzlich hätte ich mir beinahe so ein Ding gekauft.«

»Wieso denn das? Dein Repertoire an Stimmen ist doch sowieso schon groß genug.«

»Ich hab nur verschiedene Akzente drauf«, sagte TJ. »Aber dieses Ding da verändert die Höhe der Stimme.«

»Ich weiß, was es macht.«

»Damit kannst du wie ein Mädchen klingen. Oder wie ein Kind. Oder wenn du ein Mädchen bist, kannst du klingen wie ein Mann, damit dich keine Perversen mit irgendwelchen Sauereien vollabern. Müßte doch ganz witzig sein, mit so was rumzuspielen, ungefähr so wie ein Kind mit einem Spielzeug? Nach ein, zwei Wochen, wenn der Reiz weg ist, landet das Ding in irgendeiner Ecke, und du bequatschst deine Mama, daß sie dir was Neues kauft.«

»Ich glaube nicht, daß wir so was brauchen.«

Er klappte den Katalog zu und legte ihn beiseite. »Davon brauchen wir überhaupt nichts. Jedenfalls, soweit ich das sehen kann. Aber weißt du, was wir wirklich brauchen, Mann? Obwohl, das hab ich dir schon zigmal gesagt.«

»Allerdings.«

»Einen Computer. Aber du willst dir ja keinen zulegen.«

»Was nicht ist, kann noch werden.«

»Klar, von wegen. Du hast bloß Schiß, daß du nicht damit umgehen kannst.«

»Das ist die gleiche Art Angst wie die«, sagte ich, »die einen davon abhält, ohne Fallschirm aus einem Flugzeug zu springen.«

»Erstens«, sagte er, »könntest du es lernen. So alt bist du auch wieder nicht.«

»Danke.«

»Und zweitens: Ich könnte ihn für dich bedienen.«

»Wenn man ganz gut mit Videospielen umgehen kann, heißt das noch lange nicht, daß man auch einen Computer bedienen kann.«

»So groß ist der Unterschied auch wieder nicht. Kannst du dich noch an die Kongs erinnern? Die haben auch mit Videospielen angefangen, und wo sind sie jetzt?«

»In Harvard«, mußte ich zugeben. Die Kongs, mit richtigem Namen David King und Jimmy Hong, waren zwei Hacker, die es darauf angelegt hatten, das Computersystem der Telefongesellschaft bis in seine hintersten Winkel auszuleuchten. Als TJ mich mit ihnen bekannt gemacht hatte, gingen sie noch auf die High School, aber inzwischen waren sie oben in Cambridge und machten da Gott weiß was.

»Kannst du dich vielleicht auch noch erinnern, was für eine große Hilfe sie uns waren?«

»Lebhaft sogar.«

»Wie oft hast du schon gesagt, du findest es schade, daß sie nicht mehr in New York sind?«

»Ein paarmal.«

»Mehr als ein paarmal. Ganz schön oft, würde ich sagen.«

»Na und?«

»Wenn wir einen Computer hätten, könnte ich irgendwann genau die gleichen verrückten Dinger drehen wie die zwei. Und die ganzen legalen Sachen könnte ich auch machen: in zehn Minuten irgendwelches Zeugs rauskriegen, für das du einen ganzen Tag in der Bibliothek rumsuchen mußt.«

»Wie würdest du rauskriegen, wie man so etwas macht?«

»Dafür gibt es Kurse. Natürlich bringen sie einem da nicht das Zeugs bei, das die Kongs können, aber den ganzen anderen Kram. Du wirst da einfach vor so einen Kasten gesetzt, und dann bringen sie es dir bei.«

»Na ja, ein andermal vielleicht«, sagte ich. »Vielleicht mache ich ja mal einen Kurs.«

»Nein, *ich* mache einen Kurs, und wenn ich weiß, wie's geht, bringe ich es dir bei, wenn du es überhaupt lernen willst. Oder, wenn du willst, übernehme ich den Computerkram ganz allein.«

»Das entscheide ich«, sagte ich, »schließlich bin immer noch ich der Boß.«

»Klar.«

Ich wollte noch mehr sagen, aber der alte Hase suchte sich genau diesen Moment aus, eine rechte Gerade vom Stapel zu lassen, mit der er den Jungen voll erwischte und auf die Bretter schickte. Bei acht war der Junge immer noch etwas wacklig auf den Beinen, aber die Runde ging nur noch über eine halbe Minute. Der ältere Boxer scheuchte ihn zwar kreuz und quer durch den Ring und verpaßte ihm noch ein oder zwei Treffer, aber dem Jungen gelang es, auf den Beinen zu bleiben und sich über die Runde zu retten.

Beim Pausengong brachten sie keine Werbung, sondern hielten statt dessen mit der Kamera auf die Ecke des jungen Fighters, der dort von seinen Helfern betreut wurde. Die Sprecher hatten eine Menge zu dem zu sagen, was sie uns zeigten, aber da sie es auf spanisch sagten, brauchten wir nicht darauf zu achten.

»Noch mal zurück zu diesem Computer«, sagte TJ.

»Ich werde darüber nachdenken.«

»So was Blödes«, schimpfte TJ. »Da hab ich dich schon fast rumgekriegt, und dann muß dieser blöde alte Sack so einen dämlichen Glückstreffer landen und dich ablenken. Warum konnte dieser Idiot damit nicht bis zur nächsten Runde warten?«

»Weil er ein alter Knacker ist, der einem anderen alten Knacker hilft. So sind wir alten Knacker nun mal; wir halten zusammen.«

»Dieser Katalog da.« Er hob ihn hoch. »Hast du zufällig dieses Nachtsichtgerät gesehen? Kommt aus Rußland oder sonst irgendwo aus dem Ostblock.«

Ich nickte. Den Gehlen-Leuten zufolge kam es aus der Roten Armee, und wahrscheinlich hätte ich damit auch noch in einem aufgelassenen Kohlebergwerk das Kleingedruckte lesen können.

»Ich weiß zwar nicht, wofür wir so ein Ding brauchen könnten«, sagte er, »aber damit ließen sich doch bestimmt ganz lustige Sachen anstellen.« Er legte den Katalog beiseite. »Mit dem meisten von diesem Zeug da könnte man ganz lustige Sachen anstellen. Das ist lauter Spielzeug, mehr nicht.«

»Und was ist der Computer? Ein größeres Spielzeug als dieser andere Krempel da?«

Er schüttelte den Kopf. »Der ist ein Arbeitsgerät. Aber was rede ich mir hier eigentlich das Maul fußlig?«

»Das frage ich mich allerdings auch.«

Ich nahm an, wir bekämen in der nächsten Runde einen Niederschlag zu sehen, aber schon nach der Hälfte wurde klar, daß daraus nichts würde. Der Junge hatte den Niederschlag gut weggesteckt, und mein Mann war langsamer und hatte Mühe, seine Schläge dort zu landen, wo er sie haben wollte. Ich wußte, wie ihm zumute war.

Das Telefon klingelte, und Elaine ging nebenan dran. Auf dem Bildschirm wehrte mein Mann einen Schlag ab und ging voll zum Angriff über.

Als Elaine wieder hereinkam, war ihre Miene schwer zu deuten. »Für dich«, sagte sie. »Es ist Adrian Whitfield. Möchtest du ihn zurückrufen?«

Ich stand auf. »Nein, schon gut. Ich spreche gleich mit ihm. Was er wohl will?«

Adrian Whitfield war eine richtige Berühmtheit, ein Strafverteidiger, der in den letzten paar Jahren zunehmend mehr spektakuläre Fälle übernommen hatte – und dementsprechend immer stärker ins Rampenlicht gerückt war. Allein im Lauf dieses Sommers hatte ich ihn dreimal im Fernsehen gesehen. Roger Ailes hatte ihn eingeladen, um mit ihm über die Frage zu diskutieren, ob das Schwurgerichtssystem veraltet sei und abgeschafft werden solle. (Was Zivilverfahren anging, war sein Standpunkt ein vorsichtiges Vielleicht, in Strafsachen jedoch ein entschiedenes Nein.) Dann kam er zweimal bei Larry King; zuerst, um über den jüngsten Mordfall in der High Society von Los Angeles zu sprechen; dann, um sich über die

Vorteile der Todesstrafe zu äußern. (Er war entschieden dagegen.) Erst kürzlich hatte ich ihn zusammen mit Raymond Gruliow bei Charlie Rose gesehen, wo sich alle drei über das Thema »Anwälte als Medienstars« unterhalten hatten. Hard-Way Ray hatte das Thema in einen historischen Kontext gestellt und ein paar köstliche Anekdoten über Earl Rodgers, Bill Fallon und Clarence Darrow zum besten gegeben.

Auf Ray Gruliows Empfehlung hin hatte ich schon verschiedentlich für Whitfield gearbeitet – Zeugen und angehende Geschworene überprüft –, und ihn immerhin so sympathisch gefunden, um auf weitere Aufträge von ihm zu hoffen. Um mich wegen was Beruflichem anzurufen, war es an sich schon ein bißchen spät, aber es ist in dieser Branche nun mal üblich, daß man zu allen möglichen und unmöglichen Zeiten angerufen wird. Ich empfand es nicht als störend, vor allem dann nicht, wenn es Arbeit bedeutete. Bisher war diesen Sommer nicht viel los gewesen. Aber das hatte mir keineswegs was ausgemacht, weil es Elaine und mir erlaubt hatte, öfter für ein verlängertes Wochenende aufs Land zu fahren. Aber langsam begann ich zu rosten. Das zeigte sich unter anderem daran, wie ich die Zeitung las: mit einem brennenden Interesse für die lokalen Verbrechensmeldungen und einem unwiderstehlichen Bedürfnis, mich einzumischen.

Ich ging an den Apparat in der Küche, und da ich annahm, Whitfield hätte den Anruf von einer Sekretärin durchstellen lassen, meldete ich mich mit »Matthew Scudder«.

Aber er war bereits selbst dran. »Matt«, sagte er. »Hier ist Adrian Whitfield. Hoffentlich störe ich Sie nicht zu sehr.«

»Ich habe gerade zwei Typen dabei zugesehen, wie sie sich gegenseitig verprügelt haben«, sagte ich. »Allerdings ohne große Begeisterung, sowohl auf deren Seite wie auf meiner. Was kann ich für Sie tun?«

»Gute Frage. Könnten Sie mir vielleicht eine Frage beantworten? Wie höre ich mich an?«

»Wie Sie sich anhören?«

»Meine Stimme zittert doch nicht, oder?«

»Nein.«

»Habe ich mir fast gedacht. Obwohl sie zittern sollte. Ich habe eben einen Anruf bekommen.«

»Ah?«

»Von diesem Trottel von der *News*. Obwohl, vielleicht sollte ich ihn lieber nicht so nennen. Könnte ja sein, daß er ein Freund von Ihnen ist.«

Ich kannte ein paar Leute von der *Daily News*. »Wer?«

»Marty McGraw.«

»Den kann man schwerlich als einen Freund von mir bezeichnen. Ich hatte ein-, zweimal mit ihm zu tun, aber nicht genug, daß einer von uns einen bleibenden Eindruck auf den anderen hinterlassen hätte. Ich wage zu bezweifeln, daß er sich überhaupt an mich erinnert, und der einzige Grund, warum *ich* mich an ihn erinnere, ist, daß ich schon weiß Gott wie viele Jahre zweimal die Woche seine Kolumne lese.«

»Erscheint sie denn nicht dreimal die Woche?«

»Wissen Sie, sonntags lese ich die *News* normalerweise nicht.«

»Da haben Sie wahrscheinlich schon mit der *Times* beide Hände voll zu tun.«

»Vor allem voller Druckerschwärze.«

»Da haben Sie allerdings recht. Eigentlich möchte man doch meinen, inzwischen müßten sie so eine bescheuerte Zeitung so drucken können, daß sie nicht abfärbt.«

»›Wir können zwar zum Mond fliegen ...‹«

»Das können Sie laut sagen. Wissen Sie übrigens, in der Grand Central Station gibt es einen Zeitungskiosk, wo sie nur zum Zeitunglesen weiße Wegwerfhandschuhe aus Pliofilm verkaufen?« Er holte geräuschvoll Luft. »Matt, ich drücke mich davor, zur Sache zu kommen, aber ich schätze, Sie wissen bereits, was Sache ist.«

Ich hatte tatsächlich schon eine recht gute Idee. »Ich schätze, er hat wieder einen von diesen Briefen gekriegt. Von Will.«

»Ja, von Will. Und wer, glauben Sie, war der Gegenstand dieses Briefs?«

»Ich würde mal sagen, einer Ihrer Mandanten. Aber welcher, möchte ich lieber nicht raten.«

»Weil es lauter ehrbare Bürger sind?«

»Ich habe einfach keinerlei Anhaltspunkte«, sagte ich. »Bis auf die paar Fälle, für die ich für Sie recherchiert habe, bin ich nicht so genau über Ihre Fälle im Bilde. Und was in Wills Kopf vor sich geht, ist mir ohnehin schleierhaft.«

»Oh, jedenfalls ist er ein verdammt kluger Kopf, wie man aus der Effizienz, mit der er die Sache durchzieht, sehr gut ersehen kann.« Er hielt inne, und ich wußte, was er sagen würde, einen Augenblick, bevor er es sagte. »Er hat nichts über einen meiner Mandanten geschrieben. Er hat etwas über mich geschrieben.«

»Und was?«

»Oh, alles mögliche. Wenn Sie wollen, kann ich es Ihnen vorlesen.«

»Sie haben den Brief?«

»Eine Kopie davon. McGraw hat ihn mir gefaxt. Er hat erst mich angerufen, bevor er die Polizei verständigt hat, und mir den Brief gefaxt. Das war wirklich verdammt rücksichtsvoll von ihm. Ich hätte ihn doch nicht einen Idioten nennen sollen.«

»Haben Sie ja auch nicht.«

»Als ich zum erstenmal auf ihn zu sprechen kam, habe ich gesagt ...«

»Sie haben ihn einen Trottel genannt.«

»Richtig. Na ja, ich glaube, er ist weder das eine noch das andere, und wenn doch, ist er ein rücksichtsvolles Exemplar seiner Gattung. Aber Sie wollten wissen, was Will geschrieben hat. ›Ein offener Brief an Adrian Whitfield.‹ Mal sehen. ›Sie haben sich der Aufgabe verschrieben, schuldigen Menschen den Gang ins Gefängnis zu ersparen.‹ Also, da täuscht er sich. Solange ihnen ihre Schuld nicht nachgewiesen werden kann, sind sie alle unschuldig, und wenn ihnen ihre Schuld zur Zufriedenheit der Geschworenen nachgewiesen werden kann, kommen sie ins Gefängnis. Und bleiben dort auch, außer ich kann eine Aufhebung des Urteils erwirken. In einem anderen Sinn des Wortes hat er dagegen durchaus recht. Die meisten Männer und Frauen, die ich vertreten habe, haben getan, wessen sie angeklagt wurden, und das reicht vermutlich aus, um sie in Wills Augen als schuldig dastehen zu lassen.«

»Was hat er eigentlich genau gegen Sie? Findet er, die Angeklagten hätten kein Recht auf Verteidigung?«

»Also, ich möchte Ihnen nicht das ganze Geschreibsel vorlesen, und sein Standpunkt ist auch nur schwer auf einen gemeinsamen Nenner zu bringen, aber man könnte es etwa so zusammenfassen: Er nimmt Anstoß daran, daß ich gut in dem bin, was ich tue.«

»Mehr nicht?«

»Das Komische ist: Er erwähnt Richie Vollmer mit keinem Wort, obwohl er es war, der bei ihm das Faß zum Überlaufen gebracht hat.«

»Stimmt, Sie waren Vollmers Verteidiger.«

»Allerdings, und ich bekam säckeweise wütende Briefe, als er sich dem Zugriff der Justiz entziehen konnte. Aber hier steht nichts über die Rolle, die ich bei seinem Freispruch gespielt habe. Sehen wir mal, was er schreibt. Er schreibt, ich habe die Polizei unter Anklage gestellt, was bestimmt keine Erfindung von mir ist. Unser gemeinsamer Freund Gruliow macht das schon die ganze Zeit. Bei einem Angeklagten, der einer Minderheit angehört, ist das oft die beste Strategie. Er schreibt auch, ich hätte das Opfer unter Anklage gestellt. Vermutlich bezieht er sich damit auf Naomi Tarloff.«

»Wahrscheinlich.«

»Es wird Sie vielleicht überraschen, aber bei diesem Fall hatte ich gewisse Bedenken. Aber das tut nichts zur Sache. Ich habe den Ellsworth-Jungen verteidigt, so gut ich konnte, und trotzdem habe ich ihn nicht frei gekriegt. Die Geschworenen haben diesen miesen kleinen Dreckskerl schuldig gesprochen. Er sitzt jetzt zwischen fünfzehn und fünfundzwanzig Jahre ein, aber das ist nichts im Vergleich zu dem Urteil, das unser Freund Will verhängt hat. Er schreibt, er will mich umbringen.«

»McGraw ist wahrscheinlich sofort zur Polizei gegangen.«

»Nachdem er sich vorher noch kurz Zeit genommen hat, mich anzurufen und mir dieses Ding zu faxen. Oder genauer: Er hat eine Kopie davon gemacht und sie mir gefaxt. Um keinerlei Spuren zu vernichten, wollte er das Original nicht durch das Fax lassen. Danach rief er die Polizei an, und dann haben sie sich bei mir gemeldet. Sie haben mir zwei Detectives vorbeigeschickt. Die beiden sind etwa eine Stunde lang geblieben, und das hat genügt, um sie guten Gewissens als Trottel bezeichnen zu können, selbst auf die Gefahr hin, daß sie Freunde von Ihnen sind. Habe ich Feinde? Gibt es Mandanten, die nicht zufrieden mit mir sind? Ich bitte Sie, die einzigen unzufriedenen Mandanten, die ich habe, sitzen hinter Gittern, wo sich ihretwegen niemand mehr Sorgen zu machen braucht, am allerwenigsten ich selbst.«

»Diese Fragen müssen sie stellen.«

»Na gut, aber es liegt doch wohl auf der Hand, daß dieser Kerl keine persönlichen Motive hat. Er hat bereits vier Menschen umgebracht, und den ersten hat er abgemurkst, weil es ihm Marty McGraw gesagt hat. Ich weiß nicht, womit ich mir einen Platz auf seiner Abschußliste verdient habe, aber der Grund ist mit Sicherheit nicht, daß er vielleicht denkt, ich könnte ihm zu viel in Rechnung dafür gestellt haben, daß ich ihm einen längeren Gefängnisaufenthalt erspart habe.«

»Haben sie Ihnen Schutz angeboten, Sie unter Polizeischutz zu stellen?«

»Sie haben vorgeschlagen, einen Mann in meinem Vorzimmer zu postieren. Bloß sehe ich nicht recht, was das nützen soll.«

»Schaden könnte es jedenfalls nicht.«

»Nein, aber nützen auch nicht. Ich möchte wissen, was ich tun soll, Matt. Mit so was habe ich keinerlei Erfahrung. Bisher hat noch niemand versucht, mich umzubringen. Am nächsten bin ich dem vor fünf oder sechs Jahren gekommen, als mir ein gewisser Paul Masland angedroht hat, mir eine aufs Maul zu geben.«

»Ein unzufriedener Mandant?«

»Ah-ah. Ein sturzbesoffener Börsenmakler. Er hat mich beschuldigt, seine Frau zu bumsen. Mein Gott, dabei war ich einer der wenigen Männer im westlichen Connecticut, die nicht in ihrem Bett gelandet sind.«

»Und was ist passiert?«

»Er hat ausgeholt und danebengeschlagen, und dann haben ihn zwei Typen an den Armen gepackt, und ich habe es dabei belassen und bin nach Hause gefahren. Als ich ihm das nächste Mal begegnet bin, haben wir beide so getan, als ob nichts gewesen wäre. Vielleicht konnte er sich aber auch wirklich nicht daran erinnern, weil er an diesem Abend ziemlich betrunken war. Meinen Sie, ich hätte den zwei Detectives von dieser Geschichte mit Paul erzählen sollen?«

»Wenn Sie glauben, es besteht die Möglichkeit, daß er den Brief geschrieben hat.«

»Wohl kaum. Der arme Teufel ist schon eineinhalb Jahre tot. Ein Schlaganfall oder Herzinfarkt, ich weiß nicht mehr, was. Jedenfalls ging es ganz schnell. Er hat gar nicht mehr mitbekommen, was mit ihm passierte. Ganz anders als bei unserem sauberen Freund Will. Der ist so eine richtig fiese Klapperschlange, finden Sie nicht? Warnt einen erst, damit man weiß, was einem blüht. Matt, sagen Sie mir, was ich tun soll.«

»Was Sie tun sollen? Das Land verlassen.«

»Das ist doch wohl nicht Ihr Ernst? Und wenn doch, kommt es überhaupt nicht in Frage.«

Das überraschte mich nicht. »Wo sind Sie gerade?« fragte ich. »In Ihrer Kanzlei?«

»Nein, sobald ich die Cops los war, bin ich sofort nach Hause gefahren. Ich rufe aus meinem Apartment an. Sie waren noch nie hier, oder? Wir haben uns immer in der Stadt getroffen. Ich wohne in ... Meine Güte, ich habe gerade überlegt, ob ich das am Telefon überhaupt sagen darf. Aber wenn er mein Telefon abhört, muß er ja wissen, wo es ist, meinen Sie nicht auch?«

Gleich zu Beginn unseres Gesprächs hatte er mich gefragt, ob seine Stimme zitterte. Das hatte sie nicht getan und tat es auch jetzt nicht, aber aus der Art, wie er immer unzusammenhängender sprach, ging hervor, daß er ziemlich durcheinander war.

Er gab mir die Adresse durch, und ich notierte sie mir. »Bleiben Sie, wo Sie sind«, sagte ich. »Rufen Sie den Türsteher an und sagen Sie ihm, Sie erwarten einen Matthew Scudder und daß er ihn auf keinen Fall hochlassen soll, solange er sich nicht mit einem Lichtbildausweis ausgewiesen hat. Und sagen Sie ihm, ich bin der einzige Besucher, den Sie erwarten, und er soll sonst niemanden hochlassen. Und sagen Sie ihm, das gilt auch für die Polizei.«

»In Ordnung.«

»Lassen Sie alle Anrufe erst über den Anrufbeantworter laufen. Gehen Sie nur dran, wenn Sie den Anrufer kennen. Ich komme sofort vorbei.«

Bis ich zu Ende telefoniert hatte, waren zwei andere Boxer im Ring, zwei schwerfällige Schwergewichtler. Ich fragte TJ, wie der andere Kampf ausgegangen sei.

»Ging über die volle Länge«, sagte er. »Ob du's glaubst oder nicht: Ein paar Minuten dachte ich echt, ich kann Spanisch.«

»Wie das?«

»Der Ringsprecher. Er quatscht drauf los, und ich verstehe jedes Wort und denke schon, das muß ein Wunder sein, und nächstens trete ich noch in ›Ungelöste Rätsel‹ auf.«

»Der Kampf fand in Mississippi statt«, sagte ich. »Darum hat der Ringsprecher englisch gesprochen.«

»Ja, klar, weiß ich auch. Bloß hab ich es völlig vergessen, nach diesem ganzen Spanischgelabere von den anderen Sprechern. Und als ich dann das Englisch gehört habe, dachte ich, es ist Spanisch und ich versteh's.« Er hob die Schultern. »Der junge Typ hat nach Punkten gewonnen.«

»Hab ich mir schon gedacht.«

»Die zwei da scheinen's nicht besonders eilig zu haben. Gehen die Sache in aller Ruhe an.«

»Das werden Sie wohl ohne mich tun müssen«, sagte ich. »Ich muß kurz weg.«

»Was Geschäftliches?«

»Was Geschäftliches.«

»Soll ich mitkommen, dir vielleicht Rückendeckung geben?«

»Heute abend nicht.«

Er zuckte mit den Achseln. »Aber du denkst noch mal über den Computer nach, ja?«

»Ich werd's mir überlegen.«

»Viel Zeit haben wir nicht mehr, wenn wir das zwanzigste Jahrhundert nicht verpassen wollen.«

»Das möchte ich auf keinen Fall versäumen.«

»Nur so werden sie Will schnappen, kann ich dir sagen. Mit Computern.«

»Echt?«

»Du brauchst bloß die ganzen Briefe, die dieser Sack schreibt, in den Computer eingeben und auf die richtigen Tasten drücken, und schon analysiert er die Wörter, die er benutzt, und sagt dir, dieser Wichser ist ein vierundzwanzigjähriger Weißer skandinavischer Abstammung, dem am rechten Fuß zwei Zehen fehlen, und er ist ein großer Jets- und Rangers-Fan, und als er klein war, hat ihm seine Mama den Arsch versohlt, wenn er ins Bett gemacht hat.«

»Und das findet der Computer alles raus?«

»Das und noch mehr«, sagte TJ grinsend. »Wie, glaubst du, schnappen sie ihn?«

»Mit Hilfe der neuesten kriminologischen Methoden. Mit gründlichen Laboranalysen an den verschiedenen Tatorten und an den Briefen, die er schreibt. Und um die Daten zu verarbeiten, benutzen sie bestimmt Computer. Die benutzen sie heute für alles.«

»Das tun alle. Alle außer uns.«

»Und sie gehen allen Hinweisen nach«, fuhr ich fort. »Sie klopfen an jede Menge Türen und stellen jede Menge Fragen, von denen die meisten völlig sinnlos sind. Und irgendwann unterläuft ihm ein Fehler, oder sie haben Glück oder beides, und sie kriegen ihn.«

»Wahrscheinlich.«

»Die Sache ist nur die«, sagte ich. »Hoffentlich brauchen sie nicht zu lange. Ich hätte nichts dagegen, wenn sie sich ein bißchen beeilen und diesen Kerl möglichst schnell schnappen.«

2

Eine Zeitungskolumne hatte den Stein ins Rollen gebracht.

Es war natürlich die von Marty McGraw, und sie stand an einem Donnerstag Anfang Juni in der *Daily News*. McGraws Kolumne »Wenn Sie schon fragen« erschien jeden Dienstag, Donnerstag und Sonntag in dieser Zeitung. Seit zehn oder mehr Jahren war sie eine feste Einrichtung in der New Yorker Boulevardpresse, wo sie immer mit demselben Titel, aber nicht immer an denselben Tagen oder im selben Blatt erschien. Im Lauf der Jahre hatte McGraw mehrere Male die Zeitung gewechselt und war, mit einem kurzen Zwischenaufenthalt bei der *Newsday*, von der *News* zur *Post* und wieder zurück gegangen.

»Ein offener Brief an Richard Vollmer« hatte McGraw diese spezielle Kolumne überschrieben, und genau das war sie auch. Vollmer, Anfang Vierzig und ursprünglich aus Albany stammend, war schon mehrmals wegen geringfügiger Sexualdelikte festgenommen worden, bis er vor ein paar Jahren wegen sexueller Belästigung von Minderjährigen eingesperrt worden war. Da er sich bei der Therapie gut machte und von seinem Betreuer ein positives Gutachten für den Bewährungsausschuß ausgestellt bekam, wurde er auf die Zusicherung hin, sich zu benehmen und fortan anderen zu helfen, wieder auf die Menschheit losgelassen.

Im Gefängnis hatte Vollmer mit einer Frau in Briefwechsel gestanden. Sie hatte auf eine Kontaktanzeige von ihm geantwortet. Ich weiß nicht, was für eine Sorte Frauen denken, es wäre eine gute Idee, mit einem Strafgefangenen in Briefverkehr zu treten; jedenfalls scheint Gott eine ganze Menge von ihnen geschaffen zu haben. Elaine zufolge sind ihnen starke Minderwertigkeitskomplexe, gepaart mit messianischem Sendungsbewußtsein, gemein; außerdem, meint sie, können sie sich auf diese Weise sexuell begehrt finden, ohne fürchten zu müssen, daß es mal wirklich ernst wird, weil der Typ ja eingesperrt ist und ihnen nicht an die Wäsche kann.

Frances Neagleys Brieffreund kam aber raus, und da ihn nichts nach Albany zurückzog, kam er nach New York und besuchte sie. Franny war eine Schwesternhelferin um die Dreißig, die seit dem Tod ihrer Mutter allein in der Haven Avenue in Washington Heights wohnte. Sie ging zu Fuß zur Arbeit im Columbia Presbyterian, arbeitete ehrenamtlich für die Kirche und für Organisationen, die Spenden für wohltätige Zwecke sammelten, fütterte und betüterte drei Katzen und schrieb Briefe an aufrechte Bürger wie Richie Vollmer.

Als Vollmer bei ihr einzog, stellte sie diese Briefwechsel ein. Er bestand darauf, der einzige Straftäter in ihrem Leben zu sein.

Es dauerte nicht lange, und sie hatte nicht mehr viel Zeit für die Kirche oder fürs Spendensammeln. Aber um die Katzen kümmerte sie sich immer noch. Richie mochte die Katzen, und alle drei hatten einen Narren an ihm gefressen. Das sagte Franny einer Kollegin, als diese sich besorgt über ihre Freundschaft mit einem ehemaligen Häftling äußerte. »Du weißt doch, was für gute Menschenkenner Katzen sind«, gurrte sie. »Und meine sind total vernarrt in ihn.«

Das galt auch für Franny, die ungefähr eine genauso gute Menschenkennerin war wie ihre Katzen. Bemerkenswerterweise hatte die Therapie im Gefängnis nichts an der sexuellen Orientierung ihres Mannes geändert, und er machte sich unverzüglich wieder an die Verführung Unschuldiger. Er fing damit an, halbwüchsige Jungen in das Apartment in der Haven Avenue zu locken, indem er ihnen Sex mit Franny versprach und ihnen als Lockmittel Polaroids zeigte, auf denen sie nackt zu sehen war. (Sie hatte hängende Schultern und einen kuhartigen Gesichtsausdruck, aber ansonsten war sie eine keineswegs unattraktive Frau mit großen Brüsten und ausladenden Hüften.)

Sie gab den Jungen, was Richie ihnen versprochen hatte; ob nun widerwillig oder begeistert, sei dahingestellt. Einige ihrer Gäste waren wahrscheinlich auch begeistert, als Richie sich zu ihnen gesellte und Analverkehr mit ihnen hatte. Andere waren es nicht, aber was sollten sie schon machen? Richie war ein Hüne von einem Mann, der körperlich ohne weiteres in der Lage war, sich zu nehmen, was er wollte, zumal die Jungen hinterher auch insofern schlecht etwas sagen konnten, als sie am ersten Teil des Programms recht bereitwillig teilgenommen hatten.

Die Sache eskalierte. Franny kaufte von ihrem Ersparten einen Lieferwagen. Die Nachbarn hatten sich bald an Richies Anblick gewöhnt, der sein neues Spielzeug auf der Straße vor dem Haus voller Stolz wusch und wienerte. Was sie allerdings nicht mitbekamen, war, wie er den Wagen innen eingerichtet hatte: mit einer Matratze auf dem Boden und Haltevorrichtungen an den Seitenwänden. Die beiden fuhren damit durch die Stadt, und wenn sie eine geeignete Stelle fanden, setzte sich Franny ans Steuer, während sich Richie hinten auf die Lauer legte. Dann suchte sich Franny ein Kind (egal, ob Junge oder Mädchen) und überredete es, in den Wagen zu steigen.

Wenn sie mit ihnen fertig waren, ließen sie die Kinder einfach laufen. Bis eines Tages ein kleines Mädchen nicht zu weinen aufhören wollte. Richie fand schnell eine Möglichkeit, es zum Schweigen zu bringen, und sie deponierten seine Leiche in einem dicht mit Bäumen bestandenen Teil des Inwood Hill Park.

»Das war einsame Spitze«, gestand er Franny hinterher. »Der krönende Abschluß, wie die Nachspeise nach einem guten Essen. Wir hätten sie von Anfang an kaltmachen sollen.«

»Dann machen wir es eben von jetzt an«, meinte sie nur.

»Dieser Ausdruck in ihren Augen, ganz am Ende. Wahnsinn.«

»Die arme Kleine.«

»Ja, die arme Kleine. Weißt du, was ich toll fände? Wenn sie noch am Leben wäre, damit wir sie noch mal umbringen könnten.«

Genug. Sie waren Tiere – eine Bezeichnung, mit der wir eigenartigerweise jene Angehörigen unserer Spezies versehen, die etwas tun, was ein Tier, egal welches, nie täte. Sie fanden ein zweites Opfer, diesmal einen Jungen, entledigten sich seiner Leiche keine halbe Meile von der Stelle, wo sie die erste versteckt hatten, und wurden geschnappt.

Ihre Schuld stand völlig außer Zweifel, und eigentlich hätten sie verurteilt werden müssen, aber irgendwie kam es doch nicht dazu. Es gab Unmengen von Beweisen, die die Geschworenen nicht zu sehen, und Aussagen, die sie nicht zu hören bekamen, weil sie der Richter aus dem einen oder anderen Grund nicht zum Verfahren zuließ. Das hätte alles noch nichts ausgemacht, weil Franny ein Geständnis ablegen und gegen Richie hatte aussagen wollen – da sie nicht verheiratet waren, gab es kein Gesetz, das sie daran hinderte.

Doch als sie sich dann umbrachte, wurde auch daraus nichts.

Der Fall Vollmer kam zwar zur Verhandlung, aber er stand auf sehr schwachen Beinen, und Vollmers Anwalt, Adrian Whitfield, konnte mühelos Löcher in das Netz der Beweisführung reißen, die groß genug waren, daß Richie durch sie entschlüpfen konnte. Die Anklage, die der Richter schließlich erhob, lief praktisch auf eine Einstellung des Verfahrens hinaus, und die Geschworenen kamen nach mageren eineinhalb Stunden mit einem Freispruch zurück.

»Es war schrecklich«, äußerte ein Geschworener einem Journalisten gegenüber. »Wir waren nämlich alle todsicher, daß er es war, aber die Anklagevertretung hat es nicht bewiesen. Wir mußten ihn für nicht schuldig erklären, aber es hätte trotzdem eine Möglichkeit geben sollen, ihn hinter Schloß und Riegel zu bringen. Wie kann man so jemanden wieder auf die Menschheit loslassen?«

Das hatte sich auch Marty McGraw gefragt. »Mögen Sie auch nicht in den Augen des Gesetzes schuldig sein«, polterte er los, »so sind Sie es in meinen und in denen jedes anderen Menschen, den ich kenne, wenn man einmal von den zwölf Männern und Frauen absieht, die von unserem Rechtssystem gezwungen werden, genauso blind zu sein wie Justitia selbst ...«

»Es gibt zu viele von Ihrer Sorte«, fuhr er fort, »Verbrecher, die durch die Maschen des Netzes fallen und das Leben auf dieser Welt unerträglich machen. Und ich muß Ihnen sagen, ich wünsche mir von ganzem Herzen, es gäbe eine Möglichkeit, Sie loszuwerden. Die Lynchjustiz war gewiß eine schreckliche Methode, der Gerechtigkeit zum Sieg zu verhelfen, und nur ein Narr würde wieder auf sie zurückgreifen. Doch Sie sind ein sprechendes Argument dafür. Wir dürfen Ihnen nichts anhaben, und wir müssen Sie wie einen unausrottbaren Virus unter uns leben lassen. Sie werden sich nicht ändern. Sie werden sich auch nicht helfen lassen, zumal für Männer wie Sie ohnehin jede Hilfe zu spät kommt. Sie nicken und spielen den Geläuterten und machen Therapeuten und Anwälten und Bewährungsausschüssen etwas vor, und schon treiben Sie sich wieder auf den Straßen unserer Städte herum und stellen unseren Kindern nach.

Am liebsten würde ich Sie eigenhändig umbringen, aber das ist nicht mein Stil, und es fehlt mir der Mut dazu. Vielleicht werden Sie beim Überqueren der Straße von einem Bus überfahren. Sollte dem so sein, werde ich gern einen großzügigen Beitrag zur Verteidigung des Busfahrers beisteuern, falls jemand so verrückt sein sollte, ihn unter Anklage zu stellen. Man sollte ihm einen Orden verleihen ... und auch dafür würde ich mich mit dem größten Vergnügen einsetzen.

Oder vielleicht sind Sie wenigstens einmal in Ihrem abscheulichen Leben Manns genug, das einzig Richtige zu tun. Sie könnten sich ein Beispiel an Franny nehmen und sich dazu durchringen, der Allgemeinheit nicht mehr länger zur Last zu fallen. Allerdings glaube ich nicht, daß Sie dafür den nötigen Mumm haben, aber vielleicht bringen Sie ihn ja doch auf, oder jemand geht Ihnen dabei zur Hand. Denn entgegen allem, was mir die Nonnen in St. Ignatius beigebracht haben, gäbe ich viel darum, Sie mit einer Schlinge um den Hals von einem Ast hängen und im Wind baumeln zu sehen.«

Das war typisch McGraw und mit einer der Gründe, warum ihn sich die Zeitungen mit immer höheren Honoraren gegenseitig abspenstig zu machen versuchten. Seine Kolumne gehörte, wie jemand mal gesagt hat, zu den Dingen, die New York zu New York machten.

Er hatte im Lauf der Jahre sein Glück auch noch auf anderen Gebieten versucht, und nicht ohne gewissen Erfolg. Unter anderem hatte er mehrere Sachbücher geschrieben, und wenn auch keines davon ein Bestseller wurde, wurden doch alle sehr wohlwollend aufgenommen. Dann hatte er vor ein paar Jahren bei einem lokalen Kabelkanal eine Talkshow gehabt, die er jedoch nach sechs Monaten Laufzeit und einer Reihe von Auseinandersetzungen mit dem Management des Senders wieder aufgegeben hatte. Kurz davor hatte er ein Theaterstück verfaßt, das auch tatsächlich am Broadway aufgeführt worden war.

Aber es war seine Kolumne, mit der er der Stadt seinen Stempel aufdrückte. Er hatte eine unnachahmliche Art, die Wut und die Ängste seiner Leser zu artikulieren und sie in bessere Worte zu kleiden, als sie gewählt hätten, ohne ihnen dabei etwas von ihrer sehr direkten Einfache-Leute-Empörung zu nehmen. Ich kann mich erinnern, die Kolumne, die er über Richie Vollmer schrieb, gelesen zu haben, und ich kann mich erinnern, ihrem Inhalt mehr oder weniger beigepflichtet zu haben. Auch wenn ich nicht viel für Wildwestjustiz übrig hatte, gab es Momente, in denen sie mir besser erschien als gar keine Justiz. Ich sähe es zwar nicht gern, wenn ein Lynchmob die Straße runtermarschierte, aber wenn er vor Richie Vollmers Haus haltmachte, liefe ich nicht unbedingt los und versuchte, die aufgebrachte Menge umzustimmen.

Nicht, daß ich mir über die Kolumne groß Gedanken machte. Wie jedermann sonst nickte ich hin und wieder zustimmend, runzelte gelegentlich über diese grobe Vereinfachung oder jene unglückliche Wendung die Stirn und dachte insgeheim, daß es keineswegs das schlechteste wäre, wenn Richie tatsächlich eines Tages von einem Ast oder Laternenpfahl baumelte. Und wie jedermann sonst blätterte ich eine Seite weiter.

Wie fast jedermann sonst.

Die Kolumne erschien am Donnerstag, beziehungsweise bereits am späten Mittwochabend. Neben acht bis zehn Briefen an die Redaktion, von denen später zwei in »Die Stimme des Volkes« exzerpiert wurden, gingen Freitag und Samstag auch fünf Briefe ein, die an McGraw persönlich adressiert waren. In einem davon rief ein gläubiger Katholik aus Riverdale McGraw in Erinnerung, Selbstmord sei eine Todsünde und jemanden aufzufordern, eine solche zu begehen, sei ebenfalls eine Sünde. Alle anderen Leserbriefschreiber stimmten der Kolumne mehr oder weniger zu.

McGraw hatte einen ganzen Packen Postkarten mit folgendem vorgedrucktem Text: »Lieber ...., vielen Dank, daß Sie sich die Mühe gemacht haben zu schreiben. Egal, ob Sie nun mit dem, was ich zu sagen hatte, einer Meinung sind, danke ich Ihnen für Ihre Zuschrift und bin froh und stolz, Sie als Leser zu haben. Ich hoffe, Sie lesen weiter jeden Dienstag, Donnerstag und Sonntag meine Sachen in der *Daily News*.« Nicht jeder Briefschreiber gab seine Adresse an – manche unterschrieben nicht einmal –, aber jeder, der es tat, bekam so eine Postkarte, mit seinem Vornamen nach »Lieber« eingesetzt und einem handschriftlichen Kommentar am Ende: »Danke!« oder »Richtig!« oder »Ganz genau!«. Er unterschrieb die Karten, schickte sie ab und dachte nicht weiter an sie.

Einer der fünf Briefe ließ ihn etwas stutzen. »Ihr offener Brief an Richard Vollmer ist sehr provokativ«, begann er. »Was sollen wir tun, wenn unser Rechtssystem versagt? Es genügt nicht, uns hinterher lediglich auf die Schultern zu klopfen, daß wir uns strikt an das juristische Procedere gehalten haben, während wir insgeheim über den unglücklichen Ausgang des Verfahrens die Hände ringen. Unsere Justiz braucht ein Backup-System, eine Absicherung gegen alle Fehler, die in einem dermaßen mangelhaften System unweigerlich passieren.

Wenn wir eine Rakete ins All schießen, rüsten wir sie für den Fall, daß lebenswichtige Bauteile ausfallen, mit Ersatzkomponenten aus. Wir sichern uns dagegen ab, daß etwas Unvorhergesehenes die Rakete vom Kurs abbringt, und bauen Vorrichtungen ein, um jegliche Störungen bei ihrem Auftreten sofort zu beheben. Wenn wir solche Sicherheitsvorkehrungen im Weltall ganz selbstverständlich treffen, ist es da nicht recht und billig, sie in unseren Städten zu treffen?

Ich möchte darauf hinweisen, daß in den Herzen unserer Bürger bereits ein solches Backup-System für unsere Justiz existiert, wenn wir nur bereit sind, es zu aktivieren. Und ich glaube, das sind wir. Allein aufgrund der Tatsache, daß Sie diese Kolumne geschrieben haben, sind Sie eine Manifestation dieses kollektiven Willens. Und auch ich bin in hohem Maß eine Manifestation dieses Willens, des Willens des Volkes.

Schon bald wird Richard Vollmer von einem Ast hängen. Es ist des Volkes Wille.«

Der Brief war sprachlich ausgefeilter als die meisten, und er war mit Maschine geschrieben.

McGraws Leserschaft bestand nicht nur aus Trotteln und Schwachköpfen, die ihre Zustimmung mit Kreide auf braune Papiertüten schmierten, und er hatte auch vorher schon maschinengeschriebene und gut formulierte Briefe bekommen, doch sie waren ausnahmslos unterschrieben und fast immer mit einem Absender versehen gewesen. Dieser war nicht unterschrieben und trug keinen Absender, weder auf dem Schreiben selbst noch auf dem Umschlag, in dem es gekommen war. McGraw sah nämlich extra nach, aber auf dem Umschlag standen nur sein Name und die Adresse der Zeitung. Sonst nichts.

Er heftete den Brief ab und dachte nicht mehr weiter daran.

Am nächsten Wochenende brausten zwei dominikanische Kids auf ihren Mountain Bikes einen steilen Weg im Inwood Hill Park hinunter. Einer von ihnen rief seinem Freund etwas zu, und sobald es das Gelände erlaubte, bremsten beide. »Hast du das gesehen?« »Was?« »An dem Baum.« »An welchem Baum?« »An dem Baum da hinten ist ein Typ gehangen.« »Hast du sie nicht alle? Das bildest du dir nur ein, du spinnst.« »Fahren wir zurück.« »Bergauf? Damit wir einen Typ von einem Baum hängen sehen?« »Jetzt komm schon!«

Sie fuhren zurück, und der Junge hatte es sich nicht eingebildet. Von einem dicken Ast einer Sumpfeiche, die zehn bis fünfzehn Meter neben dem Fahrradweg stand, hing tatsächlich ein Mann. Sie hielten an und sahen ihn sich genau an, und prompt mußte sich einer der Jungen übergeben. Der hängende Mann war kein schöner Anblick. Sein Kopf hatte die Größe eines Basketballs, und sein Hals war von seinem Gewicht auf eine Länge von dreißig Zentimetern gedehnt. Er baumelte nicht im Wind. Es wehte nämlich keiner.

Natürlich war es Richard Vollmer, und er wurde nicht weit von der Stelle gefunden, an der seine beiden Opfer gefunden worden waren, und McGraws erster Gedanke war gewesen, der perverse Schweinehund hätte tatsächlich getan, was er ihm nahegelegt hatte. Er empfand ein eigenartiges Gefühl von unerwünschter Macht, das gleichzeitig beängstigend und faszinierend war.

Allerdings hatte jemand Vollmer dabei geholfen. Da die Todesursache Erstickung war, mußte er noch am Leben, wenn auch vermutlich bewußtlos gewesen sein, als ihm die Schlinge um den Hals gelegt wurde. Die Autopsie ergab, daß er mehrere Schläge auf den Kopf erhalten hatte und vermutlich seinen Kopfverletzungen erlegen wäre, wenn sich nicht jemand die Mühe gemacht hätte, ihn aufzuknüpfen.

McGraw wußte nicht, was er davon halten sollte. Es sah eindeutig so aus, als hätte seine Kolumne irgendeinen leicht zu beeinflussenden Einfaltspinsel zu einem Mord angestiftet; zumindest was die Mordmethode anging, hatte der Täter seinen Rat beherzigt. So unangenehm ihm dies war, konnte er sich dennoch nicht dazu durchringen, Richie Vollmers Tod zu bedauern. Darum tat er, was ihm im Lauf der Jahre zur Gewohnheit geworden war. Er schrieb sich seine Gedanken und Gefühle in einer Kolumne vom Herzen.

»Ich kann nicht behaupten, daß es mir leid tut, daß Richie Vollmer nicht mehr unter uns weilt«, schrieb er. »Schließlich sind noch genügend andere von uns am Leben, über acht Millionen, um genau zu sein, und es läßt sich wohl schwerlich sagen, die Lebensqualität ist in einem nennenswerten Maß gesunken, seit Richie unter der Erde ist. Dennoch wäre es mir zutiefst unangenehm, ich oder ein Leser dieser Kolumne könnte daran beteiligt gewesen sein, ihn dorthin zu befördern.

In gewisser Weise hat uns die Person, die Richie Vollmer umgebracht hat, allen einen Gefallen getan. Vollmer war ein Ungeheuer. Ist jemand unter uns, der ernsthaft daran zweifelt, daß er wieder gemordet hätte? Und empfinden wir nicht alle guten Gewissens Erleichterung darüber, daß er es nun nicht mehr tun kann?

Und doch hat uns der Mörder einen Bärendienst erwiesen. Wenn wir das Gesetz selbst in die Hände nehmen, wenn wir uns die Verfügungsgewalt über Leben und

Tod selbst anmaßen, sind wir keinen Deut besser als Richie. Gewiß, wir sind nettere, sympathischere Richie Vollmers. Unsere Opfer verdienen, was sie kriegen, und wir können uns sagen, daß Gott auf unserer Seite ist.

Aber sind wir wirklich so anders?

Ich bin der Allgemeinheit eine Entschuldigung dafür schuldig, ihm in aller Öffentlichkeit den Tod gewünscht zu haben. Aber bei Richie entschuldige ich mich nicht; daß er von uns gegangen ist, tut mir nicht eine Sekunde leid. Nein, ich habe mich bei Ihnen allen zu entschuldigen.

Es ist natürlich möglich, daß die Person oder die Personen, die Richie auf dem Gewissen haben, diese Kolumne gar nicht gelesen haben, daß sie für das, was sie getan haben, ihre eigenen Gründe hatten; vielleicht wollten sie eine alte Rechnung aus ihrer gemeinsamen Zeit im Gefängnis begleichen. Das würde ich gern glauben. Dann schliefe ich besser.«

Wie nicht anders zu erwarten, bekam McGraw Besuch von der Polizei. Er erzählte ihnen, er habe eine Reihe von Briefen erhalten, die sich ablehnend oder zustimmend zum Inhalt seiner Kolumne geäußert hätten, es sei jedoch keiner darunter gewesen, dessen Verfasser ausdrücklich erklärt habe, er werde dafür sorgen, daß seine darin geäußerten Wünsche in die Tat umgesetzt würden. Die Polizisten fragten nicht, ob sie die Briefe sehen könnten. Die Kolumne erschien, und am nächsten Tag kam mit der Post ein zweiter Brief von Will.

»Machen Sie sich keine Vorwürfe«, las McGraw. »Es könnte zwar durchaus interessant sein, die Frage zu klären, inwieweit mich Ihre Kolumne zu meinem Vorgehen veranlaßt hat, doch letzten Endes ist die Suche nach dem maßgeblichen Grund eines Phänomens fruchtlos. Können wir nicht zutreffender behaupten, Richard Vollmer hat Sie durch seine abscheulichen Taten dazu veranlaßt, das zu schreiben, was Sie geschrieben haben, was wiederum mich veranlaßt hat, das zu tun, was ich getan habe? Jeder von uns hat – prompt, direkt, angemessen – auf einen unerträglichen Zustand reagiert, das heißt, auf die Tatsache, daß es einem Kindermörder weiterhin möglich ist, sich frei unter uns zu bewegen.

Oder, um es anders auszudrücken, jeder von uns beiden hat einen Augenblick lang den kollektiven Willen der Bewohner New Yorks verkörpert. Ist es denn nicht gerade die Fähigkeit der Allgemeinheit, ihren Willen durchzusetzen, die letztlich das Wesen der Demokratie ausmacht? Es ist nicht so sehr das Recht zu wählen oder die verschiedenen Freiheiten, die uns das Grundgesetz zusichert, wie vielmehr die Tatsache, daß wir gemäß unserem kollektiven Willen regiert werden beziehungsweise uns selbst regieren. Halten Sie sich also nicht für verantwortlich für die rechtzeitige Hinrichtung Richard Vollmers. Suchen Sie, wenn Sie wollen, die Schuld bei Vollmer selbst. Oder suchen Sie sie meinetwegen auch bei mir. Doch wenn Sie das tun, suchen Sie die Schuld nur beim

»WILLEN DES VOLKES«

Einer der Polizisten hatte seine Visitenkarte dagelassen, und McGraw suchte sie heraus und streckte die Hand nach dem Telefon aus. Er hatte die Nummer zur Hälfte gewählt, als er auf die Gabel drückte und noch mal von vorn anfing.

Zuerst rief er in der Lokalredaktion an. Erst dann rief er bei der Polizei an.

»RICHIES MÖRDER WENDET SICH AN DIE ÖFFENTLICHKEIT«, lautete die Schlagzeile des nächsten Tages. Der dazu gehörige Artikel, für den McGraw firmierte, enthielt neben Auszügen von Wills erstem Brief den vollen Wortlaut des zweiten sowie eine zusammenfassende Darstellung des Stands der polizeilichen Ermittlungen. In verschiedenen Begleitartikeln kamen Psychologen und Kriminologen zu Wort.

McGraws Kolumne erschien unter dem Titel »Ein offener Brief an Will« auf Seite vier. Das Ganze lief im wesentlichen darauf hinaus, daß Will, mochte er auch berechtigte Gründe für seine Tat gehabt haben, sich dennoch den Behörden stellen solle.

Dazu kam es aber nicht. Statt dessen verhielt sich Will einfach still, während die polizeilichen Ermittlungen auf Hochtouren liefen und zu nichts führten. Dann, etwa eine Woche später, war in McGraws Post ein weiterer Brief von Will.

Er hatte schon die ganze Zeit mit einer weiteren Nachricht von Will gerechnet und deshalb nach einem länglichen Umschlag mit maschinegeschriebener Adresse und ohne Absender Ausschau gehalten; aber diesmal war es ein normaler Umschlag, die Adresse war mit Kugelschreiber und von Hand geschrieben, und mit einem Absender war er auch versehen. Also dachte er sich nichts dabei und öffnete ihn. Er faltete den Bogen Papier auseinander, sah die Schrift und die Signatur und ließ den Brief fallen wie ein heißes Eisen.

Er begann mit: »Ein offener Brief an Patrizzio Salerno«, und McGraw bekam eine gekonnte Parodie seines eigenen offenen Briefes an Richie Vollmer zu lesen. Patsy Salerno war ein stadtbekannter Mafioso, Chef einer der fünf Mafiafamilien und das schwer zu fassende Ziel eines RICO-Ermittlungsverfahrens, und er hatte schon zahllose Versuche überstanden, ihn hinter Gitter zu bringen. Will führte Patsys verschiedene Verstöße gegen die gesellschaftlichen Normen sehr genau auf. »Sogar Ihre eigenen Leute haben wiederholte Male versucht, Sie uns vom Hals zu schaffen«, schrieb er in Anspielung auf mehrere Anschläge, die in den vergangenen Jahren auf Patsys Leben verübt worden waren, und machte im weiteren den Vorschlag, Patsy solle seine erste gemeinnützige Tat vollbringen und sich selbst das Leben nehmen; andernfalls sehe sich der Verfasser dieses Schreibens gezwungen, selbst zur Tat zu schreiten.

»In gewisser Weise«, schloß er, »bleibt mir in dieser Angelegenheit gar keine andere Wahl. Schließlich bin ich lediglich

DES VOLKES WILLE«

Die Story trieb die Auflage gewaltig in die Höhe. Niemand schaffte es, ein Interview mit Salerno zu bekommen, aber sein Anwalt vertrat ihn durchaus angemessen, indem er seinen Mandanten als einen unschuldigen Geschäftsmann hinstellte, der seit Jahren zu Unrecht von der Regierung verfolgt werde. Die jüngste Eskalation bezeichnete er als weiteren Ausdruck dieser Verfolgung; entweder war Will durch die Lügen, die die Regierung über Patrizzio Salerno verbreitet hatte, zu seinem verrückten Rachefeldzug angestiftet worden, oder es gab gar keinen Will, und das Ganze war nur ein raffinierter Plan der Bundesbehörden, neue Beweise gegen Patsy aufzudecken oder zu fabrizieren. Er gab letzterer Möglichkeit den Vorzug und lehnte gleichzeitig im Auftrag seines Mandanten das Angebot des NYPD ab, Salerno unter Polizeischutz zu stellen.

»Stellen Sie sich mal vor, die Cops wollen Patsy beschützen«, zitierte die *Post* eine anonyme Unterweltgröße. »Da müßte Patsy schon eher die Cops beschützen.«

Die Story sorgte in New York für einiges Aufsehen, sowohl in der Presse wie im Fernsehen, aber nach einigen Tagen begann das Interesse zu erlahmen, weil nichts mehr passierte, um es weiter zu schüren. Dann aß Patsy eines Sonntags in einem Restaurant in der Arthur Avenue in der Bronx zu Abend. Ich kann mich nicht mehr erinnern, was er aß, auch wenn die Boulevardblätter sein Menü Gang für Gang auflisteten. Schließlich ging er auf die Herrentoilette, und irgendwann folgte ihm jemand dorthin, um nachzusehen, warum er so lange ausblieb.

Patsy lag mit einer Klaviersaite um den Hals auf dem Boden. Seine heraushängende Zunge war doppelt so groß wie üblich, und seine Augen traten weit hervor.

Jetzt drehten die Medien vollends durch. Die landesweit ausgestrahlten Talkshows fuhren reihenweise ihre Experten auf und verschafften ihnen ausreichend Gelegenheit, sich des langen und breiten über die moralischen Aspekte der Lynchjustiz und das spezifische Psychogramm Wills auszulassen. Irgend jemand erinnerte sich an das Lied »Ich habe eine kleine Liste« aus *Der Mikado*, und wie sich herausstellte hatte jeder seine kleine Liste »mit Schädlingen der Gesellschaft, die am besten unter der Erde aufgehoben sind«, wie es in der Nummer von Gilbert und Sullivan heißt. David Letterman war prompt mit einer Top Ten zu Wills gefälliger Beachtung zur Hand; sie setzte sich vorwiegend aus den Namen in den Medien überrepräsentierter Showbiz-Größen zusammen. (Gerüchten zufolge hatte es hinter den Kulissen heftige Diskussionen gegeben, inwieweit es vertretbar sei, Jay Leno ganz oben auf die Liste zu setzen; was immer daran wahr sein mag, Lettermans Late Night-Rivale blieb unerwähnt.)

Es gab mehr als nur ein paar Leute, die behaupteten, Will zu sein und seine Taten begangen zu haben. Die Polizei richtete einen eigenen Anschluß für Anrufe zu diesem Fall ein, und sie bekam die zu erwartende Flut von falschen Anschuldigungen und Geständnissen. Die Nachrichtenredaktionen wurden mit vermeintlich von Will stammenden offenen Briefen an alle möglichen Bürger überschwemmt. McGraw erhielt eine Reihe von Todesdrohungen: »Ein offener Brief an Marty McGraw ... Sie haben den Stein ins Rollen gebracht, Sie mieser Dreckskerl, und jetzt sind Sie an der Reihe ...« Jede Menge Leute fühlten sich bemüßigt, privat oder in aller Öffentlichkeit ihre Vermutungen anzustellen, wer Wills nächstes Opfer sein könnte, und die Kandidaten ihrer Wahl vorzustellen.

Eines stand jedoch für alle fest. Es würde ein drittes Opfer geben. Niemand machte bei zwei Schluß. Bei eins, ja. Bei drei, ja. Aber niemand machte bei zwei Schluß.

Will sollte die in ihn gesetzten Erwartungen nicht enttäuschen, obwohl die Wahl seines nächsten Opfers viele überrascht haben dürfte. »Ein offener Brief an Roswell Berry« lautete die Überschrift seines nächsten Schreibens, in dem er den führenden Abtreibungsgegner der Stadt als einen nicht unter Anklage gestellten Mörder anprangerte. »Ihre Tiraden haben immer wieder gewalttätige Aktionen seitens Ihrer Anhänger nach sich gezogen«, behauptete Will, »und in mindestens zwei Fällen sind dabei Menschen zu Tode gekommen. Der Bombenanschlag auf die Klinik in der 137th Street und die Ermordung der Krankenschwester und des Arztes in der Ralph Avenue waren unverantwortliche Morde. Beide Male haben Sie mit gespaltener Zunge gesprochen, als Sie sich einerseits von diesen Taten distanzierten, sie aber gleichzeitig als Mittel zu einem guten Zweck guthießen und sie als wesentlich weniger verwerflich hinstellten als eine Abtreibung ... Sie schwingen sich zum Sprecher der Ungeborenen auf, aber mit der Geburt endet Ihre Sorge um den Fetus. Sie sprechen sich gegen Geburtenkontrolle, Sexualerziehung und jegliche staatlichen Projekte aus, die einen Rückgang der Abtreibungsrate zur Folge haben könnten. Sie sind ein verabscheuungswürdiger Mensch und scheinbar mit rechtlichen Mitteln nicht zu belangen. Aber auf Dauer entgeht niemand dem

WILLEN DES VOLKES«

Berry war gerade nicht in New York, als der Brief auf Marty McGraws Schreibtisch landete. Er hielt sich in Omaha auf, wo er die massiven Proteste gegen eine Abtreibungsklinik leitete. »Ich verrichte Gottes Werk«, erklärte er vor laufenden Fernsehkameras. »Es ist Sein Wille, daß ich damit fortfahre, und das wiegt den sogenannten Willen des Volkes jederzeit auf.« Einem anderen Fernsehreporter sagte er, egal, welchen Strauß Will mit ihm auszufechten gedenke, müsse er sich so lange gedulden, bis er wieder nach New York zurückkehre, und er habe vor, noch eine ganze Weile in Omaha zu bleiben.

Gottes Wille. Bei den Anonymen Alkoholikern werden wir angehalten, nur darum zu beten, Seinen Willen zu erfahren und die Kraft zu erhalten, ihn zu tun. Mein Tutor Jim Faber sagt immer, Gottes Willen herauszubekommen ist die einfachste Sache der Welt. Man wartet einfach ab und sieht, was passiert, und das wär's auch schon.

Vielleicht war es ja tatsächlich Gottes Werk, was Roswell Berry verrichtete, aber offensichtlich war es nicht Gottes Wille, daß er damit weitermachte. Er blieb in Omaha – genau, wie er gesagt hatte –, aber als er nach New York zurückkehrte, tat er das in einer länglichen Kiste.

Das Zimmermädchen fand ihn in seinem Zimmer im Omaha Hilton. Die Tatsache, daß ihm sein Mörder einen Kleiderbügel um den Hals geschlungen hatte, zeugte von einem gewissen Sinn für Humor.

Das Ganze war natürlich ein Fall für das Omaha Police Department, aber sie waren trotzdem froh über die zwei NYPD-Detectives, die mit dem Flugzeug ankamen, um sich mit ihnen zu beraten und Informationen auszutauschen. Einmal abgesehen von dem offenen Brief, gab es keine Indizien, die einen Zusammenhang zwischen dem Mord an Berry und den Morden an Vollmer und Salerno herstellten, und das leistete Spekulationen Vorschub, jemand aus Omaha könnte, möglicherweise angestachelt durch Wills Vorschlag, die Angelegenheit vor Ort bereinigt haben.

Wills nächste Mitteilung – wie alle anderen an Marty McGraw adressiert – brachte diesen Punkt zur Sprache. »Bin ich nach Omaha gereist, um eine Rechnung mit Mr. Berry zu begleichen? Oder hat ein Bürger von Omaha aus Ärger über die Art, in der Roswell Berry das urbane Gleichgewicht dieser schönen Stadt gestört hat, die Sache selbst in die Hand genommen?

Doch wen kümmert das schon, mein Freund? Was könnte das schon für eine Rolle spielen? Ich selbst bin ein Nichts, wie angeblich jemand in einem etwas anderen Zusammenhang geäußert hat. Es ist der Wille des Volkes, der sich durch mich Ausdruck verschafft. Falls tatsächlich ein anderes Händepaar als das meine das

Messer in Roswell Berrys erbarmungsloses Herz gestoßen hat, bevor es ihm einen Kleiderbügel um den Hals geschlungen hat, ist es ebenso müßig, sich über meine Beteiligung an dem Vorfall den Kopf zu zerbrechen, wie es müßig ist, sich zu fragen, inwieweit Ihre schriftlichen Äußerungen meine Taten ausgelöst haben. Jeder von uns, ob nun allein oder im Verein mit anderen, tut immer nur

DES VOLKES WILLEN«

Das war sehr raffiniert. Mit der Begründung, es mache ohnehin keinen Unterschied, sagte Will zwar nicht explizit, ob er in Omaha gewesen war. Aber gleichzeitig ließ er diesbezüglich kaum Zweifel aufkommen, da er auf den Umstand anspielte, daß Berry erstochen worden war. Das hatten die Behörden von Omaha unterschlagen. (Mit dem Kleiderbügel hätten sie das auch gern getan, aber dieses Detail war durchgesickert, und aufgrund seines Symbolcharakters wäre es einfach zuviel von der Presse erwartet gewesen, nicht damit an die Öffentlichkeit zu gehen. Einfacher war es da schon gewesen, die Messerstiche geheimzuhalten, weil sie erst bei Berrys Obduktion entdeckt worden waren. Er war mit einem einzigen Stich ins Herz getötet worden, der ihm mit einem Messer oder einem Dolch mit sehr schmaler Klinge beigebracht worden war. Er war praktisch auf der Stelle tot gewesen, und weil es deshalb zu keinen nennenswerten Blutungen gekommen war, wurde die Stichwunde anfänglich gar nicht bemerkt und daher auch in den Zeitungen nicht erwähnt.)

Roswell Berry war an sich nicht leicht zu beseitigen gewesen. Er hatte sich in einem anderen Teil des Landes aufgehalten, war in einem Hotel mit guten Sicherheitsvorkehrungen abgestiegen und ständig von einem Schwarm loyaler Leibwächter umgeben gewesen, breitschultrigen jungen Männern mit Bürstenhaarschnitten und finsteren Gesichtern, alle in Chinos und kurzärmligen weißen Hemden. (»Gorillas für Jesus« hatte sie ein Kommentator getauft.) Die Frage, wie es Will gelungen war, an ihnen vorbeizukommen und unbemerkt in das Hotelzimmer ihres Führers zu gelangen, gab Anlaß zu zahlreichen Spekulationen.

War es schon bei Berry schwer genug gewesen, ihn umzubringen, schien es bei Wills nächstem Opfer ein Ding der Unmöglichkeit.

»Ein offener Brief an Julian Rashid«, war das nächste Schreiben an McGraw überschrieben, das etwa zehn Tage nach seinem doppeldeutigem Kommentar zu Berrys Tod abgeschickt worden war. Darin warf er dem schwarzen Suprematisten vor, zum Zweck der eigenen Selbstverherrlichung den Rassenhaß zu schüren. »Sie haben ihre Herrschaft auf der Unzufriedenheit eines Volkes errichtet«, schrieb er. »Ihre Macht stützt sich auf den Haß und die Bitterkeit, die Sie wecken. Sie haben zur Gewalt aufgerufen, und nun ist die Gesellschaft, die Sie verteufeln, endlich bereit, diese Gewalt gegen Sie zu kehren.«

Als Rashid zum erstenmal ins Rampenlicht der Öffentlichkeit trat, lehrte er am Queens College Wirtschaftswissenschaften und hieß noch Wilbur Julian, aber dann entledigte er sich des Wilbur und übernahm statt dessen etwa zur gleichen Zeit, in der er seine Theorien zu formulieren begann, das Rashid.

Die Namensänderung erfolgte nicht in Zusammenhang mit einem Übertritt zum Islam, sondern war lediglich Ausdruck seiner Bewunderung für den legendären Harun-ar-Raschid.

Ungeachtet der Tatsache, daß seine Theorien nachweislich kaum etwas mit Wirtschaftswissenschaften zu tun hatten, verbreitete er sie zunächst im Hörsaal des College; sie besagten, die ersten Menschen seien schwarz gewesen, und es seien auch Schwarze gewesen, die die versunkenen Kulturen von Atlantis und Lemurien gegründet hätten und in den prähistorischen Gesellschaften überall auf der Welt als die Urahnen der Menschheit verehrt worden seien; sie hätten Stonehenge und die monumentalen Steinköpfe auf der Osterinsel errichtet.

Dann seien aus einer Art genetischer Laune heraus die Weißen entstanden, sozusagen als eine Mutation der reinen schwarzen Rasse. Genauso, wie ihrer Haut das Melanin fehlte, fehlte es ihrem Geist an wahrer Menschlichkeit. Ähnlich unterentwickelt waren auch ihre Körper; sie konnten nicht so schnell oder so weit laufen, nicht so hoch springen, und es fehlte ihnen auch das tief verwurzelte Gespür für die Schwingungen der Erde; mit anderen Worten: Sie hatten keinen Rhythmus. Perverserweise waren die Weißen jedoch gerade wegen ihres unmenschlichen Wesens besser imstande, sich durchzusetzen und die Schwarzen bei jedem Aufeinandertreffen der beiden Rassen zu unterwerfen, zu betrügen und zu unterwandern.

Für die Unterwerfung der schwarzen Rasse durch die weiße war ganz besonders ein später Ableger der weißen Subspezies verantwortlich. Die räudigen Bastarde, die dahinter steckten, waren, man höre und staune, die Juden.

»Wenn sich herausstellt, auf dem Saturn gibt es Leben«, sagte Elaine, »und wenn wir eines Tages dort landen, stellt sich bestimmt heraus, daß sie dort drei Paar Augen und fünf Geschlechter und etwas gegen die Juden haben.«

Wenn er nur Gelegenheit dazu erhielt, stellte der schwarze Mann laut Rashid jedesmal seine natürliche Überlegenheit unter Beweis – in der Leichtathletik, bei Baseball, Football und Basketball und sogar in den von ihm als »jüdisch« bezeichneten Sportarten Golf, Tennis und Bowling. (Gute schwarze Reiter, erklärte er, gab es dagegen nur wenige, weil dafür die Unterwerfung und Beherrschung des Pferdes durch den Reiter erforderlich waren.) Schach, für das er offensichtlich eine besondere Schwäche hatte, lieferte einen weiteren Beweis für die schwarze Überlegenheit; während Juden und deren Anhänger dieses rein geistige Spiel aus Büchern lernen mußten, hatten schwarze Kinder eine natürliche Begabung dafür und spielten es auch ohne Anleitung ganz hervorragend.

Nun war es – um Rashids Worte zu gebrauchen – die Aufgabe des schwarzen Mannes, sich vollständig von der weißen Gesellschaft zu lösen und seiner angeborenen Überlegenheit auf jedem Gebiet menschlichen Strebens Geltung zu verschaffen, sich die Weißen zu unterwerfen und sie, wenn nötig, ja, zu versklaven, um das neue Jahrtausend mit einer von Schwarzen geprägten Kultur einzuleiten, die unabdingbare Voraussetzung für das Überleben der Menschheit war.

Wie nicht anders zu erwarten, wurden intensive Bemühungen unternommen, ihm seine Professur am Queens College zu entziehen. (Ray Gruliow vertrat ihn in seinem erfolgreichen Kampf gegen die Aberkennung seines akademischen Amts und äußerte wiederholte Male, er finde Rashid persönlich sympathisch. »Ich weiß nicht, wieviel er von diesem Blödsinn tatsächlich glaubt«, sagte er mir einmal. »Jedenfalls hat es ihn nicht daran gehindert, sich einen jüdischen Anwalt zu nehmen.«) Er gewann den Prozeß, legte dann in einer theatralischen Geste seine Professur selbst nieder und kündigte die Gründung einer eigenen akademischen Bildungsstätte an.

Seinen Anhängern war es gelungen, in St. Albans in Queens einen ganzen Häuserblock zu erwerben, den sie mit einer Mauer umgaben, um dahinter die neue schwarze Universität und den größten Teil ihres Lehrkörpers und ihrer Studentenschaft unterzubringen.

Dort lebte auch Julian Rashid mit seinen zwei Frauen und mehreren Kindern. (Obwohl auch in seinem Fall die unvermeidlichen Gerüchte von einer Schwäche für weiße Frauen in Umlauf geraten waren, hatten beide Ehefrauen dunkle Haut und afrikanische Züge. Sie sahen sich sogar so ähnlich, daß bald weitere Gerüchte zu kursieren begannen, sie seien Schwestern oder gar Zwillinge.) Vor Rashids Unterkunft war rund um die Uhr eine Wache postiert, und wenn er das befestigte und streng bewachte Gelände verließ, wurde er von einer Phalanx bewaffneter Männer in Khaki-Uniformen begleitet.

Auf einer Pressekonferenz, die kurz nach dem Bekanntwerden von Wills jüngstem offenem Brief abgehalten wurde, verkündete Rashid, er nehme die Herausforderung gern an. »Soll er es ruhig versuchen. Es ist richtig, er verkörpert den Willen seines Volkes. Die Weißen haben uns seit jeher gehaßt, und jetzt, wo sie uns nicht mehr länger unterdrücken können, möchten sie uns ausrotten. Soll er also ruhig kommen, damit der Wille der weißen Rasse am Felsen des schwarzen Willens zerbricht. Wir werden sehen, wessen Wille stärker ist.«

Eine Woche lang passierte nichts. Dann wurde die Polizei auf das Gelände in St. Albans gerufen, das sie bis dahin nie zu betreten gewagt hatte. Eine Gruppe seiner Anhänger, zum Teil Angehörige seiner uniformierten Leibwache, zum Teil weinende Kinder und Jugendliche, führten die Polizisten zu Rashids Privatunterkunft und in sein Schlafzimmer. Rashid beziehungsweise sein Körper lag auf seinem Bett. Sein Kopf starrte ihnen, umgeben von Schnitzereien und Ketten mit bunten Perlen, von einem kleinen Altar in einer Ecke des Raums entgegen. Wie die ärztliche Untersuchung ergab, war er mit einem einzigen Schlag einer Zeremonialaxt enthauptet worden, einem wertvollen Artefakt der Senufo von der Elfenbeinküste.

Wie hatte Will das geschafft? Wie war es ihm gelungen, trotz der strengen Sicherheitsvorkehrungen auf das Gelände zu gelangen und sich unbemerkt wie ein Geist wieder davonzustehlen? Theorien gab es zuhauf. Will war selbst ein Schwarzer, behauptete eine Gruppe, und ein Linguistikstudent der Columbia University war schnell zur Hand, diese Behauptung mit einer Analyse von Wills Briefen zu untermauern, die angeblich auf die afrikanische Abstammung ihres Verfassers hindeuteten. Jemand anderer meinte, Will habe sich als Schwarzer verkleidet und sein Gesicht wie ein Darsteller einer Minstrel-Show geschwärzt. Auch die politische Korrektheit der beiden Standpunkte stand zur Debatte. War die Annahme, der

Mörder sei ein Weißer, rassistisch? War die Annahme, er sei ein Schwarzer, rassistischer? Jedenfalls warf der Fall noch eine ganze Reihe weiterer Fragen auf.

Gerade als die Diskussion so richtig schön in Gang kam, gab die Polizei die Festnahme Marlon Scipios bekannt, eines Vertrauten Rashids, der seinem engsten Mitarbeiterkreis angehörte. Scipio (ursprünglich Marlon Simmons; Rashid hatte die Namensänderung in Anspielung auf Scipio Africanus angeregt) war beim Polizeiverhör zusammengebrochen und hatte gestanden, die Gelegenheit, die sich ihm durch Wills offenen Brief geboten hatte, beim Schopf ergriffen zu haben, um eine schon lange offenstehende Rechnung zu begleichen. Offensichtlich war Rashids Libido durch seine zwei rechtmäßigen Frauen, Schwestern, Zwillinge oder was auch immer nicht genügend ausgelastet worden, weshalb er sich über Scipios Frau hergemacht hatte. Das hatte ihm Scipio, der nur eine Frau hatte, krummgenommen. Und als sich ihm eine Gelegenheit bot, nahm er die Senufo-Axt von der Wand und machte Rashid einen Kopf kürzer.

Will war so begeistert, man hätte denken können, er hätte es selbst getan. Sein nächster Brief, wenige Stunden nach der Bekanntgabe von Scipios Verhaftung abgeschickt, griff noch einmal die Grundaussage seines Briefs anläßlich des Tods von Roswell Berry auf. Der Wille des Volkes war erfüllt worden. Wen kümmerte es da schon, wer die Axt geschwungen hatte?

Und damit hatte er die Sache die nächsten zehn Tage auf sich beruhen lassen. Aber es meldeten sich jede Menge anderer Stimmen zu Wort, sowohl in Briefen und Anrufen, die vorgaben, von Will zu sein, auch wenn sie es eindeutig nicht waren, als auch in einer Reihe anonymer Bombendrohungen, von denen eine die Räumung eines ganzen Bürogebäudes in Midtown zur Folge hatte. McGraw erhielt einen von Hand geschriebenen Brief mit der Überschrift »Ein offener Brief an den sogenannten Marty McGraw«, dessen sprachlich nicht sehr versierter Verfasser McGraw für Wills Schreckensherrschaft verantwortlich machte. »Dafür wirst Du mit Deinem eigenen Blut bezahlen, Du Arschloch«, schloß der Brief, der mit einem großen roten X unterzeichnet war, das die halbe Seite einnahm. (Eine Laboranalyse ergab rasch, daß es sich bei dem X keineswegs um Blut handelte, sondern um roten Magic Marker.)

Die Polizei brauchte nur zwei Tage, um Mr. X zu fassen. Wie sich herausstellte, handelte es sich um einen arbeitslosen Bauarbeiter, der den Brief als eine Art Mutprobe geschrieben und dann in einer Kneipe damit angegeben hatte. »Der Kerl kommt sich wohl besonders toll vor«, sagte er über McGraw, aber abgesehen davon hatte er nicht wirklich etwas gegen ihn, und schon gar nicht hatte er vorgehabt, ihm etwas anzutun. Dem armen Teufel wurden Bedrohung und Nötigung ersten Grades angelastet, wobei es sich bei letzterem um ein Vergehen der Kategorie D handelt. Wahrscheinlich lassen sie ihn auf eine simple Übertretung plädieren, und ich würde sagen, er kommt mit einer Bewährungsstrafe davon, aber bis dahin befindet er sich gegen Kaution auf freiem Fuß und ist sicher nicht furchtbar stolz auf sich.

Und die Stadt stellte weiter ihre Spekulationen über Will an. Jeden Tag kamen neue Witze über ihn auf. (Sagt der Chefredakteur zum Presseagenten: »Ich habe eine gute und eine schlechte Nachricht für Sie. Die gute ist, Ihr Klient ist Gegenstand einer Kolumne in der morgigen *Daily News*. Die schlechte ist, Marty McGraw schreibt sie.«) Er tauchte in jeder Unterhaltung auf, wie das auch an dem Abend mindestens einmal der Fall gewesen war, an dem mir TJ versichert hatte, Wills wahre Identität würde schließlich dank eines Computers an den Tag kommen. Natürlich wurden endlose Vermutungen angestellt, was für ein Mensch er war und was für ein Leben er führte. Vermutungen wurden auch darüber angestellt, wer als nächstes seine Aufmerksamkeit auf sich lenken würde. Der Talkmaster einer Radiosendung hatte seine Hörer aufgefordert, die Namen von Personen zu nennen, die sie Will besonders ans Herz legen wollten. »Mal sehen, wer die meisten Stimmen bekommt«, sagte er seinen zur Arbeit fahrenden Zuhörern. »Und anschließend gebe ich die Liste Ihrer Favoriten bekannt. Könnte doch sein, daß auch Will meine Sendung hört. Vielleicht ist er sogar ein Fan von mir.«

»Falls er tatsächlich zuhört«, schnurrte seine Assistentin, »würde ich an deiner Stelle aber hoffen, daß er auch wirklich ein *Fan* von dir ist.«

Das war am Freitag gewesen. Als er am Montag morgen wieder auf Sendung ging, hatte er es sich anders überlegt. »Wir haben jede Menge Zuschriften bekommen«, verkündete er, »aber wissen Sie was? Ich gebe die Ergebnisse nicht bekannt. Ich erfasse sie nicht mal statistisch. Ich bin zu der Überzeugung gelangt, das Ganze ist einfach krank, nicht nur die Abstimmung, sondern das ganze Will-Fieber, das die Stadt gepackt hat. Und weil wir schon von niedrigen menschlichen Instinkten reden: Sie würden nicht glauben, was für geschmacklose und richtig widerliche Witze zum Teil in Umlauf sind.« Und zum Beweis erzählte er vier davon, einen nach dem andern.

Die Polizei stand selbstverständlich unter enormem Druck, den Kerl zu finden und den Fall zu lösen. Allerdings war in diesem Fall die Stimmung in der Öffentlichkeit eine ganz andere als zum Beispiel bei Son of Sam oder bei einem der anderen Serienmörder, die in den letzten Jahren ihr Unwesen getrieben hatten.

Man brauchte keine echte Angst zu haben, sich auf die Straße zu begeben, jedenfalls nicht, weil man fürchten mußte, von Will überfallen und umgebracht zu werden.

Der normale Durchschnittsbürger hatte nichts zu befürchten, weil Will es nicht auf normale Durchschnittsbürger abgesehen hatte. Im Gegenteil, er nahm nur die Berühmten oder genauer: die Berüchtigten aufs Korn. Sehen Sie sich nur die Liste seiner Opfer an: Richie Vollmer, Patsy Salerno, Roswell Berry und, wenn auch indirekt, Julian Rashid. Egal, welchem Bereich des gesellschaftlichen und politischen Spektrums man angehörte, konnte man auf jede von Wills Exekutionen so reagieren, daß es keinen netteren Menschen hätte treffen können.

Und jetzt hatte er Adrian Whitfield auf dem Kieker.

3

»Sie können mir glauben«, sagte er. »Ich weiß wirklich nicht, was ich davon halten soll. Eben lache ich noch über den neuesten Will-Witz. Und dann merke ich plötzlich, *ich* bin der neueste Will-Witz. Und wissen Sie was? Mit einem Mal ist es überhaupt nicht mehr witzig.«

Wir waren in seiner Wohnung im einundzwanzigsten Stock eines Vorkriegsgebäudes an der Ecke Park Avenue und Eighty-fourth Street. Er war groß, um die eins fünfundachtzig, schlank und gepflegt, und sah auf eine aristokratische Art sehr gut aus. Sein dunkles Haar war größtenteils grau geworden und trug nun noch verstärkt zu der seriösen Ausstrahlung bei, die ihm im Gerichtssaal so zugute kam. Seinen Anzug hatte er immer noch an, aber die Krawatte hatte er abgenommen, den Hemdkragen geöffnet.

Im Moment stand er an der Hausbar und gab mit einer Zange Eiswürfel in ein hohes Glas. Er füllte es mit Club Soda und stellte es beiseite, um in ein niedrigeres Glas ein paar Eiswürfel zu geben und einen Single-Malt Scotch darüberzugießen. Dabei stieg mir kurz sein Aroma in die Nase, intensiv und rauchig, wie feuchter Tweed, der an einem offenen Holzfeuer trocknet.

Das hohe Glas gab er mir, das niedrige behielt er selbst. »Sie trinken nichts«, bemerkte er dazu. »Genau wie ich.« Meinem Gesicht mußte etwas anzusehen gewesen sein, denn er sagte: »Ha!«, und sah das Glas in seiner Hand an. »Was ich damit sagen will, ist: Ich trinke nicht mehr soviel, wie ich mal getrunken habe. Als ich noch in Connecticut lebte, trank ich wesentlich mehr, aber ich glaube, das lag nur daran, daß damals in meinem Bekanntenkreis alle kräftig geschluckt haben. Normalerweise ist für mich zur Zeit ein kleiner Scotch vor dem Abendessen das höchste der Gefühle. Heute ist eine Ausnahme.«

»Das kann ich mir denken.«

»Als ich heute abend, nachdem die Cops endlich abgezogen sind, aus der Kanzlei ging, bin ich gleich als erstes in eine Bar um die Ecke und habe schnell einen gekippt, bevor ich mir ein Taxi gesucht habe. Ich kann mich nicht erinnern, wann ich das zum letztenmal gemacht habe. Ich habe überhaupt nichts geschmeckt. Hab das Zeug einfach runtergekippt, und schon war ich wieder raus zur Tür. Und als ich nach Hause kam, habe ich mir gleich noch einen genehmigt. Bin einfach an die Hausbar und hab mir, ohne zu überlegen, einen hinter die Binde gekippt.« Er sah auf das Glas, das er in der Hand hielt. »Und dann habe ich Sie angerufen.«

»Und hier bin ich.«

»Und hier sind Sie, und das wird heute abend mein letztes Glas sein, wobei ich nicht mal sicher bin, ob ich es überhaupt austrinken werde. ›Ein offener Brief an Adrian Whitfield.‹ Wollen Sie wissen, was mich daran am meisten getroffen hat?«

»Die Gesellschaft, in der Sie sich befinden.«

»Ganz genau. Aber woher wußten Sie, daß ich das sagen würde? So klar denkt man nur mit Mineralwasser.«

»Muß wohl so sein.«

»Vollmer und Salerno und Berry und Rashid. Ein Kindermörder, ein Mafiaboß, ein Abtreibungsklinikenbomber und ein schwarzer Rassist. Ich habe am Williams College und in Harvard studiert. Ich bin Mitglied der Anwaltskammer und akkreditierter Strafverteidiger. Könnten Sie mir da vielleicht erklären, wie ich auf dieselbe Liste mit diesen Parias komme?«

»Die Sache ist die«, sagte ich. »Die Entscheidung, wer auf diese Liste kommt, liegt einzig und allein bei Will, und der läßt sich dabei nicht unbedingt von rationalen Gesichtspunkten leiten.«

»Da haben Sie natürlich recht.« Er ging auf einen Sessel zu, ließ sich hineinplumpsen, hielt das Glas gegen das Licht und stellte es dann beiseite, ohne etwas davon getrunken zu haben. »Sie haben vorher was von das Land verlassen gesagt. Das haben Sie doch nicht ernst gemeint, oder?«

»Und ob ich das ernst gemeint habe.«

»Das habe ich fast befürchtet.«

»An Ihrer Stelle würde ich zusehen, daß ich schleunigst von hier wegkomme. Sie haben doch einen Paß, oder? Wo haben Sie ihn?«

»In der Schublade, in der auch meine Socken sind.«

»Dann stecken Sie ihn ein und packen ein paar Sachen zum Wechseln und was Sie sonst noch brauchen in eine Reisetasche, die Sie mit ins Flugzeug nehmen können. Stecken Sie alles ein, was Sie an Bargeld zu Hause rumliegen haben, und machen Sie sich nicht lange Gedanken, wenn es nicht viel ist. Sie sind ja kein gesuchter Verbrecher; Sie können also überall mit Scheck oder Kreditkarte zahlen. Auch Bargeld können Sie jederzeit abheben. Bankautomaten gibt es überall auf der Welt.«

»Wo soll ich hinfahren?«

»Das bleibt Ihnen überlassen. Und sagen Sie es mir nicht. Irgendeine europäische Großstadt, würde ich vorschlagen. Gehen Sie in ein Spitzenhotel und sagen Sie dem Geschäftsführer, Sie möchten sich unter einem falschen Namen eintragen.«

»Und was dann? Soll ich mich etwa in meinem Zimmer einschließen?«

»Das halte ich eigentlich nicht für nötig. Roswell Berry ist er zwar nach Omaha gefolgt, aber dafür waren keine besonderen detektivischen Fähigkeiten nötig. Berry war jeden Abend in den Nachrichten zu sehen, wie er Ärzte und Krankenschwestern mit Kuhblut bewarf. Und um nach Nebraska zu fahren, braucht man auch keinen Paß. Deshalb würde ich sagen, wenn Sie das Land verlassen und nicht an die große Glocke hängen, wo Sie hin wollen, läßt er lieber einen offenen Brief an jemand anderen vom Stapel, statt sich Arme und Beine auszureißen, um Sie aufzuspüren. Und er kann sich trotzdem in der Rolle des Siegers sehen, weil er Sie aus dem Land vertrieben hat.«

»Womit er nicht ganz unrecht hätte.«

»Aber Sie bleiben am Leben.«

»Nur mein Image wäre ein wenig angekratzt, meinen Sie nicht auch? Der furchtlose Strafverteidiger, der sich lediglich aufgrund eines anonymen Briefs aus dem Staub macht. Ich habe auch vorher schon Todesdrohungen bekommen, wissen Sie.«

»Das kann ich mir gut denken.«

»Der Ellsworth-Fall hat mir massenweise davon eingetragen. ›Wenn er freigesprochen wird, bist du dran, du Dreckskerl.‹ Jeremy wurde nicht freigesprochen – man kann also nicht wissen.«

»Was haben Sie mit diesen Briefen gemacht?«

»Was ich immer mit ihnen gemacht habe. Sie der Polizei gegeben. Nicht, daß ich von dieser Seite viel Mitgefühl erwartet habe. Es gab nicht sehr viele Cops, die groß daran interessiert waren, daß ich Jeremy Ellsworth freibekam. Aber es hielt sie auch nicht davon ab, ihre Pflicht zu tun. Sie sind der Sache nachgegangen, aber ich kann mir nicht vorstellen, daß sie sich besonders angestrengt haben.«

»Wenn Sie umgebracht worden wären, hätten sie sich wesentlich mehr reingehängt.«

Er bedachte mich mit einem vielsagenden Blick. »Ich werde die Stadt nicht verlassen. Das kommt überhaupt nicht in Frage.«

»Wie Sie meinen.«

»Matt, Todesdrohungen sind in meinem Job an der Tagesordnung. Es gibt in New York keinen Strafverteidiger, der nicht eine ganze Schublade davon hat. Nehmen Sie nur mal Ray Gruliow. Was glauben Sie, wie viele Todesdrohungen der im Lauf der Jahre schon bekommen hat?«

»Einige.«

»Wenn ich mich recht entsinne, hat sogar mal jemand mit einer Schrotflinte durch das Fenster seiner Wohnung in der Commerce Street gefeuert. Er meint, es wäre ein Polizist gewesen.«

»Mit Sicherheit kann man das nicht sagen, obwohl dieser Schluß durchaus naheliegt. Aber worauf wollen Sie hinaus?«

»Daß mein Platz hier ist und daß ich mich wegen so was nicht gleich wie der letzte Angsthase verdrücken kann. Sie haben doch auch schon Todesdrohungen bekommen, oder nicht? Würde mich jedenfalls wundern, wenn nicht.«

»Nicht sehr viele«, sagte ich. »Aber andrerseits steht mein Name auch nicht so oft in der Zeitung.«

»Aber ein paar haben Sie schon gekriegt.«

»Ja.«

»Haben Sie Ihre Koffer gepackt und sich ins nächste Flugzeug gesetzt?«

Ich nahm einen Schluck Club Soda. »Vor ein paar Jahren kam ein Kerl aus dem Gefängnis, den ich hinter Gitter gebracht hatte, und war fest entschlossen, mich umzubringen. Angefangen hat er allerdings damit, daß er die Frauen umbrachte, die mir etwas bedeuteten. Damals gab es zwar keine Frauen, die mir etwas bedeuteten, aber er faßte diesen Begriff etwas weiter als ich.«

»Was haben Sie gemacht?«

»Ich rief eine Ex-Freundin an und sagte ihr, sie solle ihre Sachen packen und das Land verlassen. Und sie packte ihre Sachen und verließ das Land.«

»Und hat das Ganze überlebt. Aber was haben Sie gemacht?«

»Ich?«

»Ja, Sie. Ich würde sagen, Sie sind geblieben.«

»Und hab mich auf die Suche nach ihm gemacht. Aber das war was anderes. Ich wußte, wer er war. Ich hatte eine reelle Chance, ihn zu erwischen, bevor er mich erwischte.« Bei dem Gedanken daran legte sich meine Stirn in Falten. »Trotzdem hätte es mich um ein Haar das Leben gekostet. Und für Elaine wurde es sogar noch brenzliger. Sie wurde niedergestochen, sie mußten ihr die Milz rausnehmen, sie wäre fast gestorben.«

»Haben Sie nicht gesagt, sie hätte das Land verlassen?«

»Das war eine andere Frau, eine frühere Freundin. Elaine ist meine Frau.«

»Ich dachte, damals hätte es keine Frauen gegeben, die Ihnen was bedeutet haben.«

»Wir waren noch nicht verheiratet. Wir waren nur Jahre vorher mal zusammen gewesen. Motley brachte uns wieder zusammen.«

»War Motley der Kerl, der Sie umbringen wollte?«

»Ja.«

»Und als sie wieder gesund war – Elaine?«

»Ja, Elaine.«

»Als sie wieder gesund war, sind Sie in Kontakt geblieben, und jetzt sind Sie verheiratet. Sind Sie glücklich verheiratet?«

»Sehr glücklich.«

»Na, sehen Sie, vielleicht raufe ich mich ja auch wieder mit Barbara zusammen und kehre nach Connecticut zurück, wenn ich hier bleibe und diese Geschichte durchstehe.« Er nahm einen Schluck von seinem Glas. »Und in der Zwischenzeit habe ich mich hier um meine Kanzlei zu kümmern und einen Prozeß zu führen. So verlockend es sich auch anhören mag, für ein paar Wochen nach Oslo oder Brüssel zu fliegen, bleibe ich doch lieber hier und blicke den Tatsachen ins Auge. Das heißt allerdings nicht, daß ich umgebracht werden möchte – oder daß ich es für sonderlich sinnvoll halte, mich von der Polizei beschützen zu lassen. Hier bin ich sicher ...«

»Hier?«

»In diesem Apartment. Das Gebäude ist sehr gut bewacht.«

»Ich glaube nicht, daß Will Probleme hätte, hier reinzukommen.«

»Hat der Türsteher nicht Ihren Ausweis verlangt? Ich habe es ihm ausdrücklich gesagt.«

»Ich habe ihm kurz eine Karte unter die Nase gehalten«, sagte ich. »Aber ich ließ ihm nicht genügend Zeit, sie sich anzusehen, und er hat es auch nicht verlangt.«

»Da muß ich wohl mal ein Wörtchen mit ihm reden.«

»Die Mühe können Sie sich sparen. Vom Personal hier können Sie nicht viel erwarten. Der Lift ist automatisch. Man muß also nur den Türsteher ausschalten, und schon ist man drin.«

»Ihn ausschalten? Meinen Sie, ihn umbringen?«

»Oder einfach an ihm vorbeischleichen, was nicht unbedingt das gleiche wäre, wie nach Fort Knox reinzukommen. Wenn Sie das hier lebend überstehen wollen, ohne die Stadt zu verlassen, brauchen Sie rund um die Uhr Leibwächter. Das heißt, drei Schichten am Tag, und ich würde Ihnen empfehlen, zwei Mann pro Schicht zu engagieren.«

»Wären Sie einer dieser Männer?«

Ich schüttelte den Kopf. »Ich mag diese Sorte Arbeit nicht, und ich habe auch nicht die Reflexe dafür.«

»Können Sie mir Leibwächter beschaffen?«

»Nicht direkt. Ich bin ein Ein-Mann-Unternehmen. Es gibt natürlich ein paar Leute, die ich zur Verstärkung anfordern kann, aber das sind nicht so viele, wie Sie brauchen. Ich kann Ihnen aber ein paar Firmen empfehlen, die Ihnen verläßliche Leute zur Verfügung stellen.«

Ich zog meinen Notizblock heraus, schrieb die Namen zweier Firmen auf, zusammen mit der Telefonnummer und dem Namen der Person, nach der er fragen sollte. Dann riß ich die Seite ab und gab sie ihm. Er las den Zettel, faltete ihn zusammen und steckte ihn in seine Brusttasche.

»Jetzt anzurufen hat wohl keinen Sinn«, sagte er. »Aber morgen früh werde ich es gleich als erstes tun. Falls Will mich so lange am Leben läßt.«

»Ein paar Tage haben Sie wahrscheinlich noch. Er wird warten, bis der Artikel rauskommt, und Ihnen noch etwas Zeit lassen, Angst zu haben.«

»Das ist ein richtig fieser Typ, stimmt's?«

»Jedenfalls dürfte er nicht in die Endauswahl für den Jean Hersholt Humanitarian Award kommen.«

»Dieses Jahr bestimmt nicht, aber bei soviel Konkurrenz wäre das auch kein Wunder. Mein Gott, da denkt man, sein Leben verliefe in einigermaßen geordneten Bahnen, und dann wird man plötzlich aus heiterem Himmel mit so etwas konfrontiert. Machen Sie sich große Sorgen?«

»Keine Ahnung. Ich glaube nicht.«

»Ich habe schon den Eindruck, daß ich mir Sorgen mache. Ich habe Angst, daß ich einen Schlaganfall oder einen Herzinfarkt bekomme. Oder Prostatakrebs. Manchmal mache ich mir Sorgen, ich könnte irgendein schlechtes Gen haben, wegen dem ich irgendeine ausgefallene Krankheit kriege. Mir fällt ein Wort nicht ein, das ich gerade brauche, und schon fange ich an, mir Sorgen zu machen, das könnten die ersten Anzeichen von Alzheimer sein. Wissen Sie was? Es ist pure Zeitverschwendung.«

»Was? Sich Sorgen zu machen?«

»Genau. Man macht sich immer über die falschen Dinge Sorgen. Wegen dieses Irren da habe ich mir jedenfalls nie Sorgen gemacht, soviel kann ich Ihnen sagen, und jetzt stehe ich auf seiner Liste. Sagen Sie mir, was ich sonst noch tun kann. Außer mir ein paar Leibwächter zu nehmen. Sie haben doch sicher ein paar Ideen, was man in so einem Fall am besten macht, welche Vorsichtsmaßnahmen man am besten trifft.«

Bis ich damit fertig war, ihm Vorschläge zur Erhöhung seiner Lebenserwartung zu machen, hatte er Kaffee aufgesetzt, und wir waren bereits beide bei unserer zweiten Tasse. Er erzählte von einem seiner laufenden Verfahren, und ich erzählte von einem Fall, den ich vor einem Monat zum Abschluß gebracht hatte.

»Glauben Sie mir«, sagte er schließlich, »ich bin Ihnen sehr dankbar, daß Sie das alles für mich tun. Normalerweise würde ich Sie bitten, mir eine Rechnung zu schicken. Aber wenn man auf Wills Liste steht, sollte man seine Rechnungen möglichst gleich begleichen. Was bin ich Ihnen schuldig? Ich schreibe Ihnen einen Scheck aus.«

»Dafür berechne ich Ihnen nichts.«

»Seien Sie doch nicht dumm. Ich habe Sie mitten in der Nacht von Zuhause weggeholt und mich zwei Stunden sachkundig von Ihnen beraten lassen. Haben Sie bitte keine Hemmungen und nennen Sie mir einen Betrag.«

»Ich habe ein finanzielles Interesse daran, daß Sie am Leben bleiben«, sagte ich. »Schließlich werden Sie mir ja wieder den einen oder anderen Auftrag zuschanzen.«

»Darauf können Sie ganz fest zählen. Trotzdem sollten Sie für heute abend etwas bekommen.« Er klopfte auf die Tasche, in die er meinen Zettel gesteckt hatte. »Bekommen Sie von diesen Leuten eine Provision?«

»Das hängt davon ab, welche Firma Sie anrufen.«

»Nur eine von den beiden zahlt Ihnen eine Provision?«

»Ich mache zwischendurch immer wieder mal was für Reliable«, sagte ich. »Und Wally Donn zahlt mir eine Provision für jeden Auftrag, den ich ihnen zuschanze.«

»Warum haben Sie dann die andere Agentur auch aufgeschrieben?«

»Weil sie gut ist.«

»Also, ich nehme Reliable. Selbstredend. Aber darüber hinaus möchte ich Ihnen auch für heute abend etwas bezahlen.«

»Das ist nicht nötig.«

»Dann habe ich eine bessere Idee. Ich engagiere Sie.«

»Wofür?«

»Daß Sie Will finden.«

Ich nannte ihm alle Gründe, warum das keinen Sinn hatte. Zum einen arbeitete bereits die halbe New Yorker Polizei an dem Fall, und den Cops standen nicht nur alle verfügbaren Daten und Beweismittel zur Verfügung, sondern auch sämtliche technischen Hilfsmittel, um sie optimal auswerten zu können. Zum anderen hatten sie das erforderliche Personal, um jede Menge Leute zu befragen und jedem Anhaltspunkt und jedem telefonischen Hinweis nachzugehen, der bei ihnen einging. Alles, was ich tun konnte, war, ihnen in die Quere zu kommen.

»Das ist mir durchaus klar«, sagte Whitfield.

»Aber?«

»Aber ich möchte Sie trotzdem engagieren.«

»Warum? Nur, um mich für heute abend bezahlen zu können?«

Er schüttelte den Kopf. »Ich möchte einfach, daß Sie sich der Sache annehmen.«

»Wozu?«

»Weil ich glaube, es besteht eine reelle Chance, daß Sie etwas erreichen können. Als ich Sie das erste Mal engagiert habe, war das, wie Sie wissen, auf Raymond Grulions Empfehlung.«

»Ja, ich weiß.«

»Er meinte, Sie wären ein kluger Kopf und schnell von Begriff. ›Sag ihm den ersten Satz, und er weiß die ganze Seite.‹ So hat er es ausgedrückt.«

»Na, ich weiß nicht. So toll bin ich nun auch wieder nicht.«

»Jetzt seien Sie mal nicht so bescheiden. Auch über Ihren Charakter und Ihre Integrität hat er sich sehr positiv geäußert. Und noch was hat er gesagt. Er hat gesagt, Sie wären hartnäckig.«

»Das ist ein netterer Ausdruck für stur.«

Whitfield verdrehte die Augen. »Ihnen kann man aber wirklich nicht leicht ein Kompliment machen, wie? Matt, Angriff ist die beste Verteidigung. Das gilt vor Gericht genauso wie generell im Leben. Ich weiß zwar beim besten Willen nicht, ob Sie etwas tun können, was die Polizei nicht tun kann, aber das einzige, weswegen ich mir im Moment keine Gedanken zu machen brauche, ist Geld, und wenn ich Ihnen etwas davon zukommen lasse, kann ich mir wenigstens sagen, ich tue etwas dafür, daß Will erwischt wird, bevor er mich erwischt. Warum tun Sie mir also nicht den Gefallen und übernehmen den Fall, damit ich Ihnen einen Scheck ausstellen kann?«

»Ich übernehme den Fall.«

»Sehen Sie? Sie sind stur, was möglicherweise eine Grundvoraussetzung für Ihren Job ist. Aber ich bin gut darin, jemanden rumzukriegen, und das ist eindeutig eine wichtige Voraussetzung für meinen Job.« Er ging zum

Schreibtisch, holte sein Scheckheft heraus, schrieb mir einen Scheck aus, riß ihn heraus und gab ihn mir.

»Ein Vorschuß«, sagte er. »Genügt das?«

Er war auf zweitausend Dollar ausgestellt. »Auf jeden Fall.«

»Arbeiten Sie sonst noch an etwas?«

»Im Augenblick nicht«, sagte ich. »Ich weiß zwar noch nicht, was ich machen werde, aber ich werde gleich morgen früh damit anfangen.«

»Und ich werde Donn bei Reliable anrufen und dafür sorgen, daß ich bewacht werde. Schrecklich, so etwas nötig zu haben. Darf ich Ihnen etwas verraten? Aber erzählen Sie es niemandem weiter. Bis heute nachmittag fand ich Will irgendwie ganz sympathisch.«

»Tatsächlich?«

»Sagen wir mal, ich habe so etwas wie widerwillige Bewunderung für ihn empfunden. Er war eine Art urbaner Volksheld. Fast wie Batman.«

»Batman hat nie jemanden umgebracht.«

»In den Comics nicht, aber im Kino schon. Hollywood versaut eben alles, finden Sie nicht auch? Nein, der echte Batman hat nie jemanden umgebracht. Haben Sie das gehört? ›Der echte Batman.‹ So kommt es einem jedenfalls vor, wenn man mit den Heften großgeworden ist.«

»Ich weiß.«

»Um Himmels willen«, sagte er. »Ich bin Adrian Whitfield, ich bin nichts weiter als so ein dämlicher Anwalt. Ich bin nicht der Joker, ich bin nicht der Pinguin, ich bin nicht der Rätselknacker. Was hat Batman bloß gegen mich?«

4

Elaine war noch auf, als ich nach Hause kam. Sie sah sich auf Discovery eine Tiersendung an. Ich leistete ihr die letzten zehn Minuten davon Gesellschaft. Beim Nachspann verzog sie das Gesicht und schaltete das Gerät aus.

»Das hätte ich schon tun sollen, als du nach Hause gekommen bist«, sagte sie.

»Warum? Es hat mir nichts ausgemacht zuzusehen.«

»Ich muß unbedingt lernen, bei diesen Sendungen fünf Minuten vor Schluß abzuschalten. Es ist nämlich jedes Mal das gleiche. Da sieht man sich fünfundfünfzig Minuten lang irgendein wirklich tolles Tier an, und dann verderben sie alles, indem sie einem erzählen, daß es vom Aussterben bedroht ist und das Ende des Jahrhunderts nicht überleben wird. Sie haben es so darauf angelegt, einen zu deprimieren, daß man meinen könnte, sie werden von Prozac gesponsert. Wie geht's Adrian Whitfield?«

Ich schilderte ihr den Verlauf des Abends. »Also, deprimiert ist er nicht«, sagte sie. »Eher nachdenklich, wie es sich anhört. ›Warum ich?‹«

»Eine verständliche Frage.«

»Das würde ich auch sagen. Wie hoch, hast du gesagt, war der Vorschuß gleich wieder? Zweitausend Dollar? Ich bin überrascht, daß du ihn angenommen hast.«

»Eine alte Polizistenangewohnheit, schätze ich.«

»Wenn dir jemand Geld gibt, nimmst du es.«

»So in etwa. Er wollte mir was für die Beratung zahlen, und als ich das ablehnte, kam er plötzlich auf die Idee, mich zu engagieren. Wir können das Geld brauchen.«

»Und du kannst die Arbeit brauchen.«

»Allerdings, und vielleicht fällt mir sogar etwas ein, was ich tun kann. Ich hoffe nur, es bedeutet nicht, daß ich einen Computer kaufen muß.«

»Wie bitte?«

»TJ. Er hat mir vorher wieder mal damit in den Ohren gelegen. Wann ist er gegangen?«

»Eine halbe Stunde nach dir. Ich habe ihm angeboten, auf der Couch zu schlafen, aber er wollte nicht bleiben.«

»Das tut er nie.«

»Ich frage mich oft, wo er schläft.«

»Das ist sein Geheimnis.«

»Irgendwo muß er doch leben.«

»Nicht jeder tut das.«

»Ich glaube nicht, daß er kein Zuhause hat. Du etwa? Er wechselt regelmäßig die Kleider und macht immer einen gepflegten Eindruck. Da kann er wohl schlecht im Park schlafen.«

»Obdachlosigkeit hat viele Gesichter«, sagte ich. »Es heißt nicht notgedrungen, daß man in der U-Bahn schläft und sich aus Mülltonnen ernährt. Ich kenne eine Frau, die sich um ihre mietpreisgebundene Wohnung gesoffen hat. Sie hat ihre Sachen in einem Möbellager in Chelsea untergestellt. Dort zahlt sie irgendwas um die achtzig Dollar für ein sechs Quadratmeter großes Abteil. Dort hat sie ihre Sachen, und dort schläft sie.«

»Lassen sie einen dort denn schlafen?«

»Nein, aber wie wollen sie einen daran hindern. Sie geht tagsüber hin und legt sich bei dieser Gelegenheit immer vier, fünf Stunden hin.«

»Das muß ja schrecklich sein.«

»Dort hat sie bestimmt mehr Privatsphäre als in einem Obdachlosenasyl, und sicherer ist es auch. Und sauberer und ruhiger wahrscheinlich auch. Dort wechselt sie auch die Kleider, und wenn sie ihre Sachen waschen muß, geht sie gleich in der Nähe in einen Waschsalon.«

»Und wie wäscht sie sich selber? Sag bloß nicht, sie hat da auch eine Dusche.«

»Sie wäscht sich, so gut es geht, in öffentlichen Toiletten, und sie hat Freunde, die sie ab und zu bei sich duschen lassen. Es hängt also ganz davon ab. Jedenfalls ist die tägliche Dusche keine Selbstverständlichkeit für sie.«

»Die Arme.«

»Wenn sie nüchtern bleibt«, sagte ich, »kriegt sie früher oder später wieder eine anständige Wohnung.«

»Mit einer eigenen Dusche.«

»Wahrscheinlich. Aber wie gesagt, man kann in New York auf die unterschiedlichsten Arten leben. Ich kenne da zum Beispiel einen Typen, der sich vor sechs oder sieben Jahren hat scheiden lassen und immer noch keine eigene Wohnung hat.«

»Wo schläft er?«

»Auf einer Couch in seinem Büro. Wäre er selbständig, wäre das an sich weiter kein Problem, aber das ist er nicht. Er ist bei einer Firma angestellt, deren Büro sich im Flatiron Building befindet. Jedenfalls muß er einen so hohen Posten haben, daß er eine Couch in seinem Büro hat.«

»Und wenn ihn jemand erwischt, daß er dort schläft ...«

»Gähnt er und erzählt irgendwas, er hätte sich nur kurz hingelegt und wäre wohl eingeschlafen. Oder er hätte noch bis spät in die Nacht hinein gearbeitet und den letzten Zug nach Connecticut verpaßt. Wer weiß? Er ist Mitglied in einem exklusiven Fitness-Studio zwei Straßen weiter, und dort kann er jeden Morgen nach dem Training duschen.«

»Warum nimmt er sich keine Wohnung?«

»Er sagt, das kann er sich nicht leisten. Aber eher glaube ich, es ist einfach ein Spleen von ihm. Und wahrscheinlich gefällt ihm auch die Vorstellung, allen eins auszuwischen. Vermutlich sieht er sich als großen Revolutionär, der im Bauch des Ungeheuers schläft.«

»Auf einem Ledersofa von Henredon.«

»Ich weiß nicht, ob es aus Leder ist und wer es gemacht hat, aber darauf läuft es hinaus. Im übrigen Amerika schlafen Leute, die keinen Platz zum Schlafen haben, in ihren Autos. Die New Yorker haben keine Autos, und ein Stellplatz kostet hier soviel wie ein Apartment in Sioux City. Aber wir lassen uns was einfallen. Wir finden eine Möglichkeit.«

Am Morgen löste ich Adrian Whitfields Scheck ein und überlegte, was ich tun könnte, um ihn mir zu verdienen. Ein paar Stunden verbrachte ich damit, die Pressemeldungen über den Fall zu studieren, dann sprach ich mit Wally Donn und sah mir die Sicherheitsvorkehrungen an, die sie getroffen hatten.

Whitfield hatte schon in aller Frühe angerufen, aber nicht, bevor Wally einen Blick in die Zeitung geworfen hatte, weshalb er sofort im Bild gewesen war, worum es bei dem Anruf ging.

»Laß mal hören, was du darüber denkst«, sagte er. »Schließlich kennst du diesen Whitfield und hast ihn uns empfohlen, was ich übrigens sehr zu schätzen weiß. Im wesentlichen passen wir an drei Orten auf ihn auf: im Gericht, in seiner Wohnung und in seiner Kanzlei. Das Gericht ist ein öffentlicher Ort, an dem es vor Menschen wimmelt, und man muß durch einen Metalldetektor, um reinzukommen.«

»Was aber nicht heißt, daß nicht trotzdem jemand eine Haubitze reinkarren könnte.«

»Ich weiß, zumal wir es hier mit einem Kerl zu tun haben, der durch Wände geht, richtig? Hat er schon mal eine Schußwaffe benutzt? Meistens geht er seinen Opfern an die Gurgel. Vollmer hat er aufgeknüpft und Patsy S. garottiert, und was war gleich mit dieser Recht-auf-Leben-Type? Ein Kleiderbügel um den Hals?«

»Vorher hat er ihn erstochen.«

»Und dieser Schwarze, wie heißt er gleich wieder, bekam den Kopf abgehackt, bloß daß der nicht zählt, weil es einer seiner Anhänger getan hat. Skippy oder wie er hieß.«

»Scipio.«

»Jedenfalls keine Schußwaffen. Die Sache ist die: Er hat keine Angst, ganz dicht ranzugehen, und er schafft es immer, seine Opfer in einem sehr privaten Umfeld zu erwischen. Das heißt, Whitfield muß ständig Wachleute um sich haben, und vor allem darf er auf keinen Fall allein irgendwo hingehen. Wie zum Beispiel auf das Klo im Gericht. Dort hat er doch Patsy erwischt, oder nicht? Auf einer Toilette?«

»Richtig.«

»Er läßt sich nur schwer auf eine bestimmte Vorgehensweise festnageln«, sagte Wally. »Und das ist ganz schön nervig. Was diesen Abtreibungsgegner angeht, hast du völlig recht; den hat er erst erstochen, und wenn ich mich nicht täusche, hat er Vollmer vorher fast den Schädel zertrümmert. Er hat also keine bestimmte Methode, und das wiederum heißt, daß wir einen Gewehrschuß von der anderen Straßenseite nicht ausschließen können.«

»Dagegen kann man sich nur schwer absichern.«

»Das ist nahezu unmöglich, aber man kann zumindest gewisse Vorkehrungen dagegen treffen. Ich habe ihm geraten, auf jeden Fall eine kugelsichere Weste zu tragen; die hält zwar nicht alles ab, bietet aber trotzdem erheblich mehr Schutz als seine Fruit of the Loom-Unterhemden. Als Transportmittel kriegt er eine gepanzerte Limousine mit kugelsicheren Scheiben. Er wird ständig von zwei Männern begleitet, plus dem Fahrer, der das Fahrzeug nie verläßt.«

Er fuhr mit seiner Aufzählung fort. Mir fiel keine Möglichkeit ein, etwas daran zu verbessern.

»Er betritt nie als erster einen Raum«, sagte er. »Auch dann nicht, wenn er erst vor zehn Minuten untersucht worden ist. Bevor er reingeht, sieht erst noch mal jemand von uns nach dem rechten.«

»Gut.«

»Dieser Scheißkerl ist richtig unheimlich, Matt. ›Der Wille des Volkes.‹ Bildet sich wohl ein, er wäre Babe Ruth: einfach die Zahl seiner Treffer anzusagen und dann auch genauso viele zu erzielen. Und auf tausend Treffer bringt er es auch, dieser Sack. Aber diesmal machen wir ihm einen Strich durch die Rechnung.«

»Wollen wir mal hoffen.«

»Ja, wollen wir mal. Personenschutz soll ja an sich eine stinklangweilige Angelegenheit sein. Wenn man seine Sache gut macht, passiert nichts. Aber man kommt auch nie in die Schlagzeilen. ›WILL NIMMT STARANWALT INS VISIER.‹ Und überall, wo man mit dem Typen hingeht, wimmelt es von Reportern und Kamerateams, von Witzvögeln, die ihm ein Mikrofon unter die Nase halten, und anderen Witzvögeln, die mit einer Videokamera auf ihn draufhalten.«

»Jetzt weißt du, was die Jungs vom Secret Service durchmachen.«

»Das kannst du laut sagen, und ich beneide sie bestimmt nicht um ihren Job. Außerdem war ich noch nie scharf drauf, in Washington zu leben. Dort herrscht doch auf der Straße die reinste Anarchie, ganz abgesehen davon, daß schon diese beschissenen Sommer reichen, um einen umzubringen.«

Ich fand verschiedenes, womit ich mich in den nächsten paar Tagen beschäftigen konnte. Ich besuchte Joe Durkin in Midtown North, und er telefonierte ein bißchen rum und bestätigte mir, daß der offene Brief an Adrian Whitfield von derselben Person geschrieben worden war wie Wills frühere Korrespondenz (oder zumindest mit demselben Layout und demselben Schrifttyp). Das hatte ich mir eigentlich schon wegen des sprachlichen Stils gedacht, aber ich wollte auf Nummer Sicher gehen.

Dessen ungeachtet verbrachte ich auch einige Zeit damit, nach jemandem zu suchen, der Whitfield aus persönlichen Gründen nach dem Leben trachten könnte. Er war zweimal geschieden und lebte gegenwärtig getrennt von seiner dritten Frau, die weiter in Connecticut wohnte. Aus jeder Ehe waren Kinder hervorgegangen, und ich erinnerte mich, daß ein Sohn von ihm (der älteste, wie sich herausstellte) vor zwei Jahren festgenommen worden war, weil er an einen verdeckten Ermittler für ein paar hundert Dollar Ecstasy verkauft hatte. Das Verfahren war eingestellt worden, offensichtlich als Gegenleistung dafür, daß er umgefallen war und seinen Lieferanten genannt hatte. Das sah recht vielversprechend aus, schien aber zu nichts zu führen.

Mir gefiel die Vorstellung, daß es jemand mit einem persönlichen Groll gegen Whitfield war. Es wäre nicht das erste Mal gewesen, daß jemand hinter der künstlichen Nebelwand einer Mordserie ein persönliches Motiv zu verstecken versuchte. Manchmal tarnte auch ein Trittbrettfahrer seinen individuellen Mord als ein Delikt in der Serie eines anderen – so einen Fall hatte ich mal; da benutzte der Mörder einen Eiszerkleinerer und sein Nachahmer auch. Und ich wußte von Fällen, in denen der Mörder wahllos mehrere Menschen umbrachte, um ein Serienmord-Schema zu etablieren und dann jemanden, den er aus ganz bestimmten Gründen umbringen wollte, im Zuge dieser Mordserie zu beseitigen. Das war eine Möglichkeit, den Verdacht von sich abzulenken, während man sonst sofort als Hauptverdächtiger dagestanden wäre.

Das war jedoch alles vergebliche Liebesmüh, weil die polizeilichen Ermittlungen routinemäßig irgendwann immer an einen Punkt kamen, an dem jeder mit einem persönlichen Motiv unter die Lupe genommen wurde, und sobald sie mal zu suchen anfingen, fanden sie auch was.

Wenn es sich hier um eine künstliche Nebelwand handelte, dann trieb Will einigen Aufwand. Briefe an eine Zeitung zu schreiben und haufenweise Gestalten des öffentlichen Lebens abzumurksen war nicht ganz dasselbe wie ein paar Hausfrauen zu erwürgen, damit man seiner eigenen Frau den Hals umdrehen konnte, ohne gleich als Hauptverdächtiger dazustehen.

Aber vielleicht fand er auch nur langsam Geschmack an der Sache. So was soll vorkommen. Der Mann, der die Hausfrauen umbrachte, ermordete erst vier andere, bevor er seine eigene Frau mit ihrer Strumpfhose erdrosselte. Und danach beförderte er noch mal drei ins Jenseits, bevor sie ihn endlich schnappten. Ich kann mir nicht vorstellen, daß er nur so lange weitermachte, damit es besser aussah. Eher würde ich sagen, es machte ihm einfach Spaß.

Das gute Wetter hielt übers Wochenende. Am Sonntag hätte es eigentlich regnen sollen, aber bis zum späten Nachmittag war es heiß und dunstig geworden. Der Montag wurde noch schlimmer, mit einer Höchsttemperatur von vierunddreißig Grad und einer Luft wie feuchte Wolle.

Am Dienstag war es noch mal das gleiche, und am Nachmittag bekam ich einen Anruf, der mich erst mal von Will ablenkte.

Er war von einer gewissen Ginnie. »Mein Gott, ich bin völlig fertig«, sagte sie. »Hast du das von Byron schon gehört?«

»Ich weiß, daß er krank ist.«

»Er ist tot.«

Ich kannte Ginnie von den Anonymen Alkoholikern. Sie wohnte in der Fifty-third, Ecke Ninth, und kam regelmäßig zu den Treffen in St. Paul. Byron war ein Freund von ihr, und ich hatte ihn ein paarmal bei den Treffen gesehen, aber er lebte im Village und ging meistens dort zu den Treffen. Zu den Anonymen Alkoholikern war er gekommen, weil er nicht zu trinken aufhören konnte, aber ein paar Jahre davor war er heroinsüchtig gewesen und hatte mit anderen die Spritzen geteilt, und als er kurz nach dem Entzug einen Aidstest hatte machen lassen, stellte sich heraus, daß er HIV-positiv war. Man könnte meinen, auf so eine Nachricht hin sagt man sich, scheiß drauf, und säuft erst recht weiter. Einige tun das wahrscheinlich auch, aber viele tun es nicht.

Byron tat es nicht. Er blieb nüchtern und ging zu den Treffen, und er nahm die Mittel, die ihm sein Arzt verschrieb, und hielt die Diät, die sein Immunsystem stärken sollte. Das mag vielleicht nicht ganz umsonst gewesen sein, aber es konnte nicht verhindern, daß er an Aids erkrankte.

»Tut mir leid, das zu hören«, sagte ich. »Muß im März oder April gewesen sein, daß ich ihn das letzte Mal gesehen habe. Ich bin ihm bei einem Treffen im Village begegnet. Ich glaube, in der Perry Street.«

»Da ist er meistens hingegangen.«

»Ich kann mich erinnern, mir fiel damals auf, daß er nicht gut aussah.«

»Matt, normalerweise hätte ihn Aids umgebracht, aber es kam nicht mehr dazu. Jemand hat ihn erschossen.«

»Jemand ...«

»Hat eine Waffe auf ihn gerichtet und abgedrückt. Aus welchem Grund könnte jemand so etwas tun?«

»Ginnie«, sagte ich behutsam, »wenn jemand dazu einen Grund hatte, dann noch am ehesten er selbst.«

»Was?«

»Vielleicht war er es selbst.«

»Jetzt hör aber mal«, schnaubte sie unwirsch. »Es ist in aller Öffentlichkeit passiert, Matt. Kennst du den kleinen Park gegenüber dem Haus, in dem er gewohnt hat?«

»Ich weiß nicht, wo er gewohnt hat.«

»In der Horatio Street. Nicht im Van Gogh, sondern in dem Vorkriegsbau gleich daneben. Und gleich gegenüber ist ein kleiner Park. Der Abingdon Square? Nein, das ist der andere.«

»Jackson Square.«

»Wahrscheinlich. Dort saß er heute morgen mit einer Tasse Kaffee und las Zeitung. Ein Mann ging auf ihn zu und erschoß ihn.«

»Wurde der Täter gefaßt?«

»Nein, er konnte entkommen.«

»Gibt es Zeugen?«

»Es waren Leute im Park. Da es noch ziemlich früh war, war die Hitze noch einigermaßen erträglich. Inzwischen ist sie nicht mehr auszuhalten.«

»Ich weiß.«

»Gott sei Dank gibt es Klimaanlagen. Byron hätte in seiner klimatisierten Wohnung bleiben sollen, aber er war gern an der Sonne. Er sagte, er wäre ihr sein ganzes Leben lang aus dem Weg gegangen, aber auf einmal schien er richtig Energie dadurch zu tanken. Sonnenenergie. Deshalb meinte er auch, ein Gutes hätte es, HIV-positiv zu sein: Man bräuchte sich keine Sorgen mehr zu machen, Hautkrebs zu kriegen. Du hast ihn nicht näher gekannt oder, Matt?«

»Eigentlich so gut wie gar nicht.«

»Weißt du, wie er sich angesteckt hat?«

»Durch eine Spritze, glaube ich.«

»Richtig. Er war nicht schwul.«

»Soviel habe ich mitbekommen.«

»Wenn jemand im Village lebt und Aids hat, geht man eigentlich automatisch davon aus, daß er schwul ist. Aber er stand auf Frauen. Sogar sehr.«

»Ach?«

»Man könnte sagen, ich war in ihn verliebt.«

»Oh.«

»Was macht man, wenn man sich in jemanden verliebt, der HIV-positiv ist?«

Sie wartete nicht auf meine Antwort, aber das machte nichts, weil ich keine wußte. »Damit sind schwule Männer die ganze Zeit konfrontiert, oder nicht? Wahrscheinlich praktizieren sie Safer Sex, oder sie tun sich nicht über die HIV-Grenzen hinweg zusammen. Wenn Sie den Virus noch nicht haben, lassen sie sich einfach mit niemanden ein, der ihn hat.« Sie verstummte kurz. »Oder sie lassen es einfach drauf ankommen und gehen das Risiko ein.«

»Ist das, was du getan hast?«

»Ich? Nein. Wie kommst du darauf?«

»Ich weiß nicht. Irgendwas in deiner Stimme.«

»Das war wahrscheinlich Neid. Manchmal wünsche ich mir, ich wäre nicht so kopfgesteuert. Aber so war ich schon immer, sogar in den schlimmen alten Zeiten. Ich mochte Byron sehr, und ich hatte, was ihn angeht, auch sehr fleischliche Gelüste, aber wegen seiner Krankheit waren wir tabu füreinander. Wir haben uns mal darüber unterhalten, was wäre, wenn er den Virus nicht hätte. Deshalb blieben wir einfach Freunde. Nur Freunde, wie es so schön heißt, wobei ich mich frage, was hier eigentlich das Wörtchen ›nur‹ zu suchen hat? Freundschaft ist was ziemlich Seltenes, findest du nicht auch?«

»Ja.«

»Soviel habe ich von ihm gelernt. Er war dankbar für jeden Tag. Glaubst du, sie kriegen den Mann, der ihn umgebracht hat?«

»Das ist fast anzunehmen. Er wurde in der Öffentlichkeit im Beisein von Zeugen ermordet, und das auch noch im Sechsten Revier. Das ist ein Gebiet mit relativ geringer Kriminalität, weshalb die Polizei nicht von vorneherein davon ausgehen wird, daß es sich dabei um ein Verbrechen handelt, das in Zusammenhang mit Drogen steht. Mit ziemlicher Wahrscheinlichkeit haben sie bis Ende der Woche einen Verdächtigen in U-Haft.«

»Sie könnten es schon mit Drogen in Zusammenhang bringen.«

»Warum?«

»Byron hat mal gefixt, Matt. Das steht doch bestimmt in seinem Vorstrafenregister.«

»Nur, wenn er mal verhaftet wurde.«

»Das wurde er sogar ein paarmal. Ins Gefängnis kam er zwar nie, aber er hat mir erzählt, daß er mehrere Male festgenommen wurde.«

»Dann ist es in seiner Akte vermerkt.«

»Außerdem dealen sie in dem Park. Es wimmelt dort zwar nicht von Dealern wie am Washington Square, aber Byron hat mir erzählt, daß er oft am Fenster saß und zusah, wie sie dort ihre Geschäfte abwickelten.«

Nach kurzem Zögern fragte ich: »Aber er hat doch nicht wieder angefangen, Drogen zu nehmen, Ginnie?«

»Nein.«

»Dann werden sie den Mord auch nicht mit einer Drogengeschichte in Zusammenhang bringen, es sei denn, sie glauben, es hat sich um eine Verwechslung gehandelt, was es vielleicht sogar war. Aber das spielt hier keine Rolle. So oder so, werden sie den Fall streng nach Vorschrift bearbeiten und allen Anhaltspunkten nachgehen, die sie haben. Wenn du mich fragst, finden sie den Täter und lösen den Fall.«

»Hoffentlich. Matt? Warum liegt mir daran überhaupt etwas? Davon wird er ja nicht wieder lebendig.«

»Das nicht, nein.«

»Und es ist auch nicht so, daß ich jetzt groß auf Rache sinne. Ich hasse den Mann nicht, der Byron umgebracht hat. Vielleicht hat er ihm sogar einen Gefallen getan. Er war mit sich und der Welt im reinen, Matt. Er war für jeden Tag dankbar, aber das habe ich, glaube ich, bereits gesagt.«

»Ja.«

»Er war noch in der Lage, aus dem Haus zu gehen. Er konnte immer noch an den Treffen teilnehmen. Er ging zwar am Stock, aber er schaffte die paar Blocks zur Percy Street noch zu Fuß, und dort war immer jemand, der ihm einen Sitzplatz anbot. Das war das andere Gute an Aids, sagte er. Man muß sich keine Sorgen machen, Hautkrebs zu kriegen, und man braucht nicht schon eine Stunde früher in die Perry Street zu kommen, um einen gescheiten Platz zu kriegen. Er machte Witze darüber, über die ganze Situation. Wenn man das nicht mehr kann, ist es, glaube ich, wirklich schlimm.«

»Wahrscheinlich.«

»Im Büro hatte ich einen Bekannten. Als er nicht mehr arbeiten konnte, ging ich ihn regelmäßig besuchen. Bis ich es nicht mehr packte. Die Krankheit hat seinen Verstand zerstört, aber nicht auf einen Schlag. Er hatte Phasen von Schwachsinn, und dann war er wieder ganz klar. Ich hielt es in seiner Gegenwart einfach nicht mehr aus. Zum Glück war es nicht so, daß ich ihn im Stich gelassen hätte; er hatte eine Freundin, die sich um ihn kümmerte, und jede Menge Freunde. Ich kannte ihn nur oberflächlich, aus dem Büro eben. Mein Gott, Matt, hörst du mich wieder reden? Ständig muß ich mich rechtfertigen.« Sie machte eine Pause, um Atem zu holen. »Ich habe mich dabei ertappt, wie ich bei Byron nach Anzeichen von Schwachsinn Ausschau hielt. Aber das blieb ihm erspart.«

Ich las in den Zeitungen darüber, und ich sah mir auf dem Lokalnachrichten-Sender New York One an, wie Melissa Mikawa direkt vor der Parkbank, auf der Byron Leopold erschossen worden war, über den Fall berichtete. Der Kameramann machte einen Schwenk auf das Haus direkt gegenüber, in dem Byron gewohnt hatte, und Melissa Mikawa beschrieb mit dem Finger den Fluchtweg des Mörders.

Dann wandte sie sich einem anderen Thema zu, und im selben Moment klingelte das Telefon. Ich stellte den Ton ab und ging dran. Es war Adrian Whitfield. Neben ein paar neuen Witzen erzählte er mir auch niedergeschlagen, wenn einen Will mal im Visier hatte, hätten einen plötzlich auch alle anderen auf dem Kieker. »Die Medien sind richtig heiß auf mich«, sagte er. »Wenn ich wollte, könnte ich achtzehn Stunden am Tag in der Glotze zu sehen sein und mich die restliche Zeit von Presseleuten interviewen lassen. Aber natürlich wollen alle eine Jungfrau heiraten.«

»Wie bitte?«

»Sie wollen alle ein Exklusivinterview. Wissen Sie noch, was der Kerl gesagt hat, den sie geteert und gefedert und anschließend an einer Stange aus der Stadt getragen haben?«

»Irgendwas mit seiner Ehre, oder nicht?«

»›Trotz der damit verbundenen Ehre hätte ich die Stadt lieber auf dem üblichen Weg verlassen.‹ Kann sein, daß ich es nicht aufs Wort genau wiedergebe, aber da es sowieso eine apokryphe Geschichte ist, wie sollte sie da jemand aufs Wort genau kennen? Es ist ein schönes Gefühl, so heiß umschwärmt zu sein, aber es fällt mir immer leichter, nein zu sagen. Außer zu McGraw.«

»Was wollte er?«

»Was sie alle wollen. Ein Interview.«

Er sagte noch etwas, was ich aber nicht mitbekam, weil ich gerade einem versprengten Gedanken hinterherjagte und ihn einzufangen versuchte. Ich sagte: »Keine privaten Verabredungen.«

»Wie bitte?«

»Solange Ihre Leibwächter nicht mit im Raum sind, würde ich mich an Ihrer Stelle auf keinen Fall mit jemandem treffen.«

»Nicht mal mit einem fetten, alten Zeitungsschreiber, hm?«

»Nicht mal mit dem Kardinal.«

»Wirklich? Dabei hat der Kerl doch so was Vertrauenerweckendes. Das muß wohl an dem roten Hut liegen; mit dem Ding sieht er aus wie ein Schutzengel.« Er lachte, und ich lachte mit ihm, und dann sagte er, ich bräuchte mir keine Sorgen zu machen. »Der Kardinal hat nicht angerufen, und Marty McGraw wollte kein Treffen, sondern nur ein Telefongespräch. Fünf Minuten, und ob ich ihm denn, und wirklich nur ihm allein, nicht irgend etwas anvertrauen könnte, aus dem er eine Kolumne machen könnte. Ich glaube nicht, daß ich ihm irgendwas gegeben habe, aber er macht ja immer aus nichts eine Kolumne. Jedenfalls hat er es schon oft genug getan.«

Wir verabschiedeten uns voneinander, und dann legte ich auf und schaltete den Fernseher aus, ohne herauszufinden, worüber die stummen Figuren redeten. Ich hatte eine Idee, und ich saß da und spielte damit herum. Sie erschien mir ziemlich weit hergeholt, und es hätte mich auch gewundert, wenn die Polizei diese Möglichkeit nicht schon längst ausgeschlossen hätte, aber man konnte ja nie wissen. Wenn sonst schon nichts, beschäftigte sie mich wenigstens.

Wie sich herausstellte, war ich nach ein paar Stunden am Telefon wieder am Ausgangspunkt angelangt. Daß die ganze Sache sinnlos gewesen war, konnte man insofern nicht sagen, als ich mich nun nicht mehr länger mit einem Gedanken herumschlagen mußte, der mir nicht mehr aus dem Kopf hatte gehen wollen. Aber das Gefühl, was erreicht zu haben, hatte ich deswegen auch nicht gerade.

In der Zwischenzeit hatte es Marty McGraw geschafft, aus dem, was ihm Adrian gesagt hatte, eine Kolumne zu zaubern, einen Diskurs über die Vor- und Nachteile, berühmt zu sein. Ein anderer Journalist derselben Zeitung begann seine Kolumne damit, sich Gedanken über das Schicksal Byron Leopolds zu machen, aber nach einem oder zwei Absätzen wandte er sich etwas anderem zu und ich ebenfalls. Ich konnte schwerlich behaupten, Byron habe mir nahegestanden; ich hatte nicht mal seinen Nachnamen gewußt, und seinen Mörder zu fassen war eindeutig Aufgabe der Jungs vom Sechsten Revier. Sie kämen auch ohne meine Hilfe bestens zurecht.

Nur war das nicht der Fall, jedenfalls nicht sofort, und ohne daß ich wußte, wie mir geschah, wurde ich plötzlich doch hineingezogen. Am Donnerstag, zwei Tage nach dem Mord, wurde mir auf einem meiner Spaziergänge durch die Stadt bewußt, daß ich nur fünf Minuten vom Tatort entfernt war. Ich ging zum Park hinüber und setzte mich eine halbe Stunde lang auf eine Bank. Ich kam mit ein paar Leuten ins Gespräch, und anschließend überquerte ich die Straße und wechselte mit dem Türsteher des Hauses, in dem Byron gewohnt hatte, ein paar Worte.

Samstag nachmittag fand in St. Luke in der Hudson Street eine Trauerfeier für ihn statt. Leute, die ihn aus seiner trockenen Zeit kannten, tauschten ihre Erinnerungen an ihn aus. Ich hörte zu, als erhoffte ich mir davon irgendwelche Anhaltspunkte.

Danach ging ich mit Ginnie Kaffee trinken. »Schon komisch«, sagte sie. »Irgendwie werde ich das Gefühl nicht los, daß ich dich engagieren sollte.«

»Um den Kerl zu finden, der Byron erschossen hat? Das können die Cops wesentlich besser als ich.«

»Ich weiß. Trotzdem werde ich das Gefühl nicht los. Weißt du, woran das wohl liegt? Ich möchte etwas für ihn tun, Matt. Und es gibt sonst nichts, was ich für ihn tun könnte.«

Später an diesem Tag bekam ich einen Anruf von Adrian Whitfield. »Wissen Sie was?« sagte er. »Ich weiß jetzt, wie mich dieser Dreckskerl ins Jenseits befördert. Er sorgt dafür, daß ich vor Langeweile sterbe.«

»Man hört zwar immer wieder von Leuten, die vor Langeweile sterben«, sagte ich, »aber in einem Obduktionsbefund war es bisher noch nie als Todesursache eingetragen.«

»Weil es vertuscht wird – so ähnlich, wie es die Katholiken mit Selbstmord machen. Leute, die vor Langeweile sterben, dürfen nicht in geweihter Erde bestattet werden. Kannten Sie zufällig einen gewissen Benedetto Nappi?«

»Ich glaube, ich habe im Frick ein paar seiner Gemälde gesehen.«

»Dann kann es sich aber nur um denselben Mann handeln, wenn er eine Seite hatte, von der ich absolut nichts weiß. Benny der Koffer haben sie ihn genannt, obwohl ich Ihnen nicht sagen könnte, warum. Es heißt, sein Job war, Tony Furillos Wagen anzulassen. Er ließ den Motor warmlaufen, und wenn er dann nicht in die Luft flog, hieß das, Tony konnte bedenkenlos damit fahren.«

»Wie ein Vorkoster.«

»Genau wie ein Vorkoster. Man dreht den Schlüssel im Zündschloß, und wenn sich nichts tut, geht man wieder nach Hause und sieht sich Zeichentrickfilme an. Das tat Benny ein paar Monate, und dann hatte er keine Lust mehr. Aber nicht, weil er die nervliche Belastung nicht mehr aushielt. Ich glaube nicht, daß er es überhaupt als Belastung empfand. ›Nie passiert was‹, klagte er. Wenn natürlich mal was passiert wäre, hätten sie ihn mit einem Schwamm wegwischen müssen, aber ihm wurde nur die Langeweile zuviel.«

»Und jetzt wissen Sie, wie ihm zumute war.«

»Genau, und eigentlich habe ich sogar weniger Grund, mich zu beschweren, als Benny. Ich könnte mich beklagen, daß ich mitten in einer Hitzewelle eine kugelsichere Weste tragen muß, aber wenn ich ehrlich bin, bewege ich mich von einer vollklimatisierten Wohnung in eine vollklimatisierte Limousine und in ein vollklimatisiertes Büro. Im Freien ist es zwar höllisch heiß, aber ich halte mich nicht lange genug im Freien auf, daß es eine Rolle spielen könnte.«

»Sie versäumen jedenfalls nichts.«

»Das glaube ich Ihnen gern. Ich könnte nicht gerade behaupten, so eine kugelsichere Weste schmeichele meiner Figur, und bequem ist sie auch nicht gerade, aber trotzdem ist sie noch lange kein härenes Gewand. Mein Leben nimmt also weiter seinen gewohnten Gang, während ich darauf warte, daß die Bombe hochgeht, und wenn sie es dann nicht tut, komme ich mir irgendwie betrogen vor. Wie sieht's bei Ihnen aus? Kommen Sie voran?«

»Ehrlich gesagt, bin ich schon am Überlegen, ob ich Ihnen Ihr Geld wieder zurückschicken soll.«

»Wieso?«

»Weil mir keine vernünftige Möglichkeit einfällt, es mir zu verdienen. Ich habe zwar schon ein paar Stunden etwas dafür getan, aber ich habe nicht das Gefühl, etwas herausgefunden zu haben, was ich nicht schon wußte, und schon gar nicht bin ich in der Lage, dem Stand der polizeilichen Ermittlungen irgend etwas Neues hinzuzufügen.«

»Und?«

»Wie bitte?«

»Da ist doch noch was oder nicht?«

»Na ja, schon.« Und dann erzählte ich ihm von Byron Leopold.

»Und er ist was? Ein Freund eines Freunds?«

»In etwa, ja. Ich kannte ihn, aber eigentlich haben wir uns nur guten Tag gesagt.«

»Aber nicht so gut, daß Sie nicht mehr schlafen können, solange sein Mörder noch auf freiem Fuß ist.«

»Es wundert mich sowieso, daß es noch immer nicht zu einer Festnahme gekommen ist. Aber ich dachte, ich warte erst mal ein paar Tage ab, zumal ich ja bereits einen Klienten habe.«

»Haben Sie noch nie an mehreren Fällen gleichzeitig gearbeitet?«

»Gelegentlich schon, aber ...«

»Aber Sie meinen, ich könnte mich benachteiligt fühlen. Mein Leben ist bedroht, und Sie sollten sich das Geld verdienen, das ich Ihnen gezahlt habe, und nicht noch nebenbei irgendwelche Aufträge annehmen. Möchte Sie diese Bekannte engagieren?«

»Sie hat davon gesprochen. Aber ich würde kein Geld von ihr nehmen.«

»Sie würden pro bono arbeiten.«

»Ihr Anwälte immer mit euren lateinischen Ausdrücken.«

»Ein Mann sitzt in einem kleinen Park mit einer Tasse Kaffee auf einer Bank und liest die *New York Times*. Ein anderer Mann geht auf ihn zu, erschießt ihn und rennt weg. Das ist alles, richtig?«

»Bisher, ja.«

»Das Opfer hatte Aids. Ein Fall von Schwulenfeindlichkeit also?«

»Byron war heterosexuell. Er hat mal gefixt und sich an einer gebrauchten Spritze mit Aids angesteckt.«

»Dann war der Mörder vielleicht ein schlecht informierter Schwulenhasser. Oder es war genau das Gegenteil, eine Art Gnadenakt: Er hat ihn umgebracht, um ihn von seinem Leiden zu erlösen. Ist es das, was Sie denken?«

»Das sind ein paar Möglichkeiten.«

»Hier ist noch eine. Glauben Sie, es besteht möglicherweise ein Zusammenhang zwischen diesem Vorfall und unserem Freund Will?«

»Du liebe Güte«, entfuhr es mir, »diese Idee ist mir noch nicht gekommen.«

»Und was halten Sie davon?«

»Scheint mir nicht sonderlich einleuchtend. Sollte ein solcher Zusammenhang bestehen, kann ich nicht gerade behaupten, daß er mir in die Augen springt. Will hat den Mord weder angekündigt noch hinterher als seine Tat ausgegeben. Und das Opfer war alles andere als eine bekannte Persönlichkeit. Wo soll da der Zusammenhang sein?«

»Die Tat ist so willkürlich«, sagte Whitfield. »So sinnlos.«

»Und?«

»Dagegen sind Wills Anschläge alle extrem gezielt. Er richtet sich ganz direkt an sein Opfer und erklärt ihm, womit es sich das alles verdient hat.«

»Richtig.«

»Das heißt, bei seinen offiziell angekündigten Morden.«

»Glauben Sie, er begeht auch Morde, die er nicht ankündigt?«

»Wer weiß?«

»Was hätte das für einen Sinn?«

»Was haben die anderen Morde für einen Sinn? Was hat es schon für einen Sinn, mich umzubringen, Herrgott noch mal? Vielleicht macht es ihm Spaß, Leute umzubringen, und er kann nicht genug davon kriegen. Vielleicht plant er, mich zu erschießen und übt es schon mal an einem leichten Opfer, an jemandem, der nicht damit rechnet und nicht von Bodyguards bewacht wird. Vielleicht war der kleine Pas de deux im Jackson Square eine Art Generalprobe.«

Das war eine interessante Idee. Sie schien weit hergeholt, war aber genügend provokant, um mich verschiedene andere Varianten beisteuern zu lassen. Wir ließen sie uns ein paar Minuten durch den Kopf gehen, bis Whitfield sagte: »Ich glaube nicht, daß ein Zusammenhang besteht, und Sie auch nicht. Aber ich sehe nicht ein, warum Sie nicht trotzdem ein paar Tage lang darüber nachdenken sollte. Schicken Sie mir mein Geld nicht zurück. Sie werden es sich schon noch verdienen.«

»Wenn Sie meinen.«

»Und ob ich das meine. Im Vergleich zu dem, was ich für meinen Schutz an Reliable zahle, ist das, was Sie von mir kriegen, doch ein Klacks. Achtundvierzig Arbeitsstunden pro Tag, zuzüglich Limousine und Chauffeur und was sie mir sonst noch an Sonderausgaben auf die

Rechnung setzen. Da brauchen Sie nicht lange nachzurechnen.«

»Wenn es Ihnen das Leben rettet …«

»Ist es die Sache wert. Und wenn nicht, ist es nicht mehr mein Problem, die Rechnung zu bezahlen. Eigentlich gar nicht so schlecht, das Ganze? Was habe ich dabei schon zu verlieren?«

»Ich glaube, es wird alles gutgehen.«

»Wissen Sie was«, sagte er. »Das glaube ich auch.«

5

Der nächste Tag war ein Sonntag, und es fiel mir nicht schwer, mich dazu durchzuringen, mir den Tag freizunehmen. Ich sah mir im Fernsehen ungefähr eine Stunde lang Football an, war aber nicht recht bei der Sache, womit ich etwas mit den Spielern gemeinsam hatte.

An sich habe ich sonntags mit meinem AA-Tutor Jim Faber eine feste Verabredung zum Abendessen, aber weil er den ganzen August verreist war, sah ich mir mit Elaine in einem Kino gegenüber der Carnegie Hall einen Film an, und anschließend gingen wir in ein neues thailändisches Restaurant essen. Wir stellten fest, daß wir unseren Stammthailänder besser fanden.

Ich ging ziemlich früh zu Bett, und am nächsten Morgen machte ich mich nach dem Frühstück auf den Weg ins Village. Den ersten Zwischenstop legte ich im Sechsten Revier in der West Tenth ein, wo ich bei einem Detective namens Harris Conley vorstellig wurde. Wir gingen gleich um die Ecke in der Bleecker Street auf einen Kaffee und ein Danish, und er erzählte mir, was er über den Mord an Byron Leopold wußte.

Dann ging ich weiter zu dem Haus in der Horatio Street, in dem Byron gewohnt hatte, und sprach noch einmal mit dem Türsteher. Er hatte Dienst gehabt, als die Schüsse gefallen waren, und konnte mir deshalb mehr erzählen als der Mann, mit dem ich beim ersten Mal ein paar Worte gewechselt hatte. Er durfte mich nicht in Byrons Zimmer lassen, aber er rief den Hausmeister, einen untersetzten Mann mit einem osteuropäischen Akzent und den fleckigen Fingern und dem stechenden Geruch eines starken Rauchers. Der Hausmeister hörte mir aufmerksam zu, sah sich meinen Ausweis an und fuhr mit mir in den sechzehnten Stock hinauf, wo er mir mit seinem Zweitschlüssel Byrons Wohnung aufschloß.

Es war ein großes Apartement mit einem kleinen Schlafzimmer und einer Kochnische. Die Einrichtung war karg und ohne jede persönliche Note; so, als hätte sie jemand aus einem Katalog ausgesucht. Es gab einen Fernseher, Bücher in einem Regal, ein gerahmtes Hopper-Poster von einer Ausstellung, die letztes Jahr im Whitney gewesen war. Auf dem runden Couchtisch lag ein Buch, ein Spionagethriller aus der Zeit nach dem Kalten Krieg. Zwischen den Seiten steckte als Lesezeichen ein Stück Papier. Er hatte ungefähr ein Drittel geschafft.

Ich nahm einen kleinen Messingelefanten von seinem hölzernen Untersatz auf dem Fernsehapparat und wog ihn in der Hand. Der Hausmeister beobachtete mich von der anderen Seite des Raums. »Wenn Sie ihn wollen«, sagte er, »stecken Sie ihn einfach ein.«

Ich stellte den kleinen Kerl auf seinen Untersatz zurück und sagte: »Ich glaube, er hat schon ein Zuhause.«

»Aber nicht mehr lange. Dieser ganze Krempel muß raus hier. Wem gehört das alles jetzt eigentlich? Können Sie mir das sagen?«

Das konnte ich nicht. Ich sagte ihm aber, ich wäre sicher, es würde sich jemand bei ihm melden.

»Die Eigentümergemeinschaft wird die Wohnung bestimmt zum Verkauf anbieten. Mr. Leopold hat nur zur Miete hier gewohnt. Er hat die Wohnung nicht gekauft, als sie ihm angeboten wurde; sie gehört ihm also nicht mehr. Kleider und Möbel gehen an seine Angehörigen, wenn er welche hatte. Es muß also jemand aufkreuzen, der sagt: ›Das alles gehört jetzt mir.‹ Und wenn niemand kommt, geht alles an die Heilsarmee.«

»Die hat bestimmt für alles einen Verwendungszweck.«

»Wenn wirklich ein paar gute Sachen dabei sind – die Fahrer haben Händler, die sie anrufen. Dann reißt sich ein Händler die Sachen unter den Nagel und steckt ihnen ein paar Dollar zu. Ich habe gesehen, wie Sie sich das Buch angesehen haben. Stecken Sie's ruhig ein, wenn Sie es wollen, und nehmen Sie's mit nach Hause.«

»Nein, das ist schon in Ordnung so.«

Ich ging ans Fenster und sah auf den Park auf der anderen Straßenseite hinunter. Ich stöberte im Kleiderschrank.

»Die Polizei war auch schon ein paarmal hier«, sagte der Hausmeister. »Ein Polizist hat verschiedenes mitgehen lassen. Dachte, ich würde nichts merken. Aber mir entgeht nicht so leicht was.«

»Das kann ich mir denken.«

»Tabletten aus dem Arzneischränkchen, eine Uhr vom Nachttisch. Gäbe einen guten Dieb ab, der Kerl, wenn er kein Cop wäre. Einer von den anderen Cops, der wollte nichts anfassen. Ging so rum.« Er verschränkte die Arme und preßte sie fest gegen seine Brust. »Dachte, er steckt sich an, wenn er was anfaßt. Oder auch nur die Luft einatmet. Blöder Idiot. So fängt man es sich doch nicht.«

Am letzten Morgen seines Lebens aß Byron Leopold zum Frühstück eine halbe Honigmelone und eine Scheibe Toast. (Sie fanden die Melonenschale im Müll, die andere Hälfte der Melone, in Plastik eingewickelt, im Kühlschrank und das Geschirr, das er benutzt hatte, in der Spüle.) Er machte sich eine Kanne Kaffee, füllte ihn in eine verschließbare Plastiktasse und nahm die *Times* vom Fußabstreifer vor seiner Wohnungstür. Die Zeitung unter den Arm geklemmt, die Kaffeetasse in der einen Hand und den Gehstock mit der Gummispitze in der anderen, fuhr er im Lift nach unten und ging durch das Foyer.

Das war sein üblicher Tagesablauf. An kalten oder regnerischen Tagen blieb er in seiner Wohnung und setzte sich zum Kaffeetrinken und Zeitunglesen ans Fenster. Aber bei gutem Wetter ging er in den kleinen Park und setzte sich in die Sonne.

So suchte er sich auch am letzten Tag seines Lebens eine Bank, stellte den Kaffee neben sich und las Zeitung. Dann kam ein Mann auf ihn zu. Es war ein Weißer, und die Augenzeugen waren einhellig der Meinung, daß er weder alt noch jung, weder groß noch klein, weder dick noch dünn war. Wie es schien, hatte er eine helle Hose getragen, obwohl ein Zeuge meinte, er sei in Jeans gewesen. Oben hatte er entweder ein T-Shirt oder ein kurzärmeliges Sporthemd angehabt, je nach dem, auf wessen Aussage man sich stützte. Ich hatte den Eindruck, daß ihm niemand besondere Beachtung geschenkt hatte, bis der Schuß fiel. An diesem Punkt hatten dann die wenigen, die nicht sofort in Deckung hechteten, zu sehen versucht, was eigentlich los war, aber bis dahin hatte ihnen der Schütze bereits den Rücken zugekehrt, um das Weite zu suchen.

Er hatte etwas zu Byron gesagt. Das hatten mehrere Leute gehört, und ein Zeuge sagte aus, er habe Byron mit Namen angesprochen. Wenn das stimmte, konnte Byron auf keinen Fall rein zufällig ermordet worden sein, aber der Polizist, mit dem ich im Sechsten Revier gesprochen hatte, hielt diesen speziellen Zeugen nicht für besonders glaubwürdig. Es war ein Mann, gab er mir zu verstehen, der in dieser Gegend auf der Straße rumhing und so gut wie immer unter dem Einfluß irgendwelcher Drogen stand, weshalb er dazu neigte, Dinge zu sehen oder zu hören, die für andere nicht wahrnehmbar waren.

Zwei Schüsse, ganz kurz hintereinander. Die Schußwaffe selbst hatte niemand gesehen. Ein Zeuge erinnerte sich, der Schütze habe eine Papiertüte in der Hand gehabt, und wenn dem tatsächlich so war, könnte er die Tatwaffe darin versteckt haben. Beide Kugeln trafen das Opfer in die Brust und wurden allem Anschein nach aus einer Entfernung von zwei bis drei Metern abgefeuert. Die Tatwaffe war ein 38er Revolver, mehr als ausreichend für den anstehenden Zweck, allerdings keine hochwertige Waffe, die auch kugelsichere Westen durchschlug. Hätte Byron die Kevlar-Weste getragen, über die sich Adrian Whitfield beklagte, wäre er jetzt noch am Leben.

Aber das war nicht der Fall, und die Kugeln drangen dicht nebeneinander in ihn ein; eine traf ihn ins Herz, die andere ging etwa zwei Zentimeter rechts davon vorbei. Der Schmerz und der Schock müssen jeder Beschreibung gespottet haben, aber von langer Dauer können sie nicht gewesen sein. Der Tod muß bald eingetreten sein.

Zwei Schüsse, und der Schütze rannte bereits weg, bevor der letzte Lebensfunke in Byrons Augen erloschen weg. Er hatte Glück. Er hätte stolpern und hinfallen können, er hätte hinter der nächsten Ecke einem Polizisten in die Arme laufen können. Oder er hätte an jemandem vorbeirennen können, der sein Gesicht deutlich zu sehen bekam. Aber das war nicht der Fall gewesen. Er entkam unerkannt.

Am Nachmittag piepste ich TJ an, und wir verabredeten uns in einem Cafe ein paar Straßen weiter. »Hier waren wir schon mal«, sagte er. »Aber inzwischen haben sie den Laden renoviert. Sieht ganz gut aus.«

»Wie ist der Cheeseburger?«

Er dachte nach, und schließlich sagte er: »Erfüllend.«

»Erfüllend?«

»Na ja, weil er mich füllt.« Er schob den Teller von sich. »Was für eine Arbeit hast du für mich?«

»Keine, für die wir einen Computer brauchen«, sagte ich und erzählte ihm, was ich über Byron Leopold und die Begleitumstände seines Todes wußte.

»Kann ich mir also wieder mal die Hacken krumm latschen. Klinken putzen und mir das Maul fußlig reden.«

»So in etwa.«

»Kriegen wir was dafür?«

»Du schon«, sagte ich.

»Klartext, du zahlst mich, aber wer zahlt dich?«

»Peter«, sagte ich, »bezahlt mich dafür, daß ich rauszufinden versuche, was mit Paul passiert ist.«

»Da kann ich dir leider nicht ganz folgen.«

»Ich habe einen Klienten«, sagte ich. »Adrian Whitfield.«

»Dieser Staranwalt? Der auf Wills Liste steht?«

»Richtig.«

»Was hat der mit diesem Byron zu tun?«

»Nichts«, sagte ich und erklärte ihm Whitfields Theorie.

»Er denkt, Will möchte vielleicht ein bißchen trainieren? Leuchtet dir das ein?«

»Eigentlich nicht.«

»Mir auch nicht. Was muß der noch üben? Der kann's doch schon.«

Angenommen, Byron Leopolds Ermordung war ein ganz normales Verbrechen. Vielleicht war er aus Wut über etwas, das er gesagt oder getan hatte, umgebracht worden. Vielleicht war er Zeuge eines Verbrechens geworden, vielleicht hatte er von seinem Fenster aus was gesehen oder von seiner Parkbank aus was gehört. Vielleicht war er mit jemandem verwechselt worden, der den Todesschützen bei einem Drogendeal geleimt oder seine Flamme angemacht hatte.

Wenn es irgend etwas in dieser Richtung gewesen war, bestand die Möglichkeit, daß in den einschlägigen Kreisen darüber geredet wurde, und deshalb schickte ich TJ los, damit er sich ein bißchen umhörte. Er konnte da bestimmt mehr in Erfahrung bringen als ich.

In der Zwischenzeit konnte ich in Byrons Leben nach einem Mordmotiv suchen.

Ich rief Ginnie an und sagte: »Erzähl mir von ihm.«

»Was willst du wissen?«

»Da ist verschiedenes, was nicht zusammenpaßt. Er hatte ein schönes, mietpreisgebundenes Apartment in einem schönen Haus, das vor etwas mehr als zwölf Jahren in Eigentumswohnungen aufgeteilt wurde. Die Mieter wurden nicht rausgesetzt, sondern konnten die Wohnung entweder zu einem Vorzugspreis kaufen oder weiter in Miete dort wohnen. Er hat sich für letzteres entschieden und weiterhin Miete gezahlt.«

»Er hat damals massenweise Heroin gedrückt«, sagte sie. »Und Junkies legen ihr Geld bekanntlich nicht immer besonders gewinnbringend an. Im nachhinein fand er zwar, er hätte die Wohnung kaufen sollen, als sie ihm angeboten wurde, aber damals wäre ihm das nicht einmal im Traum eingefallen.«

»Was ich nur erstaunlich finde«, fuhr ich fort, »ist, daß er die Wohnung überhaupt halten konnte. Wenn er gedrückt hat …«

»Er war zwar ein Fixer, hat aber nicht das typische Leben eines Fixers geführt. Er war ein Wall Street-Junkie.«

»Damit meinst du aber nicht, er war börsensüchtig.«

»Nein, er war heroin- und alkoholsüchtig. Aber gearbeitet hat er in der Wall Street. In untergeordneter Position zwar, er war Angestellter in einer Brokerfirma, aber er ist schön brav jeden Tag von neun bis fünf zur Arbeit gegangen und hat nicht zu oft blau gemacht. Er behielt seine Stelle und bezahlte seine Miete und verlor sein Apartment nicht.«

»Ich weiß, es gibt Leute, die schaffen es, das durchzuziehen.«

»Bei Trinkern ist das ganz normal. Nur bei Heroin denkt man automatisch, das sind alles Kriminelle.«

»Na ja, allein den Stoff zu kaufen, ist ja schon eine kriminelle Handlung.«

»Außerdem kostet so eine richtig schöne Sucht mehr, als die meisten Junkies auf legalem Weg verdienen können. Aber wenn man einen guten Job hat und die Sucht nicht allzu gigantische Ausmaße annimmt, kommt man über die Runden.«

»Ich weiß, es gibt Mittelschichtleute, die Heroin nehmen«, sagte ich. »Letzten Monat war da zum Beispiel diese Frau, eine mit einem Steuerberater verheiratete Zeitschriftenredakteurin. Natürlich hat sie es sich nicht gespritzt.«

»Nicht im Zeitalter von Aids. Byron hätte auch keine Spritze benutzt, wenn er ein paar Jahre später damit angefangen hätte. Aber es ist immer noch Heroin – auch wenn man es schnupft. Man wird high, wenn man es nimmt, und krank, wenn nicht. Und wenn man zuviel nimmt, stirbt man daran. Daß diese Zeitschriftenredakteurin süchtig war, wissen wir nur, weil sie an einer Überdosis gestorben ist.«

Darüber unterhielten wir uns eine Weile, und dann sagte ich: »Er konnte sich also die ganze Zeit in seinem Job halten.«

»So lange, bis er trocken war. Seine Firma wurde bei einer Fusion geschluckt, und er verlor seine Stelle, aber ich glaube, er war höchstens zwei Monate arbeitslos, bis er bei einer anderen Firma wieder was ähnliches fand. Und *diesen* Job hatte er, bis er aus gesundheitlichen Gründen kündigen mußte.«

»Und wie lange ist das her?«

»Ein halbes Jahr, schätze ich. Aber es könnte auch schon länger her sein. Ja, ist es auch, weil mir einfällt, er hat vor den Weihnachtsfeiertagen aufgehört zu arbeiten, aber zur Weihnachtsfeier ist er noch mal ins Büro gekommen.«

»Genau das Richtige für einen trockenen Alkoholiker.«

»Danach war er ziemlich deprimiert, aber ich glaube, es war nicht, weil dort soviel getrunken wurde. Wahrscheinlich weil er merkte, daß mit der Firma nun endgültig Schluß war: Er würde nie wieder arbeiten können.«

»Einige Leute würden das eins der guten Dinge an Aids nennen.«

»Da hast du sicher recht. Aber dieser Typ war Byron nicht. Er ging gern zur Arbeit.«

»Er hatte Geld auf der Bank«, sagte ich. »Fast vierzigtausend Dollar.«

»So viel? Ich wußte, daß er finanziell ganz gut abgesichert war. Für die Arztkosten kam seine Krankenversicherung auf und ansonsten, sagte er, hatte er genug Geld, um problemlos über die Runden zu kommen. Das war der Ausdruck, den er immer gebrauchte. Sie schwieg einen Moment. Letzten Winter sagte er, er hätte noch etwa ein Jahr, allerhöchstens zwei. Außer sie würden ein Wundermittel erfinden oder es passierte sonst noch ein Wunder.«

»Soviel ich weiß, hat er ein Testament hinterlassen«, sagte ich. »Ganz einfach und ohne großes Trara. Er hat ein vorgedrucktes Formular ausgefüllt und zwei Nachbarn als Zeugen unterschreiben lassen. Er hat alles ein paar Aids-Organisationen vermacht.«

»Daß er das vorhatte, hat er mir mal gesagt.«

»War er mal verheiratet?«

»Ungefähr ein Jahr, gleich nach der High School. Dann haben sie sich scheiden lassen, oder vielleicht wurde die Ehe auch annulliert. Stimmt. Ich glaube, sie wurde annulliert.«

»Keine Kinder, nehme ich an.«

»Nein.«

»Sonst irgendwelche Angehörige.«

»Er kam aus einem zerrütteten Elternhaus. Beide Eltern Alkoholiker.«

»Dann ist es ja kein Wunder, daß er auch einer wurde.«

»Mhm. Sie sind beide gestorben, sein Vater schon vor vielen Jahren, seine Mutter, kurz nachdem er mit dem Trinken aufgehört hatte. Er hatte einen Bruder, von dem allerdings schon jahrelang niemand mehr etwas gehört hatte, und Byron nahm an, daß er wahrscheinlich tot war. Da war noch ein Bruder, aber der ist schon vor Jahren gestorben. Byron sagte, er wäre an einer Speiseröhrenruptur gestorben; darum nehme ich an, er war ebenfalls Alkoholiker.«

»Da sind sich alle glücklichen Familien gleich«, sagte ich.

»Ach ja.«

»Woher, glaubst du, hatte er die vierzigtausend Dollar? Wobei es ursprünglich mehr gewesen sein müssen, wenn er vor Weihnachten zu arbeiten aufgehört hat. Selbst wenn er, seit er mit dem Trinken aufgehört hat, jede Woche etwas auf die hohe Kante gelegt hat, ist das immer noch ein Haufen Geld, um es in so kurzer Zeit zusammenzusparen.«

»Er bekam eine Lebensversicherung ausbezahlt.«

»War er der Begünstigte von jemand?«

»Nein, er hatte selbst eine Lebensversicherung. Er hatte sie schon vor Jahren abgeschlossen, weil ihm jemand gesagt hatte, das wäre eine gute Investition.«

»Und er hat die Beiträge die ganze Zeit weitergezahlt?«

»Er hat gesagt, das wäre wirklich eine tolle Sache gewesen. Es hätte zwar Zeiten gegeben, in denen er kein Geld dafür übrig hatte oder einfach vergaß, die Beiträge zu überweisen, aber dann wurden sie automatisch mit Anleihen auf den Kapitalwert der Versicherung bezahlt. Deshalb lief die Versicherung immer noch, als er nüchtern wurde, und er zahlte weiter seine Beiträge.«

»Wer war sein Begünstigter?«

»Ursprünglich war es wahrscheinlich seine Frau. Dann hatte er jahrelang seine Mutter als Begünstigte eingetragen, und als sie starb ...«

»Ja?«

»Entschuldige, aber es fällt mir schwer, es zu sagen. Ich wußte damals nichts davon, aber wie es der Zufall will, hat er mich als Begünstigte eingetragen. Wahrscheinlich mußte er einfach jemanden angeben.«

»Du hast doch gesagt, ihr seid euch nahegestanden.«

»Weißt du, wie ich davon erfahren habe? Weil ich verständigt werden mußte, als er sich die Versicherung auszahlen ließ. Die Police enthielt eine entsprechende Klausel, und ich mußte deshalb was unterschreiben. Ich mußte mich nicht damit einverstanden erklären, aber er mußte mich davon in Kenntnis setzen.«

»Das ist eine gängige Regelung«, sagte ich. »Für den Fall, daß der Versicherte die Beiträge weiter zahlen muß, zum Beispiel infolge einer Scheidungsvereinbarung.«

»Es war ihm richtig peinlich, Matt. ›Leider wirst du nun doch nicht reich, Ginnie. Ich werde das Geld selber brauchen.‹«

»Wie hoch war die Versicherungssumme?«

»Es war nicht gerade ein Vermögen. Fünfundsiebzigtausend Dollar? Achtzigtausend? Jedenfalls unter hundert. Ich weiß nicht, wieviel er dafür bekommen hat.«

»Das hängt vom Kapitalwert der Versicherung ab.«

»Ach so. Jedenfalls weiß ich es nicht. Aber egal, wieviel er bekommen hat, es hätte ihm bis an sein Lebensende gereicht.«

»Ich kenne mich mit so was auch nicht besonders aus«, gab ich zu. »Außer daß es davon abhängt, wieviel man im Lauf der Jahre an Beiträgen eingezahlt hat. Je nach dem, was man für eine Police hat, häuft man im Lauf der Jahre einen entsprechenden Kapitalwert an. Bei einer normalen Lebensversicherung zahlt man hohe Beiträge, und dementsprechend steigt im Lauf der Jahre auch der Kapitalwert. Bei befristeten Versicherungen sind die Beiträge niedriger, und man häuft keinen Kapitalwert an. Und es gibt auch Mischformen, die dazwischen liegen.«

»Ich weiß nicht, was für eine Versicherung Byron hatte.«

»Eine befristete kann es jedenfalls nicht gewesen sein, weil man bei denen die Beiträge nicht durch Beleihung des Kapitalwerts weiterzahlen kann. Und Byrons Versicherung lief einfach weiter, obwohl er keine Beiträge mehr zahlte.«

»Das stimmt, er hat den Kapitalwert beliehen.«

»Das hast du bereits gesagt. Natürlich sinkt der Kapitalwert durch solche Darlehen.«

»Aber die hat er doch wahrscheinlich wieder zurückgezahlt, oder nicht?«

»Nicht unbedingt. Weil man ja praktisch nichts anderes tut, als sein eigenes Geld zu borgen, ist die Zinsbelastung sehr niedrig. Sagen wir mal, du hast auf diesem Weg ein paar tausend Dollar Kredit aufgenommen. Warum solltest du sie aus deiner eigenen Tasche zurückzahlen? Was wäre dein Anreiz? Wenn du die Schulden einfach stehen läßt, ziehen sie den Betrag einfach von der Versicherungssumme ab, wenn du stirbst. Der Begünstigte kriegt dann zwar etwas weniger als unter normalen Umständen, aber du bist ja nicht mehr da, um dir sein Gejammer anhören zu müssen.«

»Wie dem auch sei«, sagte Ginnie, »ich weiß nicht, wieviel Geld Byron aufgenommen hat oder ob er es zurückgezahlt hat. Eigentlich habe ich von Lebensversicherungen so gut wie keine Ahnung.«

»Ich auch nicht.«

»Wahrscheinlich hatte er sonst noch irgendwelche Rücklagen. Oder vielleicht habe ich mich auch getäuscht, was den Betrag angeht. Solche Dinge kann ich mir immer nur schwer merken. Ach, da fällt mir was ein. Hast du nicht gesagt, du warst in seiner Wohnung? Du hast dort nicht zufällig einen kleinen Messingelefanten gesehen, oder?«

Sie hatte ihn Byron geschenkt, als sie beide gerade mit dem Trinken aufgehört hatten. Wie das in der Anfangsphase des Entzugs häufig der Fall ist, hatte ihn damals sein Gedächtnis des öfteren im Stich gelassen. Er konnte sich keine Telefonnummern merken oder wo er seine Schlüssel hingelegt hatte. Das ist der Elefant, der nichts vergißt, hatte sie ihm gesagt, und es war eine feste Redewendung für sie geworden.

»Ich würde ihn gern haben«, sagte sie. »Er ist nichts wert und bedeutet außer mir niemandem was.«

»Byron muß er aber was bedeutet haben«, sagte ich. »Er hatte nicht gerade viel Nippes rumstehen, aber der Elefant hatte einen Ehrenplatz auf dem Fernseher. Darum ist er mir wahrscheinlich auch aufgefallen. Der Hausmeister hat gesagt, ich sollte ihn einstecken.«

»Und? Hast du's getan?«

»Jetzt hör aber mal. Nein, ich habe ihn wieder zurückgestellt. Aber komisch ist es trotzdem, weil ich ihn spontan einstecken wollte. Ich gehe noch mal hin und hole ihn.«

»Wenn es dir nichts ausmacht ...«

»Überhaupt kein Problem«, sagte ich. »Ich wohne nur zwei Straßen weiter.«

Das schwierigste war, den Hausmeister zu finden. Er reparierte im achten Stock einen tropfenden Wasserhahn, und der Türsteher brauchte eine Weile, um ihn zu finden. Diesmal hielt ich mich nicht lange in Byrons Apartment auf. Es schien mir, als wäre der Geruch von Aids deutlicher wahrnehmbar als bei meinem ersten Besuch. Es ist ein ganz spezieller moschusartiger Geruch, der anscheinend mit der Krankheit in Verbindung gebracht wird. Beim ersten Mal war er mir nur aufgefallen, als ich in seinen Kleiderschrank gesehen hatte – Kleider halten den Geruch sehr –, aber diesmal war die ganze Wohnung voll davon. Ich nahm den kleinen Elefanten an mich und ging.

6

Achtundvierzig Stunden später stattete ich dem Wohnhaus in der Horatio Street zwei weitere Besuche ab. Ich hatte an eine Menge Türen geklopft und mit allen möglichen Leuten gesprochen. Zwar hatte mit den meisten auch schon die Polizei gesprochen, aber deswegen waren sie trotzdem noch bereit, auch mit mir zu sprechen, selbst wenn sie mir nicht viel zu sagen hatten. Byron war ein angenehmer Mitbewohner gewesen; er hatte zurückgezogen gelebt und, soweit sich das beurteilen ließ, keine Feinde gehabt. Was den Mord anging, bekam ich jede Menge Theorien zu hören, auf die ich größtenteils auch schon selbst gekommen war.

Mittwoch nachmittag traf ich mich mit TJ, um unsere Aufzeichnungen zu vergleichen, und ich war nicht sonderlich überrascht, daß er nicht besser vorankam als ich. »Elaine möchte, daß ich morgen im Laden arbeite«, sagte er. »Aber ich hab ihr gesagt, ich möchte das erst mit dir abchecken.«

»Du kannst ruhig den Laden für sie übernehmen.«

»Hab ich mir schon gedacht. Bei unserer Fragerei kommt sowieso nichts raus.«

Ich nahm den Bus, der die Eighth Avenue hinauf nach Uptown fährt, und als er im dichten Verkehr um die Fortieth Street steckenblieb, stieg ich aus und ging zu Fuß nach Hause. Als Ray Gruliow anrief, war ich in meinem Büro auf der anderen Straßenseite.

»Na, du altes Schlachtroß«, sagte er. »Ich hoffe doch, dem selbsternannten Willen des Volkes ist klar, daß er einpacken kann, jetzt, wo du eingestiegen bist.«

Vor langer, langer Zeit, als ich mein goldenes Dienstabzeichen zurückgab und bei meiner Frau und meinen Söhnen auszog, nahm ich mir ein Zimmer im Hotel Northwestern, das ein Stück östlich von der Ninth Avenue in der West Fifty-seventh Street liegt. Seitdem hat sich in meinem Leben einiges getan, wenn auch nicht in geographischer Hinsicht. Der Parc Vendôme, an dem Elaine und ich unsere Wohnung haben, ist auf der Downtownseite der Fifty-seventh, direkt gegenüber dem Hotel. Als wir zusammenzogen, behielt ich mein Zimmer, weil ich mir sagte, ich könnte es als Büro nutzen. Allerdings könnte ich nicht behaupten, daß es viel genutzt wurde. Es eignet sich nicht dafür, Klienten zu empfangen, und die Unterlagen, die ich dort aufbewahre, fänden in unserer Wohnung problemlos in einem Schrank Platz.

»Adrian Whitfield«, sagte Ray Gruliow. »Ich habe ihn heute in der Stadt gesehen. Das heißt, ich hatte gerade nichts zu tun, deshalb habe ich mich einfach in den Gerichtssaal gesetzt und ihm bei der Arbeit zugesehen. Wie du sicher weißt, hat er dort gerade einen Prozeß laufen.«

»Ich habe schon ein paar Tage nicht mehr mit ihm gesprochen«, sagte ich. »Was macht er für einen Eindruck?«

»Keinen so tollen. Aber das kann auch daran liegen, daß er einfach fix und fertig ist. Man kann ja nicht mehr den Fernseher anschalten, ohne ihn zu sehen. Wenn sie ihm nicht vor dem Criminal Courts Building ein Mikrophon unter die Nase halten, ist er in irgendeinem Fernsehstudio zu Gast. Gestern abend war er bei Larry King; er hat ihm aus dem New Yorker Studio ein Ferninterview gegeben.«

»Worüber hat er gesprochen?«

»Über die moralischen Aspekte des Strafrechts. Wie weit kann ein Anwalt gehen, und in welchem Umfang können wir ihn dafür zur Rechenschaft ziehen? Aber gerade als es interessant zu werden anfing, ließen sie die Zuschauer Fragen stellen, und das bringt ja immer alles auf den kleinsten gemeinsamen Nenner, der in der Regel nicht gerade hoch ist.«

»Und schrecklich allgemein.«

»Trotzdem, heute morgen im Gericht war er absolut unschlagbar. Kennst du diesen Ausspruch von Samuel

Johnson? ›Wenn jemand weiß, er wird in vierzehn Tagen gehenkt, wirkt das wahre Wunder auf seinen Verstand.‹«

»Toller Spruch.«

»Nicht wahr? Mich wundert nur, daß ihn die Befürworter der Todesstrafe noch nicht als Beweis für die Wirksamkeit ihres Allheilmittels gegen alle Übel dieser Welt rausgekramt haben.«

»Ich hoffe, du hast nicht vor, eine Rede zu halten.«

»Nein, aber vielleicht werde ich Dr. Johnson zitieren, wenn ich das nächste Mal eine halte. Wie es scheint, wird unser Freund Adrian ziemlich gut bewacht. Dein Werk, nehme ich an.«

»Nein, nein. Ich habe ihm nur ein paar grundlegende Tips gegeben – und eine Telefonnummer, unter der er anrufen sollte.«

»Er sagt, er trägt eine kugelsichere Weste.«

»Das sollte er zumindest«, sagte ich, »und ich fände es besser, wenn er es möglichst nicht rumerzählen würde. Wenn der Schütze weiß, er trägt so ein Ding, zielt er auf den Kopf.«

»Na ja, von mir wird es Will jedenfalls nicht erfahren. Andererseits wissen wir nicht, wer Will ist, oder?«

»Wenn wir das wüßten«, sagte ich, »wäre er kein Problem mehr.«

»Sogar ich könnte Will sein.«

»Hmmm. Nein, das glaube ich nicht.«

»Woher willst du das wissen?«

»Seine Briefe«, sagte ich. »Sie sind zu gut formuliert.«

»Du gemeiner Schuft. Aber er ist sprachlich wirklich nicht schlecht, das muß man ihm lassen.«

»Allerdings.«

»Da wünscht man sich fast, einen Brief von ihm zu bekommen. Ach übrigens, da gibt es etwas, worauf ich nicht stolz bin. Weißt du, was meine erste Reaktion war, als ich den offenen Brief an Adrian las?«

»Daß er an dich sein sollte.«

»Woher weißt du das schon wieder? Oder bin ich besser zu durchschauen, als ich dachte?«

»Na ja, weswegen solltest du dich sonst schämen?«

»Wer sagt denn, ich habe mich geschämt. Ich habe gesagt, ich bin nicht stolz darauf.«

»Ach so, richtig.«

»Aber es stimmt. Weißt du, wieviel Schauspieler nötig sind, um eine Glühbirne auszuwechseln?«

»Ich hab es mal gehört, weiß es aber nicht mehr.«

»Fünf. Einer, der auf die Leiter klettert, und vier, die sagen: ›Eigentlich sollte ich da oben stehen.‹ Anwälte sind nicht viel anders. In diesem Fall, mein Freund, könnte man durchaus sagen, daß ich schon seit Beginn meiner beruflichen Karriere auf diese Rolle spechte. Wer ist der meistgehaßte Mann von New York?«

»Walter O'Malley.«

»Walter O'Malley? Wer zum Teufel ... ach, dieser blöde Sack, der schuld ist, daß die Dodgers nicht mehr in Brooklyn spielen. Er ist tot, oder nicht?«

»Das will ich doch hoffen.«

»Du bist ganz schön nachtragend, was? Aber vergiß Walter O'Malley mal wieder. Wer ist der meistgehaßte Anwalt von New York?«

»Wenn das ein Witz sein soll, lautet die Antwort, alle.«

»Wie du sehr wohl weißt, ist die Antwort: Raymond Gruliow.«

»Hard-Way Ray.«

»Du sagst es. Ich bin der mit den widerwärtigsten Mandanten, der, den man geradezu hassen muß. War es nicht Will Rogers, der mal gesagt hat, er hätte nie jemanden kennengelernt, den er nicht mochte?«

»Egal, wer es gesagt hat, er kann nicht viel unter Leute gekommen sein.«

»Und er hat nie einen meiner Mandanten kennengelernt. Arabische Terroristen, schwarze Extremisten, psychotische Massenmörder. Warren Madison, der nur ein halbes Dutzend New Yorker Polizisten erschossen hat. Wen hat Whitfield schon mal verteidigt, der einem Vergleich mit Warren Madison standhält?«

»Richie Vollmer zum Beispiel.«

»Warren Madison ist mindestens so schlimm wie Richie Vollmer. Vollmers Freispruch ist dem System anzulasten, der von Warren dem Anwalt.«

»›Sagte er in aller Bescheidenheit.‹«

»Nichts da mit Bescheidenheit. Die ist in diesem Job nicht gefragt. Kennst du diesen chinesischen Fluch, mein Freund? ›Mögest du von einem bescheidenen Anwalt vertreten werden.‹ Meinst du, unser Freund Adrian übersteht das mit heiler Haut?«

»Keine Ahnung.«

»Diesmal geht es Will wirklich in aller Ruhe an. So viel Zeit hat er sich noch nie gelassen, oder? Zwischen dem offenen Brief und dem Ausstellen der Quittung, meine ich. Vielleicht liegt es daran, daß Adrian besser bewacht wird, daß schwerer an ihn ranzukommen ist.«

»Vielleicht.«

»Oder er hat es langsam satt. Oder er ist von einem Bus überfahren worden.«

»Oder er hat auf einer Parkbank gesessen«, sagte ich, »und ist versehentlich von jemandem erschossen worden.«

»Von jemand, der gar nicht wußte, wer er war?«

»Warum nicht?«

»Du denkst dabei doch nicht etwa an diesen Freund einer Freundin, den du mal erwähnt hast, dieser Typ, der in der Horatio Street erschossen wurde?«

»Na ja, deswegen bin ich vielleicht auf die Parkbank gekommen«, gab ich zu. »Aber ich glaube, wir können Byron Leopold beruhigt ausschließen. Es war ein ganzer Tag Arbeit für ihn, über die Straße zu gehen und sich eine Bank zu suchen.«

»Du kommst also voran, mein Freund. Einen Mann hast du bereits ausgeschlossen.«

»Dich habe ich auch ausgeschlossen.«

»Das ist aber nett von dir.«

»Und mich selber auch«, sagte ich, »weil ich mich erinnern könnte, wenn ich Will wäre. Und Elaine, weil sie es mir bestimmt erzählt hätte, wenn sie so was getan hätte.«

»Weil ihr beide eine offene und ehrliche Beziehung habt.«

»Unbedingt. Und Marty McGraw.«

»Was für eine Beziehung hast du zu ihm?«

»Keine. Aber ich habe ihn auch ausgeschlossen. Als Will oben in der Bronx Patsy Salerno kaltgemacht hat, sprach er bei einem Dinner des Fördervereins der Police Athletic League, und als Roswell Berry in Omaha dran glauben mußte, war er hier in New York.«

»Abgetrieben im vierten Trimester«, sagte Ray. »Hat er das in einer Kolumne erwähnt? Dann muß ich es übersehen haben.«

»Ich habe es selbst nachgeprüft.«

»Im Ernst?«

»Adrian hat mir erzählt, Marty wollte ein Exklusivinterview und hätte ihm aber auch gleich gesagt, er wollte es übers Telefon machen und sich nicht mit ihm treffen. Das hat mich auf die Idee gebracht. Mir war zwar klar, die Polizei müßte das alles gründlich überprüft haben, aber ich fand trotzdem, es könnte nicht schaden, mich noch mal selber zu vergewissern.«

»Für McGraw ist das doch eine super Sache, oder nicht? Da wäre es durchaus verständlich, wenn er versucht hätte, sein Süppchen weiter am Kochen zu halten. Aber er war's nicht.«

»Leider nein.«

»Und du oder Elaine auch nicht – oder die ganzen Typen, die gerade eine Bypassoperation hinter sich haben. Oder dein Freund, der erschossen wurde. Aber es könnte jemand anderer gewesen sein, der erschossen oder erstochen wurde oder aus einem Fenster gefallen ist. Will, der berüchtigtste Killer, der momentan sein Unwesen treibt, könnte von jemand umgelegt worden sein, der gar nicht wußte, wen er vor sich hatte.«

»Was für eine Ironie des Schicksals.«

»Er könnte in völliger Anonymität gestorben sein, und wir erfahren nie, wer er war. Das wäre ja schrecklich für Adrian.«

»Wie kommst du denn darauf? Er wäre aus dem Schneider.«

»Denk doch mal nach.«

»Ach so.«

»Aus dem Schneider ist man nur, wenn man weiß, man ist aus dem Schneider«, sagte er. »Wie lang dauert es, bis man die Leibwächter nach Hause schickt? Und wieviel länger dauert es dann noch, bis man sich wirklich sicher fühlt?«

Ich dachte an Whitfield, und nach dem Abendessen rief ich ihn an. Ich sprach ihm eine Nachricht auf Band. Es ist nichts Dringendes, sagte ich, und wie es schien, nahm er mich beim Wort, weil ich nichts von ihm hörte.

Dafür sah ich ihn in den Spätnachrichten. Es gab zwar nichts Neues, aber das hinderte sie nicht daran, ihn weiter auszuquetschen. Das funktionierte nach dem gleichen Prinzip, das verhinderte, daß Wills Name von der Titelseite der *Post* verschwand.

Am nächsten Abend war er wieder in den Nachrichten, und diesmal hatten sie eine Meldung dazu. Sein Prozeß, der in sieben bis zehn Tagen zum Abschluß kommen sollte, war unvermutet eingestellt worden, weil sich sein Mandant bereit erklärt hatte, sich eines geringfügigeren Vergehens schuldig zu bekennen.

Ich ging zu einem Treffen in St. Paul. Ich schleppte immer noch den kleinen Elefanten mit mir rum, aber Ginnie kam auch, und ich gab ihn ihr. Eigentlich wollte ich in der Pause gehen, aber weil ich das in letzter Zeit ziemlich oft getan hatte, zwang ich mich, bis zum Ende zu bleiben. Es muß gegen halb elf gewesen sein, als ich nach Hause kam, und ich schenkte mir gerade eine Tasse Kaffee ein, als das Telefon klingelte.

»Matthew Scudder«, meldete er sich. »Hier Adrian Whitfield.«

»Gut, daß Sie anrufen«, sagte ich. »Ich habe Sie vor ein paar Stunden in den Nachrichten gesehen.«

»Auf welchem Sender?«

»Keine Ahnung. Ich habe mir zwei oder drei gleichzeitig angesehen.«

»Gezappt, hm? Eine Sportart, die sich zunehmender Beliebtheit erfreut. Tja, ich glaube, wir hätten gewonnen, wenn der Fall zur Verhandlung gekommen wäre, aber ich konnte meinem Mandanten schlecht raten, es darauf ankommen zu lassen, zumal er wahrscheinlich kaum mehr aufgebrummt bekommt, als er bereits abgesessen hat. Und dann stellen Sie sich mal vor, die Geschworenen hätten die Sache doch anders gesehen?«

»Diese Möglichkeit besteht immer.«

»Immer. Man weiß nie, was sie machen. Man kann sich zwar einbilden, man wüßte es, aber sicher kann man nie sein. Bei Richie Vollmer dachte ich, sie würden ihn schuldig sprechen.«

»Das hat ihnen der Richter doch praktisch untersagt.«

»Ja, aber er ging nicht so weit, ihnen tatsächlich einen Freispruch anzuordnen. Sie wollten ihn schuldig sprechen, und in vielen Fällen tun die Geschworenen einfach, was sie wollen.«

»Ein Schuldspruch hätte keinen Bestand gehabt.«

»Auf gar keinen Fall. Richter Yancey hätte ihn ohne weiteres auf der Stelle abschmettern können. Und hätte er ihn trotzdem stehen lassen, hätte ich ihn in der Berufung abgeschmettert.«

»Richie Vollmer wäre also auf jeden Fall freigekommen – ganz egal, was sie gemacht hätten.«

»Na ja, nicht sofort. Was *ich* dachte, daß passieren würde – aber interessiert Sie das überhaupt?«

»Klar.«

»Ich dachte, Yancey würde den Schuldspruch stehen lassen; schließlich konnte er fest damit rechnen, daß er in der Berufungsverhandlung aufgehoben würde. Auf diese Weise wäre nicht er derjenige gewesen, der Richie wieder auf die Menschheit losließ. Und ich dachte, bis es zu diesem Berufungsverfahren käme, würde Richie im Gefängnis von einem sittenstrengen Psychopathen umgebracht. Wie dieser Typ in Wisconsin. Na ja, wie es dann tatsächlich ausgegangen ist, läuft praktisch auf dasselbe hinaus, oder nicht? Außer daß der Psychopath, der Richie umgebracht hat, kein Häftling ist, und daß sich herausstellt, er ist selber ein Serienmörder.«

»Wie geht's Ihnen so, Adrian?«

»Ach, an sich nicht schlecht. Zu wissen, daß ich morgen nicht ins Gericht muß, ist schon eine gewisse Erleichterung. Andererseits ist da auch dieses bittersüße Gefühl, das man hat, wenn etwas zu Ende geht. Ein Prozeß, eine Liebesaffäre, sogar eine schlechte Ehe. Man ist vielleicht froh, daß es vorbei ist, aber gleichzeitig bedauert man es auch ein bißchen.« Seine Stimme wurde leiser. Dann fuhr er fort: »Na ja, nichts dauert ewig, stimmt's? Was aufsteigt, kommt wieder runter. Was anfängt, hört auf. So soll es ja auch sein.«

»Sie hören sich ein bißchen niedergeschlagen an.«

»Tatsächlich? Ich glaube, mir geht nur langsam der Saft aus. Der Prozeß hat mich in Trab gehalten. Jetzt, wo er vorbei ist, komme ich mir vor wie eine Marionette, der sie die Fäden durchgeschnitten haben.«

»Sie brauchen nur ein bißchen Ruhe.«

»Ich hoffe, Sie haben recht. Ich habe so ein abergläubisches Gefühl, als ob mir der Prozeß Will vom Hals gehalten hätte – so, als hätte er mich so lange in Ruhe gelassen, bis ich meine Aufgabe erledigt hatte. Aber jetzt habe ich plötzlich ein ungutes Gefühl.«

»Vorher haben Sie solche Gefühle bloß nicht an sich rangelassen.«

»Kann schon sein. Und vielleicht fühle ich mich auch gleich besser, sobald ich mal wieder richtig geschlafen habe. Auf jeden Fall weiß ich, daß ich mich nach einem ordentlichen Schluck Scotch besser fühlen werde.«

»Das ist bei den meisten Leuten so«, sagte ich. »Darum wird das Zeug ja auch in Flaschen abgefüllt.«

»Also, ich werde die Flasche aufmachen und den Geist rauslassen. Das wird heute mein erstes Glas sein. Wenn Sie da wären, würde ich Ihnen ein Club Soda einschenken.«

»Ich werde hier eins trinken«, sagte ich, »und an Sie denken.«

»Dann trinken Sie ein Coke. Zur Feier des Tages.«

»Mach ich.«

Darauf trat eine Pause ein, bevor er sagte: »Schade, daß ich Sie nicht besser kenne.«

»Hm?«

»Ich wünschte mir, ich hätte mehr Zeit. Vergessen Sie schnell wieder, daß ich das gesagt habe, ja? Ich bin zu müde, um noch einen vernünftigen Satz rauszukriegen. Vielleicht trinke ich doch nichts mehr und gehe gleich schlafen.«

Aber er trank doch noch was.

Er ging ins Wohnzimmer, wo einer der Bodyguards postiert war. »Ich trinke noch einen Schluck«, sagte er. »Vermutlich kann ich Sie nicht dazu überreden, mir Gesellschaft zu leisten.«

Dieses Spiel hatten sie schon zuvor gespielt. »Das würde mich den Job kosten, Mr. Whitfield.«

»Ich würde es niemandem erzählen«, sagte Whitfield. »Andererseits möchte ich natürlich auch, daß Sie einen klaren Kopf haben, wenn unser Freund Will hier aufkreuzt. Deshalb sollte ich Sie lieber nicht dazu verleiten, was zu trinken. Wie wär's mit einem Saft oder einer Limonade? Oder einer Tasse Kaffee?«

»Ich habe in der Küche welchen aufgesetzt. Ich warte, bis Sie sich hingelegt haben. Machen Sie sich meinetwegen mal keine Sorgen, Mr. Whitfield. Ich komme schon zurecht.«

Whitfield nahm ein Glas von der Bar, ging in die Küche, um Eiswürfel zu holen, kam zurück und machte die Flasche mit Scotch auf. Er füllte das Glas und verschloß die Flasche.

»Sie heißen doch Kevin«, sagte er zu dem Bodyguard, »und Ihren Nachnamen muß ich auch schon mal gehört haben, aber ich kann mich nicht mehr daran erinnern.«

»Kevin Dahlgren, Sir.«

»Ach ja, stimmt. Gefällt Ihnen Ihre Arbeit, Kevin?«

»Es ist ein guter Job.«

»Finden Sie ihn nicht langweilig?«

»Die Langeweile macht mir nichts, Sir. Wenn was passiert, bin ich bereit, aber wenn nichts passiert, ist es mir lieber.«

»Eine gesunde Einstellung. Ihnen hätte es wahrscheinlich auch nichts ausgemacht, Tony Furillos Auto anzulassen.«

»Sir?«

»Ach, nichts. Ich sollte das doch trinken, finden Sie nicht auch? Ich habe mir ein Glas eingeschenkt, also sollte ich es auch trinken. So läuft das doch, oder nicht?«

»Das bleibt ganz Ihnen überlassen, Mr. Whitfield.«

»Es bleibt mir überlassen. Da haben Sie vollkommen recht.«

In einem stummen Toast hob er das Glas, und dann nahm er einen langen Schluck. Dahlgren ließ den Blick zum Bücherregal wandern. Er las gern, und in dieser Wohnung gab es viel zu lesen. Es gab wirklich schlimmeres, als acht Stunden mit einem Buch in einem bequemen Sessel zu sitzen und sich Kaffee zu holen, wenn man welchen wollte. Es war klasse, für etwas bezahlt zu werden, was man auch privat gern tat.

Gerade als er das dachte, hörte er den Mann, den er beschützen sollte, ein Geräusch machen, als schnappe er abrupt nach Luft. Er drehte sich um und sah, wie sich Adrian Whitfield an die Brust faßte und vornüber auf den Teppich fiel.

7

»Es ist, als hätte er es kommen sehen«, sagte Kevin Dahlgren, ein großer, breitschultriger Mann Anfang Dreißig.

Das hellbraune Haar auf seinem breiten Kopf war kurz geschnitten, und er trug eine Brille, durch die er mich aus hellbraunen Augen wachsam ansah. Er wirkte gleichzeitig energisch und nachdenklich, wie eine intellektuelle Schlägertype.

»Ich war der letzte Mensch, der mit ihm gesprochen hat«, sagte ich. »Außer Ihnen, versteht sich.«

»Richtig.«

»Er war müde, und ich glaube, das hat ihn alles noch schwärzer sehen lassen. Aber vielleicht hatte er auch eine Vorahnung oder einfach das Gefühl, daß es mit ihm zu Ende ging.«

»Er hat mir was zu trinken angeboten. Nicht, daß ich auch nur im Traum daran gedacht habe, darauf einzugehen. Im Dienst und noch dazu bei einem Personenschutzjob wie diesem? Wenn ich mir so was erlauben würde, ließen die mich fallen wie eine heiße Kartoffel, und das völlig zu Recht. Ich war nicht mal versucht, aber jetzt stelle ich mir vor, was passiert wäre, wenn ich ja gesagt hätte. Wir stoßen an, wir trinken, und baff! liegen wir beide auf der Schnauze. Oder vielleicht hätte ich auch als erster einen Schluck genommen, weil er sowieso irgendwie unschlüssig war. Dann wäre ich jetzt tot, und er würde sich mit Ihnen unterhalten.«

»Aber so war es nicht.«

»Nein.«

»Als Sie sich mit ihm getroffen haben und in die Wohnung gegangen sind …«

»Wollen Sie, daß ich das alles mit Ihnen durchgehe? Klar. Meine Schicht begann um zweiundzwanzig Uhr. Ich meldete mich in der Zweigstelle in der Park Avenue und traf mich dort mit Samuel Mettnick, der mit mir für die Schicht von zehn bis sechs eingeteilt war. Wir postierten uns unten in der Eingangshalle. Die zwei Kollegen von der Schicht davor brachten Mr. Whitfield in der Limousine nach Hause und übergaben ihn uns um zehn nach zehn. Darauf fuhren Sam Mettnick und ich mit Mr. Whitfield nach oben, natürlich unter Einhaltung der üblichen Sicherheitsvorschriften, was das Betreten und Verlassen des Lifts angeht und so weiter.«

»Wer hat die Wohnungstür geöffnet?«

»Ich, und ich bin auch als erster rein. Ein Pfeifen zeigte an, daß die Alarmanlage an war; deshalb ging ich zur Schaltanlage und gab den entsprechenden Code ein. Dann sah ich in alle Zimmer, ob auch niemand in der Wohnung war. Danach kehrte ich in die Diele zurück, und Sam fuhr nach unten, und ich schloß die Tür ab und vergewisserte mich, daß sie zu war. Dann ging Mr. Whitfield durchs Schlafzimmer in die Toilette, und ich glaube, er hat im Schlafzimmer telefoniert, bevor er ins Wohnzimmer zurückkehrte. Den Rest wissen Sie ja.«

»Sie waren auch davor schon in der Wohnung?«

»Ja, Sir, mehrere Nächte in Folge. Immer von zehn Uhr an.«

»Und beim Betreten der Wohnung ist Ihnen nichts Ungewöhnliches aufgefallen?«

»Es waren keinerlei Spuren eines Einbruchs zu sehen. Nur das kleinste Anzeichen, und ich hätte Mr. Whitfield gepackt und auf schnellstem Weg weggebracht. Und was die Frage angeht, ob mir irgend etwas Ungewöhnliches aufgefallen ist, kann ich nur sagen, alles sah genauso normal aus wie an den Abenden zuvor. Die Sache ist die, ich bin um sechs Uhr morgens abgelöst worden, deshalb müßte mein Kollege von der Sechs-bis-zwei-Schicht der letzte gewesen sein, der in der Wohnung war. Ich könnte also nicht sagen, ob dort irgendwas verändert wurde, nachdem er und Mr. Whitfield die Wohnung verlassen haben, um zum Gericht zu fahren.«

»Jedenfalls hat Whitfield nichts gesagt, was auf eine Veränderung hingedeutet hätte.«

»Sie meinen, etwas wie: ›Wie kommt denn die Flasche plötzlich da hin?‹ Nein, nichts. Aber, um Ihnen die Wahrheit zu sagen, ich weiß nicht, ob er es gemerkt hätte. Sie wissen ja, wie er drauf war.«

»Ja.«

»Er wirkte irgendwie abwesend. Obwohl, das trifft es auch nicht richtig. Leicht neben der Mütze. Unmittelbar bevor er den Schluck nahm …« Er schnippte mit den Fingern. »Jetzt weiß ich, woran er mich erinnert hat.«

»An was, Kevin?«

»An eine Szene aus einem Film, den ich mal gesehen habe, aber fragen Sie mich nicht, wie er hieß. Da war diese Figur, ein Alkoholiker, der schon, ich weiß nicht, Monate oder Jahre kein Glas mehr angerührt hat, jedenfalls sehr lange nicht. Und dann schenkt er sich eines ein und sieht es an und trinkt es.«

»Und so hat Whitfield sein Glas angesehen.«

»Ungefähr.«

»Aber er trank jeden Abend ein Glas Scotch, oder nicht?«

»Ich glaube schon. Aber ich habe es nicht immer mitbekommen. An manchen Abenden war er bereits zu Hause, wenn meine Schicht anfing; dann kam ich einfach hoch und löste den Kollegen von der vorigen Schicht ab. Manchmal hatte er seinen Scotch auch schon getrunken, bevor ich den Dienst antrat. Also, Alkoholiker war er mit Sicherheit nicht, würde ich sagen. Ich habe nie mitbekommen, daß er mehr als ein Glas pro Abend trank.«

»Als ich mit ihm telefonierte«, sagte ich, »sprach er davon, er würde gleich sein erstes Glas an diesem Tag trinken.«

»Ich glaube, das gleiche hat er auch zu mir gesagt. Ich war zwar vorher nicht bei ihm, aber ich kann bezeugen, daß er nicht nach Alkohol roch.«

»Hätten Sie es gemerkt, wenn er nach Alkohol gerochen hätte?«

»Ich glaube schon, doch. Im Lift stand ich direkt neben ihm, und ich habe einen ziemlich guten Geruchssinn. Ich könnte Ihnen zum Beispiel sagen, daß er italienisch zu Abend gegessen hat. Außerdem hatte ich an dem Tag noch keinen Tropfen Alkohol angerührt, und wenn man selbst nichts trinkt, nimmt man bei jemand anderem den Alkoholgeruch wesentlich stärker wahr.«

»Das stimmt.«

»Mit Zigaretten ist es genauso. Ich habe mal geraucht, und in dieser Zeit fiel mir *nie* auf, daß jemand nach Rauch roch. Dann hörte ich vor vier Jahren auf, und jetzt rieche ich einen starken Raucher ungefähr schon vom anderen Ende eines Flughafens. Na ja, das ist vielleicht ein bißchen übertrieben, aber Sie wissen schon, was ich meine.«

»Klar.«

»Dann dürfte es also sein erstes Glas an diesem Abend gewesen sein. Meine Güte.«

»Was ist, Kevin?«

»Na ja, an sich ist es wirklich nicht komisch, aber ich dachte gerade: Eins steht jedenfalls fest, es war sein letztes.«

Was die Schärfe von Kevin Dahlgrens Geruchssinn anging, brauchte ich mich nicht nur auf sein Wort zu verlassen. Er hatte seine Zuverlässigkeit unter Beweis gestellt, nachdem Adrian Whitfield zusammengebrochen war. Dahlgrens erster Gedanke war gewesen, Whitfield hätte einen Herzinfarkt, und wie er es bei der Ausbildung gelernt hatte, begann er sofort mit Wiederbelebungsmaßnahmen.

Dabei hatte er natürlich den Alkohol in Whitfields Atem gerochen. Aber da war auch noch ein anderer Geruch gewesen, der von bitteren Mandeln, und obwohl Dahlgren diesen spezifischen Mandelgeruch noch nie gerochen hatte, war er vom Hörensagen doch hinreichend damit vertraut, um sich denken zu können, was es war. Als er Whitfields leeres Glas vom Boden aufhob, roch es ebenfalls nach bitteren Mandeln. Deshalb hörte er mit den Wiederbelebungsmaßnahmen auf und rief unter der Notrufnummer für Giftunfälle an, obwohl er instinktiv wußte, daß für Whitfield jede Hilfe zu spät kam. Die Frau, die er am Gifttelefon dranbekam, sagte ihm im Prinzip das gleiche; das Beste, was sie ihm raten konnte, war, er solle versuchen, das Opfer wieder zum Atmen und sein Herz wieder zum Schlagen zu bringen. Er rief noch kurz die Polizei an, bevor er in Ermangelung einer besseren Idee mit den Wiederbelebungsmaßnahmen fortfuhr. Damit war er auch noch zugange, als die Polizei eintraf.

Das war kurz nach elf gewesen, und bei New York One brachten sie bereits vor Mitternacht eine Sondermeldung, mit der sie Channel Seven um ganze fünf Minuten schlugen. Ich hatte allerdings den Fernseher nicht an, so daß Elaine und ich gegen viertel vor eins schlafen gingen, ohne zu ahnen, daß ein paar Meilen weiter mein Klient an der Einnahme einer tödlichen Dosis Zyanid gestorben war.

Manchmal beginnt Elaine den Tag mit »Good Morning America« oder »Today«, aber genausogut kann sie auch im Radio klassische Musik hören, und als ich am nächsten Morgen zu ihr in die Küche kam, lief etwas, was wir beide für Mozart hielten. Es stellte sich heraus, daß es Haydn war, aber bis sie das ansagten, war sie bereits ins Fitness-Studio gegangen. Ich stellte das Radio ab – hätte ich es angelassen, hätte ich zur vollen Stunde die Nachrichten gehört, und Whitfields Tod wäre die erste oder zweite Meldung gewesen. Ich trank eine zweite Tasse Kaffee und aß den halben Bagel, den Elaine übrig gelassen hatte. Dann ging ich eine Zeitung kaufen.

Als ich die Wohnung verließ, klingelte das Telefon, aber ich war schon halb zur Tür hinaus, weshalb ich weiterging und den Anrufbeantworter übernehmen ließ. Wäre ich drangegangen, hätte ich aus Wally Donns Mund von Whitfields Tod erfahren, aber so ging ich zum Zeitungsstand, wo auf zwei umgedrehten Milchflaschenträgern ein Stapel mit der *News* und einer mit der *Post* lagen. »STARANWALT WHITFIELD TOT« tönte die *News*, während die *Post* den Fall bereits gelöst hatte: »WILL TÖTET FÜNFTES OPFER!«

Ich kaufte beide Zeitungen und ging nach Hause, hörte den Anrufbeantworter mit Wallys Nachricht ab und rief ihn zurück.

»Daß uns so was passieren muß«, sagte er. »Es gibt in unserer Branche nichts, wo so klar ist, was man zu tun hat, wie beim Personenschutz. Man muß lediglich dafür sorgen, daß der Kunde am Leben bleibt. Solange er noch atmet, hat man seine Sache gut gemacht. Matt, du weißt, was wir alles zu Whitfields Schutz getan haben. Wir haben alle Möglichkeiten ausgeschöpft, und ich habe gute Leute eingesetzt. Und jetzt ist in dieser bescheuerten Scotchflasche Zyanid, und wir stehen da wie die letzten Idioten.«

»Es war Zyanid? In der Zeitungsmeldung, die ich gerade gelesen habe, war nur von Gift die Rede.«

»Es war Zyanid. Unser Mann hat es am Geruch erkannt und gleich unter der Notrufnummer für Giftunfälle angerufen. Zu dumm, daß er nicht am Glas gerochen hat, bevor Whitfield daraus getrunken hat.«

»Zu dumm, daß Whitfield nicht am Glas gerochen hat.«

»Nein, er hat es einfach runtergekippt, und prompt ist er auf dem Arsch gelandet. Das heißt, auf der Schnauze. Er ist vornüber gefallen. Dahlgren mußte ihn für die Wiederbelebungsmaßnahmen auf den Rücken drehen.«

»Ist Dahlgren euer Mann?«

»Ich habe pro Schicht immer zwei eingesetzt. Er war der Mann, der oben bei Whitfield war. Der andere war unten im Foyer. Wenn ich sie beide oben postiert hätte … aber was hätten sie da tun sollen? Die ganze Nacht Rommé spielen? Nein, das war schon richtig so.«

»Außer daß der Kunde gestorben ist.«

»Ja, klar. Operation erfolgreich, Patient tot. Wer kommt schon auf Gift im Whisky? Die Wohnung war sicher. Wir haben sie am Morgen leer verlassen, und die Alarmanlage war eingeschaltet. Mein Mann schwört, er hat sie angestellt; das ist der, der Whitfield gestern morgen abgeholt hat, und ich weiß, daß es so ist, weil Dahlgren, mein anderer Mann, sagt, daß sie an war, als er gestern abend aufschloß. Demnach muß gestern jemand – wann? – zwischen acht oder neun Uhr morgens und zehn Uhr abends in der Wohnung gewesen sein. Der Betreffende muß zwei Türschlösser, ein Medeco und ein Segal geknackt haben und an einer neuen Poseidon-Alarmanlage vorbeigekommen sein. Bloß wie, frage ich dich?«

»Die Alarmanlage war neu?«

»Ich habe sie selbst bestellt. Der Medeco-Zylinder im oberen Schloß war auch neu. Ich habe ihn gleich am ersten Tag einbauen lassen.«

»Wer hatte einen Schlüssel dafür?«

»Whitfield selber natürlich, obwohl er keinen gebraucht hätte. Schließlich ging er nie als erster durch die Tür, egal, ob er nach Hause kam oder die Wohnung verließ. Neben seinem gab es noch zwei Sätze Schlüssel, je einer für die beiden Männer, die gerade im Dienst waren. Bei der Ablösung gaben sie ihre Schlüssel den Männern der nächsten Schicht.«

»Was ist mit dem Hausmeister?«

»Für das Segal hatte er natürlich einen Schlüssel. Aber für das neue Schloß haben wir ihm keinen gegeben.«

»Eine Putzfrau muß er doch auch gehabt haben.«

»Mhm. Seit er die Wohnung hatte, kam jeden Dienstag nachmittag dieselbe Frau zum Saubermachen. Sie bekam aber weder einen Schlüssel für das Medeco noch den vierstelligen Code für die Bedienung der Alarmanlage. Aber nicht, weil ich dachte, Will könnte sich als eine nette, alte polnische Dame aus Greenpoint entpuppen. Sie bekam deshalb keinen Schlüssel, weil niemand, der keinen brauchte, einen bekam. Dienstag nachmittag wartete immer einer unserer Leute in der Wohnung auf sie, ließ sie rein und blieb so lange da, bis sie fertig war. Er sitzt also da und liest eine Zeitschrift, während sie staubsaugt und bügelt und auf allen Vieren die Badewanne schrubbt, und weißt du, er kriegt in der Stunde drei- bis viermal soviel wie sie. Laß dir also bloß von niemandem erzählen, das Leben sei fair.«

»Ich werd's mir merken«, sagte ich.

»Laß mich dir gleich noch ein paar Fragen beantworten, bevor du sie stellst, weil sie nämlich die Cops schon gestellt haben und ich sie beantwortet habe. Die Alarmanlage sichert nicht bloß die Tür. Die Fenster sind ebenfalls angeschlossen. Das war wahrscheinlich ein bißchen übertrieben, weil es keine Feuerleiter gibt, oder trauen wir Will im Ernst irgendsoeine menschliche Fliegen-Nummer zu, bei der er an ein paar zusammengebundenen Laken vom Dach runterklettert?«

»Machen Fliegen das so?«

»Du weißt schon, was ich meine. Ich war die ganze Nacht damit beschäftigt, mit Polizisten zu reden und mit Reportern nicht; erwarte also gefälligst nicht von mir, daß ich mich anhöre wie Shakespeare. Es kostet nicht nennenswert mehr, die Alarmanlage auch an die Fenster anzuschließen, warum also plötzlich mit dem Sparen anfangen? Das war jedenfalls, was ich gedacht habe. Wenn es dieser Kerl außerdem geschafft hat, an Patsy Salerno und Wie-heißt-er-gleich in Omaha ranzukommen, wer garantiert mir da, daß er nicht auch eine Hauswand hochkommt?«

»Gibt es einen Nebeneingang?«

»Meinst du, für das Haus oder für die Wohnung? Natürlich hat das Gebäude einen Nebeneingang. Und einen eigenen Lastenlift. Auch die Wohnung hat einen Nebeneingang, aber den hat niemand mehr benutzt, seit wir hier das Kommando übernommen haben. Mit das erste, was ich gemacht habe, war, einen Panzerriegel an der Tür anzubringen und sie ständig abgeschlossen zu lassen. Sobald es nämlich zwei Zugänge zu einer Wohnung gibt, wird die Sache sicherheitstechnisch problematisch. Früher oder später vergißt jemand, den Nebeneingang abzuschließen. Deshalb habe ich ihn zwar nicht gleich zumauern lassen, wenn auch nicht viel gefehlt hat, und Mrs. Szernowicz mußte immer einen kleinen Umweg machen, wenn sie was zum Müllschlucker brachte, aber es schien ihr nicht viel auszumachen.«

Nachdem wir uns noch etwas mehr über die Sicherheitsmaßnahmen in der Wohnung, die Schlösser und die Alarmanlage unterhalten hatten, kamen wir noch mal auf das Zyanid zu sprechen. Ich sagte: »Es war doch im Whiskey, Wally? Wissen wir das ganz sicher?«

»Er hat ein Glas Scotch getrunken und ist umgekippt. Was hätte es also sonst sein sollen außer dem Scotch? Außer jemand hat sich genau diesen Moment ausgesucht, um ihn mit einem Luftgewehr abzuknallen.«

»Nein, aber ...«

»Wenn er Tequila getrunken hätte«, sagte Wally, »und wenn er einer dieser Typen gewesen wäre, die diese Nummer mit dem Salz und der Zitrone abziehen – du weißt schon, man leckt an beidem, bevor man einen Schluck Tequila nimmt –, dann würde mir ja einleuchten, daß wir mal nachprüfen sollten, ob die Zitrone vergiftet war oder vielleicht auch das Salz. Aber so trinkt heute kein Mensch mehr Tequila, zumindest niemand, den ich kenne, und außerdem hat er Scotch getrunken, also, wo sollte das Gift sonst gewesen sein, wenn nicht im Whisky?«

»Ich war mal in seiner Wohnung«, sagte ich. »An dem Abend, an dem er den Brief von Will bekam.«

»Und?«

»Und er hat damals was getrunken. Er hat ein Glas benutzt, und wenn ich mich recht entsinne, hat er Eis reingetan.«

»Aber klar doch, Matt. Entschuldige bitte. Ich war die ganze Nacht auf, und wie es aussieht, habe ich auch noch einen fürchterlich anstrengenden Tag vor mir. Du meinst, ob es im Glas oder in den Eiswürfeln gewesen sein könnte? Keine Ahnung. Vielleicht. Ich bin sicher, sie analysieren den Inhalt der Flasche, wenn sie es nicht sowieso schon getan haben. Dahlgren hat Zyanid in Whitfields Atem gerochen, und ich glaube, er hat auch gesagt, er hätte es am Glas gerochen oder vielleicht auch an den Eiswürfeln. Ob er auch an der Flasche gerochen hat? Wahrscheinlich nicht. Sie stand oben auf der Bar, und er war bei Whitfield auf dem Boden und hat seine Atmung wieder in Gang zu bringen versucht. Deshalb wäre das wohl etwas schwierig geworden.«

»Der arme Kerl.«

»Wer? Whitfield oder Dahlgren? Beide, müßte ich da sagen. Weißt du, was das Essen in Restaurants anging, habe ich mir schon Sorgen gemacht. Kannst du dich noch an diesen Fall erinnern, wo Gift im Salz war?«

»Den habe ich wohl nicht mitbekommen.«

»Ist auch nicht hier passiert. Es war, glaube ich, in Miami. Ein Geschäftsmann mit Mafiabeziehungen, ißt in seinem Lieblingsrestaurant, und auf einmal liegt er mit der Schnauze in seiner Kalbspiccata. Sieht nach einem Herzinfarkt aus, und würde so was Otto Normalverbraucher passieren, ginge es auch problemlos als solcher durch, aber nachdem sie diesen Typen bereits auf dem Kieker haben, nehmen sie natürlich eine Obduktion vor, und dabei stellt sich heraus, daß er mit Zyanid vergiftet worden ist. Außerdem finden sie Zyanid in dem Essen, das auf seinem Teller übriggeblieben ist, und sie haben auch ein Observierungsvideo, weil er immer in dieses Restaurant ging und immer am selben Tisch saß, der blöde Idiot, so daß ihn das FBI oder die Polizei mit einer Kamera gefilmt hat. Und auf dem Video ist zu sehen, wie ein Typ an den Tisch kommt und die Salzstreuer vertauscht, aber man kann nicht hundertprozentig feststellen, ob er es wirklich macht, und Zyanid haben sie in dem Salzstreuer auch keines gefunden, weil ihn hinterher anscheinend noch mal jemand ausgetauscht hat. Deshalb kam es zu keinem Schuldspruch, aber wenigstens wußten sie, wer es getan hatte und wie.« Er seufzte. »Whitfield konnte sich nirgendwo zum Essen hinsetzen, ohne daß ihm einer oder zwei meiner Leute Gesellschaft leisteten und unter anderem aufpaßten, daß niemand die Salzstreuer vertauschte. Wie bei Generälen. Immer bereit für die große Entscheidungsschlacht. Und in der Zwischenzeit dringt jemand in seine Wohnung ein und vergiftet seinen Whisky.«

Wir telefonierten ziemlich lang. Die meisten meiner Fragen nahm er vorweg, aber mir fielen auch noch ein paar andere ein, die er mir ebenfalls alle geduldig beantwortete.

Wenn es in den Sicherheitsvorkehrungen, die er zum Schutz von Adrian Whitfield getroffen hatte, eine Schwachstelle gab, konnte ich sie nicht finden. Abgesehen davon, daß man auch noch rund um die Uhr einen Mann in der Wohnung hätte postieren können, sah ich keine Möglichkeit, wie sie noch besser hätte gesichert werden können.

Und trotzdem hatte es jemand geschafft, genügend Zyanid in Whitfields Scotch zu füllen, um ihn umzubringen.

Bis ich Gelegenheit bekam, mit Kevin Dahlgren zu sprechen, war es später Nachmittag, und ich war in der Zwischenzeit bereits selbst von zwei Detectives von der Abteilung für Wichtige Fälle vernommen worden. Sie nahmen sich fast zwei Stunden Zeit, um alles aus mir herauszuholen, was ich ihnen über meine Beziehung zu Adrian Whitfield erzählen konnte, angefangen von den Fällen, in denen ich für ihn gearbeitet hatte, bis hin zu den Kontakten, die ich mit ihm gehabt hatte, seit er Gegenstand von Wills offenem Brief geworden war.

Sie bekamen alles heraus, was ich wußte, und das war nicht viel.

Es war mehr, als ich von ihnen erfuhr.

Ich stellte nicht viele Fragen, und die wenigen, die ich stellte, blieben größtenteils unbeantwortet. Zumindest schaffte ich es, in Erfahrung zu bringen, daß auch in dem Rest Scotch, der noch in der Flasche war, Zyanid gefunden worden war, aber um das herauszubekommen, hätte ich etwas später nur den Fernseher anschalten müssen.

Die Sitzung mit den beiden hatte mich ziemlich geschafft, aber was ich durchgemacht hatte, war nichts im Vergleich zu dem, was Dahlgren über sich ergehen lassen mußte. Natürlich war er die ganze Nacht auf gewesen und hatte die meiste Zeit Fragen beantwortet oder darauf gewartet, weiter verhört zu werden. Er hatte ein paar Stunden geschlafen, bevor ich mich mit ihm traf, und machte einen recht wachen Eindruck, aber man merkte, daß er ziemlich fertig war.

Natürlich galt er wie die anderen Männer, die in ihrer Funktion als Leibwächter Zugang zu Whitfields Wohnung gehabt hatten, als Verdächtiger. Jeder von ihnen wurde einem intensiven Verhör und einer gründlichen Überprüfung seiner Vergangenheit unterzogen, und jeder unterzog sich freiwillig einem Lügendetektortest. (Freiwillig war er seitens der Polizei. Obligatorisch war er, wenn sie weiter für Reliable arbeiten wollten.)

Mrs. Sophia Szernowicz, Whitfields Putzfrau, wurde ebenfalls verhört, aber keinem Lügendetektortest unterzogen.

Mit ihr sprachen sie vor allem, um die Möglichkeit ausschließen zu können, daß jemand anderer in der Wohnung gewesen war, während sie dort saubergemacht hatte, und nicht, weil jemand dachte, sie könnte Will sein. Sie war Dienstag nachmittag in der Wohnung gewesen, und Whitfield hatte den vergifteten Scotch Donnerstag abend getrunken. Niemand konnte mit absoluter Gewißheit sagen, ob sich Whitfield am Dienstag oder Mittwoch abend etwas aus dieser Flasche eingeschenkt hatte, so daß nicht auszuschließen war, daß das Zyanid in die Flasche gelangt war, während Mrs. Szernowicz in der Wohnung war.

Sie sagte der Polizei, sie habe niemanden in der Wohnung gesehen, während sie dort saubergemacht hatte, niemanden außer dem Mann, der sie hinein und wieder hinaus gelassen und der sich die ganze Zeit, als sie dort war, irgendwelche Talkshows im Fernsehen angesehen hatte.

Sie konnte sich nicht erinnern, ihn in der Nähe der Stelle gesehen zu haben, wo die Schnapsflaschen aufbewahrt wurden, auch wenn sie nicht sagen konnte, was er getan hatte, als sie in einem der anderen Räume gewesen war. Sie selbst war jedoch an der Bar gewesen und könnte sogar die Flasche angefaßt haben, als sie abstaubte.

Ob sie beim Abstauben zufällig einen kleinen Schluck aus dieser oder einer der anderen Flaschen genommen habe? Schon die bloße Unterstellung versetzte sie so in Rage, daß die Polizisten sie erst eine Weile beruhigen mußten, bevor sie mit der Vernehmung fortfahren konnten.

Die einzigen Fingerabdrücke auf der Flasche stammten von Whitfield. Alles, worauf das hindeutete, war, daß der Mörder die Flasche abgewischt hatte, nachdem er das Zyanid hineingegeben hatte, und das war eigentlich zu erwarten gewesen. Es deutete auch darauf hin, daß niemand außer Whitfield die Flasche angefaßt hatte, nachdem ihr Inhalt vergiftet worden war, aber so, wie es aussah, hatte diese spezielle Flasche schon niemand mehr außer Whitfield angerührt, seit sie ins Haus gekommen war.

Sie war zwei Wochen, bevor Will seine Drohung gegen Whitfield an Marty McGraw geschickt hatte, geliefert worden. Die Lieferung, bestehend aus zwei Flaschen Glen Farquhar Single Malt Scotch, einer Flasche Finlandia Wodka und einer Flasche Ronrico Rum, war von einem Getränkemarkt in der Lexington Avenue ins Haus gebracht worden.

Der Rum und der Wodka blieben unangetastet, und Whitfield hatte die erste Flasche Scotch ganz getrunken und von der zweiten ein Drittel geschafft, als er das Glas trank, das ihm zum Verhängnis wurde.

»Sie trinken nichts«, hatte er zu mir gesagt. »Und ich auch nicht.« Trotzdem hatte er dem Alkohol genügend zugesprochen, um gleich zwei Flaschen von seinem Lieblingsscotch zu bestellen. Zugleich war er aber auch so mäßig gewesen, daß er über einen Monat gebraucht hatte, um soviel zu trinken, wie er getrunken hatte. Bei einem Flascheninhalt von 0,7 l entspricht das ungefähr achtzehn Gläsern, wenn man davon ausgeht, daß er sich jedesmal etwa 40 dl Scotch über seine zwei Eiswürfel goß.

Achtzehn Gläser von der Flasche, die er leer getrunken hatte, und etwa sechs von Flasche Nr. 2 – das mußte nach Adam Riese in etwa hinkommen. Es gab Abende, an denen er sich schon ein Glas genehmigte, bevor er nach Hause kam, und Abende, an denen er anscheinend gar nichts trank.

An diesem Abend gingen Elaine und ich ins Armstrong's zum Abendessen. Sie bestellte einen großen Salat, ich eine Portion Chili, in die ich eine ordentliche Ladung passierten Paprika rührte. Das Ganze war so scharf, daß davon Autolack Blasen geworfen hätte, und ich bekam kaum mit, was ich aß.

Sie erzählte ein bißchen, was im Laden gewesen war und was TJ erzählt hatte, als er auf einen Sprung vorbeigeschaut hatte.

Ich erzählte, was sich bei mir getan hatte. Und dann wurden wir eine Weile still. Die klassische Musik, die aus den Lautsprechern kam, wurde von den anderen Geräuschen im Lokal fast übertönt. Unser Keller kam vorbei und fragte, ob wir noch mehr Perrier wollten. Ich sagte, wollten wir nicht, aber bei Gelegenheit könne er mir eine Tasse schwarzen Kaffee bringen. Elaine bestellte einen Kräutertee. »Egal welchen. Ich lasse mich überraschen.«

Er brachte ihr einen Ingwertee.

Ich probierte meinen Kaffee, und dabei mußte ich wohl ein komisches Gesicht gemacht haben, denn Elaine zog ganz leicht die Brauen hoch.

»Einen Moment dachte ich«, sagte ich, »der Kaffee wäre mit Schuß.«

»Aber es ist keiner drinnen.«

»Nein. Es ist guter Kaffee, aber nur Kaffee.«

»Wahrscheinlich eine sogenannte Wahrnehmungserinnerung.«

»Wahrscheinlich.«

Man könnte durchaus sagen, das kam nicht ganz von ungefähr. Vor mehreren Jahren, bevor Jimmys Pachtvertrag ausgelaufen war und er einen Block weiter westlich ein neues Lokal aufgemacht hatte, war das Armstrong's gleich um die Ecke von meinem Hotel in der Ninth Avenue gewesen und hatte mir als eine Art zweites Wohnzimmer gedient. Dort ging ich hin, wenn ich unter Menschen sein wollte, dort ging ich hin, wenn ich allein sein wollte, und dort traf ich mich mit meinen Klienten.

Ich verbrachte dort viele Stunden damit, meinen täglichen Alkoholbedarf zu decken, und manchmal setzte ich auch noch einen drauf und ließ mich an der Bar oder an meinem Tisch im hinteren Teil ordentlich vollaufen. Normalerweise trank ich Bourbon, und wenn ich ihn nicht pur trank, so, wie Gott ihn schuf, dann gab ich ihn in eine Tasse Kaffee. Der Geschmack des Bourbon und der des Kaffees, so schien es mir damals, ergänzten und intensivierten sich gegenseitig, und obendrein hielt einen der eine wach, während der andere der Realität die Ecken und Kanten nahm.

Ich kenne Leute, die, als sie mit dem Rauchen aufhörten, vorübergehend auch keinen Kaffee mehr tranken, weil diese zwei Dinge für sie einfach zusammengehörten.

Ich hatte auch meine Probleme mit dem Entzug gehabt, aber der Kaffee war keines davon gewesen, und wie es scheint, kann ich ihn weiter mit ungetrübtem Genuß trinken, obwohl ich inzwischen ein Alter erreicht habe, in dem es die meisten meiner Altersgenossen für ratsam halten, auf koffeinfreien umzusteigen. Ich mag Kaffee, vor allem, wenn er so gut ist, wie ihn Elaine zu Hause macht (obwohl sie selbst kaum mal eine Tasse anrührt) oder wie man ihn in diesen Cafes à la Seattle kriegt, die in letzter Zeit überall in der Stadt aufmachen. Der Kaffee im

Armstrong's war immer gut, stark und vollmundig und aromatisch, und als ich jetzt einen Schluck davon nahm und ihn kostete, fragte ich mich, warum ich Bourbon geschmeckt hatte.

»Aber du hättest doch nichts tun können«, sagte Elaine. »Oder doch?«

»Nein, natürlich nicht.«

»Du hast ihm gesagt, er soll das Land verlassen.«

»Ich hätte ihm etwas mehr zureden können, aber ich glaube nicht, daß es viel genutzt hätte. Im Grunde genommen kann ich ihn sehr gut verstehen. Er konnte hier doch nicht einfach alles stehen und liegen lassen. Er traf alle Sicherheitsvorkehrungen, die man in so einer Situation treffen kann.«

»Haben sie bei Reliable gute Arbeit geleistet?«

»Selbst im nachhinein«, sagte ich, »könnte ich ihnen nichts vorwerfen. Wahrscheinlich hätten sie rund um die Uhr jemanden in seiner Wohnung postieren können, egal, ob sich jemand darin aufhielt oder nicht. Aber selbst jetzt, wo wir vor vollendeten Tatsachen stehen, könnte ich nicht sagen, dies oder jenes hätten sie noch tun sollen. Und was meine Rolle bei dem Ganzen angeht, nein, mir fällt nichts ein, was ich hätte tun können, das irgend etwas am Ausgang der Sache hätte ändern können. Es wäre natürlich schön gewesen, wenn ich eine geniale Idee gehabt und rausbekommen hätte, wer Will ist, aber das war leider nicht der Fall, und so habe ich etwas gemeinsam mit den acht Millionen anderen New Yorkern, einschließlich der Cops, die auf den Fall angesetzt sind.«

»Aber irgend etwas macht dir doch zu schaffen.«

»Will ist irgendwo da draußen«, sagte ich, »und bringt weiter ungestraft Leute um. Das macht mir vermutlich zu schaffen, vor allem jetzt, wo er jemanden umgebracht hat, den ich kannte. Einen Freund, wollte ich schon fast sagen, obwohl das nicht ganz stimmte; aber als ich mich das letzte Mal mit Adrian Whitfield unterhielt, hatte ich das Gefühl, wir könnten Freunde werden. Wenn er lange genug gelebt hätte.«

»Was wirst du jetzt machen?«

Ich trank meinen Kaffee aus, fing den Blick des Kellners auf und deutete auf meine leere Tasse. Während er nachschenkte, dachte ich über Elaines Frage nach. »Das Begräbnis findet nur im engsten Familienkreis statt«, sagte ich schließlich. »Bei all den Schlagzeilen, für die er in letzter Zeit gesorgt hat, würde das sonst eine richtige Massenveranstaltung. Soviel ich weiß, wird irgendwann im nächsten Monat eine öffentliche Trauerfeier abgehalten, und zu der gehe ich wahrscheinlich.«

»Und?«

»Und vielleicht zünde ich eine Kerze an«, sagte ich.

»Könnte jedenfalls nicht schaden«, sagte sie in übertriebenem Brooklyner Akzent. Das war die Pointe eines alten Witzes, und wahrscheinlich mußte ich grinsen, und sie grinste mich ebenfalls an.

»Machst du dir wegen des Geldes Gedanken?«

»Welches Geld?«

»Hat er dir keinen Scheck ausgeschrieben?«

»Über zweitausend Dollar.«

»Und kriegst du von Reliable keine Vermittlungsprovision?«

»Tote Klienten zahlen nichts.«

»Wie bitte?«

»Eine alte Grundregel beim Personenschutz«, sagte ich. »Jemand hat diesen Spruch als Titel für ein Buch über dieses Thema genommen. Wally hat sich einen kleinen Vorschuß geben lassen, aber der deckt nicht mal annähernd das, was er den Männern zahlen muß, die Whitfield bewacht haben. Rein rechtlich könnte er den Erben zwar alles in Rechnung stellen, aber er hat mir bereits gesagt, daß er darauf verzichtet. Und nachdem er bei dem Ganzen draufzahlen muß, bestehe ich nicht auf einer Vermittlungsprovision.«

»Was dir aber kein großes Kopfzerbrechen bereitet, oder?«

»Ach, ich weiß nicht. Hätte er mit dem Auftrag was verdient, hätte ich mir nichts dabei gedacht, auch etwas zu kassieren. Und wenn mir die zwei Riesen, die mir Whitfield gezahlt hat, schlaflose Nächte bereiten, kann ich sie ja immer noch weggeben.«

»Oder versuchen, sie dir zu verdienen.«

»Indem ich Will jage«, sagte ich, »oder den Mann, der Byron Leopold erschossen hat.«

»In der Horatio Street.«

Ich nickte. »Whitfield äußerte die Vermutung, zwischen den beiden Verbrechen könnte ein Zusammenhang bestehen: daß Will Byron vielleicht einfach nur so umgebracht hat, gewissermaßen zu Übungszwecken.«

»Hältst du das für möglich?«

»Ganz ausgeschlossen ist es jedenfalls nicht. Möglicherweise wurde Byron auch von einem Außerirdischen abgeknallt. Das ist auch nicht unwahrscheinlicher. Letztlich wollte er mir damit wahrscheinlich nur sagen, ich soll das Geld behalten und meine Ermittlungen da anstellen, wo ich es für richtig halte. Für mich war es ohnehin Jacke wie Hose, an welchem Fall ich nun arbeiten würde. Ich hätte in keinem besonders viel machen können, oder?«

»Ach, das ist es also? Das ist der Grund, warum du Alkohol schmeckst, der gar nicht da ist. Weil du nichts machen kannst.«

Darüber dachte ich nach.

Ich nahm einen Schluck Kaffee, stellte die Tasse auf die Untertasse. »Ja«, sagte ich schließlich, »das ist es wohl.«

Als wir draußen auf der Straße darauf warteten, daß die Ampel umschaltete, nahm ich ihre Hand. Ich sah an dem Haus schräg gegenüber hoch und hielt ganz automatisch nach einem Fenster im achtundzwanzigsten Stock Ausschau.

Entweder bemerkte Elaine meinen Blick, oder sie konnte meine Gedanken lesen. Jedenfalls sagte sie: »Weißt du, woran mich dieser Mord im Village erinnert? An Glenn Holtzmann.«

Er hatte in dem Apartment im achtundzwanzigsten Stock gewohnt. Seine Witwe, Lisa, hatte nach seinem Tod weiter dort gelebt. Sie engagierte mich, und als ich aufgehört hatte, für sie zu arbeiten, war ich weiter gelegentlich in ihre Wohnung – und in ihr Bett – gekommen.

Als Elaine und ich heirateten, machten wir unsere Hochzeitsreise nach Europa. Wir waren in Paris und lagen gerade in unserem Hotelzimmer im Bett, als sie mir sagte, es brauche sich nichts zu ändern. Wir könnten weiter wir selbst sein und unser Leben leben. Durch die Ringe an unseren Fingern würde sich nichts ändern.

Sie sagte das auf eine Art, die keinen Zweifel daran ließ, daß sie mir damit durch die Blume zu verstehen geben wollte: *Ich weiß, da ist noch jemand anderer, aber es macht mir nichts.*

»Glenn Holtzmann«, sagte ich. »Rein zufällig erschossen.«

»Außer Freud hatte recht, und so etwas wie Zufall gibt es nicht.«

»Ich mußte auch öfter an Holtzmann denken, als ich anfing, in Byrons Leben herumzustochern. Ganz schön verrückt, die Vorstellung, aus Versehen umgebracht zu werden.«

»Es ist schon schlimm genug, aus einem bestimmten Grund umgebracht zu werden.«

»Mhm. Jemand hat gehört, wie der Todesschütze Byron mit seinem Namen angesprochen hat.«

»Dann wußte er, wer er war.«

»Wenn sich der Zeuge nicht getäuscht hat.«

Den Rest des Nachhausewegs sprachen wir nicht mehr viel. Oben in unserer Wohnung legte ich ihr die Hand auf die Schulter und zog sie zu mir herum, und dann lagen wir uns in den Armen. Wir küßten uns, und ich legte eine Hand auf ihren Hintern und drückte sie an mich.

Nichts muß sich ändern, hatte sie mir in Paris gesagt, aber natürlich ändert sich im Lauf der Zeit etwas. Wir waren uns über viele Jahre hinweg alles mögliche gewesen, Elaine und ich.

Als wir uns kennenlernten, war ich ein verheirateter Cop und sie ein süßes junges Callgirl gewesen. Wir waren zusammen, und dann waren wir jahrelang auseinander, bis uns die Vergangenheit wieder zusammenbrachte.

Nach einer Weile hörte sie auf anzuschaffen. Dann nahmen wir uns eine gemeinsame Wohnung und dann heirateten wir.

Nach so vielen Jahren war die Leidenschaft, die wir füreinander empfanden, eine andere als zu der Zeit, als ich ihr in ihrer Wohnung im Turtle Bay die ersten Besuche abgestattet hatte.

Damals war unser Verlangen nacheinander wild und heftig und unleugbar gewesen. Inzwischen war es von Zeit und Gewohnheit gemäßigt.

Dagegen war die Liebe, die von Anfang an dagewesen war, mit der Zeit unendlich viel schöner und viel tiefer geworden; die Freude, die wir an der Gesellschaft des anderen hatten, war intensiver denn je zuvor. Und auch unsere Leidenschaft füreinander war, wenn auch nicht mehr ganz so heftig, differenzierter geworden.

Wir küßten uns wieder, und ihr stockte der Atem. Wir wanderten ins Schlafzimmer und zogen uns aus.

»Ich liebe dich«, sagte ich. Oder vielleicht sagte es auch sie. Irgendwann läßt sich das nicht mehr auseinanderhalten.

»Weißt du«, sagte sie, »wenn wir so weitermachen, kann ich mir durchaus vorstellen, daß wir noch richtige Könner werden.«

»Nie im Leben.«

»Du bist mein Bär, und ich liebe dich. Und du bist schon kurz vor dem Einschlafen, nicht? Außer ich halte dich davon ab, weil ich im Dunkeln so glühe. So, wie ich mich im Moment fühle, wäre mir das glatt zuzutrauen. Warum macht Sex Frauen munter und Männer müde? Hat das Gott nur schlecht eingerichtet, oder trägt es irgendwie zur Erhaltung der Art bei?«

Ich ließ mir die Frage lange durch den Kopf gehen und versuchte eine Antwort darauf zu finden. Dann spürte ich plötzlich ihren Atem über meine Wange und ihre Lippen über meinen Mund streifen, und sie hauchte: »Schlaf schön.«

8

Die wichtigsten Neuigkeiten des Wochenendes hatten mit dem Ergebnis von Adrian Whitfields Obduktion zu tun. Die Todesursache war keine Überraschung. Es bestätigte sich, daß er an einer Dosis Kaliumzyanid oder Zyankali gestorben war, die der *Post* zufolge genügt hätte, um ein Dutzend Anwälte zu töten. (Montag nacht las Leno diese Feststellung in seinem Eingangsmonolog vor, verdrehte die Augen und erntete einen Lacher, ohne ein Wort zu sagen.) Die Obduktion brachte auch an den Tag, daß Will der Natur nur ein wenig vorgegriffen hatte. Zum Zeitpunkt seines Todes hatte Adrian Whitfield in einer seiner Nebennieren einen bösartigen Tumor gehabt, der bereits so weit gestreut hatte, daß das Lymphsystem befallen worden war. Will hatte ihn allerhöchstens um ein Jahr seines Lebens gebracht.

»Ob er es wohl gewußt hat?« sagte ich zu Elaine. »Dem Artikel in der *Times* zufolge waren noch keine Symptome aufgetreten.«

»Ist er beim Arzt gewesen?«

»Sein Arzt ist verreist. Niemand kann ihn erreichen.«

»Ärzte«, sagte Elaine mit einem Seufzen. »Hat er nie etwas in der Richtung durchblicken lassen?«

»Doch, er hat mal was gesagt. Aber was war das gleich wieder?« Ich schloß kurz die Augen. »Als ich das letzte Mal mit ihm gesprochen habe, unmittelbar bevor er das Gift trank, sagte er etwas in der Richtung, daß er sich wünschte, er hätte noch mehr Zeit. Damit wir uns besser kennenlernen könnten, dachte ich damals. Aber vielleicht meinte er auch, daß er grundsätzlich gern noch mehr Zeit gehabt hätte.«

»Wenn er es wußte …«

»Wenn er es wußte«, sagte ich, »war vielleicht er derjenige, der das Zyankali in den Scotch getan hat. Das würde auch erklären, wie Will es geschafft hat, durch Wände zu gehen und in eine einbruchsichere Wohnung zu kommen. Er war nämlich gar nicht in der Wohnung. Whitfield hat Selbstmord begangen.«

»Glaubst du das wirklich?«

»Ich weiß nicht, was ich glauben soll«, sagte ich und stand auf, um ans Telefon zu gehen.

Es war Wally Donn mit der gleichen Frage. »Dieser verdammte Mistkerl hatte sowieso nicht mehr lange zu leben«, polterte er los. »Was meinst du, Matt? Du kanntest ihn ziemlich gut.«

»Ich kannte ihn so gut wie überhaupt nicht.«

»Jedenfalls kanntest du ihn besser als ich, Herrgott noch mal. War er der Typ, der Selbstmord begeht?«

»Ich weiß nicht, was das für ein Typ ist.«

»Das einzige, was Dahlgren dazu gesagt hat, ist, daß Whitfield bedrückt gewirkt hat. Also, bedrückt wäre ich auch, wenn ich einen Brief von Will bekäme. Und doppelt so bedrückt wäre ich, wenn ich hätte, was Whitfield hatte.«

»Wenn er wußte, daß er es hatte.«

»Dafür brauchen wir seine ärztlichen Unterlagen, aber sein Arzt ist übers Wochenende verreist. Wenn er morgen wieder erreichbar ist, wissen wir mehr. Ich stelle mir gerade vor, wie sich dieser Dreckskerl selbst vergiftet, und das unter den Augen eines jungen Burschen, der dafür bezahlt wird, sein Leben zu beschützen.«

»Jetzt hör aber mal«, sagte ich. »Du nennst ihn einen Dreckskerl, aber wenn es kein Selbstmord war ...«

»Dann mache ich einen Mann schlecht, den ich nicht ausreichend beschützt habe, womit ich der Dreckskerl wäre.« Er seufzte. »Die Welt ist schon ein ganz schön bescheuerter Ort zum Leben; laß dir da bloß von niemandem was anderes erzählen.«

»Nur keine Angst.«

»Was könnte er außerdem damit bezweckt haben, auf diese Weise Selbstmord zu begehen? Es als einen Mord zu tarnen?«

»Normalerweise ist es eigentlich anders rum.«

»Daß ein Kerl jemanden umbringt und es so hinstellt, als hätte der es selbst getan? Aus welchem Grund könnte es jemand anders rum machen? Wegen einer Lebensversicherung?«

»Das hätte nur einen Sinn, wenn er erst vor kurzem eine abgeschlossen hätte. Die Klausel, derzufolge die Versicherung bei Selbstmord nicht zahlungspflichtig ist, gilt nur eine bestimmte Zeit lang.«

»Normalerweise ein Jahr, nicht?«

»Ich glaube. Damit wollen die Versicherungen verhindern, daß jemand, der sich umbringen will, eine Lebensversicherung abschließt, um für jemanden viel Geld herauszuschlagen. Bei einem Versicherten dagegen, der schon zwanzig Jahre seine Beiträge zahlt, können sie sich nicht mehr aus der Verantwortung stehlen, bloß weil er Depressionen hatte und sich vor den F Train geworfen hat.«

»Ich weiß nicht«, sagte Wally. »Die vielen Versicherungsfälle, die wir im Lauf der Jahre übernommen haben, haben mich eigentlich in der Überzeugung bestärkt, daß sich die Versicherungen immer zu drücken versuchen, stellt man ihnen seine Dienste in Rechnung, fechten sie grundsätzlich immer ein paar Posten an. Das ist denen wohl schon in Fleisch und Blut übergegangen.«

»Apropos Rechnungen: Wenn sich herausstellt, er war es selbst ...«

»Du meinst, dann könnten wir es den Erben in Rechnung stellen? Wir haben uns verpflichtet, ihn zu beschützen, und konnten ihn nicht einmal vor sich selbst schützen? Lieber beiße ich in diesen sauren Apfel, als das auch nur zu versuchen.«

Wenn sich die Medien genügend für einen interessieren, findet man nicht so leicht ein Versteck, in dem einen nicht irgendwann jemand findet. Will schien das bislang zu gelingen, aber Dr. Philip M. Bushing hatte in dieser Hinsicht nicht so viel Talent. Adrian Whitfields Arzt war in

Georgian Bay beim Fischen, und ein findiger Reporter hatte es geschafft, ihn aufzuspüren.

Bushing war Facharzt für Innere Medizin – ein Gebiet, meinte Elaine, das eigentlich außer Hautkrankheiten so ziemlich alles abdecken müßte. Jedenfalls galt in seinen Augen die ärztliche Schweigepflicht nur für Patienten, die noch lebten, weshalb er ohne Bedenken bekanntgab, daß er Adrian Whitfields Krankheit im Frühling festgestellt und daraufhin der traurigen Pflicht nachgekommen war, den Patienten darüber in Kenntnis zu setzen.

Whitfield hatte es mit Fassung aufgenommen, erinnerte sich Bushing, und ihn sofort wie einen Zeugen der Gegenpartei ins Kreuzverhör genommen. Der Anwalt hatte ihn dazu gebracht zuzugeben, daß weder eine Operation noch eine Chemotherapie Aussicht auf Heilung böten, und sich von ihm eine Prognose stellen lassen, wie lange er noch zu leben hätte. Zwischen einem halben und einem Jahr, hatte ihm Bushing erklärt und ihm einen Onkologen im Sloan-Kettering empfohlen.

Diesen Spezialisten, einen gewissen Dr. Ronald Patel, rief Whitfield auch an und ließ sich einen Termin bei ihm geben. Patel bestätigte ihm Bushings Diagnose und schlug eine Behandlung mit massiver Radio- und Chemotherapie vor, die ihm möglicherweise noch zu einem zusätzlichen Jahr verhelfen könnte. Whitfield dankte Patel und ging, und der Onkologe sollte nie wieder etwas von ihm hören.

»Ich dachte, er wollte noch die Meinung eines Kollegen einholen«, sagte Patel.

Wenn er über irgend etwas eine Meinung einholen wollte, war er in New York am richtigen Ort. Jeder hatte eine, und bis Dienstag morgen hatte ich wohl jede gehört. Die vorherrschende Auffassung schien dahin zu gehen, daß Whitfield Selbstmord begangen hatte, und eine Autorität auf diesem Gebiet bezeichnete die Tat als einen opportunistischen Akt der Selbstzerstörung. Ich wußte zwar, was er meinte, aber ich fand seine Ausdrucksweise trotzdem etwas eigenartig.

Mehr als nur ein paar Leute nahmen Anstoß an der Methode, die er dafür gewählt hatte, da sie ihrer Meinung nach von fehlender Rücksichtnahme auf andere – oder auch auf Whitfield selbst – zeugte. Der Tod durch Zyanid war alles andere als schmerzlos. Man sank nicht wohlig in den Schlaf, aus dem es kein Erwachen mehr gab. Das einzige, was dafür sprach, war, daß es schnell ging.

»Andererseits«, sagte ich zu Elaine, »gibt es nicht allzu viele sanfte Wege, um aus dieser Welt zu scheiden, und überraschend viele Menschen schlagen dafür recht steinige Pfade ein. Zum Beispiel stecken sich Polizisten mit solcher Regelmäßigkeit ihre Dienstwaffen in den Mund, daß man meinen könnte, sie sind in Schokolade getaucht.«

»Das hat ja auch eine gewisse Aussagekraft, oder nicht? ›Ich benutze meinen Dienstrevolver, also hat mich mein Job umgebracht.‹«

»Das trifft die Sache ganz gut«, stimmte ich ihr zu, »aber inzwischen, glaube ich, ist es einfach schon Tradition. Außerdem geht es schnell und ist sicher, wenn die Kugel nicht gerade irgendeinen blöden Schlenker macht. Und das, was man dazu braucht, ist gleich zur Hand.«

Eine lokale Fernsehgröße zitierte Dorothy Parker:

Rasiermesser tun weh,
Flüsse sind naß,
Säuren machen Flecken,
und von Medikamenten kriegt man Krämpfe;
Knarren sind gegen das Gesetz,
Schlingen reißen,
und Gas stinkt –
da bleibt man lieber gleich am Leben.

Das trug ihm, wie nicht anders zu erwarten, eine Rüge seitens einer Sprecherin der Hemlock Society ein, die sich bemüßigt fühlte, darauf hinzuweisen, wieviel sich in dieser Hinsicht getan hatte, seit Dorothy Parker diese Zeilen geschrieben hatte. Es gab, konnte sie zu ihrer Zufriedenheit vermelden, verschiedene schmerzfreie Möglichkeiten, sich ins Jenseits zu befördern, und die zwei, die es ihr am meisten angetan zu haben schienen, waren, sich in seiner Garage mit Kohlenmonoxid zu vergasen oder sich mit einer Plastiktüte zu ersticken.

»Leider«, gab sie zu bedenken, »hat nicht jeder ein Auto.«

»Traurig, aber wahr«, sagte Elaine in Richtung Fernseher. »Aber eine Plastiktüte hat zum Glück fast jeder. Dad, kann ich heute abend den Wagen haben? Nein? Und die Plastiktüte?«

Das eigentliche Opfer, behauptete jemand anderer, war Kevin Dahlgren, der, nur weil Whitfield so rücksichtslos gewesen war, tot vor ihm umzufallen, enormen Belastungen ausgesetzt worden war. Mindestens eine Talkshow hatte einen Psychologen und einen Trauma-Experten eingeladen, die über die Auswirkungen sprachen, die der Zwischenfall kurz- und langfristig auf Dahlgren haben könnte.

Dahlgren ging den meisten Interviews aus dem Weg, und wenn er doch einmal in die Enge getrieben wurde, zog er sich geschickt aus der Affäre. Er könne sich, sagte er, kein Urteil bilden, ob er Zeuge eines Mords oder Selbstmords geworden sei. Er bedaure nur, daß er nichts habe tun können, um dem Mann das Leben zu retten.

Während Dahlgren die Rolle des Opfers nicht übernehmen wollte, riß sie ein gewisser Irwin Atkins um so entschlossener an sich. Atkins war Adrian Whitfields letzter Mandant, der Schläger, der sich nur wenige Stunden, bevor Adrian Whitfield in eigener Sache vor ein höheres Gericht getreten war, dazu entschlossen hatte, sich einer noch als Vergehen eingestuften Tätlichkeit schuldig zu bekennen. Ausgehend von der Annahme, Whitfield habe erst nach Einstellung des Verfahrens seinem Leben beruhigt ein Ende setzen können, gab Atkins seine Absicht bekannt, eine Klage einzureichen, er sei von seinem Anwalt unzureichend vertreten worden.

»Dafür kann er zwei Argumente anführen«, erklärte mir Ray Gruliow. »Erstens, daß Whitfield ihn dazu überredet hat, sich schuldig zu bekennen, weil er es kaum erwarten konnte, nach Hause zu kommen und dieses Rattengift oder was sonst zu trinken. Und zweitens, daß Whitfield seine Selbstmordabsichten gedanklich so stark beschäftigten, daß er nicht mehr in der Lage war, in Rechtsfragen verläßlichen Rat zu erteilen. Untermauern könnte er sein zweites Argument mit dem Hinweis, Whitfield müsse unzurechnungsfähig gewesen sein, einen Trottel wie ihn als Mandanten anzunehmen.«

»Glaubst du, er kommt damit durch?«

»Ich glaube, sie werden ihn sein Schuldgeständnis zurückziehen lassen. Aber ich glaube auch, daß er es bitter bereuen wird, dieser blöde Scheißkerl, weil nämlich sein neuer Prozeß mit einem Schuldspruch enden wird.«

»Bist du da wirklich sicher?«

»Oh, ich glaube schon. Wenn der Kerl sein in letzter Minute gemachtes Schuldgeständnis widerruft, verstärkt er damit nur den ohnehin schon weitverbreiteten Eindruck, daß er ein richtiger Kotzbrocken ist. Im übrigen halte ich das Ganze für ausgemachten Blödsinn. Adrian hat sich nicht umgebracht.«

»Nein?«

»Damit will ich keineswegs behaupten, das wäre eine schlechte Entscheidung gewesen oder eine Entscheidung, die zu treffen ihm nicht zustand. Und ich kann mir durchaus vorstellen, daß er sie irgendwann vielleicht sogar getroffen hätte. Er könnte sehr wohl mit diesem Gedanken gespielt haben, und er könnte ihm auch ohne weiteres gerade in dem Moment durch den Kopf gegangen sein, als er sich dieses Glas einschenkte. Aber ich glaube nicht, daß er auch nur die leiseste Ahnung hatte, daß in dieser Flasche etwas anderes sein könnte als guter schottischer Whisky.«

»Warum?«

»Was sollte das Ganze denn für einen Sinn haben? Wenn sich Adrian hätte umbringen wollen, hätte er auf jeden

Fall einen Abschiedsbrief hinterlassen, wobei es mich bei ihm nicht mal gewundert hätte, wenn er ihn notariell beglaubigt hätte. Alles andere paßt einfach nicht zu ihm.«

Daran hatte ich auch schon gedacht.

»Ich will keineswegs behaupten, es hätte ihm am nötigen Sinn für Theatralik gefehlt. Immerhin war er Strafverteidiger. Wenn wir nicht gern im Rampenlicht stünden, verbrächten wir unser Leben damit, in dunklen Hinterzimmern Schriftsätze zu verfassen. Ich kann mir durchaus vorstellen, daß Adrian Selbstmord hätte begehen können, und ich kann mir sogar vorstellen, daß er es vor Zeugen getan hätte. Kannst du dich noch an Harmon Ruttenstein erinnern?«

»Lebhaft.«

»Lud ein paar Freunde zu sich ein, forderte sie auf, Platz zu nehmen, bot ihnen was zu trinken an und sagte ihnen, er wolle, daß sie dabei seien, damit nicht irgendwelcher Blödsinn darüber in Umlauf käme, was passiert sei. Und dann sprang er mit dem Kopf voran aus dem Fenster. Ich begehe Selbstmord, wollte er damit sagen, und ich möchte, daß ihr dabei seid, um es zu bezeugen. Das ist etwas völlig anderes als das, was von Adrian behauptet wird.«

»Daß er es als Mord hinstellen wollte.«

»Genau. Warum? Das ist die Frage, die zu stellen sich noch niemand die Mühe gemacht hat – vielleicht, weil sie niemand beantworten kann. Weil Selbstmord mit einem Stigma behaftet ist? Adrian wurde nicht katholisch erzogen, und soviel ich weiß, war das einzige, woran er fest glaubte, daß man bei Strafprozessen das Honorar im voraus verlangen soll. Weil er Angst hatte, seine Lebensversicherungen könnten ungültig werden? In der Presse und im Fernsehen verbreiten sie das ständig – so, als ob das bei Selbstmord automatisch der Fall wäre.«

»Darüber habe ich erst kürzlich mit jemandem gesprochen«, sagte ich. »Das ist ein weit verbreitetes Mißverständnis.«

»Und vor allem trifft es in Adrians Fall überhaupt nicht zu, weil er alle seine Versicherungen schon vor Jahren abgeschlossen hat. Er hat sie nicht aufzustocken versucht, als er von seinem Arzt erfuhr, wie schlecht es um ihn stand. Das alles kam gestern heraus, aber trotzdem ist nach wie vor das Wort Lebensversicherung in aller Munde. Eben erst habe ich eine neue Variante gehört: Verdoppelung der Versicherungssumme.«

»Bei Unfalltod?«

»Richtig. Für die Versicherungsgesellschaften ist Mord ein Unfall. Zumindest gilt er als solcher, wenn die Police eine Klausel enthält, daß sich bei einem Unfalltod die Versicherungssumme verdoppelt. Übrigens eine saudumme Klausel. Wenn man eine Lebensversicherung abschließt, was für einen Unterschied macht es da schon, ob man vom Heuboden fällt oder sich wegen einer tödlichen Schuppenflechte selber auflöst? Wenn überhaupt, möchte man doch meinen, müßte es anders herum sein. Es ist das langsame Sterben, das die Familie teuer zu stehen kommt; für diesen Fall bräuchte sie einen zusätzlichen Versicherungsschutz.«

»Selbstmord wird aber vermutlich nicht als Unfalltod eingestuft.«

»Aber von einem natürlichen Tod kann man auch schlecht sprechen. Auf jeden Fall ist Selbstmord in jeder Police, von der ich bisher gehört habe, von einem Anspruch auf Verdoppelung der Versicherungssumme ausgeschlossen. Demzufolge liegt es durchaus im Bereich des Möglichen, daß jemand aus Rücksicht auf das finanzielle Wohlergehen seiner Familie auf eine Art Selbstmord begeht, die den Schluß nahelegt, daß es sich dabei um einen Unfall handelt.« Er holte Atem. »Puuuh. Hast du das gerade gehört? Ich habe mich doch angehört wie so ein bescheuerter Anwalt.«

»Das kannst du laut sagen.«

»So etwas«, fuhr er fort, »läßt sich ganz einfach hindrehen, und es kommt auch ständig vor, allerdings nicht unbedingt, um eine Versicherung zu betrügen. Dazu brauchst du dich bloß in dein Auto zu setzen und von einer Brücke zu fahren. Ich weiß zwar nicht, wie die offiziellen Schätzungen aussehen, aber es ist allgemein bekannt, daß ein hoher Prozentsatz der tödlichen Unfälle ohne Zeugen, in die nur ein Fahrzeug verwickelt ist, nichts anderes als Selbstmord sind, ob nun geplant oder spontan. Das ist eine narrensichere Methode, sich selbst umzubringen und trotzdem ein christliches Begräbnis zu bekommen, und genauso wirksam wäre es, wenn du von John Hancock und seinen Freunden die doppelte Versicherungssumme herausschinden wolltest.«

Ich mußte an die ernste Dame von der Hemlock Society denken. »Und Großstadtbewohner, die kein Auto haben …«

»Haben immer noch die U-Bahn. Man verliert das Gleichgewicht und stürzt auf die Gleise. Aber zurück zum Thema. Weißt du, was der größte Haken an der Sache ist? Du willst also, daß es wie ein Mord aussieht. Aber wenn du nicht gerade Ed Hoch oder John Dickson Carr heißt, suchst du dir dafür doch nicht ausgerechnet einen Mord in einem streng bewachten Raum aus, oder? Denn genau das ist es. Da sind die Bodyguards und die Alarmanlage. Die Sicherheitsvorkehrungen sind so umfangreich, daß sich kein Mensch vorstellen kann, wie Will da überhaupt reingekommen sein soll, um das Gift in die Flasche zu füllen. Es ist so offenkundig unmöglich, daß die halbe Stadt überzeugt ist, Adrian muß es selbst gewesen sein, was genau das ist, was er angeblich zu vertuschen versucht haben soll. Ergibt das für dich einen Sinn?«

»Ganz egal, wo Adrian jetzt ist«, sagte ich, »wenn er einen Anwalt braucht, sollte er sich einen gewissen Raymond Gruliow nehmen.«

»Aber ich habe doch recht, findest du nicht? Es ergibt einfach keinen Sinn.«

»Ich bin ganz deiner Meinung.«

»So, und jetzt noch der krönende Abschluß. Er hatte lauter befristete Versicherungen, und es war keine mit einer Verdoppelungsklausel darunter. Fall erledigt.«

Es klang überzeugend, aber ich war nicht vollständig überzeugt. Ich hatte schon zu viele Leute zu viele unlogische Dinge tun sehen, um die Handlung eines Menschen nur deshalb nicht für möglich zu halten, weil sie keinen Sinn ergab.

Ganz abgesehen davon, mußte man immer noch Will berücksichtigen. Selbst wenn Adrian Whitfield von eigener Hand gestorben sein sollte, mußte man Will zumindest der Beihilfe beschuldigen. Ein Kolumnist meinte, vielleicht ironisch, der anonyme Killer werde von Mal zu Mal mächtiger. Bei der Ermordung seiner ersten drei Opfer habe er noch selbst Hand anlegen müssen, aber auf Nummer vier und fünf habe er nur noch mit dem Finger zeigen müssen. Einmal von Will ins Visier genommen, seien sie ohne jedes weitere Einwirken seinerseits ins Jenseits befördert worden; Rashid, von einem Feind aus seinen eigenen Reihen, Whitfield von einem Feind, der ihm sogar noch näher stand, von dem, der in seiner eigenen Haut steckte.

»Demnächst wird er nicht mal mehr seine Briefe selber schreiben müssen«, schloß Denis Hamill. »Er braucht nur noch seine machtvollen Gedanken zu denken, und die Bösen dieser Welt sterben dahin wie die Fliegen.«

Komisch, dachte ich, daß wir nichts von ihm gehört hatten.

Dienstag morgen war ich vor Elaine auf, und ich frühstückte schon, als sie aus der Dusche kam. »Die Honigmelone ist sehr gut«, sagte sie. »Viel besser als die gestern.«

»Es ist aber die andere Hälfte von der, die wir gestern hatten«, sagte ich.

»Oh, dann muß es wohl an der Zubereitung liegen.«

»Ich habe sie auf einen Teller gelegt und dir hingestellt.«

»Ja, genau das hast du getan, du alter Brummbär. Und niemand hätte es besser machen können.«

»Das sind eben die Feinheiten.«

»Muß wohl so sein.«

»Vielleicht lag es an meiner Zen-Haltung«, sagte ich. »Ich habe mich auf was anderes konzentriert und das Frühstück einfach passieren lassen.«

»Auf was hast du dich konzentriert?«

»Auf einen Traum, an den ich mich nicht mehr erinnern kann.«

»Du kannst dich doch nie an deine Träume erinnern.«

»Ich weiß. Aber ich hatte beim Aufwachen das Gefühl, daß mir dieser Traum etwas mitteilen wollte, und es kam mir so vor, als hätte ich diesen Traum schon mal gehabt. Genau genommen ...«

»Ja?«

»Na ja, ich habe das Gefühl, als hätte ich diesen Traum in letzter Zeit ziemlich oft geträumt.«

»Den gleichen Traum?«

»Ich glaube schon.«

»Aber du kannst dich nicht an ihn erinnern.«

»Jedenfalls kam er mir irgendwie bekannt vor«, sagte ich. »So, als ob ich ihn schon öfter geträumt hätte. Ich weiß zwar nicht, ob es jedesmal der gleiche Traum ist, aber ich glaube, ich träume jedesmal von derselben Person. Sie ist einfach nur da und schaut sehr ernst drein und versucht mir etwas zu sagen, und dann wache ich auf, und sie ist weg.«

»Wie eine Rauchwolke.«

»So in etwa.«

»Wie dein Bauch, wenn du aufstehst.«

»Na ja ...«

»Wer ist es?«

»Das ist ja das Problem«, sagte ich. »Ich kann mich nicht erinnern, wer es ist, und zwar ganz gleich, wie sehr ich es auch versuche ...«

»Du mußt einfach aufhören, es zu versuchen.«

»Wie bitte?«

Sie stand auf, stellte sich hinter mich und strich mir mit den Fingerspitzen die Haare nach hinten. »Da ist nichts, woran du dich erinnern könntest«, sagte sie. »Laß einfach locker. Versuche nicht, dich zu erinnern. Beantworte nur die Frage. Von wem könntest du geträumt haben?«

»Das weiß ich nicht.«

»Macht nichts. Stell dir Adrian Whitfield vor.«

»Es war nicht Adrian Whitfield.«

»Natürlich nicht. Stell ihn dir trotzdem vor.«

»Okay.«

»Und jetzt stell dir Vollman vor.«

»Wen?«

»Den Kerl, der die Kinder umgebracht hat.«

»Vollmer.«

»Also gut, Vollmer. Stell ihn dir vor.«

»Es war aber nicht ...«

»Ich weiß, daß er's nicht war. Aber tu's mir zuliebe, okay? Stell ihn dir vor.«

»Gut.«

»Jetzt stell dir Ray Gruliow vor.«

»Ich habe nicht von Ray geträumt, und außerdem funktioniert das bestimmt nicht. Es ist wirklich nett, daß du dir solche Mühe gibst, aber ...«

»Ich weiß.«

»Aber es bringt nichts.«

»Ich weiß. Kann ich dich ein paar andere Dinge fragen?«

»Natürlich.«

»Wie heißt du?«

»Matthew Scudder.«

»Wie heißt deine Frau?«

»Elaine Mardell. Elaine Mardell Scudder.«

»Liebst du sie?«

»Mußt du das wirklich fragen?«

»Beantworte nur die Frage. Liebst du sie?«

»Ja.«

»Von wem könntest du geträumt haben?«

»Ist ja schön, daß du dir solche Mühe gibst, aber ...«

»Ja?«

»Also, ich glaube echt, ich spinne.«

»Und? Wirst du es mir sagen?«

»Jetzt bist du aber stolz, hm?«

»Über alle Maßen stolz und – wirst du vielleicht aufhören!«

»Ich will sie nur ganz kurz anfassen.«

»Jetzt sag schon den Namen. Bevor du ihn wieder vergißt.«

»Keine Sorge«, sagte ich. »Aber wie komme ich dazu, ausgerechnet von ihm zu träumen?«

»Na schön, dann spann mich eben weiter auf die Folter.«

»Glenn Holtzmann«, sagte ich. »Wie hast du das geschafft?«

»Ich habe da so meine Tricks.«

»Muß wohl so sein. Glenn Holtzmann. Warum Glenn Holtzmann, Herrgott noch mal?«

Der Antwort auf diese Frage war ich noch keinen Schritt näher gekommen, als ich eine Stunde später nach unten ging, um mir die Zeitungen zu kaufen. Dann vergaß ich Glenn Holtzmann erst mal.

Es gab wieder einen Brief von Will.

9

»Ein offener Brief an die Bevölkerung von New York.«

So hatte ihn Will überschrieben. Wie alle anderen hatte er ihn an Marty McGraw bei der *Daily News* geschickt, die auch als erste darüber berichtete. Die Meldung erschien mit einer riesigen Schlagzeile und unter McGraws Namen auf der ersten Seite. Seine Kolumne »Wenn Sie schon fragen ...« brachten sie daneben in einem Kasten, und den vollen Wortlaut von Wills Brief druckten sie auf der nächsten Seite ab. Für Wills Verhältnisse war es ein langer Brief, mit nahezu achthundert Wörtern, womit er ungefähr genauso lang war wie McGraws Kolumne.

Er begann damit, daß er sich zur Ermordung Adrian Whitfields bekannte (beziehungsweise die Verantwortung dafür übernahm). Der Grundtenor war prahlerisch; zuerst wies er auf die umfangreichen Sicherheitsvorkehrungen hin, die zu Whitfields Schutz getroffen worden waren, auf die Alarmanlage, die Leibwächter, die gepanzerte Limousine mit den kugelsicheren Scheiben. »Doch kein Mensch kann sich dem Willen des Volkes entziehen«, erklärte er. »Kein Mensch kann vor ihm fliehen. Kein Mensch kann sich vor ihm verstecken. Denken Sie nur an Roswell Berry, der sich nach Omaha abgesetzt hat. Denken Sie an Julian Rashid, der sich hinter den Mauern seiner Festung in St. Albans verschanzt hat. Der Wille des Volkes überwindet alle Entfernungen, schlüpft durch die stärksten Befestigungen. Kein Mensch kann sich ihm widersetzen.«

Whitfield, fuhr Will fort, sei keineswegs der schlimmste Anwalt, den es gebe. Es sei lediglich sein Schicksal gewesen, als Repräsentant eines in Anwaltskreisen immer mehr um sich greifenden Mißstands herhalten zu müssen, nämlich der unübersehbaren Bereitschaft, zugunsten eines Mandanten alles zu tun, ganz gleich, wie abstoßend und verwerflich es auch sein mochte. »Wir nicken beifällig, wenn ein Anwalt das nicht zu Verteidigende verteidigt, und dulden es, wenn er im Interesse seines Mandanten Maßnahmen ergreift, die ihm harsche Kritik eintrügen, wenn er sie zu seinen eigenen Gunsten ergriffe.«

Im Anschluß daran nahm sich Will das amerikanische Rechtssystem als Ganzes vor, wobei er vor allem die Frage nach dem Sinn von Schwurgerichten stellte. Wenn die von ihm angeführten Argumente auch nicht gerade umwerfend originell waren, brachte er sie dennoch überzeugend genug vor, um einen vergessen zu lassen, daß man die Worte eines Serienmörders las.

Er schloß mit ein paar persönlich gehaltenen Zeilen. »Ich stelle fest, daß ich des Tötens müde bin. Ich bin dankbar, als Instrument für diese sozial-chirurgischen Eingriffe ausgewählt worden zu sein. Doch hoch ist der Zoll, der einem dafür abverlangt wird, dazu berufen zu sein, zum Wohl der Allgemeinheit Böses zu tun. Darum werde ich mich jetzt zur Ruhe setzen, bis der Tag kommt, an dem wieder der Ruf an mich ergeht, zur Tat zu schreiten.«

Ich hatte eine Frage, und um eine Antwort darauf zu bekommen, führte ich ein halbes Dutzend Telefongespräche. Schließlich kam ich auch dazu, bei der *News* anzurufen. Ich nannte der Frau, die den Anruf entgegennahm, meinen Namen und sagte, ich wolle mit Marty McGraw sprechen. Sie ließ sich meine Nummer geben, und keine zehn Minuten später klingelte das Telefon.

»Marty McGraw«, meldete er sich. »Matthew Scudder, Sie sind der Detektiv, den Whitfield engagiert hat, richtig? Ich glaube, wir sind uns mal begegnet.«

»Das ist schon Jahre her.«

»Der größte Teil meines Lebens ist schon Jahre her. Was kann ich für Sie tun?«

»Eine Frage beantworten. Wurde der Brief von Will wortwörtlich abgedruckt?«

»Sicher. Warum?«

»Keine Kürzungen? Nichts, was Sie auf Wunsch der Polizei weggelassen haben?«

»Glauben Sie im Ernst, das würde ich Ihnen sagen?« Er klang beleidigt. »Woher soll ich außerdem wissen, daß Sie nicht Will sind?«

»Das ist natürlich richtig. Andererseits, wenn ich Will wäre, müßte ich eigentlich wissen, ob Sie meinen Brief gekürzt haben.«

»Glauben Sie nicht, ich würde mir sehr genau überlegen, so was zu machen. Ich weiß doch, wie stinkig ich selbst werden kann, wenn dieser Schafskopf in der Chefredaktion *meinen* Text kürzt, und ich bin kein irrer Massenmörder.«

»Ich auch nicht. Worauf ich hinauswill, ist folgendes: Soweit ich das beurteilen kann, enthält der Brief nichts, was die Selbstmordtheorie widerlegen könnte.«

»Sie haben doch Wills Wort drauf. Er sagt, er war's.«

»Und bisher hat er uns noch nie belogen.«

»Meines Wissens jedenfalls nicht. Nur im Fall von Roswell Berry in Omaha hat er sich davor gedrückt, seine Täterschaft definitiv zu bestätigen oder zu dementieren, wobei er das sehr geschickt angestellt hat.«

»Aber wenn ich mich recht entsinne, hat er erwähnt, daß Berry erstochen wurde.«

»Stimmt, und das war ein Detail, das die Polizei zurückgehalten hat. Dieser Hinweis deutet also darauf hin, daß er seine Hand im Spiel hatte.«

»Gibt es etwas Vergleichbares auch im letzten Brief? Mir ist bisher jedenfalls nichts aufgefallen, und deshalb habe ich mich auch gefragt, ob er vielleicht gekürzt wurde.«

»Nein, wir haben ihn im vollen Wortlaut abgedruckt. Übrigens, meine Bemerkung vorhin, ich würde seinen Text nur sehr ungern kürzen, war durchaus ernst gemeint. Dieser Kerl schenkt mir ohnehin schon wesentlich mehr Beachtung, als mir lieb ist.«

»Was Sie wahrscheinlich jede Menge Leser gekostet hat.«

Sein Lachen war wie das Bellen eines Terriers. »In dieser Hinsicht«, gab er zu, »ist die ganze Geschichte natürlich ein Geschenk des Himmels. Was ich nur schade finde, ist, daß er damit erst angefangen hat, als ich bereits meine letzte Vertragsverlängerung unterschrieben hatte. Aber andererseits macht es einen schon auch nervös, Wills Fenster auf die Welt zu sein. Ich muß davon ausgehen, daß er mich dreimal die Woche liest. Und jetzt stellen Sie sich mal vor, er findet es nicht gut, was ich schreibe. Das letzte, was ich möchte, wäre, einen unkonventionellen Zeitgenossen wie ihn vor den Kopf zu stoßen.«

»Einen unkonventionellen Zeitgenossen?«

»Klar, Sie haben natürlich völlig recht. In dem Moment, in dem ich den Satz sagen will, ist das Wort, das mir in den Sinn kommt, ›Irrer‹. Und dann schießt mir plötzlich der Gedanke durch den Kopf, daß er vielleicht mein Telefon abhört und sauer auf mich wird, weil ich mich abfällig über seinen Geisteszustand äußere. Also korrigiere ich mich mitten im Satz, streiche ›Irrer‹ und ersetze es durch ›unkonventioneller Geist‹.«

»Und so was nennt man dann Schere im Kopf.«

»Wenn ich mir's allerdings genauer überlege, kann ich mir eigentlich nicht vorstellen, daß er mein Telefon abhört. Außerdem, was kümmert es ihn schon, wie ich ihn nenne? Namen jucken ihn doch nicht. Manchmal frage ich mich, ob diesem Kerl überhaupt jemand etwas anhaben kann. Wie kommen Sie darauf, er könnte uns, was Whitfield angeht, etwas vormachen?«

»Weil er sich so lange Zeit gelassen hat, den Brief zu schreiben. Immerhin ist schon eine ganze Woche vergangen, seit Whitfield gestorben ist.«

Darauf schwieg McGraw eine Weile, bevor er sagte: »Genau das ist der Beweis.«

»Wofür? Daß er's war? Das verstehe ich jetzt aber nicht.«

»Wir haben es eben erst bekommen«, sagte er. »Sonst hätten wir es mit dem Rest der Story gebracht. Darum möchte ich auch am Telefon nicht darüber sprechen. Wir möchten morgen nämlich gern als erste damit rauskommen. Sind Sie gerade in der Stadt? Wissen Sie, wo die *News* ist?«

»In der Thirty-third. Aber wenn Sie nicht gefragt hätten, wäre ich vielleicht zu den alten Redaktionsbüros in der East Forty-second gefahren. Das ist immer noch mein erster Gedanke, wenn ich an die *News* denke.«

»Welche Postleitzahl?«

»Die Postleitzahl? Möchten Sie, daß ich Ihnen schreibe?«

»Nein, eigentlich nicht. Sie haben doch nichts gegen Titten, oder? In der Ninth, Ecke Thirty-second, gibt es einen Club, der sich Bunny's Topless nennt; da ist es um diese Tageszeit stiller als in einem Trappistenkloster. Wollen wir uns dort in einer halben Stunde treffen?«

»Okay.«

»Sie werden mich problemlos erkennen«, sagte er. »Ich bin der Typ, der ein Hemd anhat.«

Ich weiß nicht, wie es im Bunny's Topless nachts ist. An sich müßte dann eigentlich etwas mehr los sein, mehr junge Frauen, die ihre Brüste zur Schau stellen, und mehr Männer, die sie anglotzen. Und trostlos ist es wahrscheinlich zu jeder Zeit, auf eine Art, wie sie den meisten Etablissements zu eigen ist, die an unsere nicht ganz so edlen Instinkte appellieren. Auch in Spielcasinos findet man diese Trostlosigkeit, und je größer ihr Glanz und Glamour, desto deutlicher ist sie zu spüren. In der Luft hängt der ozonverpestete Gestank vulgärer Träume und nicht eingelöster Versprechen.

Früh am Tag wirkte der ganze Laden noch absurder als sonst. Eine dunkle Höhle, Tür und Fenster mattschwarz lackiert, der Raum zwischen ihnen weniger eingerichtet als zusammengestopselt, das Mobiliar ein Sammelsurium aus Hinterlassenschaften des Vorbesitzers und billigem Versteigerungsramsch. Die zwei Männer, die an den beiden Enden der Bar saßen, verteilten ihre Aufmerksamkeit auf den Fernseher (CNN mit abgestelltem Ton) und die Bardame, deren Brüste (mittelgroß, leicht hängend) um einiges echter aussahen als ihr leuchtend rotes Haar.

Es gab eine kleine Bühne, und abends hatten sie wahrscheinlich Tänzerinnen, aber jetzt war sie leer, und für Musik sorgte ein Oldies-Sender aus dem Radio. Die Kellnerin, die für die Nischen und Tische zuständig war, trug wie die Bardame Hot Pants mit einem Kaninchenchwanz, Hasenohren, hochhackige Schuhe und sonst nichts. Vielleicht war um die Mittagszeit etwas mehr los, aber im Moment hatte sie jeweils zwei Männer an zwei Tischen im Eingangsbereich und einen einzelnen Mann in einer Ecknische.

Der Einzelgänger war Marty McGraw, und jeder hätte ihn erkannt. Zusammen mit seiner Kolumne erschien dreimal die Woche auch ein kleines Foto von ihm, mit gespitzten Lippen und auf die Seite gelegtem Kopf. Sein Haar war angegraut. Das war zwar auf dem Foto nicht zu erkennen, aber ich wußte es trotzdem, weil ich ihn unzählige Male im Fernsehen gesehen hatte, seit die Sache mit Will losgegangen war. Ansonsten hatten ihn die Jahre nicht viel verändert. Wenn überhaupt etwas, war die Zeit wie ein Karikaturist mit ihm umgesprungen und hatte einzelne Züge stärker hervorgehoben, die Augenbrauen stärker vorspringen lassen und das Kinn nach vorn geschoben.

Er hatte seine Anzugjacke ausgezogen und den Krawattenknoten gelockert, die Hand hatte er um ein Glas Bier gelegt. Neben dem Bierglas stand ein leeres niedrigeres Glas, aus dem mir der scharfe Geruch von billigem Whiskey in die Nase stieg.

»Scudder«, begrüßte er mich. »McGraw. Und diese entzückende junge Frau«, er winkte der Kellnerin, »hat mir versichert, sie heißt Darlene. Sie hat mich bisher noch nie belogen, nicht, Schätzchen?«

Sie lächelte. Ich hatte das Gefühl, das mußte sie ziemlich oft tun. Sie hatte dunkles, kurz geschnittenes Haar und volle Brüste.

»Die Bardame heißt Minny«, fuhr er fort, »aber wahrscheinlich sollte sie besser Spinny heißen. Also verlangen Sie bloß nichts allzu Kompliziertes von ihr. Bestellen Sie einen Pousse-café und Sie riskieren Ihr Leben. Mit einem Schnaps und einem Bier können Sie bei ihr nichts falsch machen, und was den Schnaps angeht, bestellen Sie am besten eine billige Sorte, weil das sowieso ist, was Sie kriegen, egal, was auf der Flasche steht.«

Ich sagte, ich wollte ein Coke.

»Also, das ist unbedenklich«, sagte er, »wenn auch nicht besonders gewagt. Für mich noch mal das gleiche, Darlene. Und daß du mir bloß nicht auf die Idee kommst, mal was anderes zu bringen, klar?«

Als sie ging, sagte er: »Die Postleitzahl ist eins-o-o-o-eins, oder sollte ich sagen eins-null-null-null-eins? Haben Sie schon gemerkt, daß sie das neuerdings immer machen?«

»Was?«

»Daß sie null sagen. Sie geben übers Telefon eine Kreditkartennummer durch, sagen ›o‹ statt ›null‹ und prompt ersetzen sie alle Ihre Os mit Nulls, wenn sie die Nummer zur Bestätigung wiederholen. Wissen Sie, worauf das zurückzuführen ist? Auf die Computer. Wenn Sie sich eine Zahl von Hand notieren, was macht es da schon für einen Unterschied, ob Sie ein O oder eine Null auf das Papier machen? Sieht beides gleich aus. Aber wenn man auf einer Tastatur schreibt, sind es verschiedene Tasten. Deshalb müssen sie da genau unterscheiden.«

Unsere Getränke kamen. McGraw nahm das Whiskeyglas und leerte es in einem Zug, dann nahm er einen kleinen Schluck Bier. »Das ist jedenfalls meine Theorie – halten Sie davon, was Sie wollen. Außerdem hat sie nichts mit Wills Brief zu tun. Die Postleitzahl hat nicht gestimmt.«

»Hat er statt einer Null ein O geschrieben?«

»Nein, nein, nein. Die Zahl hat nicht gestimmt. Die Adresse war richtig, 450 West Thirty-third Street, aber aus irgendeinem Grund hat er eins-null-null-*eins*-eins geschrieben statt eins-null-null-*null*-eins. Eins-null-null-elf ist die Postleitzahl von Chelsea und Teilen des West Village.«

»Ich verstehe«, sagte ich, obwohl das nicht der Fall war. »Aber was macht das schon? Die Straße und die Hausnummer haben doch gestimmt, und immerhin sind Sie bei der *New York Daily News*. So schwer kann die doch nicht zu finden sein.«

»Möchte man eigentlich meinen, und ich nehme zurück, was ich vorhin gesagt habe, weil es nämlich doch damit zusammenhängt, daß die Leute null statt o sagen und auf die richtige Taste drücken. Die Scheißtechnik hat uns wieder mal eins ausgewischt, das ist es.«

Ich wartete, daß er es mir weiter erklärte.

»Sie werden's kaum glauben«, fuhr er fort, »aber dadurch hat sich die Auslieferung des Briefs verzögert. Ich möchte lieber nicht raten, wie viele Sendungen täglich an die *News* geschickt werden, die meisten davon mit Buntstiften geschrieben. Man möchte also meinen, die Blödmänner, die die Post sortieren, wüßten langsam, wo wir sind, vor allem, wo wir höchstens einen Steinwurf vom Hauptpostamt entfernt sind. Aber Sie brauchen bloß eine Eins zu schreiben, wo eigentlich ein O stehen sollte – pardon, ich meine eine Null – und schon wissen sie nicht mehr weiter. Sie sind total aufgeschmissen.«

»Der Brief muß doch abgestempelt gewesen sein«, sagte ich.

»Mehr als einmal. Da war der ursprüngliche Poststempel; den hat er bekommen, als er in der Sammelstelle durch die Sortiermaschine lief, und von dort wurde er dann nach Uptown gebracht, ins Postamt Old Chelsea in der West Eighteenth, von wo die Post für den Postleitzahlenbereich eins-o-o-eins-eins ausgeliefert wird. Der Brief wanderte in der Tasche eines Austrägers raus, kam aber wieder zurück und wurde ein zweites Mal abgestempelt, denn jetzt wurde er von Old Chelsea zum Farley Building in der Eighth Avenue weitergeleitet, wo die Post für eins-o-o-o-eins ausgeliefert wird. Der zweite Stempel war eigentlich gar kein Stempel, sondern ein handschriftlicher Vermerk, womit der Brief heutzutage vermutlich ein richtiges Sammlerstück ist, aber was Sie interessiert, was jeden interessieren würde, ist natürlich der erste Stempel.«

»Ja.«

Er kippte sein Bier hinunter. »Schade daß ich ihn nicht dabei habe. Dann könnte ich ihn Ihnen zeigen. Aber natürlich haben ihn die Cops mitgenommen. Aus dem Stempel gehen zwei Dinge hervor: die Postleitzahl der Aufgabestelle und der Zeitpunkt, zu dem er durch die Stempelmaschine lief. Die Postleitzahl war eins-o-o-dreiacht. Das heißt, er wurde in Peck Slip aufgegeben.«

»Und wann?«

»Am selben Abend, an dem Whitfield ermordet wurde.«

»Um wieviel Uhr?«

Er schüttelte den Kopf. »Es stand nur das Datum drauf, das mir im Moment allerdings entfallen ist; aber es war derselbe Abend – der Abend, an dem er gestorben ist.«

»Donnerstag abend.«

»War es ein Donnerstag? Ja, natürlich, und wir sind schon am Freitag morgen mit der Meldung rausgekommen.«

»Aber der Stempel war vom Donnerstag.«

»Hab ich das nicht gerade gesagt?«

»Ich möchte mich nur vergewissern, daß ich alles richtig verstanden habe«, sagte ich. »Der Brief lief vor Mitternacht durch die Stempelmaschine, und folglich trägt er das Datum von Donnerstag und nicht von Freitag.«

»Sie haben es richtig verstanden.« Er deutete auf mein Glas. »Was ist das, Coca Cola? Möchten Sie noch was?« Ich schüttelte den Kopf. »Also, ich schon«, sagte er, lenkte Darlenes Aufmerksamkeit auf sich und bedeutete ihr, eine zweite Runde zu bringen.

Ich sagte: »Whitfield starb gegen elf an diesem Abend, und die erste Nachrichtenmeldung kam kurz vor Mitternacht auf New York One. Wenn ich mich nicht völlig täusche, wurde der Brief abgeschickt, bevor Whitfield tot war.«

»Da dürften Sie wahrscheinlich richtig liegen.«

»Nur wahrscheinlich?«

»Na ja, Sie gehen davon aus, daß bei der Post alles korrekt gelaufen ist«, sagte er. »Aber Sie wissen doch bereits, wie lange sie gebraucht haben, bloß um diesen bescheuerten Brief zuzustellen. Warum sollten sie dann in allem anderen so wahnsinnig zuverlässig sein? Was ich damit sagen will: Es ist durchaus möglich, daß jemand vergessen hat, um Mitternacht auf der Stempelmaschine das Datum weiterzustellen. Aber ansonsten würde ich auf jeden Fall auch sagen, die Wahrscheinlichkeit, daß Adrian Whitfield noch am Leben war, als Will den Brief aufgegeben hat, ist ziemlich hoch.«

»Peck Slip«, sagte ich. »Das ist doch unten am Fulton Fish Market, oder?«

»Richtig. Aber das Postamt ist für den gesamten Drei-Achter-Postleitzahlenbereich zuständig, und dazu gehört auch ein relativ großes Stück der Downtown. Das Polizeipräsidium, die City Hall ...«

»Und das Criminal Courts Building«, sagte ich. »Er könnte an diesem Nachmittag im Gericht gewesen sein und mitbekommen haben, wie Whitfield das Schuldgeständnis von Irwin Atkins eingereicht hat. Er hat bereits den Whisky vergiftet und den Brief geschrieben, und jetzt wirft er ihn ein. Warum wartet er nicht?«

»Wir wissen bereits, daß er ein Großkotz ist.«

»Aber er macht auch keine halben Sachen. Er gibt den Brief auf, bevor sein Opfer tot ist. Angenommen, Whitfield geht irgendwo essen und trinkt eine Flasche Wein zum Abendessen und möchte die Traube nicht mehr mit dem Korn mischen, als er nach Hause kommt? Angenommen, Whitfield ist noch am Leben, als Wills Brief auf Ihrem Schreibtisch landet? Was dann?«

»Ich rufe die Polizei an, und die rasen sofort in Whitfields Wohnung und schnappen sich die Scotch-Flasche, bevor er was daraus trinken kann.«

»Erwähnt er den Scotch überhaupt?« Ich holte den Artikel heraus, den ich aus der *News* ausgeschnitten hatte, und las ihn durch. Inzwischen war Darlene mit unseren Drinks zurückgekommen; sie stellte sie auf den Tisch und nahm ihre Vorgänger mit, ohne uns zu unterbrechen. Kassieren brauchte sie nicht. In Etablissements wie diesem hatte man sonst immer gleich bei Lieferung zahlen müssen, aber das war noch in den Zeiten gewesen, als noch nicht alle alles mit Kreditkarte bezahlt hatten. Inzwischen setzten sie auch hier einfach alles auf die Rechnung. »Es gibt einen Hinweis auf Gift«, sagte ich, »und er spricht von den Sicherheitsvorkehrungen in Whitfields Apartment. Aber er sagt nicht ausdrücklich, daß das Gift im Whisky ist.«

»Trotzdem, in dem Augenblick, wo er von Gift spricht und von der Wohnung in der Park Avenue ...«

»Durchsuchen sie dort natürlich alles, bis sie das Zyanid im Scotch finden.«

»Und Will steht da wie der letzte Trottel.«

»Warum geht er also dieses Risiko ein? Wieso hat er es so eilig, den Brief abzuschicken?«

»Vielleicht will er verreisen.«

»Verreisen?«

»Sehen Sie sich Ihren Ausschnitt doch noch mal an«, riet er mir. »Er gibt bekannt, daß er sich zur Ruhe setzen will. Er hat genug, und deshalb gibt es keine weiteren Morde mehr. Er nimmt seinen Abschied. Ist das nichts, was jemand tun könnte, der sich unbemerkt aus dem Staub machen will?«

Darüber dachte ich eine Weile nach.

»Im übrigen«, fuhr McGraw fort, »warum sollte er sonst auch ankündigen, daß er sich zur Ruhe setzen will? Er hat doch schon genügend Neuigkeiten für einen Brief; schließlich bekennt er sich darin zu dem Mord an Whitfield. Den Rest könnte er sich doch für ein andermal aufsparen. Außer er bricht seine Zelte ab und läßt sich in Dallas oder Dublin oder was weiß ich wo nieder. Dakar? Falls er's eilig hatte, um sein Flugzeug noch zu erreichen, wäre doch einleuchtend, daß er einen Brief mit allen Neuigkeiten schreibt und ihn sofort abschickt.«

»Und wenn er ankommt, bevor Whitfield etwas getrunken hat? Was dann?«

»Da dieser Kerl eindeutig verrückt ist, maße ich mir nicht an, vorhersagen zu können, was er in diesem Fall getan hätte, aber ich nehme an, irgendwie hätte er die Sache schon geritzt. Entweder wäre er zurückgekommen und hätte sich was einfallen lassen, wie er Whitfield doch noch abservieren kann, oder er hätte sich gesagt, das Schicksal hat es gut gemeint mit Whitfield und ihn verschont. Und vielleicht hätte er mir einen Brief darüber geschrieben oder auch nicht.« Er tippte mit dem Finger auf den Zeitungsausschnitt. »Wenn Sie mich fragen, stand für ihn völlig außer Frage, daß Whitfield schnurstracks nach Haus gehen und dort ein Glas Scotch trinken würde. Lesen Sie doch selbst, was er geschrieben hat. Er spricht von einer vollendeten Tatsache. Für ihn ist der Fall bereits erledigt. Whitfield ist bereits tot. Wenn in seinem Brief ein Wort steht, das auch nur ansatzweise darauf hindeutet, daß der Ausgang der Sache noch ungewiß ist, dann muß ich es übersehen haben.«

»Sie haben völlig recht«, bestätigte ich ihm. »Er schreibt so darüber, als ob es bereits passiert wäre. Aber wir sind sicher, daß das noch nicht der Fall war.«

»Es ist nicht ganz auszuschließen, daß Whitfield bereits tot war, als dieser Brief abgestempelt wurde. Aber es ist höchst unwahrscheinlich. Es ist anzunehmen, daß der Brief in einen Briefkasten geworfen wurde, aber bis der Kasten geleert und sein Inhalt zum Postamt Peck Slip gebracht und durch die Sortiermaschine gelaufen wäre ...«

Ich überflog den Zeitungsausschnitt noch einmal. »Was ich Sie schon am Telefon gefragt habe«, sagte ich schließlich. »Stand in dem Brief etwas, das die Möglichkeit, daß es Selbstmord war, hundertprozentig ausschließt.«

»Eben deshalb habe ich vorgeschlagen, daß wir uns treffen. Deshalb sitzen wir hier. Der Inhalt des Briefs schließt einen Selbstmord nicht aus – außer daß Will behauptet, er hätte es getan. Und bisher hat er uns noch nie belogen. Aber der Poststempel schließt einen Selbstmord aus.«

»Weil er abgeschickt wurde, bevor der Tod eintrat.«

»Ganz genau. Will könnte durchaus hergegangen sein und Whitfields Selbstmord als sein Werk ausgegeben haben. Aber so ausgefuchst der Kerl auch sein mag, konnte er unmöglich Whitfields Gedanken lesen und im voraus wissen, daß er sich umbringen würde.«

10

Ich brauchte eine Weile, um mich von Marty McGraw loszueisen. Er sah sich nach der Bedienung um, aber anscheinend hatte sie gerade Pause. Schließlich stand er achselzuckend auf und ging zur Bar. Als er mit zwei Flaschen Rolling Rock zurückkam, sagte er, vorerst hätte er genug Whiskey getrunken. Er trank aus einer Flasche, deutete dann auf die andere und sagte: »Die ist für Sie, wenn Sie wollen.« Ich lehnte dankend ab, und er sagte, das hätte er sich schon gedacht.

»Ich kenne das«, sagte er.

»Was?«

»Ich kenne das, hab das alles schon mitgemacht. Die Versammlungsräume. Die Kirchensouterrains. Vier Monate lang bin ich jeden Tag zu einem Treffen gegangen und habe keinen Tropfen angerührt. Ich kann Ihnen sagen, das ist eine verdammt lange Zeit, ohne einen Tropfen Alkohol auszukommen.«

»Das stimmt.«

»Mir ging's damals ziemlich schlecht«, fuhr er fort, »und ich dachte, das läge am Alkohol. Also habe ich mit dem Trinken aufgehört, und wissen Sie was? Davon ist es nur noch schlimmer geworden.«

»Manchmal ist es so.«

»Also habe ich ein paar Dinge in meinem Leben geklärt, und dann habe ich mir einen Drink genehmigt, und wissen Sie was? Die Sache war geritzt.«

»Ist ja wunderbar«, sagte ich.

Er kniff die Augen zusammen. »Sie Schleimscheißer, Sie scheinheiliger. Sie brauchen mir überhaupt nicht von oben herab zu kommen.«

»Sie haben völlig recht, Marty. Entschuldigung.«

»Sie können mich mal, mitsamt Ihrer Entschuldigung. Ich scheiße auf Sie und das hohe Roß, auf dem Sie hier reingeritten gekommen sind, oder soll das ein Appaloosa gewesen sein, auf dem Sie gesessen sind? Setzen Sie sich schon, verdammt noch mal. Wo zum Teufel wollen Sie hin?«

»Ein bißchen frische Luft schnappen.«

»Die frische Luft läuft Ihnen schon nicht weg. Um die zu schnappen, brauchen Sie sich nicht zu beeilen. Meine Güte, sagen Sie bloß, Sie sind beleidigt.«

»Ich habe noch verschiedenes zu erledigen«, sagte ich. »Mehr nicht.«

»Sie haben noch verschiedenes zu erledigen. Daß ich nicht lache. Ich bin blau, und das ist Ihnen unangenehm. Geben Sie's doch zu.«

»Ich gebe es zu.«

»Also«, sagte er und zog die Stirn in Falten, als wäre dieses Eingeständnis das letzte, womit er gerechnet hatte. »Wenn das so ist, entschuldige *ich* mich. Ist das in Ordnung?«

»Sicher.«

»Sie akzeptieren meine Entschuldigung?«

»Sie brauchen sich nicht zu entschuldigen. Aber ansonsten, ich nehme sie natürlich an.«

»Dann vertragen wir uns also wieder, Sie und ich?«

»Sicher.«

»Wissen Sie, was ich gern hätte? Ich hätte gern, daß Sie ein Bier trinken.«

»Nicht heute, Marty.«

»›Nicht heute.‹ Hören Sie, ich kenne diese Sprüche. ›Nicht heute.‹ Man macht es immer nur Tag für Tag, richtig?«

»Wie alles andere auch.«

Er runzelte die Stirn. »Ich möchte Sie nicht zum Trinken verführen. Es ist der Alkohol, der aus mir spricht, das ist Ihnen doch klar, oder?«

»Ja.«

»Es bin nicht ich, der möchte, daß Sie was trinken, es ist der Alkohol, der möchte, daß Sie was trinken. Verstehen Sie, was ich meine?«

»Sicher.«

»Aber ich habe festgestellt, daß er mir mehr hilft, als er mir schadet. Er tut mehr für mich, als er mir antut. Wissen Sie, wer das gesagt hat? Winston Churchill. Ein großer Mann, meinen Sie nicht auch?«

»Doch, würde ich auch sagen.«

»Dieses versoffene Engländerschwein. Freund der Iren war er auch keiner, dieser Sauhund. Tut mehr für mich, als er mir antut. In diesem Punkt hatte er allerdings recht, das muß man ihm lassen. Ich hab die Story des Jahres, ist Ihnen das klar?«

»Ich glaube schon.«

»Die Story des Jahres. Natürlich nur auf lokaler Ebene. Ich meine, was ist Will, alles in allem betrachtet, schon im Vergleich mit Bosnien? Wenn Sie das gegeneinander aufwiegen, wiegt Will weniger als Luft. Aber kennen Sie ein Schwein, das sich einen feuchten Dreck um Bosnien schert? Können Sie mir das sagen? Wenn Sie mit Bosnien auch nur eine Zeitung mehr verkaufen wollen, dann höchstens, wenn Sie es schaffen, ›Vergewaltigung‹ in die Schlagzeile reinzuflicken.« Er griff nach der zweiten Flasche Rolling Rock und nahm einen Schluck daraus. »Die Story des Jahres.«

Als ich mich schließlich von ihm losgeeist hatte, wäre es wahrscheinlich das beste gewesen, zu einem Treffen zu gehen.

Als ich zu trinken aufgehört hatte, hatte ich mich ziemlich unwohl gefühlt in der Gegenwart von Leuten, die etwas tranken, aber je besser ich ohne Alkohol klarkam, desto weniger störte es mich, wenn um mich herum getrunken wurde. Viele meiner Freunde sind nüchtern, aber eine ganze Reihe sind es nicht, und einige wie Mick Ballou und Danny Boy Bell, schlucken täglich ganz ordentlich was weg. Es macht mir nichts aus, daß sie trinken.

Hin und wieder machen Mick und ich eine Nacht durch, sitzen bis zum Morgengrauen in seiner Kneipe in der Fiftieth, Ecke Tenth, und erzählen uns Geschichten oder sitzen einfach nur still da. Ich habe mich bei diesen Gelegenheiten noch nie bei dem Wunsch ertappt, etwas zu trinken. Oder bei dem Wunsch, *er* möchte nichts trinken.

Dagegen gehörte Marty McGraw zu der Sorte von aggressiven Trinkern, in deren Gegenwart ich mich unwohl fühlte. Ich könnte nicht behaupten, daß ich was trinken wollte, als ich den Club verließ, aber umgekehrt war ich auch nicht sonderlich scharf darauf, mich weiter so zu fühlen, wie ich mich fühlte: als hätte ich tagelang nicht geschlafen und zuviel Kaffee getrunken.

Ich ging auf einen Hamburger und ein Stück Kuchen in einen Schnellimbiß, und danach spazierte ich einfach drauflos, ohne groß darauf zu achten, wohin es mich verschlug.

Meine Gedanken kreisten um das, was ich über Wills Brief und den Zeitpunkt, zu dem er eingeworfen worden war, erfahren hatte. An diesem Informationshappen nagte ich herum wie ein Hund an einem Knochen; ich ließ ihn mir durch den Kopf gehen, dachte dann an was anderes, kehrte wieder dazu zurück und schob meine Gedanken von hier nach da, als wären sie Teile eines Puzzles, das ich zusammenzusetzen versuchte.

Ich war in Richtung Uptown losgegangen, und mit etwas Rückenwind wäre ich wahrscheinlich bis zu den Cloisters rauf marschiert. Aber so weit kam ich nicht. Als ich aus meiner Versunkenheit auftauchte, war ich nur einen einzigen Block von meiner Wohnung entfernt. Aber es war ein langer Block, ein quer laufender Block, und ich befand mich an einer Stelle, die in jeder Hinsicht von Bedeutung war. Ich stand an der Nordwestecke von Tenth Avenue und Fifty-seventh Street, direkt vor Jimmy Armstrongs Kneipe.

Warum? Doch nicht, weil ich was trinken wollte, oder? Denn ich wollte ganz sicher nichts trinken, und ich fühlte mich auch nicht danach. Allerdings sitzt tief in meinem Innern etwas, das immer nach dem alles vergessen machenden Glücksgefühl dürsten wird, das der Alkohol verspricht. Einige nennen diesen Teil von uns »die Krankheit« und neigen dazu, ihn zu personifizieren. »Meine Krankheit spricht mit mir«, kann man bei den Treffen häufig jemanden sagen hören. »Meine Krankheit möchte, daß ich was trinke. Meine Krankheit versucht mich zu zerstören.« Die Trunksucht, hatte ich mal eine Frau sagen gehört, ist wie ein Ungeheuer, das in einem schläft. Manchmal beginnt sich dieses Ungeheuer zu regen, und das ist der Grund, warum wir zu den Treffen gehen. Die Treffen langweilen das Ungeheuer nämlich, und es schläft wieder ein.

Trotzdem konnte ich meine Anwesenheit vor dem Armstrong's nicht auf eine geschwätzige Krankheit oder ein schlecht schlafendes Ungeheuer zurückführen. Soviel ich wußte, hatte ich an der Nordwestecke von Fifty-seventh und Tenth nie etwas Stärkeres getrunken als Preiselbeersaft. Als Jimmy von der Ninth Avenue hierher umgezogen war, hatte ich bereits zu trinken aufgehört. Es waren vorher schon andere Kneipen an dieser Ecke gewesen, darunter eine, die sich The Falling Rock nannte. (Sie bekam den Namen, als ein Typ aus der Nachbarschaft sie kaufte und die Fassade zu renovieren begann. Und als er gerade auf einer Leiter stand, löste sich über ihm ein Stein, der ihm auf den Kopf fiel und fast den Garaus machte. Er dachte, es brächte ihm Glück, die Kneipe nach dem Zwischenfall zu benennen, aber dieses Glück hielt nicht lange an. Er machte etwas, das ein paar Westies gegen den Strich ging, und die erwischten ihn dann fester und mit dauerhafterer Wirkung als der Stein. Der nächste Besitzer änderte den Namen in was anderes.)

Ich wollte nichts trinken, und hungrig war ich auch nicht.

Achselzuckend drehte ich mich um und sah über die Kreuzung auf das Gebäude, das für mich wohl immer das Haus bleiben wird, in dem Lisa Holtzmann wohnte. War es das, was ich wollte? Eine Stunde mit der Witwe

Holtzmann, süßer als Whiskey und besser für die Leber und fast genauso sicher ein Born vorübergehenden Vergessens?

Das war keine Optionsmöglichkeit mehr. Als ich das letzte Mal mit Lisa gesprochen hatte, erzählte sie mir, sie habe jemanden kennengelernt; es sei anscheinend ernst, und sie sehe durchaus eine Zukunft für die Beziehung. Zu meiner Überraschung hatte ich festgestellt, daß diese Mitteilung weniger ein Schlag als eine Erleichterung für mich war. Wir hatten uns darauf geeinigt, uns voneinander fernzuhalten und ihre neue Liebschaft ungestört zum Aufkeimen kommen zu lassen.

Soweit ich das sagen konnte, müßte sie inzwischen eigentlich Früchte zu tragen begonnen haben. Der neue Mann war keineswegs der erste gewesen, auf den sie sich nach dem Tod ihres Mannes eingelassen hatte. Sie war mit einem Vater groß geworden, der nachts in ihr Bett gekommen war, was sie gleichzeitig als erregend und verstörend empfunden hatte, und der immer, kurz bevor es zum Geschlechtsverkehr kam, aufgehört hatte, weil »es nicht richtig wäre«. Und es war abzusehen gewesen, daß sie eine Weile brauchen würde, um die Nachwirkungen dieser Jahre abzuschütteln.

Ich brauchte keinen Psychiater, um zu wissen, daß ich in diesem Prozeß eine Rolle spielte. Dagegen war nicht immer klar, ob ich nun Teil des Problems oder Teil der Lösung war.

Jedenfalls waren Lisas Beziehungen nie von langer Dauer gewesen, und es gab keinen Grund zu der Annahme, daß die jüngste noch Bestand hatte. Ich konnte mir ohne große Schwierigkeiten vorstellen, wie sie gerade neben dem Telefon saß, sich wünschte, es möchte läuten, und hoffte, am anderen Ende der Leitung möchte ich sein. Ich konnte natürlich anrufen und herauszufinden versuchen, ob es stimmte, was ich mir einbildete. Es war überhaupt kein Problem, das nachzuprüfen. Ich hatte einen Quarter zur Hand, und ihre Nummer wußte ich auswendig.

Ich rief nicht an.

Elaine hat mir zu verstehen gegeben, daß sie nicht von mir erwartet, daß ich ihr hundertprozentig treu bin. Ihre Berufserfahrung hat sie zu der Überzeugung gelangen lassen, daß Männer von Natur aus nicht monogam sind und daß außereheliche Aktivitäten nicht notgedrungen Ursache oder Symptom ehelicher Unstimmigkeiten sein müssen.

Im Moment beschloß ich jedoch, von dieser Freiheit keinen Gebrauch zu machen. Hin und wieder verspürte ich jedoch das Bedürfnis – etwa genau so, wie mich manchmal nach einem Drink gelüstete. Aber wie ich gelernt habe, besteht ein gewaltiger Unterschied zwischen Bedürfnis und Tat. Das eine ist auf Wasser geschrieben, das andere in Stein gemeißelt.

Glenn Holtzmann.

Unerklärlich zufrieden, dieser schwachen Versuchung widerstanden zu haben, ging ich auf der Fifty-seventh nach Osten und hatte schon fast die Kreuzung mit der Ninth erreicht, als endlich der Groschen fiel. Ich hatte etwas geträumt, von dem ich sicher war, es hätte etwas mit Adrian Whitfields Ermordung zu tun, und Elaine war es schließlich gelungen, den Inhalt dieses Traums aus einer dunklen Ecke meines Bewußtseins hervorzukitzeln. Es war Glenn Holtzmann gewesen, von dem ich geträumt hatte, und ich hatte das Haus, in dem er gewohnt hatte, angesehen, ohne die Verbindung herzustellen.

Glenn Holtzmann. Warum störte er meinen Schlaf, und was konnte er mir mitteilen wollen? Ich war kaum dazu gekommen, mich mit dieser Frage zu beschäftigen, weil Wills jüngster Brief sie einfach aus meinem Kopf verdrängt hatte.

Ich ging ins Morning Star und setzte mich mit einer Tasse Kaffee an einen Fensterplatz. Ich nahm einen Schluck und dachte an eine meiner wenigen Begegnungen mit Holtzmann. Ich war an eben diesem Fenster gesessen und vielleicht sogar am selben Tisch, als er gegen die Scheibe geklopft hatte, um mich auf sich aufmerksam zu machen, und dann war er hereingekommen und hatte sich ein paar Minuten zu mir gesetzt.

Er hatte sich mit mir anfreunden wollen. Elaine und ich waren einmal mit ihm und Lisa ausgegangen, und ich hatte ihn nicht besonders gemocht. Irgend etwas an ihm hatte mich gestört, obwohl ich nicht hätte sagen können, was es war.

Ich konnte mich nicht an alles erinnern, was er mir damals im Morning Star erzählte, obwohl es mir so schien, als hätte er mir bei dieser Gelegenheit gesagt, daß Lisa eine Fehlgeburt gehabt hatte. Er hatte mir damals leid getan, aber das Bedürfnis nach seiner Freundschaft hatte es nicht in mir geweckt.

Wenig später war er tot gewesen. Beim Telefonieren in einer Zelle in der Eleventh Avenue erschossen.

Ich hatte den Fall übernommen, und im weiteren Verlauf hatte es sich so ergeben, daß ich sowohl für den Bruder des Hauptverdächtigen wie für die Witwe des Opfers arbeitete. Ich weiß nicht, wieviel ich für meine beiden Klienten getan habe, aber bis alles vorbei war, hatte ich herausgefunden, wer Glenn Holtzmann umgebracht hatte. (Es stellte sich heraus, daß er aus Versehen erschossen worden war, worin Elaine einen typischen Fall von postmodernem Mord sah. Ich bin nicht sicher, was sie damit meinte.)

Glenn Holtzmann, Glenn Holtzmann. Er war Jurist gewesen, angestellt bei einem Verlag für Großdruckausgaben. Er war mit der Idee an mich herangetreten, ich solle meine Erlebnisse zu einem Buch verarbeiten, aber die Wahrscheinlichkeit, daß ich so ein Buch schreiben würde, war nicht höher als die, daß sein Verlag es herausbrächte. Er hatte einfach nur mal seine Netze ausgeworfen, möglicherweise in der Hoffnung, ich möchte ein paar Informationsbrocken fallenlassen, aus denen er in irgendeiner Weise Profit schlagen könnte.

Denn wie ich später herausfinden sollte, schlug Holtzmann tatsächlich Profit aus Informationen. Er hatte sein

Einkommen mit dem Weiterleiten von Geschichten ganz ordentlich aufgestockt; angefangen hatte er damit, daß er seinen Onkel beim Finanzamt hinhängte. Das war ein einträgliches Geschäft, wenn auch mit großem Risiko und wenig Ansehen verbunden, und als er auf dem Gehsteig der Eleventh Avenue starb, hinterließ er eine vollständig abbezahlte Dreizimmerwohnung in guter Lage und eine Geldkassette, in der er fast 300.000 Dollar in bar verstaut hatte.

Aber warum nur hatte ich von ihm geträumt? Ich ließ mir vom Kellner Kaffee nachschenken, rührte ihn um, sah aus dem Fenster auf das Haus, in dem ich wohnte, und versuchte es mit freier Assoziation. Glenn Holtzmann. Anwalt. Verlag. Großdruck. Nachlassende Sehkraft. Weißer Stock, tap, tap, tap ...

Glenn Holtzmann. Erpressung.

Nur hatte er niemanden erpreßt; nicht, soweit ich wußte. Er war kein Erpresser, er war ein Informant, ein bezahlter Informant ...

Glenn Holtzmann. Lisa. Beine, Titten, Arsch. Hör auf damit.

Glenn Holtzmann. Schrank. Geldkassette. Geld. Zu viel Geld.

Ich setzte mich kerzengerade auf.

Zu viel Geld.

Diese Worten erinnerten mich an etwas. Glenn Holtzmann hatte zu viel Geld gehabt, und das war der Grund gewesen, weshalb ich seinen Tod nicht als die Folge eines willkürlichen Gewaltakts betrachtete, nach dem er zunächst ausgesehen hatte. Es war das Geld gewesen, das seine Frau veranlaßt hatte, mich anzurufen, und es war das Geld gewesen, das mich unter der Oberfläche seines scheinbar stinknormalen Lebens nach etwas hatte suchen lassen, was seinen Tod hätte erklären können.

Ich schloß die Augen und versuchte mir sein Gesicht vorzustellen. Ich bekam kein scharfes Bild.

Zu viel Geld. Was sollte das bloß mit Will zu tun haben? Welche Rolle sollte Geld bei seinen Morden als Motiv spielen? Was gab es bei diesen Verbrechen überhaupt für ein Motiv, sah man einmal von der fixen Idee des Täters ab, sich selbst als jemanden zu betrachten, der gesellschaftliche Mißstände beseitigte?

Profitierte jemand von den Morden, als einzelner oder als Gruppe?

Ich ging die Opfer der Reihe nach durch. Richie Vollmers Tod war ein Gewinn für all jene Kinder, die er vielleicht noch getötet hätte; allerdings konnten sie nicht wissen, daß sie die Glücklichen waren. Es war, glaube ich, auch ein Gewinn für uns alle, denn es blieb uns erspart, weiter auf demselben Planeten mit Vollmer leben zu müssen. Aber außer den Leuten, die Zeitungen verkauften, verdiente niemand einen Heller an seinem Tod. Richie Vollmer starb ohne etwas, das er hinterlassen konnte, und ohne jemanden, dem er es hätte hinterlassen können.

Patsy Salerno? Also, wenn man einen bekannten Mafiaboß abmurkste, freute sich bestimmt der Mann, der in seine Fußstapfen trat. Aufgrund dieses speziellen Umstands räumten sich diese Vögel ja auch munter gegenseitig aus dem Weg, und es tat ihrer Freude keinen Abbruch, wenn das Morden jemand anderer übernahm. Allerdings war Patsy Salerno auf niemandes Abschußliste gestanden, bevor er auf die von Will gekommen war, und seit wann hatten diese Leute schon mal versucht, ihre immer in der Familie bleibenden Morde als das Werk von jemand anderem auszugeben? Mein Gott, fehlte nur noch, daß sie ihre Unterschrift druntersetzten.

Keinen Deut besser ging es mir mit dem Rest von Wills Liste. Ich konnte mir zwar vorstellen, daß einige Leute an der Kampagne der Abtreibungsgegner ein paar Dollar verdienten, und ich nahm auch an, daß auf der Gegenseite das eine oder andere hübsche Sümmchen eingestrichen wurde, aber ich hätte mir eigentlich kein allzu großes Geschäft davon erwartet, Roswell Berry einen Kleiderbügel um den Hals zu schlingen. Auch nach Julian Rashids Tod war bestimmt jemand reicher geworden, obwohl ich keine Ahnung hatte, wie oder um wieviel; außerdem stand in diesem speziellen Fall bereits fest, daß Will den Mord nicht begangen hatte, obwohl er es sicher getan hätte, wenn ihm Scipio nicht zuvorgekommen wäre.

Und Adrian Whitfield? Nein. Damit war ich wieder da, wo ich angefangen hatte. Geld ist die Wurzel vieler, aber keineswegs aller Übel. Ganz gleich, wer Will war, er wurde durch seine Taten nicht reich. Er konnte nicht einmal seine Kosten decken, die sich, wenn sie auch nicht gerade gigantisch waren, immerhin auf einen Flug nach Omaha beliefen, zuzüglich der Ausgaben für Seil, Draht und Zyanid (der Kleiderbügel konnte nicht viel gekostet haben).

Wenn sie ihn einmal schnappten, brachten bestimmt ein paar True-Crime-Autoren Bücher über den Fall heraus, und wie weit sie sich damit eine goldene Nase verdienen würden, hing davon ab, wie sensationell das Material war und wie stark Will die Öffentlichkeit noch beschäftigte. Bis dahin verdienten eine Menge Presse- und Fernsehjournalisten mit Wills Hilfe ihre Brötchen, aber wenn es ihn nicht gäbe, würden sie über die Missetaten von jemand anderem berichten und dafür genauso viel Geld nach Hause tragen. Marty McGraw hatte zwar den Vogel abgeschossen und konnte sich im Ruhm einer Story sonnen, die selbst Bosnien in den Schatten stellte, aber der Umschlag mit seinem Gehalt war keinen Deut dicker geworden, seit Will in Aktion getreten war, wobei ihm das vielleicht nicht einmal viel ausmachte. Die ständigen Wechsel von einer Zeitung zur anderen hatten sein Gehalt ohnehin schon kräftig in die Höhe getrieben, und wie viel Geld brauchte er schon? So viel konnte man für billigen Whiskey auch wieder nicht ausgeben, selbst wenn die Mädchen, die ihn servierten, keine Blusen anhatten.

Zu viel Geld. Das erschien mir als der absolut unwichtigste Faktor, weil Will trotz aller Verrücktheit ein Idealist zu sein schien. Es war ganz schön frustrierend. Da war es mir endlich gelungen, mich zu erinnern, von wem ich geträumt hatte, und ich hatte sogar herausbekommen, was mir mein Traum mitteilen wollte, aber die Botschaft ergab keinen Sinn.

Warum sollte sie auch einen Sinn ergeben? Eine Freundin Elaines hatte mal an einer Séance teilgenommen, in deren Verlauf ihr ein verstorbener Onkel geraten hatte, Aktien einer bestimmten Computermarke zu kaufen. Sie hatte ein paar tausend Dollar riskiert, worauf die Aktie prompt fiel.

Elaine hatte das nicht gewundert. »Damit will ich keineswegs sagen, es war nicht ihr Onkel Manny, der mit ihr gesprochen hat«, sagte sie. »Bloß, als er noch gelebt hat, hielt ihn niemand für einen Wall Street-Hexer. Er war Kürschner, warum sollte er sich also nach seinem Tod plötzlich als Finanzgenie entpuppen? Wo steht geschrieben, daß man nach dem Tod einen höheren IQ bekommt?«

Das gleiche gilt für Träume. Bloß weil das Unterbewußtsein eine verschlüsselte Botschaft schickt, heißt das noch lange nicht, daß es auch weiß, wovon es redet.

Zu viel Geld. Vielleicht meinte Glenn Holtzmann mich, vielleicht dachte er, ich sollte meinen Reichtum unter die Leute bringen. Seine Worte sollten nicht auf taube Ohren stoßen. Ich zahlte meinen Kaffee und gab dem Kellner doppelt soviel Trinkgeld wie sonst. Matt Scudder, der letzte Großkapitalist.

Nach dem Abendessen sah ich mit Elaine ein bißchen fern. Sie brachten mehrere Krimis hintereinander, und ich hatte ständig etwas am Vorgehen der Polizisten auszusetzen. Elaine mußte mich immer wieder daran erinnern, daß es nur Fernsehfilme waren.

Nach den Nachrichten um elf stand ich auf und reckte mich. »Ich glaube, ich ziehe noch mal los.«

»Grüß Mick schön von mir.«

»Woher weißt du, daß ich nicht zu einem Mitternachtstreffen gehe?«

»Woher weißt du denn, daß du ihm nicht dort begegnest?«

»Antworten jüdische Mädchen auf eine Frage immer mit einer Gegenfrage?«

»Paßt dir das etwa nicht?«

Ich ging nach Süden und Westen zum Grogan's Open House, einer Hell's Kitchen-Kneipe, die sich hartnäckig der fortschreitenden Modernisierung des Viertels widersetzt. Hin und wieder marschiert ein Vertreter rein und fragt, ob er mit Grogan sprechen kann, was ungefähr so ist, als würde man im Blarney Stone nach Mr. Stone fragen. »So jemanden gibt es hier nicht«, hatte ich den Barmann bei einer solchen Gelegenheit einem Besucher sagen hören. »Und außerdem ist er im Moment nicht hier.«

Das Grogan's ist die Kneipe eines gewissen Michael Ballou, aber Sie werden seinen Namen weder auf der Konzession noch auf der Besitzurkunde finden. Aufgrund seiner Vorstrafen darf Ballou nämlich kein Lokal besitzen, in dem alkoholische Getränke ausgeschenkt werden, aber er hat das Prinzip des Nicht-Besitzens auf alle anderen Lebensbereiche übertragen. So steht zum Beispiel auch auf dem Kraftfahrzeugschein seines Autos und der Besitzurkunde für seine Farm in Sullivan County ein anderer Name. Was ein Mann nicht besitzt, habe ich ihn mal sagen gehört, können sie ihm auch nicht wegnehmen.

Kennengelernt haben wir uns, als ich vor einigen Jahren eines Tages ins Grogan's marschierte und ihm ein paar Fragen stellte – und mir dabei ein bißchen wie Daniel in der Löwengrube vorkam. Das war der Beginn unserer ungewöhnlichen Freundschaft, die im Lauf der Zeit immer enger geworden ist.

Wir sind zwei Männer, die eine sehr unterschiedliche Vergangenheit haben und auch in der Gegenwart ein sehr unterschiedliches Leben führen, und ich habe schon lange aufgehört, nach einer Erklärung zu suchen, warum jedem von uns die Gesellschaft des anderen soviel bedeutet. Er ist ein Killer und Karrierekrimineller, und er ist mein Freund, und davon können Sie jetzt halten, was Sie wollen. Ich weiß selbst nicht, was ich davon halten soll.

Manchmal sitzen wir nachts lange zusammen, weit über die Sperrstunde hinaus, wenn die Tür längst abgeschlossen ist und bis auf eines alle Lichter aus sind, und wir erzählen uns bis zum Morgengrauen Geschichten oder sitzen einfach nur still da.

Manchmal endet eine solche Nacht in der Frühmesse in St. Bernard in der West Fourteenth Street, in der sogenannten Metzgermesse, zu der Mick die fleckige weiße Schürze seines Vaters trägt, mit der er genau wie die Männer aussieht, die dorthin kommen, bevor sie in der Fleischfabrik ein Stück die Straße runter zur Arbeit gehen. Manchmal hielt auch ich so lange durch und begleitete ihn, kniete nieder, wenn alle niederknieten, und stand auf, wenn alle aufstanden.

Gemeinschaftstiftende Rituale nennt man so was, glaube ich. Typisch Männer, würde Elaine sagen.

Diesmal blieb ich nicht lange. Ich machte mich schon vor der Sperrstunde wieder auf den Heimweg. Ich weiß nicht mehr allzu genau, worüber wir sprachen, aber wir werden uns wohl über alles mögliche unterhalten haben. Auch über Träume, und er konnte sich an einen Traum erinnern, der ihm das Leben gerettet hat, weil er ihn auf eine Gefahr aufmerksam machte, deren er sich nicht bewußt war.

Ich sagte, ein Traum sei wahrscheinlich, wenn man etwas auf einer unbewußten Ebene wußte und es dann an die Oberfläche hochblubberte.

Manchmal war ein Traum das, pflichtete er mir bei, und manchmal war er einer von Gottes Engeln, der einem was ins Ohr flüsterte.

Ich war mir nicht sicher, ob er das im übertragenen Sinn meinte. Er ist eine einzigartige Mischung aus brutaler Zweckbestimmtheit und keltischem Mystizismus. Seine Mutter hatte ihm mal gesagt, er hätte das zweite Gesicht, und dementsprechend gibt er mehr auf Gefühle und Ahnungen, als man meinen könnte.

Ich muß ihm wohl erzählt haben, wie ich plötzlich vor dem Armstrong's stand, weil er ein wenig vom Besitzer des Falling Rock erzählte und wer ihn umgebracht hatte und warum. Wir sprachen über andere Morde, die im Lauf der Jahre im Viertel passiert waren, die meisten schon vor einer halben Ewigkeit, weshalb die Täter ihren Opfern schon lange in den Himmel oder in die Hölle gefolgt waren. Mick konnte sich an einige Männer erinnern, die eigentlich völlig grundlos umgebracht worden waren – nur, weil jemand betrunken gewesen war und eine Bemerkung krumm genommen hatte.

»Würde mich interessieren«, sagte er, »ob dein Mann Gefallen an der Sache gefunden hat.«

»Mein Mann?«

»Na, der, der Leute umbringt und darüber Briefe an die Zeitung schreibt. Der Wille des Volkes. Glaubst du übrigens, William ist sein richtiger Name?«

»Keine Ahnung.«

»Könnte noch ein zusätzlicher Kitzel für ihn sein. Oder auch nicht, je nach dem, wie der Fall liegt. Er ist sehr von sich überzeugt, oder nicht? Zu morden und sich noch wie ein Terrorist damit zu brüsten.«

»Genau das ist es«, sagte ich. »Terrorismus.«

»Am Anfang kämpfen sie alle für irgendeine Sache, egal, ob es nun eine gute ist oder nicht; aber sie beginnt bald in den Hintergrund zu treten, und irgendwann wird sie unwichtig, weil sie sich in das, was sie tun, verlieben. Und warum sie es tun, spielt dann kaum mehr eine Rolle.« Sein Blick bekam etwas Abwesendes. »Es ist was Schreckliches, wenn ein Mann Geschmack am Töten findet.«

»Du hast doch auch Geschmack daran gefunden.«

»Ich habe Gefallen daran gefunden«, gab er zu. »Es ist wie trinken, weißt du. Es bringt das Blut in Wallung und läßt das Herz schneller schlagen. Und ehe du dich versiehst, fängst du zu tanzen an.«

»Eine interessante Art, es auszudrücken.«
»Ich habe mich dazu erzogen«, sagte er nachdenklich, »ein Leben nicht ohne triftigen Grund zu nehmen.«
»Will hat seine Gründe.«
»Am Anfang hatte er sie. Inzwischen könnte er sich vom Tanz mitreißen haben lassen.«
»Er sagt, er hat die Nase voll.«
»Tatsächlich?«
»Glaubst du ihm nicht?«
Er dachte nach. »Das kann ich nicht sagen«, meinte er dann. »Schließlich kenne ich ihn nicht und weiß deshalb nicht, was ihn dazu treibt.«
»Vielleicht hat er die Liste durch.«
»Oder er hat das Spiel satt. Die Arbeit fordert ihren Tribut. Aber wenn er Geschmack daran gefunden hat ...«
»Kann er vielleicht nicht mehr aufhören.«
»Ah«, sagte er. »Wir werden sehen, oder nicht?«

Den Rest der Woche und den größten Teil der nächsten verbrachte ich damit, die Tage herumzubringen und den Herbst zu genießen. Ein Auftrag kam herein – ein Anwalt, der jemanden brauchte, um Zeugen eines Unfalls ausfindig zu machen. Aber ich lehnte ab, mit der Begründung, ich sei arbeitsmäßig überlastet. Allerdings war ich arbeitsmäßig nicht überlastet, ich hatte sogar überhaupt keine Arbeit, aber ich wollte, daß es vorerst so blieb.

Ich las jeden Morgen die Zeitung und ging jeden Tag zu einem Mittagstreffen und relativ häufig auch zu einem Abendtreffen. Die Häufigkeit, mit der ich an AA-Treffen teilnehme, steigt und fällt mit den Auf und Abs in meinem Leben. Wenn ich mehr mit anderen Dingen beschäftigt bin, gehe ich seltener hin, aber bei Streß, und zwar egal, ob ich ihn bewußt spüre oder nicht, nehmen meine Besuche zu.

Offensichtlich weckte etwas das Bedürfnis in mir, an mehr Treffen teilzunehmen, und ich widersprach ihm nicht. Mir kam der Gedanke, ich sei schon zu lange nüchtern, um noch so viele Treffen zu brauchen, und ich schickte den Gedanken zum Teufel. Diese verfluchte Krankheit hatte mich fast umgebracht, und das letzte, was ich wollte, war, ihr noch einmal eine Chance zu geben.

Wenn ich nicht bei einem Treffen war, streifte ich durch die Stadt, ging mit Elaine ins Konzert oder in ein Museum oder saß mit TJ in einem Park oder Cafe. Ich verbrachte einige Zeit damit, über Will und die Leute, die er umgebracht hatte, nachzudenken, aber es gab keine neuen Meldungen, die diesem speziellen Feuer frischen Zunder gaben, weshalb es mit jedem Tag weniger hell brannte.

Die Boulevardblätter taten, was sie konnten, um das Interesse an der Story wachzuhalten, aber dann kam es zu einem neuen Skandal im britischen Königshaus, und Will wurde von der Titelseite verdrängt.

Eines Nachmittags ging ich in eine Kirche. Vor vielen Jahren, als ich meine Dienstmarke zurückgab und meine Frau und meine Kinder verließ, landete ich ständig in irgendwelchen Kirchen, allerdings fast nie, wenn dort ein Gottesdienst abgehalten wurde. Ich schätze, ich fand dort ein gewisses Maß an Frieden. Und wenn sonst schon nichts, fand ich Stille, etwas, das in New York ziemlich selten sein kann.

Ich gewöhnte mir an, für Leute, die gestorben waren, Kerzen anzuzünden, und wenn man damit mal angefangen hat, kann man nicht mehr aufhören, weil es ein Wirtschaftszweig mit aufsteigender Tendenz ist. Die Menschen sterben weiter.

Ich legte mir noch eine Gewohnheit zu. Ich begann zu spenden, das heißt, den Zehnten von allem, was ich an Geld verdiente, in den nächstbesten Opferstock zu stekken. Dabei ging ich ganz ökumenisch vor, obwohl die Katholiken am besten wegkamen, weil sie länger auf hatten. Ihre Kirchen waren häufiger offen, wenn ich nach einem Nutznießer meiner Großzügigkeit suchte.

Obwohl ich lange darüber nachgedacht habe, könnte ich nicht sagen, was das mit dem Zehnten sollte. Ich führte in diesen Jahren über meine Einkünfte nicht buch, ich zahlte keine Steuern, und ich reichte nicht mal eine Steuererklärung ein. Es ist also nicht auszuschließen, daß ich diese Spenden als freiwillige Steuern betrachtete. Sehr viel kann es ohnehin nicht gewesen sein, weil ich zum Teil ziemlich lange nicht arbeitete, und wenn ich arbeitete, verdiente ich nie viel Geld. Meine Miete überwies ich immer rechtzeitig, meine Rechnung im Armstrong's bezahlte ich, wenn ich konnte, und wenn ich was übrig hatte, schickte ich Anita und den Jungen Geld. Aber das waren nie große Beträge, und von den zehn Prozent meines Bruttoeinkommens hätten auch schwerlich irgendwelche Priester in dicken Lincolns durch die Gegend fahren können.

Als ich zu trinken aufhörte, fing ich damit an, meine Zeit nicht in den Kirchen selbst zu verbringen, sondern in deren Souterrains, wo mein Beitrag traditionsgemäß auf einen Dollar beschränkt blieb, wenn sie den Korb rumreichten. Ich zündete kaum mehr eine Kerze an, und den Zehnten zu spenden, hörte ich ganz auf, obwohl ich Ihnen den Grund dafür ebensowenig sagen könnte, wie ich sagen könnte, warum ich überhaupt damit angefangen hatte.

»Du hast mit dem Entzug begonnen«, schlug mein Tutor als Erklärung vor, »und du hast gemerkt, daß du das Geld besser brauchen kannst als die Kirche.«

Ich weiß nicht, ob es das ist. Eine Weile gab ich auf der Straße einen Haufen Geld weg; ich spendete gewissermaßen meinen Zehnten den Obdachlosen New Yorks. (Vielleicht warf ich bloß den Mittelsmann raus und machte diese ganzen leeren Kaffeetassen und ausgestreckten Hände zu einem kollektiven Opferstock.) Auch diese Gewohnheit legte ich wieder ab; vielleicht, weil mich die unaufhaltsam zunehmende Zahl von Tassen und Händen entmutigte. Mitgefühlsverdrossenheit setzte ein.

Da ich nicht in der Lage war, in jede flehentlich ausgestreckte Hand oder Tasse einen Dollarschein zu stopfen, machte ich ganz damit Schluß. Wie die meisten anderen New Yorker kam ich an den Punkt, an dem ich sie gar nicht mehr wahrnahm.

Die Dinge ändern sich. Nach dem Entzug stellte ich fest, ich mußte zuviel von dem Papierkram erledigen, den alle anderen auch erledigen müssen. Ich mußte buchführen, mußte Steuern zahlen. Jahrelang verlangte ich von meinen Klienten über den Daumen gepeilte Pauschalhonorare und umging damit die lästige Verpflichtung, meine Ausgaben Punkt für Punkt aufzuführen. Bloß kann man für Anwälte nicht so arbeiten, und seit ich eine Lizenz als Privatdetektiv habe, bekomme ich einen Großteil meiner Aufträge von Anwälten. Zwar arbeite ich für Klienten, die das Ganze genauso locker sehen wie ich, hin und wieder auch noch auf die alte Tour, aber häufiger sammle ich wie alle anderen Quittungen und verbuche meine Ausgaben.

Und Elaine und ich geben ein Zehntel unseres Einkommens weg. Meines kommt von meiner Tätigkeit als Detektiv, ihres hauptsächlich von ihren Wohnungen, obwohl auch ihr Laden langsam etwas Gewinn abzuwerfen beginnt. Sie macht die Buchführung – Gott sei Dank – und schreibt die Schecks aus, und unsere paar Dollars finden ihren Weg zu dem Dutzend Wohltätigkeitsvereinen und kulturellen Einrichtungen auf unserer Liste. Das ist auf jeden Fall eine regulärere Art, diese Angelegenheiten abzuwickeln. Ich fühle mich mehr wie ein anständiger Bürger und weniger wie ein Freigeist, und das finde ich nicht immer gut. Aber ebensowenig lasse ich mir darüber graue Haare wachsen.

Die Kirche, in die ich bei dieser Gelegenheit ging, war in einer Seitenstraße auf Höhe der West Forties. Ich achtete nicht auf ihren Namen und könnte Ihnen nicht sagen, ob ich dort schon mal gewesen war.

Ich konnte von Glück reden, daß sie offen war. Ebenso, wie meine Kirchenbesuche in jüngster Vergangenheit nachgelassen haben, werden auch ihre Öffnungszeiten immer kürzer. Ich hatte den Eindruck, wenigstens die katholischen Kirchen wären früher den ganzen Tag offen gewesen, von früh morgens bis relativ spät abends. Inzwischen werden sie häufig zwischen den Gottesdiensten abgeschlossen. Vermutlich ist das eine Reaktion auf die steigende Kriminalität oder die wachsende Obdachlosigkeit oder auf beides. Vermutlich ist eine offene Kirche eine Einladung, und zwar nicht nur für den einen oder anderen Bürger, der einen Moment der Ruhe sucht, sondern auch für all jene, die sich auf den Kirchenbänken schlafen legen oder die Kerzenleuchter vom Altar stehlen.

Diese Kirche war auf und anscheinend leer, und sie erinnerte mich auch noch in anderer Hinsicht an früher. Die Kerzen auf den kleinen Seitenaltären waren richtige Wachskerzen, die mit einer offenen Flamme brannten. Viele Kirchen haben auf elektrisch beleuchtete Altäre umgestellt. Man wirft eine Münze ein, und eine Glühbirne in Flammenform geht an und brennt dann so lange, wie es dem Gegenwert der Münze entspricht. Wie bei einer Parkuhr, und wenn man zu lange bleibt, schleppen sie einem die Seele ab.

Da es nicht meine Kirche ist, kann ich schlecht irgendwelche Ansprüche stellen, aber wann hat diese Art Logik einen Alkoholiker schon mal davon abgehalten, sich im stillen über etwas zu ärgern. Sicher sind die elektrischen Kerzen kostengünstiger, und ich kann mir auch nicht vorstellen, daß sie für Gott schwerer zu überblicken sind als die echten. Und vielleicht bin ich nur ein spiritueller Maschinenstürmer, der grundsätzlich gegen Veränderungen ist und eine Vereinfachung der Prozedur des Kerzenanmachens ebenso ablehnt, wie ich mich TJs Argumenten für den Kauf eines Computers verschließe. Wenn ich in einer früheren Zeit gelebt hätte, wäre ich wahrscheinlich genauso sauer gewesen, als sie von Öllampen auf Kerzen umstiegen. »Nichts ist mehr so wie früher«, hätten Sie mich schimpfen hören können. »Was ist schon von schmelzendem Wachs zu erwarten?«

Für eine elektrische Flamme hätte ich keinen Quarter geopfert. Aber in dieser Kirche gab es noch richtige Kerzen, von denen drei oder vier angezündet waren. Ich sah sie an, und plötzlich hatte ich Adrian Whitfields Bild vor Augen.

Ich wußte nicht, was es ihm nutzen könnte, wenn ich eine Kerze für ihn anzündete, aber dann fielen mir Elaines Worte ein. Was konnte es schon schaden? Also steckte ich einen Dollarschein in den Schlitz, zündete eine Kerze an der Flamme einer anderen an und gestattete mir, an den Mann zu denken.

Ich bekam eine seltsame Montage von Bildern.

Zuerst sah ich Adrian Whitfield in seinem Apartment; ein paar Stunden nachdem er von Wills Brief erfahren hatte. Obwohl er von sich behauptete, nichts zu trinken, schenkte er sich einen Drink ein, um mir dann den Sachverhalt näher zu erklären und mir zu erzählen, wieviel er an diesem Tag bereits getrunken hatte.

Dann sah ich ihn auf dem Teppich liegen, und Kevin Dahlgren kauerte neben ihm, hob das Glas auf, das er fallengelassen hatte, und roch daran. Ich war nicht dabei gewesen und hatte es nicht mit eigenen Augen gesehen, sondern nur Dahlgrens Schilderung dieses Moments gehört, aber trotzdem hatte ich das Bild so deutlich vor Augen, als hätte ich alles miterlebt. Ich konnte sogar riechen, was Dahlgren gerochen hatte, den Geruch von bitteren Mandeln, vermischt mit dem Aroma von gutem Single Malt-Scotch. Zwar hatte ich diese Kombination noch nie zuvor gerochen, aber meine Phantasie war erfinderisch genug, um sie mir lebhaft vorstellen zu können.

Der nächste Erinnerungsfetzen galt Marty McGraw. Er saß in dem Topless-Club, in dem ich mich mit ihm verabredet hatte, in der einen Hand ein Schnapsglas, in der anderen ein Bierglas. Er schaute feindselig drein und sagte etwas, das ich nicht verstehen konnte. Aus dem Schnapsglas stieg mir der Geruch von billigem Whiskey in die Nase, aus dem anderen der von abgestandenem

Bier, und die beiden Gerüche vereinigten sich in seinem Atem.

Dann wieder Adrian, wie er ins Telefon sagte: »Ich werde den Geist aus der Flasche lassen. Den ersten heute.«

Mick Ballou im Grogan's, an unserem letzten gemeinsamen Abend. Für ihn war es, wie er es nannte, ein trokkener Abend gewesen, denn er hatte den Whiskey stehenlassen und war beim Bier geblieben. Das Bier war in diesem Fall Guinness gewesen, und ich konnte seine Hand am Glas sehen. Sein Geruch drang mir in die Nase: dunkel, kräftig, erdig.

Diese Bilder stürmten ganz dicht hintereinander auf mich ein, und jedes war sehr stark mit Gerüchen befrachtet, einzeln oder in Verbindungen.

Der Geruch, heißt es, ist der älteste und ursprünglichste Wahrnehmungssinn, der beste Auslöser von Erinnerungen. Er überspringt alle gedanklichen Prozesse und hat unmittelbaren Zugang zum primitivsten Teil des Gehirns. Er ist keiner Zensur unterworfen, er sammelt seine Gedanken nicht.

Ich stand bloß da, ließ alles auf mich einströmen und nahm auf, soviel ich konnte.

Nicht, daß ich das Ganze zu sehr hochspielen möchte. Ich war weder Saulus von Tarsus, der auf dem Weg nach Damaskus von seinem Pferd stürzt, noch war ich der Gründer der Anonymen Alkoholiker in seiner berühmten Vision aus weißem Licht. Ich rief mir nur eine ganze Menge Dinge in Erinnerung oder versuchte sie mir vorzustellen oder beides.

Es konnte nicht sehr lange gedauert haben. Ein paar Sekunden, würde ich sagen. So sind Träume; sie nehmen wesentlich weniger von der Zeit des Schlafenden in Anspruch, als danach erforderlich wäre, sie zu schildern.

Am Ende war nur noch die Kerze da – ihr warmer Schein, der Geruch des verbrennenden Wachses und des Dochts.

Ich mußte mich wieder setzen, um darüber nachzudenken, was ich gerade erlebt hatte. Dann mußte ich eine Weile herumgehen, um mir meine Erinnerung Bild für Bild vorzunehmen.

Ich konnte es nicht mit einem Blinzeln oder Achselzucken verscheuchen. Ich wußte etwas, was ich vorher nicht gewußt hatte.

11

»An dem Abend, als ich zum erstenmal in Whitfields Wohnung war«, sagte ich zu Elaine, »war TJ zum Essen hier. Wir haben uns im Fernsehen ein paar Boxkämpfe angesehen ...«

»Auf spanisch. Ich kann mich noch erinnern.«

»... und dann rief Whitfield an. Und ich ging zu ihm rüber und redete mit ihm.«

»Und?«

»Und jetzt ist mir noch was eingefallen.« Da ich weiter nichts mehr sagte, fragte sie mich nach einer Weile, ob ich vorhätte, ihr auch zu verraten, was.

»Entschuldige«, sagte ich, »aber das ist mir selber noch nicht so ganz klar, und deshalb überlege ich gerade, wie ich es ausdrücken könnte, ohne daß es sich zu lächerlich anhört.«

»Deswegen brauchst du dir doch nun wirklich keine Gedanken zu machen. Ist doch niemand hier außer uns beiden.«

Es hätte aber jemand da sein können. Wir waren in ihrem Laden in der Ninth Avenue, umgeben von den Kunstgegenständen und Möbeln, mit denen sie handelte. Jeder hätte an der Tür klingeln können, um sie sich von uns mit dem elektrischen Türöffner aufmachen zu lassen und sich die Bilder anzusehen und vielleicht auch etwas zu kaufen, eventuell einen der Stühle, auf denen wir saßen. Aber es war ein ruhiger Nachmittag, und im Moment waren wir allein und ungestört.

Ich sagte: »Sein Atem roch nicht nach Alkohol!«

»Der von Whitfield, meinst du?«

»Ja.«

»Aber du meinst nicht, am Schluß, als er das Gift trank und starb. Du meinst an dem Abend, als du dich zum erstenmal mit ihm getroffen hast.«

»Also, ich habe mich auch vorher schon mit ihm getroffen. Ich habe ja für ihn gearbeitet. Aber jetzt meine ich natürlich den Abend, an dem ich ihn in seiner Wohnung besucht habe. Er hat mir am Telefon erzählt, er hätte von Will eine Todesdrohung bekommen, und daraufhin bin ich gleich zu ihm gegangen, um ihm Vorschläge zu machen, wie er sich am besten davor schützen könnte.«

»Und sein Atem roch nicht nach Alkohol.«

»Nein. Du weißt ja, wie ich da bin. Ich bin ein trockener Alkoholiker, ich kann ein Glas Schnaps praktisch durch eine Betonwand riechen. Wenn ich in einem vollen Lift stehe und der kleine Kerl in der hintersten Ecke hat an diesem Tag nur einen Tropfen Alkohol getrunken, rieche ich das so sicher, als ginge ich gerade in eine Brauerei. Es macht mir nichts aus, es weckt in mir nicht den Wunsch, selbst etwas zu trinken oder die andere Person möchte nichts trinken, aber es entginge mir ebensowenig, wie wenn jemand das Licht ausschalten würde.«

»Ich weiß noch gut, wie ich diese Praline gegessen habe.«

»Welche Praline … ach, die mit der Füllung.«

Sie nickte. »Monica und ich besuchten eine Freundin, der sie gerade eine Brust amputiert hatten, und sie bot uns Pralinen an, die ihr jemand geschenkt hatte. Und ich wurde richtig gierig, weil es sehr gute Pralinen waren. Ich aß ganze vier davon, und die letzte war mit einer Weinbrandkirsche gefüllt. Ich hatte sie schon halb runtergeschluckt, als ich merkte, was es war, und dann schluckte ich auch den Rest hinunter, denn was hätte ich auch tun sollen? Sie vielleicht ausspucken? Das hättest du getan, du hättest ja auch einen Grund gehabt, aber ich bin keine Alkoholikerin, ich bin bloß jemand, der keinen Alkohol trinkt. Mich hätte es ja nicht gleich umgebracht, wenn ich sie geschluckt hätte.«

»Und du hättest auch nicht angefangen, nackt auf dem Tisch zu tanzen.«

»Soweit ich das beurteilen kann, hatte sie keinerlei Wirkung. Allzuviel Weinbrand kann auch nicht drin gewesen sein. Nachdem auch eine Kirsche drin war, kann nicht mehr viel Platz für den Weinbrand geblieben sein.« Sie zuckte mit den Achseln. »Dann kam ich nach Hause und gab dir einen Kuß, und du hast mich so schockiert angesehen wie noch nie.«

»Ich war einfach nicht darauf gefaßt.«

»Ich dachte schon, du würdest mir gleich den Refrain von ›Lips That Touch Liquor Never Touch Mine‹ vorsingen.«

»Ich kenne nicht mal die Melodie.«

»Soll ich sie dir vorsingen? Aber wir kommen vom Thema ab. Der springende Punkt ist, du bist extrem empfindlich, was den Geruch von Alkohol angeht, und bei Adrian Whitfield hast du keinen gerochen. Könnte es sein, daß er nichts getrunken hatte?«

»Aber er hat gesagt, er hätte was getrunken.«

»Ach so.«

»Es war sowieso ein komisches Gespräch. Er fing damit an, daß er nichts trinken würde, und das ließ mich etwas stutzen, weil er im selben Atemzug die Whiskey-Flasche aufmachte. Dann schränkte er das etwas ein und sagte, er tränke nicht mehr soviel wie früher und hätte seinen Alkoholkonsum mehr oder weniger auf ein Glas pro Tag beschränkt.«

»Damit kommt doch jeder aus, wenn nur das Glas groß genug ist.«

»Für einige bräuchtest du da aber eine Badewanne. Außerdem sagte er noch, heute würde er eine Ausnahme machen – wegen Wills Brief; er hätte schon ein Glas getrunken, als er aus dem Büro ging, und dann noch eins, als er nach Hause kam.«

»Aber er roch nicht nach Alkohol.«

»Nein.«

»Und wenn er sich die Zähne geputzt hat …«

»Das hätte nichts daran geändert. Ich hätte den Alkohol trotzdem gerochen.«

»Natürlich, er hätte höchstens nach Crème de Menthe gerochen. Weil ich nichts trinke, rieche ich auch sofort, wenn jemand Alkohol getrunken hat. Trotzdem merke ich es nicht so deutlich wie du.«

»In all den Jahren, in denen ich getrunken habe, ist mir nicht ein einziges Mal aufgefallen, daß jemand nach Alkohol gerochen hat, und ich bin auch kaum mal auf die Idee gekommen, jemand könnte es bei mir riechen. Meine Güte, dabei muß ich praktisch ständig danach gerochen haben.«

»Mir hat das irgendwie gefallen.«

»Echt?«

»Aber so finde ich es besser«, sagte sie und küßte mich. Nach ein paar Minuten kehrte sie zu ihrem Stuhl zurück und sagte: »Puuh. Wenn wir hier nicht an einem halböffentlichen Ort wären ...«

»Ich weiß.«

»Wo jederzeit jemand klingeln kann, obwohl es schon die ganze Zeit niemand getan hat ...« Sie seufzte. »Was, denkst du, hat das zu bedeuten?«

»Daß wir auch nach all den Jahren noch scharf aufeinander sind.«

»Also, *das* weiß ich. Aber ich habe eigentlich den Alkohol gemeint, den du nicht in Whitfields Atem gerochen hast, was mich irgendwie an den Hund erinnert, der nachts nicht gebellt hat, oder nicht? Was schließt du daraus?«

»Das weiß ich nicht.«

»Bist du sicher, daß es dir damals wirklich aufgefallen ist? Daß er nicht nach Alkohol gerochen hat, meine ich, und der Widerspruch zwischen dem, was er gesagt hat und was du wahrgenommen hast. Ist da nicht bloß deine Phantasie ein bißchen mit dir durchgegangen, als du Kerzen angezündet und die Dunkelheit verflucht hast?«

»Ich bin ganz sicher«, sagte ich. »Es ist mir damals aufgefallen, aber ich habe es gleich wieder vergessen, weil es so viele wesentlich wichtigere Dinge gab, über die ich mir Gedanken machen mußte. Schließlich hatte ich es mit einem Mann zu tun, der von einem Killer mit einer recht beeindruckenden Abschußliste zum Tode verurteilt worden war. Ich sollte ihm helfen, am Leben zu bleiben. Das hat mich etwas mehr beschäftigt als die Frage, ob sein Atem nach Alkohol roch oder nicht.«

»Klar.«

»Ich roch den Scotch, als er die Flasche öffnete und sich ein Glas einschenkte. Und mir fiel auf, daß ich ihn nicht in seinem Atem gerochen hatte, als er mir die Tür geöffnet hatte. Wir haben uns die Hände geschüttelt, also können unsere Gesichter nicht allzu weit auseinander gewesen sein. Wenn es etwas zu riechen gegeben hätte, hätte ich es gerochen.«

»Wenn Whitfield gar nichts getrunken hatte – aus welchem Grund könnte er dir dann erzählt haben, er hätte was getrunken?«

»Keine Ahnung.«

»Anders rum könnte ich es ja verstehen. Das machen die Leute ständig; vor allem, wenn sie denken, die Person, mit der sie zu tun haben, könnte in dieser Frage eine sehr strenge Auffassung vertreten. Da er wußte, daß du nichts trinkst, könnte er angenommen haben, du fändest es nicht gut, wenn jemand trinkt. Aber das tust du doch gar nicht, oder?«

»Nur, wenn mir jemand die Schuhe vollkotzt.«

»Vielleicht wollte er damit verdeutlichen, wie ernst die Lage wäre. ›Ich trinke so gut wie nichts. Ich genehmige mir nie mehr als ein Glas pro Tag, aber dieser Dreckskerl mit seiner vergifteten Feder hat mich so aus der Fassung gebracht, daß ich schon ein paar Gläser gekippt habe und gleich noch eins trinken werde.‹«

»›Aber dann ist Schluß, weil ich trotz der ganzen Aufregung kein Säufer bin.‹ Dieser Gedanke ist mir auch schon gekommen.«

»Und?«

»Aber warum könnte er das für nötig gehalten haben? Er hatte gerade von einem Mann, dessen Glaubwürdigkeit völlig außer Zweifel stand, eine Todesdrohung erhalten. Will hatte schon wochenlang für Schlagzeilen gesorgt, und es war diesbezüglich auch noch kein Ende abzusehen. Und auf der anderen Seite haben wir Adrian Whitfield, eindeutig ein Mann, der mit beiden Beinen im Leben steht und von Berufs wegen den Umgang mit Kriminellen gewöhnt ist, aber dennoch alles andere als ein Draufgänger ist.«

»Ein zweiter Evel Knievel ist er jedenfalls nicht.«

»Auf keinen Fall, denn letzten Endes ist er eben doch nur ein Anwalt in einem dreiteiligen Anzug, und die Risiken, die er eingeht, sind nicht unbedingt physischer Natur. Daß also jemand wie er einen Brief von Will ernst nimmt, versteht sich von selbst. Das muß er mir nicht erst dadurch beweisen, daß er so tut, als hätte er vorher schon ein paar Gläser getrunken.«

»Du glaubst doch nicht etwa ...«

»Was?«

»Könnte er denn insgeheim Antialkoholiker gewesen sein?«

»Wie bitte?«

»Du hast gesagt, er hat sich vor deinen Augen ein Glas eingeschenkt. Bist du sicher, er hat es auch wirklich getrunken?«

Darüber dachte ich nach. »Ja.«

»Du hast es ihn trinken sehen?«

»Nicht auf einen Schluck, aber sonst ja.«

»Und es war Whiskey?«

»Es kam zumindest aus einer Scotch-Flasche, und ich konnte es kurz riechen, als er es eingoß. Es roch wie Schnaps. Oder genauer: Es roch wie ein Single Malt Scotch, und das war auch, was auf dem Etikett stand.«

»Und du hast gesehen, wie er ihn getrunken hat, und du hast ihn in seinem Atem gerochen?«

»Was die erste Frage angeht, ja. Ob ich ihn nachher in seinem Atem gerochen habe? Daran kann ich mich nicht mehr erinnern. Ich hatte ja auch keine Gelegenheit, um ihn zu riechen.«

»Du meinst, er hat dir keinen Gutenachtkuß gegeben?«

»Nicht schon bei unserer ersten Verabredung.«

»Selber schuld«, sagte sie. »*Ich* habe dir bei unserer ersten Verabredung einen Gutenachtkuß gegeben. Ich kann mich sogar noch erinnern, wonach dein Atem gerochen hat.«

»Tatsächlich?«

»Nach Whiskey«, sagte sie. »Und *moi*.«

»Das nenne ich ein Gedächtnis.«

»Na, es war doch auch ein denkwürdiges Erlebnis, du alter Brummbär. Nein, worauf ich hinaus will, ist: Ich weiß, es gibt Leute, die trinken, aber sie versuchen, es zu verbergen. Und deshalb habe ich mich gefragt, ob es auch Leute geben könnte, die nicht trinken und das zu verbergen versuchen.«

»Warum?«

»Keine Ahnung. Warum macht überhaupt jemand was?«

»Das habe ich mich schon oft gefragt.«

Ich dachte kurz nach.

»Viele von uns wahren bis zu einem bestimmten Grad ihre Anonymität. Es gibt zum Beispiel eine alte Tradition, die Tatsache, daß man bei den Anonymen Alkoholikern ist, nicht an die große Glocke zu hängen, obwohl ein Verstoß gegen diese Regel seit neuestem eher begrüßt wird.«

»Ich weiß. Diese ganzen Hollywoodtypen gehen von Betty Ford direkt zu Barbara Walters.«

»Das sollten sie eigentlich nicht tun«, sagte ich, »aber letztendlich muß jeder selbst entscheiden, in welchem Umfang er sein Privatleben geheimhalten will. Solange kein Grund dafür besteht, erzähle ich es zum Beispiel flüchtigen Bekannten nicht. Und wenn sich bei einer geschäftlichen Besprechung der andere was zu trinken bestellt, bestelle ich bloß ein Coke. Ohne eine Erklärung dazu abzugeben.«

»Und wenn er fragt, ob du trinkst?«

»Manchmal sage ich: ›Heute nicht‹ oder sonst etwas in der Art. Oder wenn ich gerade meinen Hinterfotzigen habe: ›Für mich ist es noch ein bißchen früh‹. Aber ich kann mir nicht vorstellen, mir einen Drink einzuschenken und nur so zu tun, als würde ich ihn trinken, oder daß ich eine Scotch-Flasche mit gefärbtem Wasser in meiner Hausbar stehen hätte.« Da fiel mir etwas ein. »Außerdem haben wir doch die Getränkemarktrechnungen für die Lieferungen, die er in den letzten paar Monaten bekommen hat. Sie bestätigten, daß er im Schnitt ein Glas am Tag trank.«

»Er war krank«, sagte sie. »Irgendein Lymphkrebs oder nicht?«

»In seinem Lymphsystem hatten sich Metastasen gebildet. Ich glaube, sie streuten von einer der Nebennieren.«

»Vielleicht konnte er nicht mehr soviel trinken wie früher. Weil er Krebs hatte.«

»Das wäre möglich.«

»Und er hat seinen Gesundheitszustand verheimlicht. Oder zumindest niemandem davon erzählt.«

»Und weiter?«

»Vielleicht hat er deshalb so getan, als würde er mehr trinken.«

»Aber fast das erste, was er mir gesagt hat, war doch, er würde nicht viel trinken.«

»Stimmt.«

Sie runzelte die Stirn.

»Ich gebe jetzt auf. Ich werde einfach nicht schlau daraus.«

»Ich auch nicht.«

»Aber du gibst nicht auf, oder?«

»Nein«, sagte ich. »Noch nicht.«

Beim Abendessen fragte sie: »War Glenn Holtzmann ein Trinker?«

»Nicht, daß ich wüßte. Und woher kommt diese Frage überhaupt?«

»Aus deinen Träumen.«

»Weißt du«, sagte ich, »ich habe schon genug Probleme damit, aus den Gedanken schlau zu werden, die ich in wachem Zustand habe. Was hat Freud gleich wieder über Träume gesagt?«

»›Manchmal ist es nur eine Zigarre.‹«

»Stimmt. Wenn zwischen Glenn Holtzmann und dem Alkohol, den ich in Adrian Whitfields Atem nicht gerochen habe, wirklich ein Zusammenhang besteht, ist das Ganze leider zu hoch für mich.«

»Ich dachte nur.«

»Holtzmann hatte was Zwielichtiges«, sagte ich. »Er hat andere Menschen verraten und verkauft.«

»Hatte Adrian Whitfield etwas Zwielichtiges?«

»Meinst du, ob er außer seiner Anwaltstätigkeit noch eine verborgene zweite Existenz geführt hat? Das halte ich für ziemlich unwahrscheinlich.«

»Vielleicht hast du ja gespürt, daß er irgend etwas zu verbergen versucht hat.«

»Weil er vorgab, mehr zu trinken, als er tatsächlich trank? Oder weil er vorgab, zumindest an diesem einen Abend mehr getrunken zu haben, als er tatsächlich getrunken hatte?«

»Genau.«

»Und deshalb hat mein Unterbewußtes sofort den Sprung von ihm zu Glenn Holtzmann gemacht.«

»Warum?«

»Das sollte meine nächste Frage werden«, sagte ich. »Warum?« Ich legte meine Gabel nieder. »Übrigens, ich glaube, ich weiß jetzt, was mir Glenn Holtzmann mitteilen wollte.«

»Im Traum, meinst du.«

»Ja, im Traum.«

»Was?«

»›Zu viel Geld.‹«

»Mehr nicht?«

»Was haben wir gerade gesagt? Manchmal ist es nur eine Zigarre.«

»Zu viel Geld«, sagte sie. »Du meinst, so ähnlich wie in diesem Spruch, daß Kokainsucht nichts anderes ist als Gottes Art, einem zu sagen, daß man zu viel Geld hat?«

»Ich glaube nicht, daß in diesem Fall Kokain im Spiel ist. Glenn Holtzmann hatte zu viel Geld, und das war der Grund, warum ich anfing nachzubohren und alles über seine zweite Existenz herausfand.«

»Er hatte das ganze Geld im Schrank aufbewahrt, oder nicht? Was hat das mit Adrian Whitfield zu tun?«

»Überhaupt nichts.«

»Dann …«

»Manchmal ist es nur eine Zigarre«, sagte ich.

Ich kann mich an keine Träume aus dieser Nacht erinnern oder auch nur an das vage Gefühl, überhaupt etwas geträumt zu haben. Elaine und ich gingen nach Hause und holten nach, was wir uns im Laden verkniffen hatten, und danach fiel ich sofort in tiefen Schlaf und wurde bis Tagesanbruch kein einziges Mal wach.

Doch bevor wir zu Bett gingen, plagte mich die ganze Zeit ein Gedanke, der auch noch da war, als ich aufwachte. Ich holte ihn hervor und untersuchte ihn und gelangte schließlich zu der Auffassung, die Sache sei es nicht wert, mich weiter damit zu befassen. Nach dem Frühstück trank ich eine zweite Tasse Kaffee und dachte wieder darüber nach, und diesmal gelangte ich zu der Ansicht, daß es nicht allzu viele Dinge gab, die es eher wert waren, daß ich mich mit ihnen befaßte. Ich hatte, wie es so schön heißt, nichts Besseres zu tun.

Und der einzige Grund, der Sache nicht nachzugehen, war, daß ich Angst hatte, was ich möglicherweise herausfinden würde.

Ich ging es eher geruhsam an. Um anhand der Meldungen in der *Times* die Richtigkeit meiner Erinnerungen zu überprüfen, begab ich mich zunächst in die Bibliothek und notierte mir alle möglichen Daten und Zeiten. Nachdem ich damit ein paar Stunden verbracht hatte, ging ich in den Bryant Park, setzte mich auf eine Bank und ging meine Notizen durch.

Es war ein perfekter Herbsttag, und die Luft hatte den Biß eines knackigen Apfels. Sie hatten Regen angesagt, aber man brauchte nicht mal zum Himmel hochzusehen, um zu wissen, daß es an diesem Tag nicht regnen würde. Es sah sogar so aus, als würde es nie regnen – oder kälter werden, als es gerade war. Und als würden auch die Tage nicht kürzer. Es war wie ein ewiger Herbst, der bis ans Ende aller Zeiten vor uns lag.

Jedermanns liebste Jahreszeit, und immer denkt man, sie wird ewig dauern. Was sie aber nie tut.

Seit Whitfields Tod war inzwischen soviel Zeit verstrichen, daß sie die NYPD-Plomben von der Tür entfernt hatten. Alles, was ich tun mußte, war, jemanden zu finden, der befugt war, mich hineinzulassen.

Ich weiß nicht genau, wer diese Befugnis hatte – Whitfields Erben, sein Nachlaßverwalter oder die Eigentümergemeinschaft des Hauses. Ich war nur sicher, daß diese Entscheidung nicht im Ermessen des Hausmeisters lag, aber er nahm es trotzdem auf sich, sie zu treffen, nachdem ich ihm zur Stärkung seiner Entschlußfreudigkeit ein Porträt von Präsident Grant in die Hand gedrückt hatte. Er fand einen Schlüssel und schloß mir auf und wartete an der Wohnungstür, während ich in Schubladen und Schränken stöberte. Nach einer Weile hustete er diskret, und als ich aufsah, fragte er mich, wie lang ich noch bräuchte. Ich antwortete ihm, das sei schwer zu sagen.

»Ich muß nämlich wieder abschließen, wenn Sie fertig sind«, sagte er. »Es ist nur so, daß ich auch noch was anderes zu tun habe.«

Er schrieb mir eine Telefonnummer auf, und ich versprach ihm, ihn anzurufen. Sobald er weg war, fühlte ich mich nicht mehr so stark unter Zeitdruck, und es ist immer besser, wenn man nicht in Eile ist, vor allem, wenn man nicht weiß, was man sucht oder wo man es am ehesten finden könnte.

Es waren fast zwei Stunden vergangen, als ich vom Telefon im Schlafzimmer die Nummer anrief, die er mir gegeben hatte. Er sagte, er werde gleich hochkommen, und während ich auf ihn wartete, ging ich von dem Telefon, von dem mich Whitfield an seinem letzten Abend angerufen hatte, in das Zimmer, in dem er gestorben war. Auf oder in der Bar waren keine Flaschen – wahrscheinlich hatten sie alle weggebracht, um sie im Labor zu untersuchen –, aber die Bar war noch da, und ich blieb da stehen, wo er gestanden haben dürfte, als er sich sein letztes Glas eingeschenkt hatte; dann ging ich zu der Stelle, an der er zusammengebrochen war. Auf dem Teppich gab es nichts, was erkennen ließ, wo er gelegen hatte: keine mit Kreide gezeichneten Umrisse, kein gelbes Band, keine Flecken, die er gemacht hatte. Trotzdem hatte ich das Gefühl, genau zu wissen, wo er hingefallen war.

Als der Hausmeister kam, gab ich ihm zusätzliche zwanzig Dollar und entschuldigte mich, daß ich so lang gebraucht hatte. Die Prämie überraschte ihn, aber nur ein bißchen. Sie schien ihn auch in der Überzeugung zu bestärken, daß ich mir in seiner Abwesenheit nichts von Whitfields Besitz angeeignet hatte, obwohl er sich dennoch bemüßigt fühlte, mich zu fragen.

Ich habe nichts genommen, versicherte ich ihm.

Auch aus Whitfields Kanzlei nahm ich nichts mit, noch fand ich jemanden, der mich hineinließ. Whitfield hatte sich mit mehreren anderen Anwälten in einem alten achtstöckigen Gebäude in der Worth Street ein größeres Büro samt Sekretärinnen und Anwaltsgehilfen geteilt. Einen Tag nach meinem Besuch in seiner Wohnung nahm ich in der Chambers Street an einem Mittagstreffen teil und ging anschließend zur Worth rüber, um mir seine Büros schon mal vom Flur aus anzusehen. Ich überlegte mir verschiedene Möglichkeiten, mir Zutritt zu ihnen zu verschaffen, doch da ich mir bei keiner vorstellen konnte, daß ich damit bei einem Anwalt oder auch nur der Sekretärin eines Anwalts durchkäme, verließ ich das Gebäude wieder und ging bis zur Houston Street hoch, wo ich mir im Angelika einen Film ansah. Als er aus war, rief ich Elaine an und sagte ihr, ich würde allein zu Abend essen.

»TJ hat angerufen«, sagte sie. »Du sollst ihn anpiepsen.«

Das hätte ich gemacht, wenn das Telefon, das ich benutzte, eine Nummer gehabt hätte. Bei den meisten war die Nummer auf der Wählscheibe entfernt worden, und selbst wenn es einem gelang, einem hilfsbereiten Operator die Nummer zu entlocken, nutzte es einem nichts; die Telefongesellschaft NYNEX hat den Großteil ihrer Münzfernsprecher so geschaltet, daß sie nicht mehr angerufen werden können. Das alles ist Teil des endlosen Kampfs gegen die Drogen, und soweit ich es beurteilen kann, waren seine einzigen beiden Auswirkungen eine momentane Unannehmlichkeit für die Dealer, die sich daraufhin prompt Funktelefone zulegten, und eine geringfügige, aber irreversible Verschlechterung der Lebensqualität für alle anderen Bewohner der Stadt.

Ich aß in einem westindischen Schnellimbiß in der Chambers Street eine Portion getrocknetes Hühnerfleisch mit Reis und Erbsen und ging dann wieder zu dem Bürogebäude in der Worth, in dem Whitfield seine Kanzlei gehabt hatte. Da es schon fünf vorbei war, mußte ich mich bei dem Wachmann in der Eingangshalle eintragen. Ich kritzelte etwas Unleserliches auf das Blatt und fuhr im Lift nach oben. In den Anwaltsbüros brannte Licht, und im Vorbeigehen erhaschte ich einen kurzen Blick auf einen Mann und zwei Frauen, die an ihren Schreibtischen saßen; zwei tippten auf ihrem Computer, einer telefonierte.

Das wunderte mich nicht. Anwälte arbeiten bis spät in die Nacht hinein. Ich ging ans Ende des Flurs und versuchte die Tür der Herrentoilette. Sie war abgeschlossen.

Das Schloß sah nicht so aus, als stellte es eine große Herausforderung dar – schließlich diente es nur dem Zweck, Obdachlose fernzuhalten und nicht dem Schutz der Kronjuwelen. Aber wenn ich schon gezwungen war, Hausfriedensbruch zu begehen, mußte es eigentlich einen angenehmeren Aufenthaltsort geben, an dem ich die nächsten paar Stunden verbringen konnte, als eine Toilette.

Am anderen Ende des Gangs fand ich das Ein-Zimmer-Büro eines gewissen Leland N. Barish. Zusammen mit seinem Namen war das Wort »BERATER« auf die Milchglasscheibe gemalt. Das Schloß sah aus wie ein Relikt aus den Anfangstagen des Gebäudes und machte den Eindruck, als ließe sich ihm mit einem Dietrich problemlos beikommen. Ich habe schon jahrelang zwei dieser Dinger an meinem Schlüsselbund, obwohl ich nicht sagen könnte, wann ich das letzte Mal Gelegenheit hatte, eines zu benutzen. Ich rechnete nicht damit, daß sie jetzt ihren Zweck erfüllen würden, aber als ich den größeren der beiden probierte, bekam ich das Schloß damit auf.

Ich betrat das Büro. Es gab nichts, was zu erkennen gab, wer Barish war oder wer ihn konsultieren könnte. Der bis auf ein paar Zeitschriften leere Schreibtisch war mit einer Staubschicht überzogen, die gut zwei Wochen alt aussah. Mehrere verglaste Bücherregale enthielten nur ein paar weitere Zeitschriften und acht bis zehn Science-fiction-Paperbacks. Es gab einen Holzstuhl auf Rollen, der zum Schreibtisch gehörte, und einen Polstersessel, an dem eine Katze ihre Krallen geschärft hatte. Mehrere heller getönte Rechtecke und Quadrate an den grau-beigen Wänden zeigten an, wo der Vormieter Bilder und Diplome hängen gehabt hatte. Barish hatte den Raum weder neu gestrichen noch etwas eigenes aufgehängt, nicht einmal einen Kalender.

Wie es sich für einen ehemaligen Polizisten gehört, wollte ich aus purer Neugier die Schreibtischschubladen durchsuchen. Aber der Schreibtisch war abgeschlossen, und da mir kein Grund einfiel, warum ich ihn aufbrechen sollte, ließ ich die Finger davon.

Das Licht, das ich beim Betreten des Büros angemacht hatte, ließ ich brennen. Durch das Milchglas konnte niemand mehr als meine Silhouette erkennen, und wenn doch, hatte ich auch nicht viel zu befürchten, weil die Chancen ziemlich gering waren, daß jemand Barish lange genug gesehen hatte, um sich an sein Aussehen erinnern zu können.

Ich nahm an, daß »Berater« ein Euphemismus für »arbeitslos« war. Leland Barish hatte seine Stelle verloren und sich, während er nach einer neuen suchte, dieses kleine Büro genommen. Mittlerweile hatte er entweder eine gefunden oder die Suche aufgegeben.

Vielleicht hatte er einen Job gefunden, bei dem es ihn nach Saudi-Arabien oder Singapur verschlagen hatte, und er war abgereist, ohne sich die Mühe zu machen, sein Büro leer zu räumen. Vielleicht hatte er schon vor Monaten aufgehört, die Miete zu zahlen, und der Hausbesitzer war nur noch nicht dazu gekommen, ihn rauszuwerfen.

Egal, wie die Dinge tatsächlich lagen, sah es nicht so aus, als ginge ich große Risiken ein, wenn ich es mir in seinem Büro ein paar Stunden bequem machte. Ich dachte an TJ und beschloß, ihn anzupiepsen; ich nahm an, es wäre vollkommen unbedenklich, mich von ihm anrufen zu lassen, vollkommen normal, wenn Barishs Telefon läutete. Als ich den Hörer abnahm, kam kein Freizeichen, was meine Vermutungen hinsichtlich Barishs bestätigte. Ich suchte mir die neueste Zeitschrift aus, eine zehn Wochen alte Ausgabe des *New Yorker*, und machte es mir im Sessel gemütlich. Ein paar Minuten versuchte ich zu raten, was aus Leland Barish geworden war, doch dann weckte ein Artikel über Fernfahrer mein Interesse, und ich vergaß ihn völlig.

Nach etwa einer Stunde bemerkte ich einen Schlüssel, der neben dem Lichtschalter an einem Haken hing. Ich nahm an, er schloß die Tür zur Herrentoilette auf, und wie sich herausstellte, hatte ich richtig geraten. Ich ging auf die Toilette und behielt auf Hin- und Rückweg Whitfields Kanzlei im Auge. Es waren immer noch Leute dort.

Eine Stunde später sah ich wieder nach und dann eine Stunde später noch einmal. Dann nickte ich ein, und als ich die Augen wieder aufschlug, war es zwanzig vor zwölf. In der Kanzlei brannte kein Licht mehr.

Ich ging daran vorbei und benutzte wieder die Toilette, und als ich zurückkam, waren die Lichter immer noch aus.

Das Schloß war besser als das an Barishs Tür, und ich dachte schon, ich müßte die Glasscheibe einschlagen, um hineinzukommen. Dazu wäre ich durchaus bereit gewesen – ich glaubte nicht, daß jemand in der Nähe war, der es gehört oder Notiz davon genommen hätte –, aber vorher versuchte ich, mit meinem Taschenmesser den Türrahmen aufzustemmen und ich bekam ihn tatsächlich weit genug auf, um den Schließbolzen zurückschieben zu können. Ich machte das Licht an, da ich annahm, für jemanden auf der anderen Straßenseite wäre ein beleuchtetes Büro, in dem sich jemand bewegte, weniger auffällig als ein dunkles.

Ich fand Whitfields Büro und machte mich an die Arbeit.

Es war gegen halb zwei Uhr morgens, als ich mich aus dem Staub machte. Ich hinterließ das Büro so, wie ich es vorgefunden hatte, und wischte jede Oberfläche sauber, auf der ich Fingerabdrücke hinterlassen haben könnte. Allerdings tat ich das mehr aus Gewohnheit, statt daß ich fürchtete, jemand könnte den Raum nach Fingerabdrücken absuchen.

In die Schrammen, die ich um das Schloß gemacht hatte, rieb ich etwas Schmutz, damit sie nicht allzu frisch aussahen. Dann zog ich die Tür zu und hörte, wie der Riegel zuschnappte.

Ich war zu müde, um noch einen klaren Gedanken zu fassen, und überlegte allen Ernstes, ob ich mich in

Barishs Büro verkriechen und bis zum Morgen in seinem Polstersessel schlafen sollte; und das alles nur, um mich nicht an dem Wachmann unten vorbeistehlen zu müssen. Schließlich beschloß ich, mich an ihm vorbeizubluffen, aber als ich unten ankam, war die Eingangshalle leer. Ein Schild, das ich beim Hereinkommen übersehen hatte, wies darauf hin, daß das Gebäude von zehn Uhr abends bis sechs Uhr morgens abgeschlossen war.

Das hieß nicht, daß ich nicht hinauskäme; nur, daß ich, einmal draußen, nicht wieder hineinkäme. Aber das störte mich nicht weiter.

Ich verließ das Gebäude und mußte drei Straßen weit gehen, um ein Taxi zu finden. Aufkleber an den Fenstern des Fahrgastabteils verboten mir zu rauchen. Vorne paffte der pakistanische Fahrer eine dieser stinkenden italienischen Zigarren. Di Nobili, heißen sie, glaube ich. Vor Jahren, als ich noch bei der Polizei war, hatte ich mal mit einem erfahrenen alten Hasen namens Vince Mahaffey ein Team gebildet, und er hatte diese blöden Dinger tagaus, tagein geraucht. Wahrscheinlich paßten sie zu einem pakistanischen Taxifahrer nicht weniger als zu einem irischen Cop, aber ich ließ mich trotzdem nicht auf Flügeln der Nostalgie davontragen. Ich kurbelte nur die Fenster runter und versuchte etwas zum Atmen zu finden.

Elaine schlief, als ich nach Hause kam. Sie wurde wach, als ich neben ihr ins Bett kroch.

Ich gab ihr einen Kuß und sagte ihr, sie solle weiterschlafen.

»TJ hat noch mal angerufen«, sagte sie. »Du hast ihn nicht angepiepst.«

»Ich weiß. Was wollte er?«

»Das hat er nicht gesagt.«

»Ich ruf ihn morgen früh an. Schlaf schön, Schatz.«

»Alles in Ordnung?«

»Klar.«

»Irgendwas Neues rausgefunden?«

»Weiß ich noch nicht. Schlaf schön.«

»›Schlaf schön, schlaf schön.‹ Ist das alles, was dir einfällt?«

Ich überlegte, was ich darauf antworten könnte, aber bevor mir etwas einfiel, war sie wieder eingeschlafen. Ich schloß die Augen und tat das gleiche.

12

Als ich aufwachte, war Elaine bereits weg. Auf dem Küchentisch lag ein Zettel, auf dem sie mir mitteilte, sie sei schon zu einer Auktion in den Tepper Galleries in der East Twenty-fifth Street; außerdem erinnerte sie mich noch einmal daran, TJ anzupiepsen. Ich duschte erst und toastete einen English Muffin. Kaffee war in der Thermoskanne. Ich trank eine Tasse, dann schenkte ich mir noch eine ein und ging zum Telefon und wählte die Nummer von TJs Piepser. Als der Pfeifton kam, tippte ich meine Nummer ein und legte auf.

Fünfzehn Minuten später klingelte das Telefon, und ich nahm den Hörer ab. »Wer will TJ?« fragte er, fuhr aber, ohne eine Antwort abzuwarten, fort: »Ich weiß natürlich, wer dran ist, weil ich nämlich die Nummer kenne. Kannst du dir vorstellen, daß ich so lange gebraucht hab, um ein Telefon zu finden? Entweder sind die Dinger kaputt, oder jemand telefoniert, als würde er für jedes Wort einzeln bezahlt. Meinst du, ich soll mir ein Handy zulegen?«

»Ich will keins.«

»Du willst ja auch keinen Piepser. Und einen Computer auch nicht. Du möchtest das neunzehnte Jahrhundert wieder zurück haben.«

»Noch besser das achtzehnte«, sagte ich. »Bevor uns die industrielle Revolution den Spaß am Leben ausgetrieben hat.«

»Du kannst mir gern später erzählen, wie toll es war, als es noch Pferde und Kutschen gab. Ich will kein Handy, weil die Dinger zuviel kosten. Du kannst blechen, wenn du jemand anrufst, du kannst blechen, wenn jemand dich anruft. Und obendrein hast du keine Garantie, daß nicht jemand alles mithört, was du sagst. Braucht nur so ein Typ mit einem Walkman vorbeizulatschen, und wenn du Pech hast, hört er jedes Wort, das du sagst. Wie kommt es, daß so was geht?«

»Woher soll ich das wissen?«

»Dazu brauchst du nicht mal einen Walkman. Es gibt Leute, die kriegen dein Gespräch über ihre Zahnplomben rein. Und bevor du schnallst, was eigentlich los ist, denken sie, es ist der CIA, der ihnen sagt, sie sollen ins nächste Postamt gehen und alle über den Haufen knallen.«

»Und daran möchtest du auf keinen Fall Schuld haben.«

»Das kannst du laut sagen, Hagen.« Er lachte. »Da bleib ich lieber bei meinem Piepser. Ach, übrigens. Ich hab den Typen gefunden.«

»Welchen Typen?«

»Den Typen, von dem du gesagt hast, daß ich ihn suchen soll. Der Typ, der dabei war, als der eine Typ den anderen Typen erschossen hat.«

»In diesem Satz kommen zu viele Typen vor. Ich habe keine Ahnung, von wem du sprichst.«

»Von Myron.«

»Myron?«

»Der Typ, der in dem kleinen Park erschossen wurde? Der Typ, der Aids hatte? Na, fällt der Groschen langsam?«

»Byron«, sagte ich.

»Byron Leopold. Hab ich Myron gesagt? In meinem Kopf nenne ich ihn schon die ganze Zeit so. Weißt du, die Sache ist die: Ich hab in meinem ganzen Leben noch nicht von jemand gehört, der Byron heißt ... Bist du noch dran?«

»Ich bin noch dran.«

»Du hast nichts gesagt, drum hab ich mich schon gewundert.«

»Es muß mir wohl die Sprache verschlagen haben. Ich wußte gar nicht, daß du immer noch nach dem Zeugen gesucht hast.«

»Hat ja niemand gesagt, ich soll aufhören.«

»Nein, aber ...«

»Und von dem Mann, durch den ich überhaupt in dieses Detektiv-Business reingekommen bin, heißt es, er ist wie ein Hund mit einem Knochen. Wenn der sich mal in was verbissen hat, läßt er nicht mehr so schnell los.«

»Das heißt es?«

»Also werde ich auch so, wie ein Hund mit einem Knochen. Außerdem war ich dadurch beschäftigt.«

»Und du hast den Typen gefunden?«

»War aber nicht ganz einfach«, gab er zu. »Er hat's nicht grade drauf angelegt, daß er gefunden wird. Aber er hat alles gesehen, außer daß er's eigentlich mehr gehört als gesehen hat. Erst hat er nicht hingesehen, und als er hingesehen hat, hat er es von hinten gesehen. Darum hat er bloß den Rücken von dem Typen gesehen, der geschossen hat, und die Waffe hat er auch nicht gesehen, nur gehört, du weißt schon, bumm, bumm.«

»Das ist, was er gehört hat? Bumm, bumm?«

»Was er gehört hat, waren Schüsse. Was hörst du sonst schon, wenn jemand mit einer Knarre schießt?«

»Jeder, der im Park war, hat die Schüsse gehört«, sagte ich, »und selbst wenn die zwei Kugeln in Leopolds Körper nicht gewesen wären, gäbe es ziemlich stichhaltige Beweise, daß zwei Schüsse gefallen sind. Wenn also alles, was dieser Kerl gehört hat, die Schüsse waren ...«

»Bloß waren die nicht alles, was er gehört hat.«

»Ach.«

»Glaubst du, ich würde dich mit diesem Scheiß belämmern, wenn das alles wäre, was der Typ gehört hat?«

»Entschuldige. Was hat er sonst noch gehört?«

»Er hat gehört, wie der Typ gesagt hat: ›Mr. Leopold?‹ Dann hat er nichts gehört. Entweder hat Byron also bloß genickt, oder seine Stimme war nicht sehr laut. Dann hat er den Typen sagen gehört: ›Byron Leopold?‹ Und dann hat er vielleicht hingesehen, oder vielleicht auch nicht. Jedenfalls, das nächste, was er hört, ist, wie der Typ losballert.«

»Bumm, bumm.«

»So in etwa.«

»Wann kann ich mich mit diesem Zeugen treffen?«

»Könnte sein, daß er nicht besonders scharf drauf ist, mit dir zu reden. Hat sich schon mehrere Gelegenheiten entgehen lassen, mit der Polizei zu quatschen.«

»Der Herr ist demnach nicht Vizepräsident von IBM.«

»Er verkauft Stoff im Park, und kaum hat dieser Typ losgeballert, hat er sich auch gleich verdrückt. Kann zwar sein, daß ich ihn dazu bringe, daß er sich an einen Tisch mit dir setzt, aber das heißt noch lange nicht, daß er auch mit dir redet. Außerdem, was willst du noch aus ihm rauskriegen, was ich nicht schon rausgekriegt habe?«

»›Mr. Leopold? Byron Leopold?‹«

»Hört sich nicht so an, als ob er sich das ausgedacht hat.«

»Nein«, sagte ich. »Wahrhaftig nicht.«

Eine Stunde später sah ich ihm zu, wie er in einem Café in der Fourteenth Street Pommes aß. Sein Cheeseburger war im Nu verschwunden gewesen. Er trug weite Jeans und eine Jeansjacke mit gestepptem Futter. Seine Bahnarbeitermütze lag neben ihm auf dem Sitz.

Ich erzählte ihm, daß ich Byron Leopold fast vergessen hatte.

»Warum?« wollte er wissen. »Hast du auf einmal gedacht, er ist eines natürlichen Todes gestorben?«

»Wenn ich überhaupt an ihn gedacht habe, was nicht sehr oft der Fall war, habe ich mir das Ganze wahrscheinlich so erklärt, daß er mit jemandem verwechselt und aus Versehen umgebracht wurde. Oder daß er sich, ohne es zu wissen, jemanden aus dem Viertel zum Feind gemacht hat, weil er sich zum Beispiel auf die falsche Bank gesetzt oder jemanden dumm angeredet hat. Dazu kommt noch, daß er Aids hatte – und es war ihm ja auch anzusehen, daß er es hatte. Vielleicht hatte jemand eine Aids-Phobie und dachte, die beste Möglichkeit, die Krankheit zu heilen, wäre, die Kranken einfach umzubringen.«

»Wie die Typen, die Penner anzünden.«

»Als Schnellösung des Obdachlosenproblems. Irgendwas in der Richtung. Allerdings habe ich nie angenommen, es könnte so was sein, weil diese Sorte Mörder in der Regel nicht bloß einmal zuschlägt und dann ins Kloster geht.«

»Er tut es wieder.«

»Normalerweise schon.« Die Bedienung kam vorbei und schenkte mir, ohne zu fragen, Kaffee nach. Der Kaffee war nicht besonders gut, aber es gab massenhaft. Ich sagte: »›Mr. Leopold? Byron Leopold?‹«

»Genau so.«

»Um sich zu vergewissern, daß er auch den richtigen vor sich hat?«

»Den Mann, den er erschießen soll. So, als ob er zwar seinen Namen weiß, ihn aber noch nie gesehen hat. Wir machen grade so eine Art Brainstorming, oder? Einfach sehen, was uns spontan dazu einfällt?«

»Etwas in der Art. Hört sich nach einem Auftragsmord an, oder nicht?«

»Du meinst, der Mörder war ein Profi?«

»Ein Profi nicht gerade«, sagte ich. »Für einen Profi ist er zu dilettantisch vorgegangen. Wir haben hier einen Mann, der viel allein ist, einen sehr geregelten Tagesablauf hat und keinerlei Sicherheitsvorkehrungen getroffen hat, die es einem besonders schwer machen, ihn umzubringen. Es ist ganz einfach, an ihn ranzukommen, wenn er allein ist. Warum sollte ihn also ein professioneller Killer vor Zeugen umbringen?«

»Auf das mit dem Profi bin ich nur gekommen, weil du Auftragsmord gesagt hast.«

»Ein Amateur«, sagte ich, »angeheuert von einem weiteren Amateur. Um einen Profi anzuheuern, ist ein Profi nötig. Man braucht entsprechende Beziehungen, man kann einen Killer nicht im Branchenfernsprechbuch nachschlagen. Normale Bürger heuern ständig Killer an, aber die Leute, an die sie geraten, gehen nicht sehr professionell vor.«

»Und es läuft auch nicht immer ganz nach Plan. Wie neulich in Washington Heights.«

Ich wußte, welchen Fall er meinte. Die Presse hatte in den letzten paar Tagen ausführlich darüber berichtet. Ein dominikanisches Mädchen hatte aus Wut über das strenge Regiment ihres Vaters zwei schwere Jungs aus dem Viertel damit beauftragt, ihren Erzeuger umzubringen. Als Anreiz hatte sie ihnen von den 20.000 Dollar erzählt, die er in einer Geldkassette im Kleiderschrank aufbewahrte, wo er sie wesentlich besser aufgehoben glaubte als auf der Bank.

Eines Nachts standen die beiden also vor der Tür, und sie ließ sie ins Haus. Sie gab ihnen das Geld, und dann sollten sie warten, bis Papi nach Hause kam. Aber sie bekamen das Warten satt, und außerdem kam ihnen plötzlich der Gedanke, daß er bewaffnet sein könnte und daß es überhaupt eine viel einfachere Möglichkeit gab, das Ganze hinter sich zu bringen. Sie schnappten sich das Mädchen, das sie überhaupt erst auf die Idee gebracht hatte, und schossen ihr zweimal in den Kopf, und weil sie schon dabei waren, machten sie es mit ihrer schlafenden Mutter und ihrem Bruder genauso und machten sich aus dem Staub. Dann kam der Vater von der Arbeit nach Hause und stellte fest, daß seine Familie tot und sein Geld weg war. Und sein Wagen sprang höchstwahrscheinlich auch nicht an.

»In Washington Heights«, sagte ich, »hatte jeder einen Grund. Das Mädchen war sauer auf ihren Vater, und die Killer waren scharf auf das Geld.«

»Und wer hatte einen Grund, Byron umzubringen?«

»Genau das frage ich mich schon die ganze Zeit.«

»Geld hatte er keins, oder?«

»Eigentlich hatte er mehr Geld, als er hätte haben sollen. Er hat sich seine Lebensversicherung auszahlen lassen und hatte rund vierzigtausend Dollar auf der Bank, als er starb.«

»Ist das kein Motiv?«

»Er hat alles irgendwelchen Aids-Stiftungen vermacht. Einige dieser Organisationen haben vielleicht etwas aggressive Methoden, ihre Spenden einzutreiben, aber daß sie gleich hergehen und Leute umbringen, habe ich bisher noch nicht gehört.«

»Außerdem hätten sie bloß ein bißchen warten müssen, oder nicht? Weil der Typ nicht mehr lange zu leben hatte.« Er runzelte die Stirn. »Weißt du, was jetzt gut wäre? Ein Stück Kuchen.« Ich winkte der Bedienung, und er fragte sie, was für Kuchen sie hätten. Nachdem er ihr aufmerksam zugehört hatte, entschied er sich für einen mit Pecannüssen. »Mit diesem Dingsbums à la mode drauf. Schokolade, ja?« Als sie ihn verständnislos ansah, legte er den Straßenjargon sofort ab und sagte: »Würden Sie mir bitte ein Stück Pecankuchen mit einer Kugel Schokoladeneis bringen.« Sie nickte und entfernte sich, und er verdrehte die Augen. »Jetzt denkt sie sicher, ich bin Arzt, und kommt gleich an, ich soll ihr den Blinddarm rausnehmen.«

»Dann sag ihr lieber, daß du deinen Doktor in Botanik gemacht hast.«

»Das wäre genauso schlimm, Tim. Dann will sie, daß ich mit ihren Pflanzen quatsche. Wenn der Mord an Byron niemand reicher gemacht hat, wer soll dann jemand angeheuert haben, um ihn umzulegen?«

»Keine Ahnung.«

»Er hatte doch Aids, oder? Aber schwul war er nicht.«

»Er hat sich an einer Spritze angesteckt.«

»Hat er's für sich behalten? Oder weitergetragen?« Ich mußte wohl etwas verdutzt dreingeschaut haben. »Das Virus, Cyrus. Wen könnte er angesteckt haben?«

»Er könnte es durchaus verbreitet haben«, sagte ich. »Vor Jahren, als er noch nicht wußte, daß er es hatte.«

»Er steckt also irgendeine Frau an, und ihr Mann oder ihr Freund oder ihr Bruder will wissen, wie sie es sich gefangen hat. Sagt sie natürlich prompt: ›Das kann eigentlich niemand außer diesem prallen Junkie Byron Leopold gewesen sein.‹«

»Worauf der Mann oder Bruder oder wer auch immer hergeht und jemanden damit beauftragt, Byron umzubringen.«

»Oder er tut's selber. So oder so müßte er Byron nicht kennen; das heißt, er könnte ihn fragen, wie er heißt, damit er nicht den Falschen umbringt. ›Mr. Leopold? Byron Leopold?‹«

»Bumm, bumm.«

»Genau.«

»Wie wär's damit? ›Für das, was du Sheila angetan hast, du mieses Schwein.‹ So, wie er es gemacht hat, wußte Byron doch gar nicht, warum er sterben mußte.«

»Wenn es Sheilas Bruder selber getan hat, möchte man eigentlich meinen, daß er was gesagt hätte. Wenn er aber jemand damit beauftragt hat ...«

»Ein Auftragskiller hätte wahrscheinlich vorher nicht noch lange Reden gehalten. Und selbst wenn es der Bruder selber war und sich vorher ein paar passende Worte zurechtgelegt hat, war er dann vielleicht zu aufgeregt, um sie zu sagen.« Ich trank etwas Kaffee. »Aber das leuchtet mir eigentlich alles nicht ein«, fuhr ich fort. »Wer rächt sich schon so an einem Mann, der bereits mit einem Fuß im Grab steht? Byron Leopold war nur noch Haut und Knochen, und in der Sonne zu sitzen und Zeitung zu lesen war für ihn das höchste der Gefühle. Egal, was er dir angetan hat, du brauchst ihn doch bloß anzusehen, und deine Wut ist verraucht.«

»Was bleiben noch für Möglichkeiten? Selbstmord?«

»Daran habe ich auch schon gedacht.«

»Häh?«

»Angenommen, er wollte nicht mehr leben, brachte es aber nicht über sich, es selbst zu tun. Deshalb heuert er jemanden an, der es für ihn tut.«

»Er hat Schiß, den Kopf in den Ofen zu stecken, aber daß sich jemand an ihn ranschleicht und ihn abknallt, findet er absolut cool?«

»Ich habe nur gesagt, ich habe an diese Möglichkeit gedacht. Sie stand nie sehr weit oben auf meiner Liste.«

»Wie will er außerdem jemand anheuern, der ihn nie gesehen hat? Wenn du mich anheuerst, daß ich dich erschieße, muß ich dich nicht fragen, wie du heißt?«

»Vergiß es«, sagte. »Sonderlich einleuchtend war das noch nie, und jetzt ist es das noch weniger. Byron Leopold wurde von jemandem umgebracht, der einen Grund hatte, ihn zu töten, und dieser Jemand war der einzige Mensch auf der Welt, der ein Interesse an seinem Tod hatte. Eigentlich müßte es ein finanzielles Motiv geben. Jedenfalls sieht es ganz danach aus. Nur springt für niemanden etwas dabei heraus.«

»Da ist immerhin das Geld, das er hatte. Wieviel waren es? Vierzigtausend? Aber du hast gesagt, die kriegt irgendeine Stiftung.«

»Und außerdem ist es nicht genug.«

»Wie nicht genug?«

»Nicht genug, um jemanden dafür umzubringen.«

»Diese Typen oben in Washington Heights, die haben nur für halb soviel drei Menschen gekillt.«

»Das war ja auch das letzte Gesockse«, sagte ich. »Die haben doch nur so gemordet. Ohne jeden Grund. Das Geld hatten sie ja schon. Warum da noch das Mädchen umbringen? Um sie zum Schweigen zu bringen? Sie hätte doch sowieso niemandem was erzählen können, und ihre Mutter und ihr Bruder lagen schlafend im Bett, Herrgott noch mal. Sie haben völlig grundlos drei Menschen umgebracht.«

»Als Leumundszeuge wirst du für die beiden wohl kaum auftreten, was? Außerdem, das war nicht irgendein Penner, der Byron umgenietet hat. Hat ›Mr. Leopold‹ zu ihm gesagt. Richtig höflich, weißt du? Respektvoll.«

»Das sind zwar nur Kleinigkeiten, aber es kommt eben in allem auf das Wie an.«

TJ hatte seinen Kuchen, der in der Zwischenzeit gekommen war, schon fast verdrückt. Er balancierte ein Stück auf seiner Gabel, als er sagte: »Schon komisch, mit den vierzig Mille. Erst war's zu viel, und jetzt ist es nicht genug.«

»Er hat sich seine Lebensversicherung auszahlen lassen«, sagte ich. »Allerdings belief sich die Versicherungssumme nur auf einen Bruchteil von dem, was er auf der

Bank hatte. In dieser Hinsicht waren die vierzigtausend also zu viel, aber ...«

»Ist irgendwas?«

»Nein.«

»Ich dachte nur. Weil du grade mitten im Satz zu reden aufgehört und so komisch geschaut hast.«

»Zu viel Geld«, sagte ich. »Glenn Holtzmann hatte zu viel Geld. Es war in seinem Kleiderschrank, als er starb. Und ich habe von ihm geträumt, und das war, was mir der Traum sagen wollte. Zu viel Geld.« Ich sah TJ an, der immer noch das letzte Stück Nußkuchen auf seiner Gabel hatte. »Ich dachte immer, der Traum würde sich auf Will beziehen. So ist es aber nicht. Er bezieht sich auf Byron Leopold.«

13

Es mußte trotzdem nichts bedeuten. Schließlich war es ein Traum gewesen und keine Nachricht von Glenn Holtzmann aus der Geisterwelt. Sollte sein Schatten tatsächlich aus dem Jenseits Kontakt mit mir aufgenommen haben, dürften ihm eigentlich andere Dinge am Herzen gelegen haben als ein Typ, der im Village auf einer Parkbank erschossen worden war. »Hey, Scudder«, hätte er da schon eher raunen können, »was ist mir da von Ihnen und Lisa zu Ohren gekommen?« Der Traum war mein eigenes Ich, das zu mir sprach, und es war nicht gesagt, daß es unbedingt soviel schlauer war, wenn ich schlief.

Wie gesagt, manchmal ist es nur eine Zigarre.

»Wenn«, begann TJ, verstummte aber sofort wieder. »Nein.« Er hob die Hände, als wollte er sich davon abhalten, gegen eine Wand zu laufen. »Nein, ich werd's nicht sagen.«

»Gut.«

»Aber wenn, dann wären wir nicht zu bremsen.«

Wenn wir einen Computer hätten. Das war der Satz, den er zum Glück nicht gesagt hatte, denn diese fünf lächerlichen Wörter spielten eine Schlüsselrolle in jedem Satz, der aus seinem Mund kam. Wie es schien, hatte ich zwei Fälle: den Mord an Byron Leopold und Wills Mordserie. Was ich nicht hatte, war ein Klient; außer man zählte Adrian Whitfield als solchen, weil er mir vor einiger Zeit etwas Geld gegeben hatte und mich ermutigt hatte, den Regenschirm meiner Ermittlungen so aufzuspannen, daß er beide Fälle abdeckte. Egal, an welchem ich als nächstes mein Glück versuchen wollte, TJ schien der festen Überzeugung, mit einem Computer sähe alles gleich ganz anders aus.

Versicherungsunterlagen? Man braucht sich nur in die Datenbank der Versicherungsgesellschaft einschleichen.

Passagierlisten? Das gilt gleiche bei den Fluggesellschaften.

Heutzutage war die ganze Welt on-line, und ein versierter Hacker brauchte nur die Hand auszustrecken und jemanden berühren, und schon konnte er auch seine Gedanken lesen, und zwar ganz egal, wer es war. Alles, was man dazu brauchte, waren ein Computer und ein Modem und ein Telefonanschluß, und schon verriet einem die Welt jedes ihrer Geheimnisse.

»Du brauchst auch jemanden, der damit umgehen kann«, sagte ich. »Um den NYNEX-Computer zu knakken, waren die Kongs nötig. Ich glaube ja gern, daß du lernen könntest, wie man so was macht, aber nicht schnell genug, daß es uns im Moment weiterhilft.«

»Eine Weile würde es schon dauern«, gab er zu. »Aber die Kongs könnten mir ja dabei helfen.«

»Wenn sie noch hier wären.«

»Sie sind nicht die einzigen Hacker, die so was können. Außerdem wäre es auch mit den Kongs überhaupt kein Problem. Sie müßten deswegen nicht extra von Boston runterkommen; sie müßten bloß ein Telefon haben.«

»Wie stellst du dir das wieder vor?«

»Ist doch ganz einfach. Ich sitze am Computer, und gleichzeitig habe ich die Kongs am Telefon. Wir bräuchten bloß zwei Telefonanschlüsse, einen für das Modem und einen für das Telefon. Oder du könntest auch mit einem Handy mit ihnen reden, wenn du dir keinen zweiten Anschluß legen lassen willst.«

»Wo?«

»Na da, wo du den Computer hast. In deiner Wohnung, würde ich sagen. Oder im Laden.«

»In Elaines Laden?«

»Dann könnte sie ihn auch für die Buchhaltung benutzen oder wenn sie Inventur machen muß. Das könnte alles ich für sie übernehmen.«

»Wenn du ein paar Kurse besuchst.«

»Also, das ist noch lange keine Atomphysik. Ich könnte es lernen.«

»Soviel Platz ist im Laden aber nicht.«

Er nickte. »Wahrscheinlich wär's besser, ihn in der Wohnung aufzustellen.«

»Mit den Kongs mußten wir uns in einem Hotelzimmer einquartieren«, rief ich ihm in Erinnerung. »Ich mußte eines mieten, damit unser kleiner Überfall auf den Computer der Telefongesellschaft nicht mit uns in Verbindung gebracht werden konnte.«

»Und?«

»Was die Kongs damals getan haben«, fuhr ich fort, »war illegal, und es ließ sich feststellen, von wo aus sie es getan haben. Wenn wir so was also von der Wohnung oder von Elaines Laden aus machen, stünde in Null Komma nichts die Polizei vor der Tür.«

»Inzwischen haben die Hacker längst wieder ein paar neue Tricks drauf.«

»Und was ist mit den Cyber Cops? Meinst du, die haben nichts dazugelernt?«

Er hob die Schultern. »So läuft es nun mal. Du baust eine bessere Mäusefalle, und schon baut jemand eine bessere Maus.«

»Außerdem«, sagte ich, »sind auch einem Computer Grenzen gesetzt – selbst wenn man die Kongs sind. Sie sind nicht in die Datenbank reingekommen, weißt du noch? Egal, welche Tasten sie gedrückt haben, sie haben die Kombination nicht rausbekommen.«

»Sie sind aber reingekommen.«

»Aber nur mit Reden. Sie haben die Technik Technik sein lassen und haben ein menschliches Wesen angerufen.«

»Ein Mädchen, stimmt's?«

»Und sie haben ihr so lange schöngetan, bis sie das Paßwort rausgerückt hat. Diese Tour haben sie so oft abgezogen, daß sie sogar einen speziellen Ausdruck dafür hatten.«

Ich durchsuchte mein Gedächtnis danach und fand ihn schließlich. »Zwischenmenschliches Fingerspitzengefühl – so haben sie es genannt.«

»Worauf willst du hinaus?«

»Das werde ich dir gleich zeigen.«

»Omaha«, sagte Phyllis Bingham. »Wenn ich mir vorstelle, ich habe für Sie und Elaine mal einen Flug nach London und Paris gebucht. Und jetzt nach Omaha?«

»Wie tief man sinken kann«, sagte ich. »Bloß möchte ich da gar nicht hinfliegen. Ich möchte nur rausfinden, ob jemand anderer dort hingeflogen ist.«

»Ah«, sagte sie. »Sie stellen gerade Ermittlungen an.«

»Leider ja.«

»Und wenn er hingeflogen ist, müssen Sie ihm hinterher?«

»Ich glaube, er ist wieder zurückgeflogen.« Ich reichte ihr einen Zettel. »Wahrscheinlich ist er an einem dieser Tage hingeflogen und an einem von diesen zurückgekommen.«

»Von New York nach Omaha und ...«

»Von Philadelphia.«

»Von *Philadelphia*«, sagte sie. »Ich war schon am Überlegen, wer von New York nonstop nach Omaha fliegt, und ich weiß, America West hat das früher mal gemacht, aber ich weiß nicht, ob sie es auch jetzt noch tun, aber wenn er sowieso von Philadelphia geflogen ist, spielt das keine Rolle. Bloß, wer fliegt von Philly nonstop nach Omaha?« Sie streckte die Finger, runzelte die Stirn und begann zu tippen. »Niemand«, verkündete sie wenig später. »Man kommt entweder mit USAir über Pittsburgh hin oder mit Midwest Express über Milwaukee. Oder mit United, wenn es einem nichts ausmacht, am O'Hare umzusteigen. An sich könnten Sie auch fast jede andere Fluglinie nehmen, aber diese hier bieten sich am ehesten an. Sie wissen wahrscheinlich nicht, mit welcher Linie er geflogen ist?«

»Nein.«

»Und sein Name?«

»Arnold Wishniak.«

»Also, wenn wir den finden«, sagte sie, »gibt es wohl keinen Zweifel, daß er der Richtige ist. Wie viele Arnold Wishniaks können schon von Philadelphia nach Omaha geflogen sein?«

»Ich würde sagen, höchstens einer. Allerdings glaube ich nicht, daß er seinen richtigen Namen benutzt hat.«

»Das kann ich ihm nicht verdenken.«

»Aber die Initialen hat er vielleicht beibehalten.«

»Sehen wir doch einfach mal.« Sie begann zu tippen und verdrehte in regelmäßigen Abständen die Augen, wenn sie darauf wartete, daß der Computer reagierte. »Jeder Computer ist schneller als der letzte, und trotzdem sind sie nie schnell genug. Am liebsten hätte man es, wenn sie sofort reagieren würden. Oder noch besser, sie würden die Daten schon ausspucken, bevor man sie überhaupt danach fragt.«

»Mit Menschen ist es auch nicht anders.«

»Hm? Ach so.« Sie kicherte. »Computer werden wenigstens immer besser. Sehen Sie, was ich mache? Ich fange mit USAir an und frage, ob es am fünften auf Flug 1103 einen Wishniak gibt, und es gibt keinen, und jetzt frage ich bei Flug 179 am selben Tag ... Nein. Okay, das andere Datum ist der sechste, nicht? Also versuchen wir es wieder mit 1103 ... Nichts, und jetzt versuchen wir es mit 179. Ist das die richtige Nummer, 179? Ja, also probieren wir sie. Fehlanzeige.«

»Ich glaube nicht, daß er seinen richtigen Namen angegeben hat.«

»Ich weiß, aber ich wollte diese Möglichkeit schon mal ausschließen. Nach den Namen kann ich nämlich die Passagierlisten abfragen. Aber nur nach den Initialen, das geht nicht.«

»Ach so.«

»Versuchen wir jetzt Midwest Express.« Das tat sie, und dann probierte sie es auch mit United, aber am Schluß schüttelte sie nur den Kopf.

»Da ist ein anderer Name, den Sie probieren könnten«, sagte ich. »Er hatte einen Bruder, der seinen Familiennamen anglisiert hat, und diesen Namen hat Arnold früher öfter benutzt.«

Ich sagte ihr den Namen, und sie wiederholte ihn stirnrunzelnd. »Können Sie ihn mal buchstabieren?« Das tat ich, und sie begann zu tippen. »Irgendwie kommt mir der Name bekannt vor«, sagte sie nachdenklich. »Wo habe ich ihn nur erst kürzlich gehört?«

»Keine Ahnung«, sagte ich. »Vielleicht meinen Sie den Baseballer Dave Winfield.«

Sie schüttelte den Kopf. »Seit dem Streik sehe ich kein Baseball mehr. Flug 1103 am fünften. Pech gehabt. Flug 179, ebenfalls am fünften ...«

Auf allen in Frage kommenden Flügen gab es Fehlanzeige.

»Es besteht immer noch die Möglichkeit, daß er die Initialen beibehalten hat«, sagte ich. »Aber nach denen können Sie den Computer nicht abfragen. Wie wär's, wenn Sie einfach die Passagierlisten für jeden dieser Flüge aufrufen. Können Sie das?«

»*Ich* kann es nicht.«

»Wer kann es dann?«

»Irgendein Computergenie vielleicht. Oder jemand bei der Fluggesellschaft, der die Zugangscodes hat.« Sie runzelte die Stirn. »Ist wohl wichtig, wie?«

»Ziemlich.«

Sie griff nach dem Telefon, blätterte in einem Rolodex, wählte eine Nummer. »Hi, hier ist Phyllis von JMC«, meldete sie sich. »Mit wem spreche ich? Judy? Judy, ich habe da einen sehr guten Kunden, der Detektiv ist. Er hat gerade einen Fall, in dem es um einen Vater geht, dem die Aufsichtspflicht entzogen wurde ... Genau, diese Geschichten hört man ja ständig. Ich weiß, kaum zu glauben. Erst zahlen sie keinen Unterhalt, und dann gehen sie her und entführen das Kind.«

Sie erklärte, was ich wissen wollte. »Unter seinem richtigen Namen war er auf keinem dieser Flüge«, sagte sie,

»aber der Detektiv glaubt, er hat vielleicht die Initialen beibehalten. Nein, mir ist natürlich klar, so was ist vertraulich, Judy. Eigentlich braucht man dafür eine gerichtliche Verfügung. Selbstverständlich.« Sie schnitt ein Gesicht, rang sich aber sofort wieder ein Lächeln ab. »Hören Sie, könnten Sie wenigstens das für mich tun? Könnten Sie, ohne mir den Namen zu sagen, für mich nachsehen, ob auf einem dieser Flüge ein männlicher Passagier mit den Initialen AW war? Ja, von Philadelphia nach Omaha.«

Sie hielt das Mundstück zu. »Sie dürfte das eigentlich nicht«, sagte sie, »aber sie macht mal eine Ausnahme. Wahrscheinlich ist sie geschieden und nicht gerade gut auf ihren Ex-Mann zu sprechen.« Sie nahm die Hand wieder weg. »Hallo, Judy. So was Blödes. Überhaupt nichts, hm?«

»Wahrscheinlich hat er bar bezahlt«, sagte ich.

Sie reagierte sofort. »Judy, höchstwahrscheinlich hat er einen falschen Namen angegeben und deshalb vermutlich bar bezahlt. Wenn Sie ... mhm. Mhm. Klar, verstehe.«

Sie hielt das Mundstück wieder zu. »Das kann sie nicht machen.«

»Kann oder will sie nicht?«

»Sie will nicht. Es ist gegen die Vorschrift, sie könnte Ärger kriegen, bla bla bla.«

»Könnten Sie es tun?« fragte TJ. »Wenn Sie die Zugangscodes hätten?«

»Die habe ich aber nicht.«

»Aber sie hat sie.«

Sie überlegte kurz, hob die Schultern und nahm die Hand vom Mundstück. »Judy, das letzte, was ich möchte, wäre, daß Sie Scherereien kriegen. Aber könnten Sie mir, nur aus purer Neugier, was sagen? Kann man das abfragen? Ob zum Beispiel ein Ticket bar oder mit Kreditkarte bezahlt wurde. Ich meine, angenommen, ein Kunde kommt rein und zahlt bar und ... Mhm. Verstehe. Dann könnte also jeder ran. Ich meine, ich könnte es selbst abfragen, wenn ich die Zugangscodes hätte, ist das richtig?« Sie griff nach einem Stift, notierte sich einen kurzen Satz. »Judy, das ist wirklich nett. Danke.« Sie drückte auf die Gabel, grinste grimmig und reckte triumphierend die Faust hoch. »Ja!«

Wir hatten noch einen weiten Weg vor uns. Was sie schließlich nach reichlichem Kopfkratzen und Tastentippen zutage förderte, war ein Ausdruck der Passagierlisten für die Flüge der drei fraglichen Fluglinien von Philadelphia nach Omaha sowie der Rückflüge zwei Tage später. Ein Sternchen neben einem Namen zeigte an, daß der Kunde nicht mit einer Kreditkarte gezahlt hatte.

»Bar oder per Scheck«, sagte sie. »Da unterscheidet die Datenbank nicht. Jedenfalls, das sind die Bar- und Scheckbuchungen, die die Fluglinie vorgenommen hat. Buchungen über Reisebüros werden nur als solche vermerkt, ohne Angabe der Zahlungsart. So hat sie mir das zwar nicht gesagt, aber wenn es eine Möglichkeit gibt, das festzustellen, weiß ich nicht, wie ich es anstellen sollte.«

»Das macht nichts.«

»Wirklich nicht? Sehen Sie übrigens die Namen, die mit einem C versehen sind? Das sind die Fluggäste, die ihr Ticket bei einer anderen Fluglinie gekauft haben; wahrscheinlich, weil sie von einem Flug mit einer anderen Gesellschaft umgestiegen sind. Ich kann unmöglich feststellen, wie sie gezahlt haben.«

»Ich glaube, die Passagierlisten reichen mir vollauf.«

»Wirklich?«

»Wenn derselbe Name auf Hin- und Rückflug auftaucht, ist das aufschlußreicher als die Zahlungsart.«

»Daran habe ich gar nicht gedacht. Sehen wir mal nach.«

Ich packte die Ausdrucke zusammen. »Ich habe Ihnen schon genug Mühe gemacht. Das Schwierigste haben wir geschafft. Und weil wir gerade von Mühe sprechen, ich möchte Sie auf jeden Fall dafür bezahlen.«

»Oh, jetzt hören Sie aber mal«, protestierte sie. »Das ist doch nicht nötig.«

Ich drückte ihr das Geld in die Hand. »Der Klient kann es sich leisten.«

»Na ja ...« Sie schloß die Finger um die Scheine. »Eigentlich hat es doch richtig Spaß gemacht. Obwohl ich natürlich noch lieber eine Südsee-Kreuzfahrt für Sie und Ihre Frau gebucht hätte. Aber kommen Sie auf jeden Fall vorbei, wenn Sie mal wieder eine richtig schöne Reise machen wollen.«

»Mach ich.«

»Und wenn's auch nur nach Omaha ist.«

»›Der Klient kann es sich leisten‹«, sagte TJ. »Ich dachte, wir haben gar keinen Klienten.«

»Haben wir auch nicht.«

»›Zwischenmenschliches Fingerspitzengefühl.‹ Einen Computer hast du benutzt. Nur, daß es der von jemand anderem war. Und die Finger von jemand anderem auf den Tasten.«

»So kann man es, schätze ich, auch ausdrücken.«

»Zeig mal die Listen her«, sagte er. »Mal sehen, wie viele Wiederholungen wir haben.«

»Mr. A. Johnson«, sagte ich. »Flog am fünften mit Midwest Express von Philadelphia über Milwaukee nach Omaha. Am Morgen des siebten flog er nach Philadelphia zurück. Hat bar oder mit Scheck bezahlt. Ich würde sagen, bar.«

»Du glaubst also, das war er.«

»Allerdings.«

»Gibt jede Menge Leute, die Johnson heißen. Ungefähr so wie Smith und Jones.«

»Das stimmt.«

»Phyllis hat gesagt, man muß sich ausweisen, um an Bord eines Flugzeugs zu kommen.«

»Sie haben die Sicherheitsbestimmungen verschärft.«

»Wenn du Terrorist bist«, sagte er, »wollen sie sichergehen, daß du's auch wirklich bist. Genauso machen sie es wahrscheinlich, wenn du dir das Ticket kaufst – wenn du bar bezahlst. Sie verlangen deinen Ausweis.«

Ich nickte. »Mit Scheck ist es das gleiche, aber wenn man mit Scheck zahlt, muß man sich immer ausweisen. Andererseits ist es natürlich nicht so wahnsinnig schwer, sich einen Ausweis zuzulegen.«

»In der Deuce gibt's einen Laden, die drucken dir alles, was du willst. Studentenausweise, Sheriff-Dienstmarken. Einen Cop kannst du damit nicht reinlegen, aber wenn du am Schalter einer Fluggesellschaft arbeitest, schaust du ihn dir wahrscheinlich nicht so genau an, oder?«

»Vor allem nicht, wenn der Fluggast ein gutsituierter Weißer in einem Brooks Brothers-Anzug ist.«

»Wenn die Fassade stimmt, kommst du überall durch«, gab er mir recht.

»Möglicherweise war der Ausweis sogar echt. Vielleicht hatte er einen Mandanten, der Johnson hieß, vielleicht hat er für irgendeinen armen Teufel, der in Green Haven einsaß, den Führerschein aufbewahrt, weil der ihn dort nicht gebraucht hat.«

TJ kratzte sich am Kopf. »Wir haben den Namen eines Typen, der an einem bestimmten Tag nach Omaha geflogen ist und zwei Tage später wieder zurückgeflogen ist. Haben wir sonst noch was?«

»Bisher nicht«, sagte ich.

»Nur gut, daß du ihn mitgebracht hast«, sagte Joe Durkin. »Genau das ist der Mistkerl, den wir schon die ganze Zeit suchen. Werd ihm gleich ein paar Fragen stellen, sobald mir wieder einfällt, wo ich meinen Gummiknüppel weggesteckt habe.«

»Wetten, daß ich weiß, wo er ist«, sagte TJ. »Wenn Sie wollen, helfe ich Ihnen sogar suchen.«

Durkin grinste und knuffte ihn in den Arm. »Was willst du hier überhaupt?« fragte er. »Warum bist du nicht auf der Straße? Crack verkaufen und Leute ausrauben?«

»Hab heute meinen freien Tag.«

»Und ich dachte noch, wenigstens ihr hättet noch eine gescheite Arbeitsmoral. Sieben Tage die Woche, zweiundfünfzig Wochen im Jahr, immer schön die Allgemeinheit bei Laune halten. Und jetzt stellt sich raus, ihr geht es genauso lasch an wie alle anderen auch.«

»Aber klar doch, Mann«, sagte TJ. »Wenn ich nichts andres wollte, als die ganze Zeit arbeiten, würde ich zur Polizei gehen.«

»Auf Typen wie dich haben wir gerade gewartet. Matt, ich weiß nicht, wie ich darauf komme, aber irgendwie habe ich das Gefühl, du bist aus einem bestimmten Grund hier.«

Wir waren im Bereitschaftsraum von Midtown North in der West Fifty-fourth Street. Ich zog mir einen Stuhl heran und erklärte Joe, was ich wollte, während TJ zum Anschlagbrett rüberging und in einem Packen Steckbriefe blätterte.

»Wenn du einen mit deinem Foto findest«, rief ihm Joe zu, »bring ihn her, damit ich dich um ein Autogramm bitten kann. Matt, um erst gar keine Mißverständnisse aufkommen zu lassen: Du möchtest, daß ich bei der Polizei von Omaha anrufe und sie darum bitte, in den Gästebüchern aller Hotels der Stadt nach einem gewissen Johnson zu suchen.«

»Dafür wäre ich dir sehr verbunden«, sagte ich.

»Dafür wärst du mir sehr verbunden. Meinst du, auf eine spürbare Art?«

»Spürbar. Ja, ich glaube, ich ...«

»Das Wort gefällt mir«, unterbrach er mich. »Spürbar. Das heißt, man kann es anfassen. Man streckt die Hand aus, und es ist da. Womit sich eine Frage stellt. Warum streckst du nicht die Hand aus und berührst damit jemanden?«

»Wie bitte?«

»Du weißt doch das Hotel, richtig? Das Hilton?«

»Dort würde ich anfangen. Ich bin nicht sicher, daß er dort abgestiegen ist, aber ...«

»Aber dort würdest du anfangen. Warum hast du es nicht getan? Wenn du ihre Achthunderternummer wählst, kostet dich der Anruf nicht mal was. Billiger kannst du es doch kaum kriegen.«

»Ich habe angerufen«, sagte ich. »Aber es ist nichts dabei herausgekommen.«

»Hast du dich als Polizist ausgegeben?«

»Das ist verboten.« Er bedachte mich mit einem vielsagenden Blick. »Könnte sein, daß ich diesen Eindruck erweckt habe«, gab ich zu. »Aber es hat mir nichts genutzt.«

»Seit wann hast du es nicht mehr drauf, in einem Hotel anzurufen und jemandem an der Rezeption eine kleine Auskunft aus der Nase zu ziehen?« Er sah auf den Zettel, der vor ihm lag. »Omaha? Was ist denn in Omaha schon mal passiert?« Er sah mich an. »Herr Jesus.«

»Nicht Er persönlich«, flocht TJ ein, »aber dieser Typ, der gesagt hat, daß er ganz speziell mit Ihm ist.«

»Dieser Abtreibungstyp. Wie hieß er gleich wieder?«

»Wie schnell wir vergessen.«

»Roswell Berry. Will hat ihn sich in seinem Hotelzimmer gekauft, nicht? Ich weiß nicht mehr, welches Hotel es war, aber wie kommt es, daß mir mein Gefühl sagt, es war das Hilton?«

»Das frage ich mich allerdings auch.«

»Du hast Grund zu der Annahme, unser Freund Will ist ein Kerl, der sich Johnson nennt?«

»Das ist ein Name, den er benutzt haben könnte.«

»Kein Wunder, daß sie dir ihm Hilton nichts gesagt haben. Du warst bestimmt nicht der erste, der bei denen angerufen hat und irgendwas über die Sache rauszufinden versucht hat. Denk nur an die ganzen Revolverblätter, die für das Recht der Allgemeinheit eintreten, über alles informiert zu werden. Die Polizei vom Omaha hat wahrscheinlich den Laden runtergelassen.«

»Das würde ich auch sagen.«

»Weißt du, wie viele Detectives auf Will angesetzt sind? Die genaue Zahl kann ich dir zwar nicht sagen, aber ich weiß immerhin soviel, daß ich nicht zu ihnen gehöre. Was gäbe mir also das Recht, meine Nase in ihre Angelegenheiten zu stecken?«

»Vielleicht hat das ja gar nichts mit Will zu tun«, sagte ich. »Vielleicht handelt es sich hier ja um ganz simple Ermittlungen gegen einen Verdächtigen, der in diesem Revier mehrere Überfälle begangen und sich möglicherweise nach Omaha abgesetzt hat.«

»Weil er dort Verwandte hat. Aber statt bei ihnen zu wohnen, hat er sich im Hilton verkrochen. Wir wissen den Zeitraum und welchen Namen er benutzt hat. Tolle Story, Matt.«

»Wer sagt denn, daß du sie erzählen mußt? Du bist ein New Yorker Detective mit einer Frage, die leicht zu beantworten ist. Was sollten sie dich da lange löchern?«

»Die Menschen haben noch nie einen Grund für was gebraucht.« Er griff nach dem Hörer. »Ich hätte noch eine Frage, die *nicht* leicht zu beantworten ist. Warum mache ich das?«

»Allen W. Johnson«, sagte er. »Allen mit zwei L und einem E. Wofür das W steht, weiß ich nicht. Ich glaube nicht, daß es für Will steht.«

»Ich weiß nicht, ob es überhaupt für was steht.«

»Blieb zwei Nächte, bezahlte in bar. Übrigens hat die Polizei von Omaha im Zuge ihrer Ermittlungen im Mordfall Berry jeden überprüft, der im Hotel gewohnt hat. Wenn dann auch noch jemand bar bezahlt hat, muß bei denen doch sofort eine rote Warnlampe angegangen sein. Mr. Allen Johnson dürfte also mit Sicherheit in den Genuß ihrer geschätzten Aufmerksamkeit gelangt sein.«

»Hatten sie Gelegenheit, mit ihm zu sprechen?«

»Er hatte bereits ausgecheckt. Hat kein einziges Mal das Telefon benutzt oder sich irgendwas aufs Zimmer kommen lassen.«

»Eine Beschreibung von ihm haben sie wahrscheinlich auch nicht.«

»Doch, und es läßt sich auch wirklich einiges damit anfangen. Er war nämlich ein Mann, und er trug einen Anzug.«

»Das grenzt den Kreis der Verdächtigen schon mal ein.«

»Er hat ausgecheckt, nachdem Will sich Berry mit dem Kleiderbügel vorgenommen hat, aber bevor die Leiche entdeckt wurde. Warum sollten sie ihn da so genau unter die Lupe nehmen?«

»Weil er bar bezahlt hat.«

Joe schüttelte den Kopf. »Nicht beim Einchecken. Er gab ihnen eine Kreditkarte, und sie haben sie durch den Automaten laufen lassen. Aber beim Auschecken hat er dann bar bezahlt. Anscheinend ist das durchaus üblich. Die Karte erleichtert das Einchecken, aber vielleicht hat man dann seine Gründe, die Rechnung in bar zu bezahlen. Vielleicht hast du dein Konto überzogen oder du möchtest nicht, daß die Rechnung bei dir zu Hause auftaucht, weil du nicht möchtest, daß deine Frau weiß, du warst drüben im Hilton und hast deine Sekretärin genagelt.«

»Und wenn du bar bezahlst ...«

»Zerreißen sie den Zettel, auf dem sie den Kartenabdruck gemacht haben. Deshalb erfährt nie jemand, ob die Karte falsch ist, weil sie erst bei der Kreditkartengesellschaft anrufen, wenn du auscheckst.«

»Wir wissen also, er hatte eine Kreditkarte«, sagte ich. »Allerdings nicht, ob sie echt war oder nicht. Und er hatte auch einen Lichtbildausweis auf den gleichen Namen.«

»Habe ich da irgendwas nicht mitbekommen? Woher wissen wir das?«

»Er mußte ihn vorzeigen, um ins Flugzeug zu kommen.«

»Wenn er dazu noch die Kreditkarte hatte«, sagte Joe, »könnten das alle möglichen Ausweise gewesen sein, solange nur sein Foto drauf war. Irgendein Stück Plastik, das man sich in der Forty-second Street drucken lassen kann; wo drauf steht, du studierst an der School of Hard Knox.«

»Was sag ich denn die ganze Zeit«, murmelte TJ.

»Erzähl mir doch noch ein bißchen mehr von dieser Type«, sagte Joe. »Wo du schon mal meine geschätzte Aufmerksamkeit hast. Wie bist du denn auf ihn gekommen?«

»Durch die Passagierlisten.«

»New York Omaha?«

»Philadelphia Omaha.«

»Wie kommt Philadelphia da ins Spiel?«

»Soviel ich weiß, haben es die Quäker gegründet.«

»Ich habe gemeint ...«

»Dir das zu erklären, wäre zu kompliziert«, sagte ich, »aber ich habe nach jemandem gesucht, der von Philly nach Omaha und wieder zurück geflogen ist. Der zeitliche Rahmen hat auch gepaßt.«

»Du meinst, er ist losgeflogen, bevor Berry umgebracht wurde, und nachher wieder zurückgekommen.«

»Der zeitliche Rahmen war etwas enger gesetzt.«

»Aha. Und wer ist der Kerl? Verrätst du mir das vielleicht auch?«

»Nur ein Name«, sagte ich. »Und ein Gesicht, falls er einen Lichtbildausweis vorgezeigt hat. Aber das Gesicht habe ich nicht gesehen.«

»Er ist also nur ein Mann in einem Anzug – genau so, wie ihn das Mädchen aus dem Hotel in Erinnerung behalten hat.«

»Genau.«

»Vielleicht kannst du mir ja ein bißchen auf die Sprünge helfen, Matt. Hast du irgendwas, das ich an jemanden weitergeben sollte?«

»Ich habe nichts.«

»Wenn Will sich da draußen rumtreibt und nach neuen Namen für seine Liste sucht ...«

»Will ist in den Ruhestand getreten«, sagte ich.

»Ach ja, stimmt. Darauf haben wir sein Wort, oder nicht?«

»Und niemand hat seitdem einen Mucks von ihm gehört.«

»Weswegen die Polizei ganz schön dumm dasteht; schließlich vergeudet sie massenweise Personal und Ressourcen, um einen Verbrecher zu jagen, der keine Gefahr mehr für die Allgemeinheit darstellt. Was hast du überhaupt mit dieser Sache zu schaffen? Wer ist dein Klient?«

»Das ist vertraulich.«

»Jetzt hör aber mal. Komm mir bloß nicht mit diesem Scheiß.«

»Wenn du's genau wissen willst: Es unterliegt sogar der Schweigepflicht. Ich arbeite für einen Anwalt.«

»Mann, da bin ich aber schwer beeindruckt. Moment mal, da fällt mir ein: Hast du nicht für Wills letztes Opfer gearbeitet? Für Whitfield?«

»Richtig. Da gab's allerdings nicht viel zu tun. Ich habe ihm nur ein paar Tips gegeben, was er zu seinem Schutz tun könnte, und ihm Wally Donn von Reliable empfohlen.«

»Hat ihm jedenfalls eine Menge genützt.«

»Ich glaube, sie haben getan, was sie konnten.«

»Wahrscheinlich.«

»Ich sollte für Whitfield Ermittlungen anstellen. Nicht, daß es viel zu ermitteln gab.«

»Und du machst auch jetzt noch weiter? Arbeitest du für den Anwalt? Stellst du es seinem Nachlaßverwalter in Rechnung?«

»Er hat mir einen Vorschuß gegeben.«

»Und der deckt ab, was du jetzt machst?«

»Muß er wohl oder übel.«

»Was hast du, Matt?«

»Alles, was ich habe, ist Allen Johnson, und wie ich ihn gekriegt habe, habe ich dir ja erzählt.«

»Warum hast du die Flüge überprüft?«

»Nur auf so ein Gefühl hin?«

»Ach ja, klar. Weißt du, was ich mache, wenn ich so ein Gefühl habe?«

»Du schließt eine Wette ab?«

Er schüttelte den Kopf. »Ich kaufe mir ein Lotterielos, und ich habe noch nie was gewonnen, woraus man sieht, was davon zu halten ist, wenn ich so ein Gefühl habe. Man möchte meinen, ich müßte langsam schlauer werden.«

»Alles, was man braucht, ist ein Dollar und ein Traum.«

»Geht so richtig schön ins Ohr«, sagte Joe. »Muß ich mir merken. Aber jetzt, wenn das alles ist ...«

»Also ...«

»Ich hoffe, es ist was Gescheites.«

»Ich dachte nur«, sagte ich, »es wäre vielleicht ganz interessant zu wissen, ob Allen W. Johnson mal Zyanid gekauft hat.«

Joe dachte lange schweigend nach. Schließlich sagte er: »Als Whitfield umgebracht wurde, muß jemand die Unterlagen über die Giftverkäufe überprüft haben. Vor allem, nachdem die Autopsie ergeben hatte, daß er todkrank war, und allen möglichen Spekulationen Vorschub leistete, er könnte Selbstmord begangen haben. Denen hat dann allerdings Wills letzter Brief ein rasches Ende bereitet.«

»Weil er damit bewies, daß er Whitfield umgebracht hatte.«

»Mhm. Wenn ich mich nicht täusche, war darin sogar von Zyanid die Rede. Und von irgendwoher muß das Zyanid ja gekommen sein, oder nicht? Es riecht nach bitteren Mandeln, aber man kann es nicht aus Mandeln machen, oder?«

»Winzige Mengen kann man, glaube ich, aus Pfirsichkernen gewinnen«, sagte ich, »aber ich glaube nicht, daß es sich Will so beschafft hat.«

»Und wenn er es wo gekauft hat, wo man ein Formular unterschreiben muß und sich ausweisen ...«

»Vielleicht hat er als Allen Johnson unterschrieben.«

Nach kurzem Nachdenken setzte sich Joe auf und sagte: »Weißt du was? Ich finde, du solltest dich mal erkundigen, wer die Ermittlungen gegen Will leitet, und ihn bitten, diesen Punkt für dich zu überprüfen. Du bist doch ein netter Kerl, machst erst mal einen guten Eindruck, und vor fast hundert Jahren warst du sogar selber mal bei der Polizei. Ich bin mir sicher, er wird dir gern helfen.«

»Ich möchte dich bloß nicht um die Früchte deiner Arbeit bringen.«

»Um die Früchte meiner Arbeit? Hast du das noch aus der Zeit in Erinnerung, als du noch selbst dabei warst?«

»In einem Fall, in dem nichts mehr vorangeht, ist das was anderes.«

»In einem Fall wie dem? Da kann fünfmal nichts mehr vorangehen, der kann mit leerer Batterie und vier platten Reifen daherkommen, und trotzdem hat er weiter Top-Priorität. Hast du Marty McGraw heute morgen gesehen?«

»Ich habe ihn kurz nach Wills letztem Brief das letzte Mal gesehen.«

»Ich meine nicht ihn, sondern seine Kolumne. Hast du sie heute gelesen?« Hatte ich nicht. »Ihm ist wieder mal irgendwas sauer aufgestoßen. Allerdings kann ich mich schon nicht mehr erinnern, was. Die letzte Zeile der Kolumne – ›Wo bleibt Will jetzt bloß, wo wir ihn brauchen?‹«

»Das hat er nicht geschrieben.«

»Und ob er es geschrieben hat. Augenblick, hier muß doch irgendwo eine *News* rumliegen.« Er kam mit einer Zeitung zurück. »Wortwörtlich hatte ich es zwar nicht mehr in Erinnerung, aber darauf lief es hinaus. Hier, lies selbst.«

Ich sah auf die Stelle, auf die er deutete, und las den letzten Absatz laut. »›Man denkt unwillkürlich an einen anonymen Briefeschreiber, der in jüngster Vergangenheit des öfteren von sich reden gemacht hat, und ertappt sich dabei, wie man etwas über ihn sagt, was einige gar nicht witzige Leute über Lee Harvey Oswald zu sagen pflegten: Wo ist er jetzt, wo wir ihn brauchen?‹«

»Na, was hab ich gesagt?«

»Ich kann nicht glauben, daß er das wirklich geschrieben hat.«

»Warum nicht? Er hat doch auch die erste Kolumne geschrieben, in der es hieß, Richie Vollmer hätte kein Recht zu leben. Ein Standpunkt, an dem schwer was auszusetzen ist, muß ich sagen. Und Will hat er eindeutig auf Trab gebracht.«

14

Bis wir die Polizeiwache verließen, war TJ wieder hungrig, und ich merkte, daß ich seit dem Frühstück nichts als Kaffee zu mir genommen hatte. Wir fanden eine Pizzeria mit Tischen, und ich holte uns zwei Portionen Siciliana.

»Ich war mal in einem Laden«, sagte TJ, »in dem hatten sie Pizza mit Früchten. Hast du so was schon mal gehört?«

»Gehört schon.«

»Aber probiert noch nicht?«

»Hat sich nicht sehr verlockend angehört.«

»Für mich auch nicht. Es war Ananas drauf und noch was, aber ich weiß nicht mehr, was. Pfirsiche waren's jedenfalls nicht. Stimmt das echt, was du vorhin gesagt hast? Daß in Pfirsichkernen Zyanid ist?«

»Spuren davon.«

»Wie viele mußt du essen, um dich umzubringen?«

»Du mußt überhaupt keine essen, um dich umzubringen. Du brauchst dir bloß eine Knarre in den Mund stecken und ...«

»Du weißt schon, was ich meine. Natürlich kannst du niemand mit Pfirsichkernen vergiften, weil er schon nach dem ersten Bissen das Gesicht verzieht und alles ausspuckt. Aber könnte jemand Selbstmord begehen, indem er so viele ißt, daß er stirbt?«

»Keine Ahnung«, sagte ich. »Aber wenn wir einen Computer hätten, könntest du es bestimmt im Handumdrehen herausfinden.«

»Du hast völlig recht, weißt du das? Du brauchst nur im Internet diese Frage zu stellen, und schon schickt dir irgendein Blödmann per E-Mail die Antwort. Wie finden wir raus, ob Johnson das Zyanid gekauft hat?«

»Wir warten erst mal.«

»Worauf?«

»Daß Joe Durkin anruft.«

»Aber er hat doch grade gesagt, daß er das nicht tut.«

»Das hat er gesagt!«

»Er hat's aber so gesagt, als ob er es auch so gemeint hätte.«

Ich nickte. »Aber es wird ihm keine Ruhe lassen. Und morgen oder übermorgen greift er dann zum Telefon.«

»Und wenn nicht?«

»Ich weiß gar nicht, ob das überhaupt so wichtig ist. Ich weiß, was passiert ist. Ich müßte noch ein paar Dinge mehr herausbekommen, um es beweisen zu können. Aber ich weiß nicht mal, ob ich das überhaupt will.«

»Warum?«

»Weil ich nicht weiß, ob es einen Sinn hätte.«

»Die Story des Jahres«, sagte TJ. »Der Typ treibt sogar die Auflagen in die Höhe, wenn er überhaupt nichts tut.«

»Wo ist er jetzt, wo wir ihn brauchen?«

»Die ganze Stadt hält den Atem an und wartet auf seinen nächsten Schritt. Behauptet zwar, er hat sich zur Ruhe gesetzt, aber vielleicht wartet er nur mal ab. Jeder fragt sich, was er als nächstes tun wird und wer der nächste Name auf seiner Liste ist.«

»Aber wir wissen es besser.«

»Wenn man die Wahrheit weiß«, sagte TJ, »muß man sie da nicht jemand erzählen? Ist es nicht das, was ein Detektiv macht? Die Wahrheit rausfinden und es jemand erzählen?«

»Nicht immer. Manchmal findest du auch die Wahrheit raus und behältst sie für dich.«

Darüber dachte er nach. »Wäre aber eine Wahnsinnsstory.«

»Wahrscheinlich schon.«

»Die Story des Jahres würden sie es nennen.«

»Es gibt jeden Monat eine andere Story des Jahres«, sagte ich. »Und jedes Jahr gibt es eine Story des Jahrzehnts und einen Jahrhundertprozeß. Über eines brauchen wir uns jedenfalls keine Sorgen zu machen: daß uns mal die

Übertreibungen ausgehen. Aber du hast natürlich recht. Es wäre eine Riesenstory.«

»Dein Name stünde in allen Zeitungen.«

»Und ich wäre ständig im Fernsehen zu sehen, wenn ich wollte. Auch, wenn ich nicht wollte. Schon das wäre fast Grund genug, um den Mund zu halten.«

»Weil du so schüchtern bist.«

»Ich stehe nur nicht gern im Rampenlicht. Wenn mein Name ab und zu in der Zeitung stünde, würde mich das nicht mal groß stören. So was verhilft einem zu Klienten, und wenn ich auch nicht unbedingt mehr Aufträge will, ist es doch ganz schön, wenn man sich aussuchen kann, was man macht. Bloß bleibt es natürlich nicht nur bei einem bißchen Werbung. Es artet meist zu einem richtigen Medienzirkus aus, und nein, ich möchte nicht gern der abgerichtete Seehund in der Manege sein.«

»Dann wird also Wills Geheimnis nur deshalb nicht gelüftet«, sagte er nachdenklich, »weil du nicht in ›Geraldo‹ auftreten willst.«

»Den größten Teil der Publicity könnte ich umgehen. Ich könnte es Joe einflüstern und es ihn an die richtigen Adressen weiterleiten lassen. Er würde bestimmt einen Weg finden, andere die Früchte meiner Arbeit ernten zu lassen. Das werde ich wahrscheinlich auch tun, wenn ich was tue.«

»Aber unter Umständen tust du nicht mal das.«

»Schon möglich.«

»Warum?«

»Weil er ein schlafender Hund ist«, sagte ich, »und vielleicht wäre es das anständigste, ihn schlafen zu lassen.«

»Und wie wirst du das schließlich entscheiden?«

»Indem ich mit allen möglichen Leuten rede.«

»So, wie wir das jetzt machen?«

»Genau, wie wir das jetzt machen«, sagte ich. »Das ist bereits Teil dieses Prozesses.«

»Schön, daß ich dir dabei helfen kann.«

»Ich werde jetzt nach Hause gehen und mit Elaine reden«, sagte ich. »Und später werde ich bei einem Treffen darüber sprechen, natürlich so vage, daß kein Mensch merkt, worüber ich spreche. Und danach werde ich bestimmt klarer sehen. Und schließlich ist da noch jemand, mit dem ich darüber sprechen werde.«

»Wer ist das?«

»Ein Anwalt, den ich kenne.«

TJ nickte. »Wie es aussieht, tut wirklich kein Schwein mehr etwas, ohne daß er vorher mit seinem Anwalt redet.«

Elaine und ich aßen im Paris Green in der Ninth Avenue zu Abend, und unsere Unterhaltung drehte sich von der Vorspeise bis zum Cappuccino um ein einziges Thema. Ich begleitete sie zum Parc Vendôme zurück und ging dann weiter die Ninth hinauf nach St. Paul. Ich kam zehn Minuten zu spät und ließ mich gerade in dem Moment auf einen Stuhl nieder, als der Sprecher an den Punkt seiner Lebensgeschichte kam, an dem er zum erstenmal zur Flasche gegriffen hatte. Ich hatte die Vorgeschichte über seine zerrütteten Familienverhältnisse versäumt, aber wahrscheinlich kam ich auch ohne sie aus.

In der Pause holte ich mir Kaffee und unterhielt mich mit ein paar Leuten, und als das Treffen weiterging, hob ich die Hand und sagte, ich müsse eine Entscheidung treffen. Ich drückte mich wundervoll vage aus, und kein Mensch konnte ahnen, wovon ich sprach, aber das ist bei den Anonymen Alkoholikern nichts Ungewöhnliches. Ich sprach über das, was mich beschäftigte, und dann sprach ein Fernseharchitekt darüber, ob er an Thanksgiving nach Hause nach Greenville fahren sollte, und dann erzählte eine Frau, daß sie sich mit einem Mann traf, der alkoholfreies Bier trank, und was für Auswirkungen das auf sie hatte.

Nachdem wir die Stühle zusammengeklappt hatten, ging ich mit ein paar Freunden zum Flame mit, schlug aber ihre Einladung, noch auf einen Kaffee mit reinzukommen, mit dem Hinweis aus, ich hätte schon was vor. Ich ging zum Columbus Circle rüber und fuhr mit dem IRT in Richtung Downtown zur Christopher Street. Um halb elf stand ich vor einem Hauseingang in der Commerce Street und bediente einen Türklopfer in Gestalt eines Löwenkopfs.

Die Commerce Street ist zwei Blocks lang und liegt etwas abseits, so daß sie unter Umständen schwer zu finden sein kann. Aber ich hatte lange genug im Sechsten Revier Dienst getan, um mich im Village auszukennen; außerdem hatte ich in den letzten zwei Jahren mehrmals Gelegenheit gehabt, in diesen speziellen Straßenabschnitt zu kommen. Einmal hatte ich mir mit Elaine im Cherry Lane Theater gleich gegenüber ein Stück angesehen. Die anderen Male hatte ich, wie auch dieses Mal, Ray Gruliow in seinem Stadthaus besucht.

Ich mußte nicht lang vor seiner Tür stehen. Er öffnete mir und winkte mich mit diesem Lächeln, das zu seinen einnehmendsten Zügen zählt, nach drinnen. Es war ein Lächeln, das sagte, daß die Welt ein einziger kosmischer Witz war und wir die einzigen Menschen, die ihn verstanden.

»Matt«, sagte er und klopfte mir auf die Schulter. »Ich habe frischen Kaffee. Hast du Lust?«

»Gern.«

Der Kaffee war stark und aromatisch und dunkel, Welten entfernt von der bitteren Brühe, die ich im Souterrain von St. Paul aus einem Styroporbecher getrunken hatte. Als ich ihm das sagte, strahlte er übers ganze Gesicht und gestand mir: »Wenn ich nach St. Luke gehe, nehme ich mir immer eine Thermoskanne mit meinem eigenen Kaffee mit. Mein Tutor sagt, damit will ich mich nur von der Gruppe distanzieren. Aber ich sage, damit will ich mich nur von einer Gastritis distanzieren. Was meinst du?«

»Ich würde euch beiden recht geben.«

»Diplomatisch wie eh und je. Aber genug geredet. Was führt dich zu mir, außer den Lockungen meines exorbitanten Kaffees?«

»Als wir uns das letzte Mal unterhalten haben«, sagte ich, »hast du Adrian Whitfield gegen den Vorwurf verteidigt, Selbstmord begangen zu haben. Kannst du dich noch erinnern?«

»Lebhaft sogar. Und wenig später war Will so gut, einen Brief zu schreiben, in dem er sich zu der Tat bekannte und die Richtigkeit meiner Behauptung bestätigte.«

Ich nahm noch einen Schluck Kaffee. Er war wirklich vorzüglich.

Dann sagte ich: »Adrian hat Selbstmord begangen. Er hat den Brief selbst geschrieben. Er hat auch die anderen Briefe geschrieben, und er hat alle diese Leute umgebracht. Er war Will.«

15

»Es könnte Mord gewesen sein«, sagte ich, »auch wenn ich mir nicht vorstellen kann, wie Will es gemacht haben könnte. Angenommen, er fand eine Möglichkeit, angenommen, es gelang ihm, an der Fassade des Gebäudes hochzuklettern und durch ein Fenster in die Wohnung einzudringen, oder er hat die Tür aufbekommen und die Alarmanlage außer Betrieb gesetzt und hinterher wieder eingeschaltet. Aber egal wie man es sieht, das Ganze bleibt ein klassischer Fall von Mord in einem hermetisch abgeriegelten Raum.«

»Und wenn es tatsächlich Selbstmord war – was wäre einfacher, als sich selbst den Whiskey zu vergiften? Dazu brauchte er nur ein paar Minuten allein zu sein. Das heißt, ihm dürften sich mit Sicherheit einige Gelegenheiten geboten haben. Dann brauchte er nur noch schnell den Verschluß aufmachen, die Zyanidkristalle einfüllen und den Verschluß wieder drauf machen.«

»Und aufpassen, daß er nicht aus dieser Flasche trank, bevor er fest entschlossen war, sich für immer aus dieser Welt zu verabschieden.«

»Das stimmt«, sagte ich. »Allerdings wären wir damit wieder bei den Punkten, die du vorher bereits angesprochen hast. Warum sollte er sich soviel Mühe gemacht haben, den Selbstmord als Mord hinzustellen, obwohl er dafür keinerlei finanzielle Motive hatte – und, vom Motiv mal ganz abgesehen, das Ganze auch noch als Mord in einem hermetisch abgeriegelten Raum hinstellen? Warum ließ er es wie einen unmöglichen Mord aussehen?«

»Warum?«

»Damit alle glaubten, es wäre Will gewesen und Will noch toller dastünde. Es sollte Wills letzter großer Triumph werden. Vielleicht wollte er sich deshalb mit einem richtigen Knalleffekt verabschieden?«

Darüber dachte Ray eine Weile nach, bevor er nickte. »Wenn Whitfield Will war, leuchtet mir das bis zu einem gewissen Grad sogar ein. Aber nur, wenn er wirklich Will war.«

»Okay.«

»Aber wie bist du darauf gekommen? Wenn das Ganze nämlich nur eine Theorie ist, die du dir aus den Fingern gesogen hast, weil es sonst keine Möglichkeit gab, dir diesen scheinbar unmöglichen Mord zu erklären, der deshalb ein Selbstmord sein muß ...«

»Es ist aber nicht bloß eine Theorie. Es gab nämlich noch etwas, was mich stutzig gemacht hat.«

»Was?«

»An dem Abend, als ich zum erstenmal in seiner Wohnung war, roch sein Atem nicht nach Alkohol.«

»Dann verstehe ich allerdings nicht, warum du den Dreckskerl nicht damals schon verhaftet hast.«

Aber er hörte mir zu, ohne mich zu unterbrechen, als ich ihm erzählte, wie ich meinen ersten Besuch in Whitfields Wohnung in der Park Avenue in Erinnerung hatte. »Obwohl er nichts getrunken hatte, sagte er ausdrücklich, er hätte was getrunken. Kannst du mir vielleicht erklären, warum er mir deswegen was vorgemacht haben könnte? Er war kein starker Trinker, und er behauptete auch nicht, ein starker Trinker zu sein, aber er trank, und er trank sogar vor meinen Augen was. Warum also dieses Täuschungsmanöver, warum so tun, als hätte er an diesem Abend schon ein paar Gläser getrunken?

Ich mußte das nicht beantworten können, um zu dem Schluß zu gelangen, daß er mir was vorgemacht hatte, und ich glaubte nicht, er könnte es ohne Grund getan haben. Also, was könnte er mit dieser Lüge zu erreichen versucht haben? Sie unterstrich seine Behauptung, Wills Drohung wäre ein gewaltiger Schock für ihn gewesen. Was brachte er damit wirklich zum Ausdruck? Etwas in der Richtung wie: ›Ich bin ganz schön fertig; das Ganze ist mir sogar *so* an die Nieren gegangen, daß ich heute schon ein paar Gläser getrunken habe, und jetzt trinke ich gleich noch mal eins, und Sie können mir dabei zusehen.‹

Aus welchem Grund sollte er sonst versucht haben, mir mit allen Mitteln glaubhaft zu machen, er hätte Angst? Darüber habe ich mir lange den Kopf zerbrochen. Mir fiel schließlich keine bessere Erklärung ein, als daß es nur einen Grund gab, weshalb er sich so anstrengte, mir weiszumachen, er hätte Angst: weil er in Wirklichkeit keine Angst hatte.«

»Wozu das Ganze? Hättest du nicht sowieso angenommen, daß er Angst hatte, nachdem ihn dieser Irre auf seine Abschußliste gesetzt hatte? Hätte da nicht jeder Angst gehabt?«

»Das möchte man eigentlich meinen«, sagte ich. »Aber er wußte etwas, was ich nicht wußte. Er wußte, daß er keine Angst hatte, und er wußte, daß er vor nichts Angst zu haben brauchte.«

»Weil ihm Will nichts anhaben konnte.«

»Jedenfalls nicht, wenn er selber Will war.«

Ray runzelte die Stirn. »Das ist aber ein ziemlich gewagter logischer Sprung, findest du nicht auch? Nur finde ich, da ist ein Haar in der Salbe.«

»Ein Haar in der Salbe?«

»In der Salbe, in der Suppe. Vielleicht hatte er keine Angst, weil er ein tödliches Krebsleiden hatte und dachte, Will täte ihm einen Gefallen.«

»An diese Möglichkeit habe ich auch schon gedacht.«

»Und weil er seine Krankheit geheimhielt, spielte er eben ein bißchen Theater.«

»Auch daran habe ich gedacht.«

»Und?«

»Ich muß zugeben, ich konnte es nicht ganz von der Hand weisen, aber überzeugt hat es mich nicht. Es erscheint mir als Motiv einfach zu schwach. Was hätte es schließlich schon groß gemacht, wenn ich gedacht hätte, daß er keine Angst hatte? Wenn er dagegen verbergen wollte, daß er Will war, also, da leuchtet es doch ein, daß er das möglichst verheimlichen wollte.«

»Und wie hast du dann weitergemacht?«

»Ich habe mich mit dem ersten Mord etwas näher befaßt.«

»Richie Vollmer.«

»Richie Vollmer. Adrians Mandant, inzwischen in Freiheit, um es wieder zu tun.«

»Matt, Vollmer hätte jeder frei gekriegt. Das lag nicht an Adrian. Als sich Frances Neagley erhängte, stand die Anklage auf verlorenem Posten. Und es ist keineswegs so, daß Adrian ihr das Seil in die Hand gedrückt hat.«

»Nein.«

»Glaubst du, er fühlte sich verantwortlich?«

»So weit würde ich nicht gehen. Ich glaube, er sah in Vollmers Freispruch ein krasses Versagen unseres Rechtssystems, und ich glaube, er las Marty McGraws Kolumne und gelangte zu dem Schluß, daß McGraw recht hatte. Daß die Welt ohne Vollmer ein besserer Ort wäre.«

»Wie viele Menschen haben diese Kolumne gelesen? Und wie viele waren derselben Meinung?«

»Gelesen haben sie eine ganze Menge Leute«, sagte ich, »und höchstwahrscheinlich haben die meisten ihr auch beigestimmt. Aber Adrian hatte etwas, was die meisten von uns nicht hatten. Genau genommen waren es sogar zwei Dinge. Er hatte bei Vollmers kleinem Tänzchen vor Gericht eine gewisse Rolle gespielt, und er dürfte sich höchstwahrscheinlich zumindest bis zu einem gewissen Grad für den Ausgang der Sache verantwortlich gefühlt haben. Vielleicht hatte er sich eine Gelegenheit entgehen lassen, Vollmer zu überreden, sich schuldig zu bekennen.«

»Na schön, das sind zwar alles Spekulationen, aber ich will sie trotzdem mal gelten lassen. Du hast gesagt, zwei Dinge. Was ist das andere?«

»Er hatte Zugang.«

»Wozu? Zu dem stumpfen Gegenstand, mit dem er ihn erschlagen hat? Oder zu dem Seil, mit dem er ihn aufgeknüpft hat?«

»Zu Vollmer. Überleg doch mal, Ray. Da ist so ein Schwein, dem sie den Prozeß machen, weil er mehrere

Kinder ermordet hat; aber sie müssen ihn laufen lassen, und er ist zwar wieder frei, aber er ist ein Ausgestoßener, ein moralisch Aussätziger. Und du bist Will, ein dem Gemeinwohl verpflichteter Bürger, der fest entschlossen ist, mit allen Mitteln Gerechtigkeit zu üben. Was machst du? Schlägst du ihn im Telefonbuch nach? Rufst du ihn an und sagst ihm, du möchtest dich mit ihm mal über die Vorteile von steuerfreien Staatsanleihen unterhalten?«

»Du meinst, Adrian wußte, wo er ihn finden konnte?«

»Natürlich wußte er das. Er war sein Anwalt. Und glaubst du, Vollmer hätte ein Treffen mit ihm abgelehnt? Oder sich groß vor ihm in acht genommen?«

»Man weiß nie, wie ein Mandant reagiert«, sagte Ray. »Während des Prozesses gehörst du praktisch zur Familie, und dann endet das Ganze in einem Freispruch, und schon wollen sie nichts mehr von dir wissen. Ich dachte immer, das wäre Undankbarkeit. Dann erklärte ich es mir eine Weile damit, daraus spräche der Wunsch, das Ganze hinter sich zu bringen.«

»Und was denkst du jetzt?«

»Jetzt bin ich wieder zurück bei Undankbarkeit. Von der gibt es ja auch jede Menge.« Er ließ sich in seinen Sessel zurücksinken und verschränkte die Finger im Nacken. »Gehen wir mal davon aus, du hast recht, und Adrian hatte Zugang zu ihm. Er wußte Vollmers Telefonnummer und rief ihn an, und Vollmer war bereit, sich mit ihm zu treffen.«

»Und war nicht auf der Hut vor ihm.«

»Und war nicht auf der Hut vor ihm. Adrian hätte also nicht als zwölfjähriges Mädchen verkleidet bei ihm aufkreuzen müssen. Hast du irgendwas anderes als Vermutungen, um diese Theorie zu stützen?«

»Bei der Polizei hätten sie vielleicht das nötige Personal, um einen Zeugen aufzutreiben, der die beiden zusammen gesehen hat«, sagte ich. »Ich habe es erst gar nicht versucht. Ich habe sogar genau das Gegenteil gemacht, nämlich nach einem Beweis gesucht, daß Adrian woanders war, als Vollmer umgebracht wurde.«

»Im Gericht oder auf Reisen zum Beispiel.«

»Alles, was ihm zu einem Alibi verholfen hätte. Ich habe mir seinen Terminkalender und seine Unterlagen im Büro angesehen. Ich kann nicht beweisen, daß er kein Alibi hatte, weil er nicht da war, um auf meine Fragen zu antworten, aber ich konnte auch nichts finden, was ihm zu einem verholfen hätte.«

»Was ist mit den anderen? Der nächste war Patsy Salerno. Auch ein Mandant?«

»Ihn selbst hat Adrian nie vertreten. Aber vor ein paar Jahren hatte er einen von Salernos Leuten als Mandanten.«

»Und?«

»Vielleicht hat er bei dieser Gelegenheit heftige Abneigung gegen den Mann entwickelt. Ich weiß es nicht. Vielleicht kam er auf diese Weise zu einem Kontaktmann in Salernos Umfeld, jemand, der ihm gesteckt hat, wo Salerno essen gehen würde und wann.«

»So daß Adrian vor ihm hingehen und sich in der Toilette verstecken konnte?« Ray schüttelte den Kopf. »Kannst du dir wirklich vorstellen, wie Adrian so was macht? Wie er, ein seriöser, distinguierter Anwalt auf einen Teller Ziti mit Auberginen in die Arthur Avenue hochfährt? Und wie er sich dort auf dem Klo versteckt? Und woher will er überhaupt wissen, daß Salerno ein natürliches Bedürfnis dorthin verschlagen wird? Ich halte dir ja gern zugute, daß Salerno in einem Alter war, in dem man davon ausgehen kann, daß er zwischen zwei Klobesuchen nicht allzu viel Zeit verstreichen lassen würde, aber trotzdem könnte es einem passieren, daß man ganz schön lange warten müßte. Außerdem war Adrian einfach nicht der Typ, der in so eine Umgebung reinpaßt.«

»Noch ein paar weitere Mutmaßungen«, sagte ich.

»Ich bin ganz Ohr.«

»Vielleicht hat er gar nicht versucht, da reinzupassen. Vielleicht hat er sich das, was er war, zunutze gemacht, anstatt es zu kaschieren. Vielleicht hat er sich ganz direkt mit Salerno in Verbindung gesetzt und ein geheimes Treffen mit ihm verabredet.«

»Unter welchem Vorwand?«

»Ein Verräter in Salernos Reihen. Eine undichte Stelle in der Staatsanwaltschaft. Eine Nachricht von einem hochrangigen Mitglied einer der anderen Mafiafamilien. Wer weiß, was er sich da ausgedacht hat? Für Salerno bestand kein Grund, mißtrauisch zu sein. Wenn er vor einem Draht auf der Hut war, dann von der Sorte, die man mit einem Mikrophon am Körper trägt, und nicht vor der, die man um die Gurgel geschlungen kriegt.«

»Könnte sogar sein, daß er Salerno Ort und Zeitpunkt bestimmen ließ«, spann Ray den Gedanken weiter. »›Ich sorge dafür, daß der Hintereingang offen ist. Und die Toilette ist rechts hinten, am Ende des Flurs.‹«

»Ich weiß nicht mal, ob es dort überhaupt einen Hintereingang gibt«, sagte ich, »aber irgendwie hat er Salerno dazu gebracht, ein Treffen zu arrangieren. Und er hat auch dafür gesorgt, daß Salerno keinem Menschen davon erzählte.«

»Also verschafft ihm auch hier seine Identität Zugang zu seinem Opfer. Genau wie bei Vollmer.«

»Wenn du mich fragst, war das eigentlich die einfachste Möglichkeit, an seine Opfer ranzukommen.«

Ray nickte. »Irgendwie stellt man sich Will wie eine Art Ninja vor, der unsichtbar durch die Straßen huscht, obwohl in diesem Fall ein dreiteiliger Anzug die beste Tarnkappe gewesen sein könnte. Ich nehme mal an, daß du auch nach einem Alibi für den Salerno-Mord gesucht hast. Und ich nehme an, er war nicht Fliegen fischen in Montana?«

»Soweit ich das beurteilen kann, war er hier in New York.«

»Wie acht Millionen andere Menschen auch, von denen du allerdings, soweit ich das sehen kann, keinen eines Mordes beschuldigst. Was ist mit Julian Rashid? Wie könnte Adrian deiner Meinung nach in das Gelände in St. Albans reingekommen sein?«

»Das weiß ich nicht«, mußte ich zugeben. »Vielleicht hatte er einen Plan, wie er Rashid nach draußen locken konnte. Ich weiß nur, daß er nicht dabei gewesen sein kann, als Rashid umgebracht wurde. Er verbrachte den Abend mit« – ich zog mein Notizbuch zu Rate – »Henry Berghash und DeWitt Palmer.«

»Mit einem Richter und dem Präsidenten eines College? Wirklich zu schade, daß der Kardinal nicht mitkommen konnte. Ich nehme nicht an, daß die drei in einer Lederschwulenbar in der West Street gelandet sind.«

»Abendessen im Christ Cella's, Sitze in der fünften Reihe beim neuen Stoppard-Stück und danach Drinks im Agincourt. Ein Vermerk in seinem Terminkalender, belegt durch einen Kreditkartenbeleg und den Abschnitt der Theaterkarte.«

»Ist ja toll«, schnaubte Ray. »Du hast es geschafft, ihm für den einen Mord, den Will nicht begangen hat, ein hieb- und stichfestes Alibi zu besorgen.«

»Ich weiß.«

»Meinst du, er hat es so geplant? Daß er wußte, Scipio würde es tun, und sich deshalb sicherheitshalber ein Alibi besorgte?«

»Ich glaube, es war Zufall.«

»Weil es schwerlich belastend ist, ein Alibi zu haben.«

»Allerdings nicht.«

»Genausowenig, wie es belastend ist, für die anderen zwei Morde *kein* Alibi zu haben.«

»Richtig.«

»Aber wir haben einen ausgelassen, nicht wahr? Diese Abtreibungstype. Nur, daß er sicher nicht begeistert gewesen wäre, so genannt zu werden. Die Bezeichung Abtreibungsgegner wäre ihm bestimmt viel lieber gewesen.«

»Beschützer des ungeborenen Lebens.«

»Roswell Berry. Nicht hier ermordet, in unserem fiesen, alten New York, sondern Tausende von Kilometern entfernt, in der Fernsehmarketing-Hauptstadt Amerikas.«

»Omaha?«

»Wußtest du das nicht von Omaha? Immer, wenn sie auf einem Kabelkanal eine Werbung bringen, eine rund um die Uhr besetzte Achthunderter-Nummer, unter der du eine Vegematic Pocket Fisherman-CD mit Roger Whittakers größten Hits bestellen kannst, kriegst du in neun von zehn Fällen jemanden dran, der in einem Büro in Omaha sitzt. Hatte Adrian für den Zeitpunkt von Berrys Ermordung ein Alibi?«

»Ja, hatte er.«

Er zog die Augenbrauen hoch. »Wirklich? Das widerlegt doch deine ganze Theorie, oder nicht?«

»Nein«, sagte ich, »aber es kommt einem handfesten Beweis am nächsten, und ich halte es sogar für so überzeugend, daß ich mich veranlaßt sah, heute abend hierher zu kommen. Die Sache ist die: Adrian hat zwar ein Alibi für Berrys Ermordung, aber es ist sehr lückenhaft.«

»Er fuhr mit dem Zug nach Philadelphia«, sagte ich. »Hin- und Rückfahrt mit dem Metroliner, und er hatte beide Male einen Platz im Club Car reserviert. Die Fahrkarte hat er mit seiner American Express-Karte bezahlt.«

»Wo ist er in Philly abgestiegen?«

»Im Sheraton, nicht weit von der Independence Hall. Er war drei Nächte dort und hat auch da mit American Express bezahlt.«

»Und in der Zwischenzeit wurde Roswell Berry in Omaha ermordet.«

»Richtig.«

»In – wieviel? – zweitausend Meilen Entfernung?«

»Ungefähr.«

»Nach meinem Verständnis von Logik entlastet das Adrian doch. Wie kommst du darauf, es könnte ihn *be*lasten?«

»Ich werde dir gleich sagen, was er, glaube ich, getan hat. Ich glaube, er fuhr nach Philly, nahm sich ein Hotelzimmer und packte seinen Koffer aus. Dann nahm er, glaube ich, seinen Aktenkoffer und fuhr mit dem Taxi zum Flughafen, wo er einen Ausweis auf den Namen Johnson vorlegte und bar bezahlte. Er flog mit Midwest Express über Milwaukee nach Omaha. Dort nahm er sich im Hilton unter dem Namen Allen Johnson ein Zimmer und legte dabei eine Kreditkarte auf diesen Namen vor; aber als er auscheckte, zahlte er bar. Er traf so früh dort ein, daß er noch jede Menge Zeit hatte, um Berry umzubringen, und er verließ das Hotel, bevor die Leiche gefunden wurde.«

»Und flog nach Philadelphia zurück«, sagte Ray. »Und packte seinen Koffer, zahlte seine Hotelrechnung und fuhr nach New York zurück.«

»Richtig.«

»Und du hast keine Beweise dafür, daß er in dem Zeitraum, in dem Mr. Johnson entweder in Omaha oder auf dem Weg dorthin war, in Philadelphia war?«

»Nicht einen einzigen«, sagte ich. »Keine Telefonate auf seiner Hotelrechnung, keine Restaurantrechnungen, die von seiner Kreditkarte abgebucht wurden, rein gar nichts, was außer der Tatsache, daß er für ein Hotelzimmer bezahlt hat, seinen Aufenthalt in der Stadt bestätigen könnte.«

»Wahrscheinlich gibt es auch kein Zimmermädchen, das sich erinnern kann, ob in seinem Bett jemand geschlafen hat.«

»Nach so langer Zeit? Die würde sich höchstens daran erinnern, wenn sie mit ihm darin geschlafen hätte.«

»Matt, warum ist er nach Philly gefahren? Du sagst, um sich ein Alibi zu beschaffen, soviel ist mir klar. Aber was war sein vordergründiger Anlaß dafür?«

»Verschiedene geschäftliche Termine. Im Terminkalender auf seinem Schreibtisch waren vier oder fünf eingetragen.«

»Oh?«

»Zeiten und Nachnamen. Ich glaube nicht, daß es richtige Termine waren. Ich glaube, sie waren fingiert. Ich habe die Namen in seinem Rolodex gesucht, konnte aber keinen finden. Außerdem habe ich seine Telefonrechnungen durchgesehen, die für seinen Privatanschluß und die für die Kanzlei. Das einzige Gespräch, das er innerhalb des fraglichen Zeitraums mit Philadelphia geführt hat, war der Anruf im Sheraton, um sein Zimmer zu reservieren.«

Ray dachte nach. »Angenommen, er hat sich in Philadelphia mit jemandem getroffen. Mit einer verheirateten Frau. Er könnte sie von einer Zelle aus angerufen haben, weil ...«

»Weil ihr Mann Adrians Telefonrechnungen überprüfen könnte?«

Er fing noch mal von vorne an. »Er kann sie überhaupt nicht anrufen. Sie muß ihn anrufen, und deshalb tauchen die Gespräche mit ihr auch nicht auf seiner Telefonrechnung auf. Die Termine in seinem Kalender sind Verabredungen mit ihr. Die Namen sind erfunden, damit niemand, der in seinen Terminkalender sieht, ihren Namen erkennt. Er fährt nach Philly und verläßt die ganze Zeit sein Hotelzimmer nicht; sie kommt ihn besuchen, wenn sie kann, und jemand anderer, der Johnson heißt, fliegt nach Omaha und wieder zurück, und nicht, weil er Will ist, sondern weil er mit Warren Buffet ein paar größere Investitionen besprechen will.«

»Und Adrian bleibt die ganze Zeit auf seinem Zimmer, ohne sich mal vom Zimmerservice ein Sandwich bringen zu lassen? Oder eine Packung Nüsse aus der Minibar?«

Ich ging es noch mal durch, ließ ihn seine Einwände vorbringen und schmetterte sie postwendend ab.

»Allen Johnson«, sagte Ray schließlich. »Ist das richtig? Allen?«

»Im Hilton Allen, am Flugschalter nur die Initialen.«

»Wenn du in Adrians Schreibtisch eine Brieftasche mit Papieren auf diesen Namen fändest, würde ich sagen, du hast was an der Hand.«

»Er könnte sie in seinem Kleiderschrank versteckt haben«, sagte ich, »oder in einem Bankschließfach. Aber ich schätze, er hat sie verschwinden lassen, als er wußte, er brauchte sie nicht mehr.«

»Und wann war das? Als er aus Omaha zurückkam?«

»Oder als er den Brief schrieb, in dem er sich selbst zu Wills letztem Opfer bestimmte. Oder noch später. Wäre schön, wenn er auf der Liste der Personen auftauchen würde, die in jüngster Zeit Zyanid gekauft haben.«

»Woher könntest du so eine Liste bekommen?«

»Man müßte sie erst zusammenstellen, was aber höchstwahrscheinlich schon jemand getan hat, nachdem die Obduktion ergeben hatte, daß Adrian an einer Zyanidvergiftung gestorben ist. Wir können davon ausgehen, daß sein eigener Name nicht auf dieser Liste stand, denn das hätte längst für Schlagzeilen gesorgt. Daran hat er bestimmt gedacht. Wenn er sich ausweisen mußte, um das Zyanid zu kaufen, hat er es bestimmt unter einem anderen Namen getan.«

»Und er dürfte sich eigentlich nichts dabei gedacht haben, es wieder als Allen Johnson zu tun.«

»Außer er hatte die falschen Ausweise bereits vernichtet. Jedenfalls kann ich mir nicht vorstellen, daß er sich allzu große Sorgen gemacht hat, jemand könnte einen Zusammenhang zwischen den beiden Johnsons herstellen, zwischen dem aus einem Hotel in Omaha und dem aus den Eintragungen über Giftverkäufe in New York.«

»Allerdings nicht.«

Er entschuldigte sich kurz, und als er zurückkam, sagte er, er könne wirklich von Glück reden – niemand habe ihm auf der Toilette mit einer Garotte aufgelauert.

»Aber ich wäre sowieso nicht auf seine Liste gekommen«, sagte er. »Und sei es nur, weil bereits ein Strafverteidiger drauf war. Überhaupt eine ziemlich eklektische Auswahl, findest du nicht auch?«

»Sehr sogar.«

»Ein psychopathischer Sexualmörder, ein Mafiaboß, ein militanter Abtreibungsgegner und ein schwarzer Unruhestifter. Schon die ganze Zeit versuchen alle den gemeinsamen Nenner herauszubekommen. Man könnte meinen, er würde erkennbar, wenn man weiß, wer es war, aber er ist trotzdem noch schwer auszumachen.«

»Einen richtigen Grund brauchte er eigentlich nur für den ersten«, sagte ich. »Und den hatte er ja. Noch während ihn wegen seiner Rolle bei Richie Vollmers Freispruch das schlechte Gewissen plagte, erschien McGraws Kolumne. Das gab für ihn den Ausschlag, zur Tat zu schreiten. Zu diesem Zeitpunkt hatte er wahrscheinlich noch vor, nur einen Mord zu begehen.«

»Und was ist dann passiert?«

»Ich glaube, daß es ihm dann Spaß machte.«

»Du meinst, er bekam einen richtigen Kick davon. Anwalt mittleren Alters stellt plötzlich fest, er hat die Seele eines Psychopathen?«

Ich schüttelte den Kopf. »Ich kann mir nicht vorstellen, daß er darum zu töten begann. Aber ich glaube, er fand es befriedigend.«

»Befriedigend.«

»Ich glaube schon, ja.«

»Leute umzubringen, die es verdient hatten; die Welt zu einem besseren Ort zum Leben zu machen? Ist es das, was du meinst?«

»Etwas in der Art.«

»Kann schon sein, daß das befriedigend ist«, sagte er. »Vor allem für einen Mann, der selbst nicht mehr lange zu leben hat. ›Was kann ich tun, um die Welt zu verbessern, bevor ich sie endgültig verlasse? Also, ich könnte zum Beispiel diesen Dreckskerl unschädlich machen. Und wenn ich auch nicht ewig lebe, habe ich wenigstens dich überlebt, du Schwein.‹«

»So in etwa. Der erste ist Vollmer. Den zweiten bringt er um, weil er es wieder tun möchte; also sucht er sich jemanden aus, dem das Gesetz nichts anhaben kann. Er hatte im weitesten Sinn bereits mit Patsy Salerno zu tun gehabt und einen extrem schlechten Eindruck von dem Mann gewonnen.«

»Und danach?«

»Ich glaube, seine Gründe wurden immer fadenscheiniger. Nummer drei und vier waren ähnlich unantastbar. Roswell Berry trug eindeutig die Mitschuld am Tod mehrerer Abtreibungsärzte, ohne daß er rechtlich dafür belangt werden konnte. Allerdings glaube ich nicht, daß Adrian persönliche Gründe hatte, es sei denn, er kannte einen der Ärzte oder war, was das Thema Abtreibung angeht, besonders stark engagiert.«

»Seine Schwester«, sagte Ray plötzlich.

»Seine Schwester? Ich dachte, er hätte keine Geschwister gehabt.«

»Er hat mir einmal von ihr erzählt. Das ist allerdings schon ziemlich lange her: als er noch wesentlich mehr getrunken hat als ein Glas pro Tag. Er hatte schon damals eine Schwäche für Single Malt Scotches, obwohl ich dir nicht mehr die Marke sagen könnte.« Plötzlich grinste er. »Aber an den Geschmack kann ich mich noch erinnern. Da staunst du, was? Wir waren beide schon ziemlich voll, als er mir von seiner Schwester zu erzählen begann. Sie war zwei oder drei Jahre älter als Adrian. Sie lebte nicht mehr zu Hause, als sie starb, sondern war schon auf dem College, und Adrian machte gerade sein letztes Jahr auf der High School.«

Ich bildete mir zwar ein, ich wüßte bereits, wie die Geschichte weiterging, aber ich fragte trotzdem: »An was ist sie gestorben?«

»An einer Blutvergiftung. Eine dieser Infektionen, die sich blitzschnell im ganzen Körper ausbreiten. Das war alles, was sie ihm damals erzählt hatten. Die ganze Wahrheit erfuhr er erst Jahre danach von seiner Mutter. Sie wollte es ihm nicht erzählen, solange sein Vater noch lebte, aber wahrscheinlich kannst du es dir längst selber denken.«

»Ja.«

»Eine Blutvergiftung nach einer illegalen Abtreibung. Hat dieses Erlebnis Adrian zu einem Streiter für die Legalisierung der Abtreibung gemacht? Nicht, daß man davon etwas gemerkt hätte. Vielleicht hat er ab und zu einen Scheck ausgestellt oder für oder gegen einen Kandidaten gestimmt, je nach dem, welchen Standpunkt er in dieser Frage vertrat, aber mit Sicherheit hat er nicht reihenweise Petitionen und offene Briefe unterschrieben, und ich habe ihn auch nie in der Fifth Avenue vor St. Patrick demonstrieren sehen.«

»Aber als es dann darum ging, eine kleine Liste zusammenzustellen ...«

Er nickte. »Klar. Warum nicht? ›Der ist für dich, Schwesterherz.‹« Er unterdrückte ein Gähnen. »Komisch. Als ich noch getrunken habe, wurde ich nie müde. Da konnte ich mich problemlos ganze Nächte lang unterhalten.«

»Ich werde mich jetzt mal auf den Heimweg machen, damit du zu deinem Schlaf kommst.«

»Setz dich«, sagte er. »Wir sind noch nicht fertig. Außerdem brauchen wir ein bißchen mehr Kaffee.«

»Du hast noch absolut nichts, was man auch nur ansatzweise als Beweis bezeichnen könnte«, sagte Ray Gruliow. »Selbst um Anklage zu erheben, ist das noch viel zu wenig, von einer Verurteilung erst gar nicht zu reden.«

»Das ist mir durchaus klar.«

»Was zugegebenermaßen auch schnurzegal ist, nachdem der Angeklagte nicht mehr unter den Lebenden weilt.« Er ließ sich in seinen Sessel zurücksinken. »Aber du willst ja auch gar nicht, daß es dir irgendwelche Geschworenen abnehmen, oder? Du willst es nur mir andrehen.«

»Und?«

»Ich glaube fast, ich kaufe es dir ab.«

»Du könntest jederzeit die erforderlichen Beweise beschaffen«, fuhr ich fort, »wenn du nur genügend Männer mit einer Dienstmarke zur Verfügung hast, die nach ihnen suchen. Laß ein paar Dutzend Fotos von Adrian machen und zeig sie Leuten in Flughäfen und Hotels, und früher oder später findest du jemanden, der sich an ihn erinnert. Beschaff dir die NYNEX-Unterlagen über die Ortsgespräche, die er von seiner Wohnung und seiner Kanzlei aus geführt hat. Wahrscheinlich hat er die meisten Anrufe von Telefonzellen aus gemacht, aber es könnten auch ein paar darunter sein, die in Zusammenhang mit seinen Aktivitäten als Will stehen. Laß seine Wohnung und seine Kanzlei, was mir unter den gegebenen Umständen nicht möglich war, gründlichst durchsuchen, und wer weiß, was für konkrete Beweise du finden wirst.«

»Und was ist nun eigentlich die Frage?«

»Die Frage ist, was mache ich mit diesem schlafenden Hund?«

»Normalerweise läßt man sie eigentlich schlafen.«

»Ich weiß.«

»Adrian ist tot, und Will hat sich offiziell zur Ruhe gesetzt. Hat er jedenfalls in seinem letzten Brief geschrieben. Was hat er eigentlich gemacht? Ihn auf dem Heimweg vom Gericht eingeworfen?«

»So sieht es aus.«

»Schreibt den Brief, klebt eine Marke drauf, trägt ihn mit sich rum. Dann geht der Prozeß zu Ende, weil sich sein Mandant, was ihm sehr zupaß kommt, auf einen Deal einläßt und er das Handtuch werfen muß. Also gibt er den Brief auf, fährt nach Hause und macht sich bereit für den letzten Akt.«

»Vorher ruft er noch mich an«, flocht ich ein.

»Richtig. Vorher ruft er noch dich an und sagt, er findet es schade, daß er nicht mehr Zeit hat. Dann geht er her und sorgt dafür, daß sein Leibwächter sieht, wie er sein letztes Glas trinkt und auf dem Teppich landet. Das mit der falschen Postleitzahl auf dem Brief an die *News?* Glaubst du, er wollte die Auslieferung des Briefs verzögern?«

Ich schüttelte den Kopf. »Ich glaube nicht. Woher sollte er wissen, daß es tatsächlich diesen Effekt hätte? Bei den Mengen von Post, die die Zeitung kriegt, war keineswegs auszuschließen, daß nicht irgendwo ein Sortierer den Brief sehen und in das richtige Fach legen würde. Ich glaube, er hat einfach versehentlich eine falsche Postleitzahl draufgeschrieben.«

»Wahrscheinlich war er ja auch mit anderen Dingen beschäftigt.« Er wandte sich mir zu und sah mich forschend an. »Weißt du, ich glaube, du solltest mit dem, was du hast, zur Polizei gehen.«

»Wieso sagst du das?«

»Weil sie sonst monatelang falschen Spuren folgen und falschen Anhaltspunkten nachgehen. Wie viele Männer haben sie wohl auf Will angesetzt?«

»Keine Ahnung.«

»Jedenfalls nicht gerade wenige.«

»Das würde ich auch sagen.«

»Du könntest sie natürlich auch ihre Zeit sinnlos vertun lassen«, fuhr er fort, »weil du denkst, das würde sie daran hindern, jemand anderem Ärger zu machen, obwohl ich gar nicht weiß, ob das wirklich stimmt. Wer weiß schon, wie vieler Leute Leben sie bei der Suche nach Will bis ins kleinste durchleuchten werden?« Er gähnte. »Da ist allerdings noch ein wichtiger Punkt, der in diesem Zusammenhang zu berücksichtigen wäre. Wer ist dein Klient? Wie dienst du seinen Interessen am besten?«

»Der einzige Klient, den ich hatte, war Adrian.«

»Na, und du hast den Fall nicht abgegeben, und er hat dich nicht gefeuert. Also würde ich sagen, er ist immer noch dein Klient.«

»Wenn man es unter diesem Gesichtspunkt betrachtet, sollte ich die Sache lieber auf sich beruhen lassen.«

Er schüttelte den Kopf. »Ich finde, da übersiehst du was, Matt. Warum hat dich Adrian engagiert?«

»Ich hatte ihm ein paar Tips gegeben, wie er sich am besten schützen könnte. Und weil ich kein Geld dafür nehmen wollte, hat er versucht, mich auf diesem Weg für meine Bemühungen zu bezahlen.«

»Wofür hat er dich engagiert?«

»Daß ich Ermittlungen anstelle. Ich habe ihm allerdings gesagt, ich rechnete nicht damit, daß dabei viel herauskäme.« Mir fiel etwas ein. »Er spielte auf meine Neigung an, nicht lockerzulassen. Sturheit könnte man es auch nennen.«

»Allerdings. Begreifst du denn nicht? Er wollte, daß du den Fall löst. Er wollte nicht, daß über den Ausgang der Sache Unklarheit herrscht. Er wollte alle in Erstaunen versetzen; das Publikum sollte den Atem anhalten, wenn der Vorhang fiel. Doch dann, nachdem etwas Zeit verstrichen war, wollte er auch Gelegenheit bekommen, vor den Vorhang zu treten und sich zu verbeugen. Und das ist der Punkt, an dem du ins Spiel kommst.«

Ich dachte eine Weile nach. »Ich weiß nicht«, sagte ich schließlich. »Warum hat er dann nicht einfach einen Brief hinterlegt, der so und so viele Tage oder Wochen nach seinem Tod geöffnet werden sollte? Und übrigens, laß uns auch nicht vergessen, daß wir hier über einen mehrfachen Mörder mit Ansätzen von Größenwahn sprechen. Glaubst du im Ernst, du wüßtest, was in seinem Kopf vor sich gegangen ist?«

»Dann vergiß alles mal schnell wieder. Zum Teufel damit, was er wollte und was er nicht wollte. Du bist Detektiv. Deshalb hast du nicht lockergelassen und den Fall gelöst.«

»Falls ich ihn wirklich gelöst habe.«

»Darum wirst du morgen zu deinem Freund Durkin gehen und ihm erzählen, was du hast.«

»Weil ich Detektiv bin.«

»Mhm. Und ich fürchte fast, da kannst du nicht über deinen Schatten springen.«

16

Als wir am nächsten Morgen beim Frühstück saßen, klingelte das Telefon. Elaine ging dran, und es war TJ; er wollte wissen, ob er sie im Laden vertreten sollte. Sie sprach eine Weile mit ihm, dann sagte sie: »Moment«, und gab mir den Hörer.

»Es sind nicht die Pfirsichkerne«, sagte er. »Du mußt den Kern aufknacken, und in dem ist dann noch mal ein kleinerer Kern drin.«

»Wovon redest du überhaupt?«

»Von Zyanid. Das Zeug, das er in die Whiskeyflasche getan hat. Ich weiß zwar nicht, ob du dich mit Pfirsichkernen umbringen könntest, aber mit Aprikosen hat es ein Typ gemacht. Hat nicht mehr als fünfzehn oder zwanzig davon gegessen, und das hat genügt.«

»Aprikosenkerne, meinst du.«

Darauf wurde es kurz still, und ich konnte mir vorstellen, wie er die Augen verdrehte. »Glaubst du nicht, sie würden eine Warnung auf die Packung drucken, wenn man tatsächlich davon sterben kann, daß man fünfzehn oder zwanzig Aprikosen ißt? Der Typ hat die Steine geknackt und die Kerne drin gegessen, und das war dann seine letzte Mahlzeit.«

»Und es war Selbstmord?«

»Das konnten sie nicht mit Sicherheit feststellen. Könnte auch sein, daß er sich vom Krebs heilen wollte. Es gibt da so ein Mittel, das sie aus Aprikosenkernen herstellen, und es gibt Leute, die schwören, es wirkt, und Leute, die schwören, daß es nicht hilft. Laetrile? Kann allerdings sein, daß ich es nicht richtig ausspreche.«

»Davon habe ich mal gehört.«

»Könnte also sein, daß der Typ, der die Kerne gegessen hat, so eine Art Do-it-yourself-Laetrile-Behandlung machen wollte. Aber was wir uns gefragt haben, war ja, ob man sich auf diese Tour umbringen kann – indem man Pfirsichkerne ißt, meine ich –, und wenn man dafür nur fünfzehn oder zwanzig braucht, muß die Antwort eigentlich ja lauten, zumindest bei Aprikosen. Vorausgesetzt, man ist bescheuert genug und probiert es.«

»Irgendwie kann ich mir nicht vorstellen, daß Adrian das Zyanid aus Aprikosenkernen gewonnen hat.«

»Nein, aber es bleiben trotzdem noch jede Menge anderer Möglichkeiten, wie er sich welches beschafft haben könnte. Wie sich herausgestellt hat, gibt es alle möglichen industriellen Anwendungsmöglichkeiten für dieses Zeug.« Er zählte mir ein paar davon auf. »Also könnte sein Name oder der von Allen Johnson auf einer Liste auftauchen, oder auch nicht. Weil's nämlich so viele Möglichkeiten gibt, sich das Zeug zu beschaffen.«

»Woher weißt du das alles?«

»Aus dem Computer.«

»Du hast doch keinen Computer.«

»Aber dieses Mädchen hat einen.«

»Was für ein Mädchen?«

»Ein Mädchen, das ich kenne. Sie ist nicht wie die Kongs, kein Hacker, sie hat keine Ahnung, wie man irgendwelche ausgefallenen Sachen macht, sich in Networks und Datenbanken reinschleichen und so. Sie benutzt ihn nur, um ihre Schulaufgaben zu machen und sich über ihren Kontostand auf dem laufenden zu halten und lauter solchen Scheiß.«

»Und du hast den Computer gefragt, was er über Pfirsichkerne und Zyanid weiß, und dann hat er das alles ausgespuckt?«

»Einen Computer fragt man nichts. Ein Computer ist nur eine Maschine.«

»Ach so.«

»Sie hat so einen On-line-Service, weißt du, und da loggst du dich ein und siehst dir die Nachrichten auf den verschiedenen Anschlagtafeln an. Und wenn du jemanden findest, der deine Frage vielleicht beantworten könnte, schickst du ihm eine E-Mail. Und er antwortet dir per

E-Mail. So, wie wenn du mit jemand redest, bloß daß es auf dem Bildschirm ist.«

»Aha.«

»Und was du noch machen kannst, du kannst eine Frage ans Schwarze Brett hängen, und andere Leute posten ihre Antworten, und du kannst sie später abholen. Oder sie schicken sie dir mit E-Mail sofort zu. Egal, was du wissen willst, irgend jemand da draußen hat die Antwort.«

»Aha.«

»Natürlich kannst du auch mal Pech haben und eine *falsche* Antwort kriegen, weil auch Leute antworten, die keine Ahnung haben. Diese ganze Geschichte mit den Aprikosenkernen darfst du also nicht unbedingt für bare Münze nehmen. Kann durchaus sein, daß da verschiedenes nicht stimmt.«

»Verstehe.«

»Jedenfalls sind das lauter Dinge, die ich grade gelernt habe, drum dachte ich mir, vielleicht interessiert es dich ja auch. Ich bin nachher bei Elaine im Laden, falls du mich brauchst.«

Ich trank meinen Kaffee aus und war gerade auf dem Weg zur Tür hinaus, als das Telefon klingelte.

Es war Joe Durkin. »Wir müssen miteinander reden«, sagte er.

»Ich wollte gerade bei dir vorbeikommen.«

»Komm nicht hierher. Erinnerst du dich noch diesen Griechen, in dem wir uns mal getroffen haben? In der Eighth zwischen Forty-fourth und Forty-fifth. An den Namen kann ich mich nicht mehr erinnern; sie haben ihn geändert, als sie das Lokal renoviert haben, aber es ist immer noch der gleiche Laden.«

»Ich weiß, welchen du meinst. Auf der Ostseite der Eighth.«

»Genau. In zehn Minuten?«

»Okay. Der Kaffee geht auf meine Rechnung.«

»Ich möchte nur klare Antworten«, sagte er. »Wer den Kaffee zahlt, ist mir scheißegal.«

Er saß bereits in einer Nische, als ich das Lokal betrat. Er hatte eine Tasse Kaffee vor sich stehen und einen Gesichtsausdruck aufgesetzt, aus dem ich nicht schlau wurde. Er sagte: »Ich will wissen, was du über Will weißt.«

»Wieso denn das plötzlich?«

»Ich habe heute früh einen Anruf gemacht. Ich dachte, ich frage mal, ob der Name Allen Johnson auf einer der Listen steht, die sie bei der Giftüberwachung führen.«

»Ich nehme mal an, der Name hat sie hellhörig gemacht.«

»Der Name? Von wegen. So weit bin ich gar nicht gekommen. Bevor ich noch was sagen konnte, löcherten die mich wie ein Stück Schweizer Käse. Was ich über Will weiß? Was ich habe und woher ich es habe?«

»Was hast du ihnen erzählt?«

»Daß ich im Zuge der Ermittlungen zu einem anderen Fall von einer Quelle etwas gehört habe. Ich weiß nicht mehr genau, was ich gesagt habe. Deinen Namen habe ich jedenfalls nicht erwähnt, wenn es das ist, was dich interessiert.«

»Gut.«

»Ich habe dich da nur rausgehalten, weil ich erst wissen will, was ich ihnen da gebe, bevor ich dich rausrücke. Woher weißt du, daß dieser Allen Johnson Will ist, und wie bist du auf ihn gekommen, und wer ist der Kerl überhaupt?« Als ich zögerte, fuhr er fort. »Und verschweige mir bloß nichts, Matt. Wenn du mir hier irgendwelchen Scheiß erzählen willst, such dir dafür lieber einen anderen aus, ja? Und wenn du irgendwas hast, also, dieses Schwein hat schon vier Menschen umgebracht. Sitz hier also nicht däumchendrehend rum, während er noch mehr Leute umbringt.«

»Er wird niemanden mehr umbringen.«

»Warum? Weil er uns sein Wort gegeben hat? Er bringt zwar reihenweise Menschen um, aber mit der Wahrheit nimmt er es sehr genau?«

»Die Tage des Tötens sind vorbei.«

»Und du weißt ganz sicher, daß er es sich nicht noch mal anders überlegt?«

»Das kann er nicht mehr.«

»Warum?«

»Weil er tot ist. Der letzte Mensch, den er umgebracht hat, war er selbst. Ich erzähle dir keinen Scheiß, und ich verschweige dir auch nichts. Will war Adrian Whitfield. Er hat drei Menschen umgebracht und dann sich selbst.«

Joe sah mich an. »Mit anderen Worten, Fall erledigt. Ist es das, was du sagen willst?«

»Es dürfte noch einige Arbeit eurerseits nötig sein, um eine solide Beweislage zu schaffen, aber ...«

»Aber Will ist Geschichte, und die Bewohner dieser großen Stadt können wieder unbesorgt in ihren Betten schlafen. Ist das so, Matt?«

»Wenn man den Ton hört, in dem du das sagst, ganz offensichtlich nicht. Was weißt du?«

»Was ich weiß? Ich weiß rein gar nichts. Ich könnte dir sagen, was sie im Präsidium wissen, außer daß du dir das selber denken kannst, wenn ich dir sage, von wem sie es wissen. Von unserem alten Freund Martin J. McGraw.« Ich sah ihn an, und er nickte. »Genau«, sagte er. »Will hat wieder einen Brief geschrieben.«

17

Der Brief war offensichtlich geschrieben worden, nachdem sein Verfasser Marty McGraws letzte Kolumne gelesen hatte, diejenige, die mit der versteckten Aufforderung an Will geendet hatte, dem Besitzer der New York Yankees mal ordentlich die Leviten zu lesen. »Ein offener Brief an Marty McGraw«, war er überschrieben, und er begann mit einem Verweis auf den letzten Satz von McGraws Kolumne. »Sie fragen sich, wo ich jetzt bin. Die Frage beantwortet sich von selbst, wenn Sie sich nur vor Augen halten wollen, was ich bin. Der Wille des Volkes ist ständig präsent, genau so, wie er ständig gebraucht wird. Die spezielle Verkörperung dieses Willens in Fleisch und Blut, die diese Zeilen schreibt und die sich in den letzten Monaten mehrere Male einzuschreiten genötigt sah, ist nichts weiter als eine physische Manifestation dieses Willens.«

Auf diese abstrakte Tour machte er noch ein oder zwei Absätze weiter, bevor er konkret wurde. Ungeachtet der Überschrift war Marty McGraw nicht sein nächstes Opfer. Und auch nicht der arrogante Besitzer der Yankees. Statt dessen nannte er drei New Yorker, denen er vorwarf, dem öffentlichen Wohl aufs nachhaltigste zu schaden. Der erste war Peter Tully, der Chef der Transit Workers Union, der bereits jetzt damit drohte, das neue Jahr mit einem Streik der Busse und U-Bahnen einzuleiten. Der zweite auf der Liste war Marvin Rome, ein Richter, der nie einem Angeklagten begegnet war, den er nicht mochte. Der letzte Name war der von Regis Kilbourne, dem langjährigen Theaterkritiker der *New York Times*.

Stunden später bekam ich endlich eine Kopie des Briefs zu sehen. »Wenn du weiter so deinen Kopf schüttelst«, sagte Joe Durkin, »mußt du dich am Ende noch wegen eines selbst beigebrachten HWS-Traumas verklagen.«

»Nie im Leben hat Will diesen Brief geschrieben.«

»Das hast du bereits gesagt. Und in aller Ausführlichkeit, soviel ich mich erinnern kann.«

Wir hatten den Tag in einem Besprechungsraum des Polizeipräsidiums verbracht, wo ich meine Geschichte immer wieder anderen Teams von Detectives erzählen mußte. Einige benahmen sich respektvoll, während andere zynisch und herablassend waren, aber egal, wie sie sich mir gegenüber verhielten, hatte ich immer das Gefühl, daß jeder eine Rolle spielte. Sie kamen mir alle unglaublich jung vor, und wahrscheinlich waren sie es auch. Ihr Durchschnittsalter mußte um die fünfunddreißig gewesen, womit ich ihnen gute zwanzig Jahre voraus hatte.

Ich weiß nicht, warum sie mir die immer gleichen Fragen ganz so oft stellen mußten, wie sie das taten. Bis zu einem gewissen Teil diente es wahrscheinlich dem Zweck festzustellen, ob ich mir vielleicht widersprach oder irgendwelche zusätzlichen Informationen preisgab, aber irgendwann bekam das Ganze etwas Eingefahrenes. Es war einfacher, meine Geschichte noch ein paarmal durchzugehen, als sich was Neues einfallen zu lassen.

In der Zwischenzeit waren andere Leute damit beschäftigt, andere Dinge zu tun. Sie schickten ein Team los, um Adrians Wohnung zu durchsuchen, und ein anderes, um seine Kanzlei auf den Kopf zu stellen. Sein Foto wurde nach Omaha und Philadelphia gefaxt und nach Milwaukee, dem Drehkreuz von Midwest Express. Sie hielten mich zwar nicht auf dem laufenden, aber es müssen wohl bestätigende Beweise aufgetaucht sein, weil sich irgendwann im Lauf des Nachmittags ihre Einstellung mir gegenüber änderte. Das war, als ihnen klarzuwerden begann, daß die Geschichte, die ich ihnen aufgetischt hatte, mehr war als nur eine künstliche Nebelwand.

Joe war die ganze Zeit dabei. Er war zwar nicht immer in dem Besprechungsraum, und irgendwann dachte ich, er wäre nach Hause gegangen oder zurück nach Midtown North. Aber er kam zurück und brachte mir ein Sandwich und einen Container Kaffee mit. Nach einer Weile verschwand er wieder, aber er hatte es sich nur auf einem Stuhl im Vorzimmer bequem gemacht, als sie mich endlich nach Hause schickten.

Wir gingen ein paar Blocks zu Fuß, zeigten ein paar beliebten Polizistenkneipen die kalte Schulter und landeten schließlich an der Bar des vietnamesischen Restaurants in der Baxter Street. Der Laden war praktisch leer, nur an einem Tisch las ein Mann Zeitung, und ein anderer saß am hinteren Ende der Bar vor einem Bier. Die Frau hinter dem Tresen sah exotisch aus und ziemlich gelangweilt. Sie machte Joe einen Martini und mir ein Coke und ließ uns allein.

Joe trank ein Drittel seines Martini und hielt das Glas hoch. »Ich habe dieses Zeug da nicht etwa bestellt, weil es mir schon jemals geschmeckt hätte, sondern weil ich nach einem Tag wie diesem was brauche, was mir ordentlich eins vor die Birne gibt.«

»Ich weiß, was du meinst«, sagte ich. »Drum habe ich mir ein Coke bestellt.«

»Im Ernst? Erzähl mir bloß nicht, du hast nie das Bedürfnis nach was Stärkerem.«

»Ich habe massenweise Bedürfnisse«, sagte ich. »Und?«

»Und nichts.« Er deutete mit dem Kopf auf die Bardame und sagte: »Apropos Bedürfnisse.«

»Oh?«

»Was meinst du? Schwarzer Vater, vietnamesische Mutter?«

»Etwas in der Richtung.«

»Ein einsamer GI, fern der Heimat. Ein Mädchen, jung an Jahren, aber reich an uralten Weisheiten des Ostens. Ich will dir mal was sagen. Es ist schon komisch. Du siehst jemanden, der so exotisch aussieht, und du denkst automatisch, mit so jemand müßte es irgendwie was Besonderes sein. Aber das bildet man sich bloß ein.«

»Jetzt hast du dir Wolken von beiden Seiten angesehen.«

»Du kannst mich mal.«

»Das sagt mir jeder.«

»Ja, und ich verstehe auch, warum. Hier, ich habe eine Kopie davon. Ich glaube nicht, daß ich ihn dir zeigen sollte, und ich *weiß* sogar, daß ich ihn dir nicht zeigen sollte, aber ich gehe jede Wette ein, daß er morgen früh in der Zeitung steht, also, warum solltest du der letzte in der ganzen Stadt sein, der ihn zu sehen kriegt?«

Und er gab mir Wills Brief.

»Es paßt hinten und vorne nicht«, sagte ich. »Das hat Will nicht geschrieben.«

»Wenn Will Whitfield war«, sagte Joe, »und wenn sich Whitfield nicht bloß tot stellt, dann versteht sich das natürlich von selbst. Dann kann er es nicht geschrieben haben. Tote schreiben keine Briefe.«

»Sie können höchstens welche schreiben, bevor sie sterben. Einmal hat er das ja bereits gemacht.«

Joe nahm mir den Brief aus der Hand. »Bloß bezieht er sich auf die gestrige Kolumne McGraws, Matt. Und er spielt auf Tullys Androhung eines Transportarbeiterstreiks an, die er allerdings erst vor einer Woche oder zehn Tagen ausgesprochen hat.«

»Ich weiß«, sagte ich. »Es gibt jede Menge Beweise, um irgendwelche Theorien zu widerlegen, Whitfield könnte das geschrieben und dann irgendwie dafür gesorgt haben, daß es erst Wochen nach seinem Tod mit der Post verschickt wurde. Aber selbst wenn ich Whitfield nie im Verdacht gehabt hätte, er könnte Will sein, bräuchte man das hier nur kurz überfliegen, um zu wissen, daß es nicht von derselben Person geschrieben worden ist.«

»Findest du? Der Stil ist doch sehr ähnlich.«

»Auch Will Nummer zwei ist sprachlich sehr versiert«, gab ich ihm recht. »Er hat ein gutes Sprachgefühl, und ich schätze, er hat ganz bewußt versucht, Will Nummer eins nachzuahmen. Ich habe die anderen Briefe nicht zur Hand, um sie vergleichen zu können, aber wenn ich mich recht erinnere, kommen mir verschiedene Wendungen recht bekannt vor.«

»So was darfst du mich nicht fragen. Aber ich würde auch sagen, es hört sich irgendwie bekannt an. Bloß, würde nicht jeder, der Will nachmacht, versuchen, wie das Original zu klingen?«

»Aber nicht jeder brächte es fertig.«

»Nicht?« Er hob die Schultern. »Vielleicht ist es schwerer, als es aussieht. Weißt du, er hat nicht nur den Stil imitiert. Er hat auch alles andere richtig hingekriegt. Siehst du die Unterschrift?«

»Sie ist in Schreibschrift geschrieben.«

Er nickte. »Genau wie die anderen. Als sie dir vorhin Löcher in den Bauch gefragt haben, habe ich mit ein paar Kollegen gesprochen. Und da habe ich sie unter anderem gefragt, was bei den Laboruntersuchungen rausgekommen ist.«

»Das frage ich mich schon die ganze Zeit«, sagte ich. »Es dürfte doch sicher nicht allzu schwer nachzuweisen sein, daß der neue Brief mit einer anderen Maschine getippt wurde.«

»Natürlich nicht. Wenn er getippt worden wäre.«

»Wenn nicht«, sagte ich, »hat er aber eine komische Handschrift.«

»Ich meine, mit einer Schreibmaschine getippt, was er nicht ist – übrigens genausowenig wie die früheren Briefe. Sie wurden mit einem Computer geschrieben und mit einem Laserdrucker ausgedruckt.«

»Können sie den Computer und den Drucker denn nicht identifizieren?«

Er schüttelte den Kopf. »Bei einer Schreibmaschine nutzen sich die einzelnen Buchstaben unterschiedlich ab, und der eine oder andere ist nicht mehr ganz gerade, oder das E oder O ist verdreckt. Oder der Schrifttyp ist anders. Eine Schreibmaschine ist wie ein Fingerabdruck; da ist jede anders.«

»Und ein Computer?«

»Mit einem Computer kannst du jedesmal einen anderen Schrifttyp wählen, du kannst die Schrift größer oder kleiner machen, indem du auf die oder die Taste drückst.

Siehst du, daß die Unterschrift in Schreibschrift ausgedruckt ist? Dazu brauchst du nur auf eine Schreibschrift umzuschalten.«

»Demnach läßt sich also nicht feststellen, ob zwei Briefe aus demselben Computer kommen?«

»Ich bin da auch nicht hundertprozentig auf dem laufenden«, sagte er, »aber verschiedenes läßt sich doch feststellen. Bei Wills Briefen, bei denen von Will Nummer eins, glauben sie, daß sie mit mehr als einem Drucker gedruckt wurden.«

Darüber erzählte er mir noch eine ganze Menge mehr, als ich aufnehmen konnte: daß man zum Beispiel einen Brief auf einem Computer aufsetzen konnte, ihn auf eine Diskette kopieren und dann mit einem anderen Computer und Drucker ausdrucken konnte. Ich hörte nicht allzu genau hin, und schließlich hob ich die Hand, um ihn zu stoppen.

»Bitte«, sagte ich, »ich kann Computer auf den Tod nicht ausstehen. Ich kann mich mit TJ nicht unterhalten, ohne daß ich mir anhören muß, wie toll die Dinger sind. Es ist mir egal, was für ein Schrifttyp es ist oder was für ein Papier oder ob er in der East Side aufgesetzt wurde und in der West Side ausgedruckt. Mich interessiert nicht mal der Sprachstil. Was so anders ist, daß es einem förmlich in die Augen springt, ist der Inhalt.«

»Wie meinst du das?«

»Seine Liste.«

»Der richtige Will schrieb offene Briefe an die Opfer«, sagte Joe. »Der hier schreibt an McGraw. Außerdem führt er gleich drei auf einmal auf.«

»Mhm. Und sieh dir mal an, wer auf der Liste steht.«

»Peter Tully, Marvin Rome und Regis Kilbourne.«

»Whitfield hat Leute ausgesucht, die dem Zugriff der Gesellschaft entzogen waren. Ein Kindermörder, der ungestraft davonkam. Ein Mafiaboß, dem sie nichts anhaben konnten. Ein Abtreibungsgegner, der zum Mord aufrief und nicht zur Verantwortung gezogen werden konnte. Ein rassistischer Unruhestifter, der genau wie die anderen einen Weg gefunden hatte, dem System eins auszuwischen.«

»Und ein Strafverteidiger.«

»Whitfield paßte eigentlich nicht auf die Liste. Schon das hätte Grund genug sein müssen, ihn zu verdächtigen. Aber ohne ihn haben wir vier Leute, die zweifellos als Feinde der Gesellschaft betrachtet werden können, Leute, denen mit rechtlichen Mitteln nicht beizukommen war. Man könnte durchaus sagen, daß Will tatsächlich den Willen des Volkes in die Tat umgesetzt hat.«

»Und die neue Liste?«

»Ein Gewerkschaftsführer, ein Richter und ein Kritiker. Stehen die etwa in einer Reihe mit Jack the Ripper und Attila, dem Hunnenkönig?«

»Ach, wieso eigentlich nicht.« Joe stürzte den Rest seines Martini hinunter, fing den Blick der Bardame auf und deutete auf sein Glas. »Ich könnte mir schon vorstellen, daß es ein paar Leute gibt, die nicht gerade in Tränen ausbrächen, wenn Richter Rome in den großen Gerichtssaal im Himmel käme. Dieser Saftsack hat damit Karriere gemacht, daß er im Zweifelsfall nie für einen Polizisten entschieden hat. Setzt die Kautionen immer so niedrig an, wie es nur geht, und schmettert Verfahren ab, wie es ihm paßt.«

»Der Mann ist Richter«, sagte ich, »und wurde in sein Amt gewählt. Wenn es die Leute wirklich wollten, könnten sie ihn wieder abwählen. Und eines Tages werden sie das wahrscheinlich auch machen.«

»Aber nicht früh genug.«

»Was ist mit Peter Tully?«

»Ein aufgeblasenes Arschloch«, sagte Joe. »Was hat Will gleich wieder über ihn geschrieben? ›Mit der Drohung, einen Schraubenschlüssel in die Maschinerie des städtischen Transportwesen zu werfen, erpressen Sie aus purer Machtgier die ganze Stadt.‹ Ich weiß nicht, vielleicht ist es mit den Nachahmungskünsten von Will Nummer zwei doch nicht so weit her. Jedenfalls kann ich mir nicht vorstellen, daß Nummer eins so einen Satz geschrieben hätte.«

»Dann hör dir erst mal seine Anklagepunkte gegen Regis Kilbourne an. ›Ihre Macht über den Broadway ist fast unbegrenzt, und sie hat sie total verdorben. Berauscht davon, geben Sie unweigerlich der Form den Vorzug gegenüber dem Inhalt, dem Stil gegenüber der Substanz und leisten damit vorsätzlich dem Obskuren Vorschub, und zwar auf Kosten des handwerklich sauber gemachten Dramas, das eine Geschichte zu erzählen hat.‹ Danach geht es damit weiter, daß er Schauspieler dafür kritisiert, daß sie äußerlich unattraktiv sind, und wie unfair das alles ist.«

Darüber dachte Joe nach, während das Mädchen seinen Drink brachte. »Es ist nicht nur das Exotische«, sagte er, sobald sie außer Hörweite war. »Sie sieht auch noch umwerfend aus.«

»Du und Regis Kilbourne«, sagte ich, »ihr legt ungebührlich hohen Wert auf die äußere Erscheinung.«

»Wir sind beide zwei richtig oberflächliche Schweine«, gab er mir recht. »Wer um alles in der Welt will schon einen Kritiker umbringen?«

»Jeder, der mal ein Stück geschrieben hat oder in einem aufgetreten ist«, sagte ich. »Und dazu gehören in New York die Hälfte der Kellner und ein Drittel der Barkeeper. Aber ihr Wunsch, ihn umzubringen, hat ungefähr den gleichen Stellenwert, als wenn du Richter Rome den Tod wünschst. Du malst es dir vielleicht in den leuchtendsten Farben aus, und womöglich würde es dir auch nicht das Herz brechen, wenn ein Gesims von einem Hochhaus abbräche und ihm auf den Kopf fiele. Aber du kämst nie auf die Idee, ihn tatsächlich umzubringen.«

»Nein, und wahrscheinlich würde ich auch nicht vor Freude im Karree springen, wenn es jemand anderer täte. Es ist nicht gut fürs System, wenn die Leute anfangen, Richter umzulegen.«

»Oder Kritiker«, sagte ich, »oder Gewerkschaftsführer. Weißt du, was der Unterschied zwischen den zwei Wills ist? Den ersten störte die Unantastbarkeit seiner Opfer, die Art, wie es ihnen gelungen war, das System zu unterwandern. Aber bei diesen dreien kann von einer solchen Unantastbarkeit gar keine Rede sein. Marvin Rome wird nicht für immer auf seinem Richterstuhl sitzen. Wahrscheinlich verpassen ihm die Wähler schon bei der nächsten Wahl einen Tritt in den Hintern.«

»Hoffen wir mal.«

»Und Peter Tully kann die Stadt lahmlegen, aber der Governor kann es ihm mit gleicher Münze heimzahlen. Nach dem Taylor Law kann er jeden einsperren, der Angestellte des öffentlichen Dienstes zur Arbeitsniederlegung aufruft. Kilbourne hat zwar wahrscheinlich bei der *Times* eine Stellung auf Lebenszeit, aber früher oder später wird er wie sein Vorgänger von der Theaterredaktion woandershin rotieren. Diese drei sind also keineswegs unantastbar, und das ist es auch nicht, was den neuen Will so ärgert. Was ihn an diesen drei Männern stört, ist ihre Macht.«

»Ihre Macht?«

»Tully braucht nur auf einen Knopf zu drücken, um die ganze Stadt lahmzulegen. Rome kann Zellentüren aufschließen und Verbrecher wieder auf die Menschheit loslassen.«

»Und Regis Kilbourne braucht einer Schauspielerin nur zu sagen, ihre Nase ist zu groß und ihre Titten zu klein, und schon rennt sie völlig aufgelöst zum nächsten Schönheitschirurgen. Wenn du das Macht nennst?«

»Er kann praktisch bestimmen, welche Aufführungen auf dem Spielplan bleiben und welche abgesetzt werden.«

»Soviel Macht hat er?«

»So ziemlich. Nicht er persönlich, aber aufgrund seiner Position. Egal, wer für die *Times* Stücke rezensiert, hat allein aufgrund seiner Stellung enormen Einfluß. Eine schlechte Besprechung bedeutet zwar nicht notgedrungen das Aus für eine Aufführung, und wenn sie sonst jeder schlecht findet, kann eine begeisterte Kritik nicht unbedingt für volle Kassen sorgen. Aber normalerweise läuft es darauf hinaus.«

»Nicht schlecht.«

»Aber er muß sich ziemlich machtlos vorkommen, findest du nicht auch?«

»Wer? Unser mächtiger Theaterkritiker?«

»Der Mann, der diesen Brief geschrieben hat.«

»Laß mal sehen.« Er nahm den Brief, überflog ihn. »Machtlos, hm?«

»Findest du nicht?«

»Ich weiß nicht. Kann sein, daß es die Jungs vom FBI so ausdrücken würden, wenn sie ein Psychogramm von ihm erstellen würden. Ihn stört die Macht, die andere über ihn haben, und um das Machtgleichgewicht wiederherzustellen, droht er, sie umzubringen. Außerdem hat er als kleiner Junge nachts immer ins Bett gemacht.«

»Komisch, woher sie das immer wissen.«

»Also ob einem das helfen würde, den Kerl zu finden. ›Hey, das FBI sagt, unser Mann hat früher immer ins Bett gemacht. Ihr haltet jetzt also alle mal Ausschau nach einem ehemaligen Bettnässer.‹ Wirklich ein verdammt nützliches Detail, wenn du eine Fahndung einleitest, aber sie kommen jedesmal damit an.«

»Ich weiß.«

»Zusammen mit der Information, daß er aus dysfunktionellen Familienverhältnissen stammt. Meine Herren, das ist auch eine riesige Hilfe. Dysfunktionelle Familienverhältnisse, also wirklich, wer hat so was schon mal gehört?«

»Wenn du aus dysfunktionellen Familienverhältnissen kämst«, sagte ich, »würdest du auch nachts ins Bett machen.«

»Und obendrein auch noch gleich ein paar Leute umbringen. Das gehört alles zusammen.« Er sah stirnrunzelnd auf den Brief. »Machtlos und neidisch auf die Macht anderer. Ja, da hast du wahrscheinlich sogar recht. Dürfte auch ziemlich schwer sein, diese Theorie zu widerlegen. Aber weißt du, woran er mich erinnert, der Brief von Will Nummer zwei?«

»An was?«

»An diese Aufstellungen, was man mag und was nicht, wie man sie aus High School-Jahrbüchern kennt. ›Was ich auf den Tod nicht ausstehen kann, sind unaufrichtige Leute, Mathe-Exen und Klumpen im Kartoffelbrei.‹«

»Also, wer mag schon klumpigen Kartoffelbrei?«

»Ich nicht. Da würde ich am liebsten den Papst umbringen. Aber hört sich das hier nicht genauso an. ›Hier ist eine Liste der Leute, die mich am meisten nerven.‹«

»Du hast recht.«

»Hab ich doch, oder nicht?« Er schob seinen Hocker zurück. »Dieser Kerl hört sich nicht an wie ein geisteskranker Mörder. Er hört sich an wie ein harmloser Irrer, dem eine Laus über die Leber gelaufen ist.«

18

Die nächsten paar Tage waren der reinste Medienzirkus. Marty McGraw brachte die Nachricht von Wills neuem Brief mit der Schlagzeile »WILL IST ZURÜÜÜÜCK!« unter die Leute. Reporter schwirrten durch die Stadt und interviewten seine drei angehenden Opfer, von denen jedes diese Auszeichnung mehr als Beleidigung denn als Drohung zu betrachten schien.

Peter Tully sah in Will keinen persönlichen Feind, sondern einen Gegner der organisierten Arbeiterschaft. Er gab eine Presseerklärung ab, in der er den anonymen Verfasser des Briefs in eine Reihe mit den repressiven, gewerkschaftsfeindlichen Kräften stellte, die unter anderem vom Bürgermeister und vom Gouverneur verkörpert wurden. Seiner Diktion haftete noch so ein richtig schön altmodischer Touch von linker Agitation an, daß man im Hintergrund fast die Almanac Singers die Chorstimmen zu »Union Maid« und »Miner's Lifeguard« summen hören konnte, Lieder, die das Feuer der Unzufriedenheit entfachen sollten.

Richter Marvin Rome schaffte es, Wills Attacke als einen Angriff auf die bürgerlichen Freiheiten und die Rechte der Angeklagten hinzustellen. Das eine Mal, als ich ihn in den Nachrichten sah, verglich er Will mit Staatsanwälten und Polizisten, die nicht davor zurückschreckten, gegen die Menschenrechte zu verstoßen, um einen Angeklagten – »unweigerlich arm und allzu oft schwarz« – möglichst schnell in eine Gefängniszelle befördern zu können. Wills Drohung, ließ er die Öffentlichkeit wissen, werde ihn ebensowenig von seinen Prinzipien abrücken lassen wie die Diffamierungen, die er im Lauf der Jahre von Staatsanwälten, Polizisten und deren Handlangern von der Presse habe erdulden müssen. Er werde weiter wahre Gerechtigkeit, gepaart mit Gnade, üben.

Regis Kilbourne machte aus dem Ganzen einen Angriff gegen das Recht auf Meinungsfreiheit und beklagte sich über eine Welt, in der ein Kritiker auf jede nur erdenkliche Weise daran gehindert werde, seine Ansichten zu äußern. Weiter erklärte er, die schlimmsten Einschränkungen seien nicht die staatliche Zensur oder die redaktionellen Vorgaben seitens seiner Zeitung, sondern »gerade jene Seiten unseres Wesens, die wir geradezu als sinnbildlich für das Gute in uns ansehen«. In Wahrheit seien Freundschaft, Mitgefühl und Fairneß die Hauptübeltäter, da sie einen dazu verleiteten, sich in einer Kritik behutsamer und wohlwollender zu äußern, als der Gegenstand der Kritik eigentlich verdiene. »Nachdem ich nicht davor zurückgeschreckt bin, anderen Schmerz zuzufügen, liebgewonnene Freundschaften zu zerbrechen und möglicherweise vielversprechende Karrieren zu ruinieren, und das alles nur um einer höheren Wahrheit willen, sollte mich da etwa die bloße Angst um mein Leben von meinem Weg abbringen? Wahrhaftig, das kann und wird sie nicht.«

Sie machten alle tapfer weiter, was aber nicht hieß, daß sie vorhatten, Will die Arbeit zu erleichtern. Peter Tully lehnte den angebotenen Polizeischutz ab, trat aber nur noch inmitten eines mobartigen Pulks vierschrötiger, gut bewaffneter Gewerkschaftsmitglieder auf. Judge Rome nahm das Angebot des New York Police Department an und verstärkte seine Schutztruppe durch eine Reihe weiterer Cops, die sich in ihrer Freizeit noch etwas dazuverdienen wollten. (Einigen Leuten kam das etwas eigenartig vor, und ein *Post*-Reporter zitierte eine namentlich nicht genannte Quelle mit den Worten: »Wenn Will Harold Rome wirklich umbringen will, ist nicht auszuschließen, daß er Polizist ist.«) Regis Kilbourne akzeptierte den Polizeischutz ebenfalls, und bei jeder Premiere, die er besuchte, wurde er nun nicht mehr von einer der jungen Frauen mit großen Augen und sinnlichen Lippen begleitet, für die er eine ausgesprochene Schwäche hatte, sondern von einem stämmigen Zivilpolizisten mit Stoppelbart und einem Ausdruck gelangweilten Staunens im Gesicht.

Schon allein Wills Brief, der gleich drei prominente New Yorker gleichzeitig ins Visier nahm, hätte genügt, um das Interesse an der Story mindestens eine Woche lang wachzuhalten. Doch lange bevor es Gelegenheit fand zu erlahmen, rückte McGraw mit der Nachricht heraus, Adrian Whitfield, bereits als Wills letztes Opfer bekannt, sei von der Polizei zweifelsfrei als Will identifiziert worden. Schon Stunden bevor die *Daily News* erschien, brachte eins der TV-Nachrichtenmagazine eine Blitzmeldung, aber McGraw war der erste, der alle Details hatte.

Obwohl niemand wußte, was von der ganzen Geschichte zu halten war, waren weiterhin alle fest entschlossen, größtmögliches Kapital daraus zu schlagen. Ich hatte gehofft, die Cops würden mich aus dem Ganzen raushalten, und vielleicht hatten sie es auch versucht, aber das Medieninteresse war einfach zu stark, als daß sich ihm jemand unbemerkt hätte entziehen können. Nach dem ersten Anruf gingen wir dazu über, alle weiteren Anrufe durch den Anrufbeantworter sortieren zu lassen. Ich gewöhnte mir an, das Haus durch den Hintereingang zu verlassen, was die Zahl der Reporter, die meiner habhaft wurden, auf ein Minimum reduzierte. Betreten mußte ich das Haus allerdings durch den Haupteingang, und bei diesen Gelegenheiten erwischten sie mich immer, manchmal mit Mikrophonen und Kameras, manchmal mit Notizblöcken. Aber so, wie ich mich wortlos an ihnen vorbeizwängte und keine Reaktion zeigte, nicht mal ein Lächeln oder ein Stirnrunzeln, gab ich für kein Medium viel her.

Eines Abends sah ich mich selbst im Fernsehen. Ich war nicht so lange zu sehen, wie eine Stimme im Off brauchte, um mich als den in Manhattan ansässigen Privatdetektiv zu identifizieren, der früher für Adrian Whitfield gearbeitet hatte und dessen Ermittlungen zu Whitfields Überführung geführt hatten. »Einfach klasse«, sagte Elaine. »Du könntest wütend oder ungeduldig oder schuldbewußt oder verlegen aussehen, so wie Leute aussehen, wenn sie nicht mit der Presse sprechen wollen. Aber du schaffst es, irgendwie bedrängt und abwesend zu wirken, wie ein Mann, der aus einem überfüllten U-Bahnwaggon aussteigen will, bevor die Türen wieder schließen.«

Ich habe schon vorher im Rampenlicht gestanden, obwohl es noch nie so grell gewesen und noch nie so lange auf mich gerichtet war. Daran war mir noch nie etwas gelegen, und deshalb war ich auch jetzt nicht besonders begeistert. Zum Glück wurde ich jedoch kaum davon tangiert. Bei den AA-Treffen machten ein paar Leute versteckte Anspielungen auf meine momentane Berühmtheit. »Ich habe in der Zeitung von dir gelesen«, sagten sie zum Beispiel, oder: »Neulich habe ich dich im Fernsehen gesehen.« Ich tat die Bemerkung mit einem Lächeln und einem Achselzucken ab, und niemand ritt weiter darauf herum. Der größere Teil meiner AA-Bekanntschaften konnte keinen Zusammenhang herstellen zwischen dem Privatdetektiv namens Scudder, der Will überführt hatte, und dem ehemaligen Säufer Matt, der gewöhnlich in der letzten Reihe saß. Sie kannten vielleicht meine Lebensgeschichte, aber relativ wenige wußten meinen Nachnamen. So ist das bei den Anonymen Alkoholikern.

So brennend blieb das Interesse an meiner Person allerdings nicht allzu lange; vielleicht, weil es mir gelang, das Feuer nicht noch zusätzlich zu schüren. Die Presse brauchte mich nicht, um die Theorie von Adrian Whitfields Schuld zu untermauern, die von Tag zu Tag stichhaltiger und unanfechtbarer wurde. Sollte noch Platz für Zweifel gewesen sein, spürte die Polizei weitere Indizien auf, um auch die letzten Löcher damit zuzustopfen. Fluglinien- und Hotelangestellte hatten ihn anhand seines Fotos identifiziert, und in den NYNEX-Unterlagen waren einige Anrufe aufgetaucht, die keine andere Erklärung zuließen, als daß Whitfield Will gewesen war. Zwei davon waren mit einem Hotel am oberen Broadway geführt worden, und wenn sich auch nicht feststellen ließ, mit welchem Hotelgast Whitfield gesprochen hatte, stand zumindest außer Frage, daß Richie Vollmer dort unter einem falschen Namen gewohnt hatte und beide Anrufe am Tag vor Vollmers Tod erfolgt waren.

Je klarer wurde, daß Adrian der ursprüngliche Will war, desto trüber wurden die Gewässer um Will Nr. 2. Eine Kette von Morden hatte dem ersten Will finstere Glaubwürdigkeit verschafft. Eine Drohung, die ein Mann mit Blut an den Händen aussprach, hatte unleugbar ein gewisses Gewicht.

Doch wenn die Drohung von einem Nachahmungstäter kommt und wenn jeder weiß, daß es sich eindeutig um einen Nachahmungstäter handelt, wieviel Gewicht mißt man der Sache dann bei? Das war eine Frage, die sowohl im Fernsehen wie in der Presse ziemlich häufig gestellt wurde, und die sich vermutlich auch die Polizei stellte. Bisher hatte der Mann (oder die Frau – wer konnte das schon sagen?), der das Todesurteil über das seltsame Trio Tully, Rome & Kilbourne gesprochen hatte, außer Zeit noch nichts totgeschlagen. Wie groß war demnach die Gefahr, die er darstellte? Und was sollte man dagegen unternehmen?

Irgend etwas mußte man unternehmen. Sie räumen immer noch Schulen und Bürogebäude, wenn irgendein Witzbold am Telefon eine Bombendrohung durchgibt; selbst dann, wenn sie fast sicher sind, daß es sich um einen Scherz handelt. Genauso rücken bei jedem Feueralarm die Löschfahrzeuge aus, auch wenn sich fast jeder als ein falscher entpuppt. Die New Yorker Feuerwehr begann die meisten ihrer roten Notrufanlagen abzubauen, als statistische Erhebungen ergaben, daß beinahe alle auf diesem Weg ausgelösten Alarme das Werk von Spaßvögeln waren. Aber sie mußten die Kästen tatsächlich abbauen. Sie durften sie nicht stehenlassen und die Durchsagen einfach ignorieren.

Inzwischen warteten alle darauf, was als nächstes passieren würde. Die drei in Wills Brief genannten Männer warteten wahrscheinlich etwas gespannter als der Rest der Öffentlichkeit, aber sogar sie mußten vermutlich feststellen, daß sie immer weniger auf der Hut waren, je mehr Zeit verging, ohne daß etwas passierte.

Einmal schaffte ich es gerade rechtzeitig zu einem Mittagstreffen im Citicorp Building, und anschließend machte ich einen ein- bis zweistündigen Einkaufsbummel, um schon mal ein paar Weihnachtsgeschenke zu kaufen. Ich fand aber nichts, und am Ende war alles, was dabei herauskam, daß mich wieder mal die große Weihnachtsdepression packte.

Das ist jedes Jahr so. Schon bevor die Heilsarmee-Weihnachtsmänner losziehen, um mit den Obdachlosen um milde Gaben wettzueifern, merke ich, wie mich die Gespenster vergangener Weihnachtsfeste heimsuchen.

Im großen und ganzen habe ich mich mit dem Scheitern meiner ersten Ehe und mit meinem Versagen als Ehemann und Vater abgefunden. »Die Trümmer der Vergangenheit wegräumen« heißt dieses Ritual bei den Anonymen Alkoholikern, und man unterläßt es nur auf eigene Gefahr.

Das alles hatte ich getan, mich gebessert, anderen vergeben, mir selbst vergeben, systematisch die Gespenster meiner eigenen Vergangenheit ausgetrieben. Ich bin diese Aufgabe nicht so rasant angegangen, wie das manche Leute tun, aber ich bin mit steter Beharrlichkeit am Ball geblieben. Dazu hatten eine Reihe langer Gespräche mit meinem Tutor gehört, einiges an Selbsterforschung, einiges an Nachdenken und auch ein gewisses Maß an Handeln. Und ich muß sagen, es hat funktioniert. Es gibt da zum Beispiel etwas, das mich jahrelang verfolgt hat, und jetzt verfolgt es mich nicht mehr.

Mit Ausnahme der wenigen Fälle, in denen es mich doch noch verfolgt, und die treten am ehesten um die Zeit auf, wenn der November in den Dezember übergeht. Die Tage werden kürzer und kürzer, die Sonne spendet weniger und weniger Licht, und ich denke wieder an jedes Geschenk, das zu kaufen ich nicht geschafft habe, an jeden Streit, den ich hatte, an jede häßliche Bemerkung, die ich machte, und an jede Nacht, in der ich einen Grund fand, in der Stadt zu bleiben, statt meinen lahmen Arsch nach Syosset raus zu schwingen.

Deshalb ging ich nicht ins Parc Vendôme, als ich von meinem verunglückten Einkaufsbummel zurückkehrte, sondern in das Hotel gegenüber. Ich erklärte es mir damit, daß mir jetzt nicht nach einem Spießrutenlauf zwischen Reportern hindurch war, aber eigentlich hatte ich gar keinen Grund, mit einem solchen zu rechnen. Verständlicherweise hatten die Reporter das Interesse an dem Typen verloren, der sich an ihnen vorbeischob, als wollte er aus der U-Bahn steigen.

Ich begrüßte Jacob an der Rezeption mit einem Hallo und nickte einem Mann zu, der den größten Teil seiner Zeit im verblichenen Foyer des Northwestern zubringt. Der arme Teufel ist schon Jahre vor mir in das Hotel gezogen, und früher oder später wird er dort sterben. Ich glaube nicht, daß seine Aussichten besonders gut stehen, daß er eine schöne Frau heiratet und auf die andere Straßenseite zieht.

Ich ging auf mein Zimmer. Ich stellte den Fernseher an, schaltete kurz alle Kanäle durch und machte ihn wieder aus. Dann zog ich mir einen Stuhl ans Fenster, setzte mich und sah auf alles und nichts hinaus.

Nach einer Weile griff ich zum Telefon und machte einen Anruf. Jim Faber ging selbst dran und sagte »Faber Printing« mit seiner mürrischen Stimme, in der ich im Lauf der Jahre einige Geborgenheit zu finden gelernt habe. Es war schön, seine Stimme zu hören, und das sagte ich ihm auch. »Um genau zu sein«, fügte ich hinzu, »ging es mir sogar schon besser, als mir einfiel, dich anzurufen.«

»Ich kann mich noch an Zeiten erinnern, da bin ich für den ersten Schluck des Tages an die Bar gegangen und habe ihn auch wirklich dringend nötig gehabt. Weißt du, mit einem Gefühl, als würde ich gleich aus der Haut fahren?«

»An das Gefühl kann ich mich erinnern.«

»Und sobald ich mir ein Glas eingeschenkt hatte, begann ich mich schon besser zu fühlen. Ich hatte es noch nicht getrunken, es war noch nicht in meinem Blutkreislauf, um dort in jeder Zelle meines Körpers Frieden und Liebe zu verbreiten, aber das bloße Wissen, es war da, hatte die gleiche Wirkung. Aber was kann so schlimm sein, daß du dich bemüßigt fühlst, deinen Tutor anzurufen?«

»Ach, nur die speziellen Freuden der Weihnachtszeit.«

»Ach so. Das ist ja für alle die schönste Zeit des Jahres. Ich nehme nicht an, du warst in jüngster Vergangenheit mal bei einem Treffen.«

»Mein letztes ging vor zwei Stunden zu Ende.«

»Im Ernst? Was beschäftigt dich zur Zeit gerade, außer Schuldgefühlen und Selbstmitleid? Bist du Wills Ersatzmann schon ganz dicht auf den Fersen?«

»Hinter dem ist schon die halbe New Yorker Polizei her«, sagte ich, »und sämtliche Reporter. Da kann er gern auf mich verzichten.«

»Tatsächlich? Du schaltest dich nicht in die Ermittlungen ein?«

»Natürlich nicht. Ich käme nur allen in die Quere.«

»Was machst du dann?«

»Eigentlich nichts.«

»Na, dann habe ich einen guten Rat für dich. Sieh zu, daß du deinen Arsch hochkriegst und was tust.«

Er legte auf. Das tat ich auch und sah aus dem Fenster. Die Stadt war immer noch da. Ich ging nach draußen und probierte es noch mal mit ihr.

19

Mit dem, was vom Nachmittag noch übrig war, war nicht mehr viel anzufangen. Ich brachte gerade noch zustande, mir zu überlegen, welche Leute ich aufsuchen und welche Fragen ich ihnen stellen sollte.

Das müßte bis morgen warten. In der Zwischenzeit sah ich mir mit Elaine den neuen Woody Allen-Film an und hörte im Iridium einem Klaviertrio zu. Auf dem Heimweg erzählte ich ihr, daß mir die Jahreszeit zu schaffen machte.

»Also, ich bin keine Alkoholikerin«, sagte sie, »und ich bin nicht mal Christin, und trotzdem geht es mir genauso. Ich kenne niemanden, bei dem es nicht so ist. Warum sollte es also bei dir anders sein?«

»Was mich ganz besonders an dir angezogen hat«, sagte ich, »war dein unerhört scharfer Verstand.«

»Na so was. Dabei dachte ich die ganze Zeit, es wäre mein Arsch.«

»Dein Arsch?« sagte ich.

»Den kannst du doch nicht vergessen haben.«

»Wenn wir nach Hause kommen«, sagte ich, »werde ich mein Gedächtnis auffrischen.«

Am Morgen zog ich Anzug und Krawatte an und fuhr zur Chase-Zweigstelle am Abingdon Square, bei der Byron Leopold seine Geldgeschäfte abgewickelt hatte. Die Bankangestellte, mit der ich mich zusammensetzte, war eine aufgeweckte junge Frau namens Nancy Chang. Ziemlich zu Beginn sagte sie: »Ich will ja nicht neugierig sein, aber darf ich Sie fragen, ob das mit dem Mann zu tun hat, der diese Briefe schreibt?« Ich versicherte ihr, dem sei nicht so. »Ich kenne nämlich Ihren Namen aus der Zeitung. Sie Sind doch der Mann, der den Fall gelöst hat?«

Ich erwiderte etwas angemessen Bescheidenes, war aber ausnahmsweise einmal froh, erkannt zu werden. Es war eindeutig Öl fürs Getriebe, und als ich die Bank verließ, hatte ich die Fotokopie eines Schecks über $56.650 – ausgestellt auf Byron Leopold und abzubuchen vom Konto von Viaticom bei einer Bank in Arlington, Texas.

»Viaticom«, sagte ich. »Haben Sie mal von einer Versicherung gehört, die so heißt?«

»Nein«, sagte sie. »Sollte es das denn sein? Eine Überweisung von einer Versicherung?«

»Er hat sich eine Lebensversicherung auszahlen lassen«, sagte ich. »Allerdings war deren Kapitalwert wesentlich niedriger; es sei denn, meine Quelle hat sich getäuscht, was die Höhe der Summe angeht. Und Viaticom hört sich nicht nach einer Versicherungsgesellschaft an.«

»Nein, gar nicht. Wissen Sie, wonach es sich anhört? Nach einem Silicon Valley-Unternehmen, das Software produziert.«

»Vielleicht hat die Versicherung eine spezielle Gesellschaft, die für die Auszahlung von Versicherungen zuständig ist.«

»Vielleicht.«

»Das hört sich nicht sehr überzeugt an.«

»Also, für mich sieht das nicht wie ein Scheck von einer Versicherung aus.« Sie hielt die Fotokopie in ihren Händen. »Die werden heutzutage alle mit Computer ausgestellt und sind ohne Unterschrift gültig. Aber der hier ist mit Kugelschreiber von Hand ausgefüllt. Und wie es aussieht, wurde er mit demselben Stift und von derselben Person unterschrieben.«

»Viaticom«, sagte ich.

»Was immer das heißen mag. Keine Adresse, nur Arlington, Texas.«

»Wo immer das sein mag.«

»Also, das kann ich Ihnen sagen.« Sie strahlte übers ganze Gesicht. »Das ist zwischen Dallas und Fort Worth. Wo die Rangers spielen?«

»Ach ja, stimmt.«

»Sehen Sie? Sie haben es schon die ganze Zeit gewußt.« Sie grinste. »Müssen Sie da runter fliegen? Oder können Sie es auch mit dem Finger auf der Landkarte erledigen?«

Bei der Auskunft hatten sie einen Eintrag auf Viaticom. Ich bereitete mich seelisch schon darauf vor, der Frau die Adresse und die Nummer aus der Nase kitzeln zu müssen, aber bevor ich sie darum bitten konnte, hatte sie mich bereits auf eine digitalisierte Ansage gelegt, die mir die Nummer ansagte. Ich kann mir nicht erklären, wie so etwas funktioniert, aber ich käme nicht auf die Idee, mich deshalb auf lange Diskussionen mit ihnen einzulassen.

Ich notierte mir die Nummer und wählte sie, und als sich eine Frau mit »Viaticom, guten Morgen« meldete, war ich gern bereit zu glauben, daß ich mit jemandem in Texas sprach. Es war alles aus ihrer Stimme herauszuhören – die Stiefel, die wilde Mähne, das Hemd mit den Perlmuttknöpfen.

»Guten Morgen«, sagte ich. »Wären Sie bitte so freundlich, mir ein paar Auskünfte über Ihre Firma zu erteilen. Könnten Sie mir sagen ...«

»Einen Augenblick, bitte«, sagte sie und stellte mich durch, bevor ich den Satz zu Ende sprechen konnte. Zumindest blieb mir beim Warten das Musikgedudle erspart. Nach ein oder zwei Minuten meldete sich schließlich ein Mann: »Hi, hier spricht Gary. Was kann ich für Sie tun?«

»Mein Name ist Scudder«, sagte ich, »und ich würde gern etwas über Ihre Firma wissen.«

»Und was würden Sie gern wissen, Mr. Scudder?«

»Zuerst einmal«, sagte ich, »könnten Sie mir vielleicht sagen, was Sie eigentlich machen?«

Nach einer kurzen Pause sagte er: »Nichts lieber als das, Sir, aber wenn ich eines gelernt habe, dann das: am Telefon nie ein Interview zu geben. Wenn Sie bei uns vorbeikommen wollen, stehe ich Ihnen jederzeit gern zur Verfügung. Sie können Ihren Notizblock und Ihr Tonbandgerät mitbringen, und ich stehe Ihnen bereitwillig

Rede und Antwort und erzähle Ihnen sogar mehr, als Sie vielleicht hören wollen.« Er lachte leise. »Wissen Sie, wir begrüßen jede Form von Publicity, nur haben wir mit den Telefoninterviews, die wir bisher gegeben haben, ausnahmslos schlechte Erfahrungen gemacht, weshalb wir mittlerweile einfach grundsätzlich keine mehr machen.«

»Verstehe.«

»Wäre es für Sie mit großem Aufwand verbunden, bei uns vorbeizukommen? Sie wissen doch, wo wir sind?«

»Ziemlich weit weg von da, wo ich bin.«

»Und wo ist das?«

»In New York.«

»Tatsächlich? Also, daß Sie wie ein Texaner klingen, würde ich nicht gerade sagen, aber ich weiß, Reporter kommen viel rum. Erst neulich habe ich mit einer Frau gesprochen, die ursprünglich aus Chicago stammt und bei einer Zeitung in Oregon arbeitete, bevor es sie zum *Star-Telegram* verschlug. Sind Sie bei einer New Yorker Zeitung?«

»Nein, bin ich nicht.«

»Bei einem Wirtschaftsblatt? Doch nicht etwa beim *Wall Street Journal?*«

Hätte ich gewußt, wonach ich fischte, hätte ich es mit Fischen versuchen können. Aber so hielt ich es für besser, die Sache ganz direkt anzugehen.

»Gary«, begann ich deshalb. »Ich bin kein Reporter. Ich bin Privatdetektiv, und zwar hier in New York.«

Das Schweigen zog sich so in die Länge, daß ich mich schon fragte, ob die Verbindung unterbrochen worden war. »Sind Sie noch dran?« fragte ich deshalb.

»Ich bin nicht weggegangen. Sie sind derjenige, der angerufen hat. Was wollen Sie?«

Ich kam sofort zur Sache. »Vor ein paar Wochen wurde hier ein Mann umgebracht. Beim Zeitunglesen auf einer Parkbank erschossen.«

»Ich habe den Eindruck, das passiert bei Ihnen ziemlich oft.«

»Wahrscheinlich nicht so oft, wie Sie vielleicht denken. Natürlich gibt es in New York auch Leute, die denken, in Texas überfallen sie jeden Tag eine Postkutsche.«

»Wenn wir nicht damit beschäftigt sind, Alamos zu gedenken. Aber ich weiß, was Sie meinen. Was mich angeht, ich war seit unserer Abschlußreise von der High School nicht mehr in New York. Meine Güte, ich hielt mich damals für richtig hip, stark und cool, aber in Ihrer Stadt kam ich mir vor, als wäre ich gerade von einem Heuwagen gefallen.« Die Erinnerung entlockte ihm ein leises Lachen. »Seitdem war ich nicht mehr dort, und ich bin ein Texaner, der keine Schnürchenkrawatte und auch keine Schußwaffe trägt. Ich habe diesen armen Teufel also bestimmt nicht erschossen. Aber was soll Viaticom damit zu tun haben?«

»Das versuche ich gerade herauszufinden. Der Name des Ermordeten ist Byron Leopold. Er hat ungefähr vier Monate vor seinem Tod einen von Ihnen ausgestellten Scheck über mehr als fünfzigtausend Dollar eingelöst. Das war praktisch das ganze Jahr über sein einziges Einkommen. Ursprünglich hatte ich angenommen, er hätte sich eine Lebensversicherung auszahlen lassen, aber für die Police, die er abgeschlossen hatte, erschien mir die Summe zu hoch. Und Ihr Scheck sah nicht aus wie von einer Versicherung.«

»Wohl kaum, nein.«

»Darum dachte ich, Sie könnten mir da weiterhelfen.«

Wieder eine lange Pause. Die Sekunden verstrichen, und ich ertappte mich dabei, daß ich an meine Telefonrechnung dachte. Wenn man keinen Klienten hat, der am Schluß die Rechnung bezahlt, denkt man ganz automatisch stärker an seine Ausgaben. Es machte mir nichts aus, dafür zu zahlen, daß ich nach Texas telefonierte, aber die langen Pausen begannen mich zu nerven.

Ich war in einer Zelle, wo die Gebühren von meiner Kreditkarte abgebucht wurden. Von meiner Wohnung aus hätte ich den Anruf zu einem günstigeren Tarif machen können, und wäre ich eben mal kurz über die Straße und in mein Hotelzimmer gegangen, hätte ich sogar umsonst telefonieren können; vor ein paar Jahren hatten die Kongs, meine jungen Hackerfreunde, ein bißchen gezaubert, und mir, ohne daß ich darum gebeten hätte, zu der Vergünstigung verholfen, kostenlose Ferngespräche führen zu können. Mir war keine elegante Lösung eingefallen, dieses Geschenk abzulehnen, und deshalb beruhigte ich jetzt mein schlechtes Gewissen damit, daß ich nicht übermäßigen Gebrauch von meiner kuriosen Vergünstigung machte.

Schließlich sagte er: »Mr. Scudder, ich muß mich leider kurz fassen. Wir haben in letzter Zeit wiederholte Male schlechte Erfahrungen mit der Presse gemacht, und deshalb möchte ich jegliche weiteren derartigen Vorkommnisse vermeiden. Wir tun nichts weiter, als den Menschen eine Möglichkeit zu bieten, in Würde zu sterben, aber Sie und Ihresgleichen stellen die ganze viatikale Transaktionen-Branche wie einen Schwarm Geier hin.«

»Die ganze Was?-Branche? Wie war dieser Begriff, den Sie gerade gebraucht haben?«

»Ich habe bereits alles gesagt, was ich zu sagen habe.«

»Aber ...«

»Einen schönen Tag noch«, sagte er und legte auf.

Als ich Carl Orcott vor ein paar Jahren kennenlernte, hatte er die Angewohnheit gehabt, mit einer von dem halben Dutzend Pfeifen in dem Gestell auf seinem Schreibtisch herumzuspielen, sie sich hin und wieder unter die Nase zu halten und ihren Geruch einzuatmen. Ich hatte ihm gesagt, er müsse meinetwegen nicht auf das Rauchen verzichten, und hatte bei dieser Gelegenheit erfahren, daß er gar nicht rauchte. Die Pfeifen waren die Hinterlassenschaft eines verstorbenen Geliebten, ihr Geruch der Auslöser von Erinnerungen.

Sein Büro bei Caritas, einem Pflegeheim für Aidskranke, das zu Fuß keine fünf Minuten von Byron Leopolds Wohnung entfernt lag, sah noch genau so aus, wie ich es in Erinnerung hatte, außer daß das Pfeifengestell weg war. Auch Carl sah noch genauso aus. Sein Gesicht war vielleicht etwas eingefallener, sein Haar und sein Schnurrbart etwas grauer, aber das könnten auch die Jahre allein gewesen sein, ohne die Hilfe des Virus.

»Viatikale Transaktionen«, sagte er. »Eine interessante Wortschöpfung.«

»Ich habe keine Ahnung, was es bedeutet.«

»Ich habe viatikal mal im Wörterbuch nachgeschlagen. Es bedeutet reisebezogen. Mit einem Viatikum ist einerseits ein Reisegeld gemeint, andererseits ein Sterbesakrament.«

Ich bat ihn, es mir einmal zu buchstabieren, und sagte dann: »Das wird ja bis auf drei Buchstaben genauso geschrieben wie der Name der Firma. Die nennt sich Viaticom.«

Er nickte. »Hört sich nicht ganz so sehr nach Küchenlatein an und dafür um so mehr nach High-tech. Viel attraktiver für Investoren.«

»Investoren?«

»Viatikale Transaktionen sind eine neue Investitionsmöglichkeit, und Firmen wie Ihr Viaticom sind Teil eines neuen Wirtschaftszweigs. Wenn Sie mal ein bißchen in schwulen Publikationen wie *The Advocate* oder *New York Native* blättern, werden Sie reihenweise Anzeigen von ihnen finden, und ich vermute, sie annoncieren auch in Finanzzeitschriften.«

»Was verkaufen sie?«

»Eigentlich verkaufen sie gar nichts. Sie fungieren bei den Transaktionen nur als Mittler.«

»Bei was für Transaktionen?«

Er lehnte sich zurück und faltete die Hände. »Angenommen, Sie haben Aids, und Ihre Krankheit ist in ein Stadium eingetreten, in dem Sie nicht mehr länger arbeiten können, so daß Sie keine Einkünfte mehr haben. Und obwohl Sie versichert sind, zehren die Arztkosten an Ihren Ersparnissen. Das einzige, was Sie noch haben, ist eine Lebensversicherung, für die jemand hunderttausend Dollar ausbezahlt bekommt, sobald Sie tot sind. Nun sind

Sie aber schwul und haben weder Frau noch Kinder, die das Geld brauchen, und Ihr Geliebter ist vor einem Jahr gestorben, so daß das Geld Ihre Tante in Spokane kriegt; sie ist zwar eine nette alte Dame, aber Sie möchten lieber die Stromrechnung bezahlen und der Katze weiter die geräucherten Austern kaufen können, nach denen sie total verrückt ist, als Tante Gretel den Lebensabend vergolden.«

»Also läßt man sich die Versicherung auszahlen.«

Er schüttelte den Kopf. »Die Versicherungsgesellschaften sind alle Gauner. Einige geben Ihnen keinen Cent mehr als den Rückkaufswert, der nichts ist im Vergleich zum Nennwert der Versicherung. Andere zahlen zwar inzwischen schon etwas mehr, wenn unübersehbar ist, daß der Versicherte nicht mehr lange zu leben hat, aber selbst dann kommt man noch ziemlich schlecht dabei weg. Von Firmen wie Viaticom bekommt man dagegen wesentlich großzügigere Angebote.«

Ich fragte ihn, wie das ging. Ein Vermittler von viatikalen Transaktionen, erklärte er mir darauf, brachte zwei interessierte Parteien zusammen: einen Aidskranken, dessen Krankheit einen Punkt erreicht hatte, an dem seine maximale Lebenserwartung mit einiger Zuverlässigkeit vorhergesagt werden konnte, und einen Investor, der eine bessere Rendite für sein Geld wollte, als er bei einer Bank oder mit Regierungsanleihen erzielen konnte, und das bei gleicher Sicherheit.

Üblicherweise konnte der Investor mit einer jährlichen Rendite von zwanzig bis fünfundzwanzig Prozent für sein Kapital rechnen. Es war wie ein Zero Bond, bei dem man in dem Moment das ganze Geld bekam, in dem der Versicherte starb und die Versicherung zahlen mußte. Nur war natürlich im Gegensatz zu einer normalen Anleihe der Auszahlungstermin nicht festgesetzt. Der Aidskranke konnte länger als prognostiziert leben, was die jährliche Rendite verringerte. Oder umgekehrt konnte er auch schon den Löffel abgeben, bevor die Tinte auf dem Vertrag getrocknet war, und dem Investor zu einer wesentlich schnelleren Rückzahlung seines Einsatzes verhelfen.

Und dann war da natürlich immer noch der Alptraum eines jeden Anlegers. »Die Hoffnung auf ein Heilmittel«, fuhr Carl in seinen Ausführungen fort. »Stellen Sie sich vor, Sie setzen die Ausbildungsrücklage Ihrer Kinder auf die Lebensdauer irgend so eines armen Teufels von Filmarchitekten, und dann stellt Sie die medizinische Forschung eines Tages vor die vollendete Tatsache, daß Ihre Kinder längst Ihren Doktor gemacht haben werden, bevor er sich zu den Klängen seiner Judy Garland-Platten ausgeflennt hat.« Er verdrehte die Augen. »Außer daß es nicht so kommen wird, selbst wenn dieses lange herbeigesehnte medizinische Wunder eintreten sollte. Vielleicht wird irgendwann ein Impfstoff entwickelt, um weitere Erkrankungen zu verhindern, und vielleicht erfindet jemand ein Wundermittel, um das Virus zu stoppen oder auszurotten, aber wie wollen Sie einem völlig kaputten Immunsystem wieder auf die Beine helfen? Gewiß, den Ärzten gelingt es, die Lebenserwartung kontinuierlich zu erhöhen, ein Faktor, der bereits in die Kalkulationen einbezogen ist. Aber für diejenigen von uns, die für eine solche viatikale Transaktion angenommen werden, gibt es längst kein Zurück mehr. Die Kinder können also durchaus studieren. Es ist eine bombensichere Investition.«

»Tolle Investition«, sagte ich.

»Kommt Ihnen wahrscheinlich ein bißchen makaber vor, nicht?«

»Ich kann mir bloß nicht vorstellen, einen Scheck auszuschreiben und dann dazusitzen und abzuwarten, bis irgendein wildfremder Mensch stirbt, damit ich abkassieren kann.«

»Ich weiß, was Sie meinen. Über dieses Thema sind schon einige Artikel geschrieben worden, und nicht nur in der Schwulenpresse.«

»Davon habe ich wohl nichts mitbekommen. Aber der Mann, den ich am Telefon hatte, sagte auch etwas von negativer Publicity.«

»Einige Journalisten finden es einfach schrecklich. Vom Unglück anderer zu profitieren, bla bla bla. Wie verwerflich, mit Aids Geld zu machen. Und was, mein Bester, glauben Sie, daß die Pharmakonzerne machen? Was, glauben Sie, daß die Forscher machen?« Er hob eine Hand. »Erzählen Sie mir bloß nicht, das wäre was anderes. Das weiß ich durchaus. Aber ich weiß auch, daß es keine Leute mit Aids sind, die sich über viatikale Transaktionen aufregen, weil sie nämlich für uns ein Geschenk des Himmels sind.«

»Wirklich?«

»Unbedingt. Matt, sobald Ihnen diagnostiziert wird, daß Aids bei Ihnen voll zum Ausbruch gekommen ist, wissen Sie verdammt genau, daß Sie sterben müssen, und nach den vielen Jahren, die Sie mit der Krankheit gelebt haben, haben Sie auch eine ziemlich genaue Vorstellung davon, was Sie von der Zukunft noch zu erwarten haben. Wenn es Ihnen nun jemand in Texas ermöglicht, in der Zeit, die Ihnen noch bleibt, ein anständiges und bequemes Leben zu führen, als was betrachten Sie ihn dann? Als Blutsauger oder als Wohltäter?«

»Ich weiß, was Sie meinen. Aber ...«

»Aber trotzdem können Sie nicht umhin, die eine Seite als die Geier zu sehen und die andere als die armen überfahrenen Tiere. Eine ganz natürliche Reaktion. Eine Gesellschaft hat sogar eine Art Fonds für viatikale Transaktionen eingerichtet. Nun kauft also nicht mehr eine Einzelperson eine bestimmte Police, sondern die Investitionen werden in einen gemeinsamen Topf geworfen und das Risiko auf die Gesamtheit aller Policen verteilt.«

»Das Risiko der Langlebigkeit.«

Er nickte. Als er mit einem Hefter herumzuspielen begann, mußte ich an die Pfeifen seines toten Geliebten denken und fragte mich, was er mit ihnen gemacht hatte und wann. »Aber die meisten Policen werden an Einzelinvestoren verkauft«, fuhr er fort. »Das muß mit erheblich weniger Papierkram verbunden sein. Und eigentlich besteht auch gar kein Grund, das Risiko zu verteilen, weil es nämlich kein nennenswertes Risiko zu verteilen gibt. ›Viatikum, Geld für einen Reisenden.‹ Jeder ist ein Reisender, Matt. Und früher oder oder später geht jeder auf die Reise.«

Ich kehrte in die Chase-Zweigstelle zurück, wo Nancy Chang Byron Leopolds Kontoauszüge noch einmal von dem Zeitpunkt an rückwärts durchging, als er den Viaticom-Scheck eingelöst hatte.

Alle drei Monate war ein bestimmter Betrag an Illinois Sentinel Life abgebucht worden. Diese Überweisungen wurden zwei Monate, bevor er den Viaticom-Scheck bekam, eingestellt.

»Er hat die Besitzrechte an der Police jemand anderem übertragen«, sagte ich. »Deshalb hat er aufgehört, die Beiträge zu zahlen; das war von diesem Moment an Sache des anderen Beteiligten an der Transaktion.«

»Und als er starb ...«

»Die Versicherungsgesellschaft müßte das Geld direkt an den Begünstigten ausgezahlt haben. Aber wer ist das und wieviel hat er bekommen?«

»›Immer die schöne Antwort, die die schönere Frage stellt«, sagte sie und lachte über meine nicht zu übersehende Verblüffung. »E.E. Cummings. Obwohl an dieser Stelle wohl ein Zitat von Wallace Stevens passender wäre, finden Sie nicht?«

»Hatte er denn etwas über Fragen und Antworten zu sagen?«

»Ich bin nicht sicher, was er zu sagen hatte, weil ich nie verstand, worauf er hinauswollte. Aber er hat sein ganzes Leben lang als leitender Angestellter einer Versicherungsgesellschaft gearbeitet. Und gleichzeitig war er einer der führenden amerikanischen Lyriker seiner Zeit. Können Sie sich das vorstellen?«

Ich wußte, daß ich einige Zeit am Telefon verbringen würde, und deshalb fand ich, daß ich genausogut kostenlos von meinem Hotelzimmer aus telefonieren konnte.

Wenn ich pro bono arbeiten konnte, konnte das die Telefongesellschaft auch.

Ich rief in der Zentrale von Illinois Sentinel Life in Springfield an und wurde von einer Stelle zur nächsten weiterverwiesen. Dabei gewann ich nicht den Eindruck, daß jemand von den Männern und Frauen, mit denen ich sprach, zu den führenden Lyrikern unserer Zeit gehörte, aber woher wollte ich das schon mit letzter Sicherheit wissen?

Schließlich sprach ich mit einem Mann namens Louis Leeds, der mir nach einigem Hin und Her erzählte, daß Byron Leopold tatsächlich bei Illinois Life Sentinel versichert gewesen war, daß der Nennwert seiner Police $75.000 betragen hatte und daß die Police zu diesem und diesem Zeitpunkt auf einen Mr. William Havemeyer aus Lakewood, Ohio, überschrieben worden war.

»Nicht Texas«, sagte ich.

Nein, sagte er, nicht Texas. Lakewood war in Ohio, und wenn er es auch nicht beschwören wollte, glaubte er, es wäre ein Vorort von Cleveland. Der See müßte der Erie-See sein, meinte er.

»Und der Wald?«

»Wie bitte? Ach so, wegen Wood wie Wald! Sehr witzig. Also, ich würde mal sagen, Eiche oder Ahorn. Oder auch Zirbelkiefer, ha ha ha.«

Ha ha ha. War der Anspruch auf die Versicherung anerkannt worden? War er. Und war die Versicherungssumme an Mr. Havemeyer überwiesen worden?

»Nachdem er als Begünstigter eingetragen war, dürfte das Geld kaum jemand anderer bekommen haben. Und die Police wurde eingezogen und als in vollem Umfang ausbezahlt registriert.«

Ich fragte, ob Mr. Havemeyer auch Begünstigter anderer Policen war. Darauf trat erst einmal Stille ein, und dann sagte er, das wisse er nicht.

»Dann fragen Sie doch Ihren Computer«, sagte ich. »Der weiß es bestimmt. Geben Sie ihm den Namen William Havemeyer ein und sehen Sie, was er ausspuckt.«

»Tut mir leid, aber das darf ich nicht.«

»Warum nicht?«

»Weil diese Information vertraulich ist. Unsere Unterlagen sind auf keinen Fall öffentlich zugänglich.«

Ich holte tief Luft. »William Havemeyer war der Begünstigte von Byron Leopolds Versicherung. Er war mit dem Versicherten nicht verwandt oder befreundet. Leopold hat ihm die Versicherung verkauft.«

»So was nennt man eine viatikale Transaktion. Das ist vollkommen legal. Wir begrüßen diese Praxis zwar nicht unbedingt, aber in den meisten Bundesstaaten hat der Besitzer einer unbelasteten Lebensversicherung das gesetzlich verbriefte Recht, die Besitzrechte an der Police gegen eine finanzielle Entschädigung einer anderen Person zu übertragen.«

Er erzählte mir von der Bedingung der Versicherungsgesellschaft, die bisherigen Begünstigten davon in Kenntnis zu setzen, und klärte mich über die verschiedenen erschwerenden Umstände auf, die dabei auftreten konnten; zum Beispiel, wenn nach einer Scheidung die Ehefrau Anspruch auf einen gewissen Versicherungsschutz hatte. »Aber im vorliegenden Fall trifft, glaube ich, nichts von alledem zu«, fügte er hinzu.

»Angenommen, William Havemeyer hat mehr als eine viatikale Transaktion getätigt.«

»In meinen Augen ist das eine ziemlich unerfreuliche Methode, hohe Renditen zu erzielen, aber sie bewegt sich völlig im Rahmen des Legalen.«

»Ich verstehe. Und nun auch noch angenommen, andere Personen, in deren Versicherungspolicen er als Begünstigter eingetragen war, sind eines gewaltsamen Todes gestorben?«

Das Schweigen, das jetzt eintrat, hätte auch Gary unten in Arlington alle Ehre gemacht. Dann begann er zögernd: »Haben Sie denn Grund zu der Annahme ...«

»Ich würde diese Möglichkeit gern ausschließen«, sagte ich. »Und ich möchte meinen, auch Sie würden sie gern ausschließen. Mir ist natürlich klar, daß es sich hier um einen moralischen Grenzfall handelt, aber es hat bestimmt nichts Unmoralisches, in Ihren Unterlagen nachzusehen. Wenn Sie das getan haben, entscheiden Sie einfach für sich, ob Sie mir sagen wollen, was Sie herausgefunden haben, oder nicht.«

Das mußte ich ein paarmal wiederholen, aber schließlich gelangte er doch zu der Überzeugung, es sei unbedenklich, seinen Computer um diese Auskunft zu bitten, da ich ja nicht da war, um über seine Schulter auf den Bildschirm zu spähen.

Er legte mich auf die Warteschleife, und ich hörte mir Kaufhausmusik an, die in viel zu kurzen Abständen von dem Hinweis unterbrochen wurde, was für ein beruhigendes Gefühl es doch sei, bei Illinois Sentinel Life versichert zu sein.

Er kam mitten in einer dieser Ankündigungen zurück. Mr. Havemeyer, konnte er mir nicht ohne einen Anflug von Triumph in der Stimme mitteilen, war bei Illinois Sentinel Life nur als Begünstigter des verstorbenen Byron Wayne Leopold bekannt. Er war weder selbst bei der Gesellschaft versichert, noch war er Inhaber oder Begünstigter einer anderen Illinois Sentinel Life-Versicherung.

»Ich glaube, das kann ich Ihnen ruhigen Gewissens sagen«, meinte er, »weil ich damit ja keine Daten an Sie weitergebe, sondern Ihnen lediglich das Nichtvorhandensein solcher Daten bestätige.«

Das stimmte, und ich dankte ihm und beließ es dabei.

»Das verstehe ich nicht«, sagte Elaine.

»Was? Den speziellen Reiz von viatikalen Transaktionen? Wenn du das Ganze durch die Geldbrille betrachtest, ist es doch wirklich nicht schwer zu verstehen.« Sie schrieb Zahlen auf einen Block. »Der Absahner in Lakewood hat nur etwas über sechsundfünfzigtausend Dollar gezahlt und dafür schon nach weniger als einem Jahr die Versicherungssumme über fünfundsiebzigtausend Dollar eingestrichen. Was ist das für eine Rendite?« Mehr Zahlen. »Fast vierzig Prozent. Kann das stimmen? Ja, es kann, und sie ist sogar noch höher, weil er kein ganzes Jahr warten mußte.«

»Er dürfte allerdings auch mehr als sechsundfünfzigtausend bezahlt haben«, sagte ich. »Bei Viaticom wollten sie ja sicher auch was für Ihre Vermittlerdienste. Sie waren schließlich diejenigen, die das Geschäft erst möglich gemacht haben. Ich würde sagen, sie haben mindestens fünftausend Dollar Provision kassiert, bevor sie das Geld an Byron überwiesen haben.«

»Wenn also Mr. Lakewood ...«

»Mr. Havemeyer.«

»Wenn er sechzigtausend gezahlt und fünfundsiebzigtausend bekommen hat, dann ist das eine Rendite von wieviel? Fünfundzwanzig Prozent per annum? Und er hat sie in weniger als einem Jahr bekommen, und selbst wenn er ganze zwei Jahre hätte warten müssen, wäre es immer noch mehr gewesen, als er auf der Bank gekriegt hätte.«

»Würdest du in so was investieren?«

»Nein.«

»Um das zu beantworten, mußtest du aber nicht lange überlegen.«

»Also, ich habe keineswegs moralische Einwände dagegen«, erklärte sie mir. »Und die Leute in diesem Pflegeheim haben ja gesagt, daß es für die Aidskranken ein wahrer Segen ist. Deshalb denke ich, es ist durchaus eine gute Sache, wenn andere so was machen. Aber mir dreht sich dabei der Magen um.«

»Die Vorstellung, dazusitzen und zu warten, daß jemand stirbt.«

Sie nickte. »Und zu versuchen, sich nicht zu ärgern, wenn er weiterlebt, oder nicht vor Freude zu hüpfen, wenn er stirbt. Also, mit so etwas möchte ich nichts zu tun haben. Du etwa?«

»Nein, ich auch nicht.«

»Es mag ja durchaus eine tolle Investitionsmöglichkeit sein, aber bitte ohne mich. Je höher der Gewinn, desto schlechter das Gefühl, das ich dabei hätte. Ich glaube, ich bleibe lieber bei meinen Immobilien. Und meiner Trödel-Kunst.«

»Da bin ich ganz deiner Meinung«, sagte ich. »Aber das ist nicht der Punkt, den ich nicht verstehe. Nehmen wir mal an, du bist Havemeyer.«

»Also schön. Ich bin Havemeyer.«

»Du hast die Versicherungspolice eines Sterbenden gekauft. Du hast dafür bezahlt, eine runde Summe, sechzigtausend Dollar. Allen medizinischen Prognosen zufolge mußt du im Höchstfall zwei Jahre warten, bis du fünfundsiebzigtausend bekommst.«

»Und?«

»Warum plötzlich diese Eile? Warum kommst du nach New York und erschießt einen Mann auf einer Parkbank? Warum das alles, bloß um das Geld ein paar Monate oder meinetwegen auch ein Jahr früher zu kriegen?«

»Vielleicht brauchst du das Geld auf der Stelle?«

»Auch dann leuchtet es mir nicht ein. Wenn du wirklich so dringend Geld brauchst, müßte es doch eine Möglichkeit geben, die Police zu beleihen oder sie an einen anderen Viaticom-Investoren zu verkaufen. Und wenn es dir bloß darum geht, ordentlich Profit zu machen, also, dann ist das doch noch lange kein Grund, gleich jemanden umzubringen. Deine fünfundsiebzigtausend kriegst du doch in jedem Fall. Du kriegst sie nur etwas früher als sonst.«

»Zeit ist Geld.«

»Na schön, aber soviel Geld ist es nun auch wieder nicht. Und Leute, die mit allen Mitteln auf das schnelle Geld machen wollen, investieren nicht in Versicherungspolicen. Die überfallen eine Bank oder dealen mit Koks.«

»Vielleicht war es Havemeyer ja auch gar nicht.«

Ich schüttelte den Kopf. »Das kann kein Zufall sein. Es sieht einfach zu sehr nach ihm aus. Was wissen wir über den Mord? Er wurde dilettantisch verübt, von einem Fremden, der den Namen seines Opfers wußte und ihn laut damit ansprach, um sich zu vergewissern, daß er auch nicht den Falschen erschoß. Paßt doch alles bestens zusammen. Sogar ein Motiv hätten wir.«

»Geld, meinst du.«

»Sicher. Und irgendwie sah dieser Fall schon die ganze Zeit so aus, als steckte ein finanzielles Motiv dahinter.«

»Dein Traum«, sagte sie. »Weißt du noch? ›Zu viel Geld.‹«

»Mhm. Und jetzt ist auf einmal alles auf den Kopf gestellt. Denn inzwischen sieht es so aus, als wäre es für ein Motiv zu wenig Geld. Es ist einfach nicht genug, um dafür einen Mord zu begehen.« Sie wollte etwas sagen, aber ich hob die Hand. »Ich weiß, daß Tag für Tag nur wegen ein bißchen Kleingeld Menschen umgebracht werden. Zwei Kerle kaufen sich eine Flasche Night Train und streiten sich um das Wechselgeld, und einer ersticht den anderen. Ein Räuber erschießt einen Kerl, weil er seine Geldbörse nicht gleich rausrückt, und nimmt dem Toten fünf Dollar ab. Aber das ist etwas anderes. Leute, die so etwas tun, haben keine sechzigtausend Dollar zum Investieren. Sie leben nicht in einem Vorort im Mittelwesten und fliegen nach New York, um einen Fremden umzubringen.«

»Das wollte ich nicht sagen.«

»Oh.«

»Ich wollte sagen, es ist nicht genug Geld, um dafür einen Mord zu begehen, wenn man es nur einmal macht. Aber wenn du den Gewinn nimmst und damit eine andere Police kaufst – weißt du, was ich meine? Wenn du darauf wartest, daß die Natur ihren Lauf nimmt, kriegst du deine fünfundzwanzig Prozent Gewinn in ein bis zwei Jahren. Aber wenn du das Ganze ein bißchen beschleunigst und das Geld schon nach vier oder fünf Monaten kriegst, und wenn du dir damit dann eine weitere Police kaufst und es wieder genauso machst ...«

»Dann vermehrt sich dein Geld ziemlich schnell.«

»Aber vorstellen kannst du es dir immer noch nicht?«

»Nicht wirklich«, sagte ich. »Außerdem haben sie bei Illinois Sentinel Life außer dieser einen Police noch nie was von Mr. Havemeyer aus Lakewood gehört. Wenn er so was also schon mal abgezogen hat, muß er es mit anderen Versicherungen getan haben. Bloß, wo soll ich da jetzt anfangen, nach einer Spur von ihm zu suchen. Wie viele Versicherungsgesellschaften gibt es in Amerika?«

»Zu viele.«

»TJ würde mir bestimmt erzählen, ich könnte mich in das EDV-System einer Versicherungsgesellschaft einschleichen und alles, was ich wissen will, herausfinden, ohne daß ich von meinem Schreibtisch aufstehen muß. Vielleicht ist das ja auch tatsächlich möglich, wenn man soviel von der Sache versteht wie die Kongs und Computer im Wert von ein paar tausend Dollar bei sich rumstehen hat und wenn es einem vor allem auch nichts ausmacht, munter gegen alle möglichen Gesetze zu verstoßen. Aber vorerst ...«

»Er hat nicht noch eine andere Police von – wie heißt die Versicherung gleich wieder? – Illinois Sentinel Life aufgekauft?«

»Richtig. Und weiter?«

»Aber er könnte durchaus an anderen viatikalen Transaktionen mit anderen Versicherungsgesellschaften beteiligt gewesen sein. Müßte er sie nicht über denselben Vermittler abgeschlossen haben?«

»Aber klar doch«, entfuhr es mir. »Daß ich darauf nicht gleich gekommen bin?«

20

Als ich am nächsten Morgen kurz nach neun bei Viaticom anrief, teilte mir eine auf Band gesprochene Stimme mit, ihre Geschäftszeiten seien von neun bis fünf. Ich sah stirnrunzelnd auf die Uhr, und dann fiel mir der Zeitunterschied ein. In Texas war es eine Stunde früher. Als ich eine Stunde später wieder anrief, meldete sich dasselbe Cowgirl, das mich am Tag zuvor weiterverbunden hatte. Ich verlangte nach Gary, und sie wollte meinen Namen wissen. Ich sagte ihn ihr, und sie legte mich auf die Warteschleife.

Dort blieb ich eine Weile. Als sie sich wieder meldete, um mir mitzuteilen, Gary sei außer Haus, klang ihre Stimme verändert, voller unterdrücktem Ärger. Sie mochte es nicht, wenn sie lügen mußte, und sie war böse auf mich, daß ich sie in diese Lage gebracht hatte.

Ich fragte, wann sie ihn zurückerwarte. »Das kann ich Ihnen leider nicht sagen«, antwortete sie, noch wütender. Ich ließ mich nicht aus der Ruhe bringen und gab ihr meine Telefonnummer, obwohl sie mich nicht danach gefragt hatte. Außerdem bat ich sie, Gary zu bestellen, er solle mich so bald wie möglich anrufen. Ich glaubte nicht, daß er das tun würde, und kurz vor Mittag hörte ich auf, auf seinen Anruf zu warten.

Nancy Chang bei Chase hatte mich gefragt, ob ich nach Arlington fahren müßte. Oder ob es auch mit dem Finger auf der Landkarte ginge. Mit dem Finger auf der Landkarte würde es zwar nicht ganz getan sein, aber das hieß noch lange nicht, daß ich mich gleich ins Flugzeug setzen mußte.

Ich rief Wally Donn bei Reliable an. Wir hatten kurz miteinander gesprochen, nachdem bekannt geworden war, daß Whitfield Will war, und jetzt erzählte er mir, er sei noch immer nicht darüber hinweggekommen. »Dieser Mistkerl. Weißt du, was er getan hat? Er hat uns engagiert, damit wir ihn vor ihm selbst beschützen. Das ist uns nicht gelungen, weshalb wir ganz schön dumm dagestanden sind. Und jetzt stehen wir noch dümmer da, weil wir ihn ja auf Schritt und Tritt begleitet haben, ohne die leiseste Ahnung zu haben, was da eigentlich gespielt wurde.«

»Versuch doch auch mal die positive Seite zu sehen«, tröstete ich ihn. »Jetzt kannst du es wenigstens bedenkenlos seinem Nachlaßverwalter in Rechnung stellen.«

»Was ich bereits getan habe. Und denk bloß nicht, ich hätte die einzelnen Posten zum Ausgleich für den Ärger, den wir mit der ganzen Sache hatten, nicht ein bißchen höher angesetzt. Die Frage ist jetzt nur, ob sie zahlen werden, was ich an sich nicht bezweifle.«

Ich fragte ihn, ob er mir in der Nähe von Arlington, Texas, einen Privatdetektiv empfehlen könne, und er nannte mir einen gewissen Guy Fordyce aus Fort Worth mit einem Büro in der Hemphill.

»Wo immer das ist«, sagte Wally.

Ich erreichte Fordyce. Er hörte sich brummig und kompetent an und sagte, er könne am nächsten Morgen ein paar Stunden dazwischenschieben. »Natürlich könnte ich auch versuchen, ihn heute nachmittag schon anzurufen«, sagte er, »aber ich kann mir nicht vorstellen, daß ich mehr Glück hätte als Sie. Da ist es sicher besser, wenn ich unangemeldet anrücke.«

Er rief am nächsten Tag gegen Mittag an. Ich war gerade nicht zu Hause, und als ich zurückkam, hatte er mir auf den Anrufbeantworter gesprochen. Ich rief in seinem Büro an, wo mir eine Frau sagte, sie werde ihn anpiepsen. Ich wartete, und als ein paar Minuten später das Telefon läutete, war er es.

»Das ist vielleicht ein aalglatter Schleimscheißer«, sagte er. »Ich mußte gestern ganz schön rumtelefonieren, um rauszufinden, mit wem ich es zu tun habe, und was ich über Gary Garrison rausgefunden habe, hat nicht gerade den Wunsch in mir geweckt, mit ihm Angeln zu gehen. Zwar waren alle einhellig der Meinung, daß an dieser ganzen viatikalen Scheiße, die er da durchzieht, rechtlich absolut nichts auszusetzen ist, aber ich kann mir nicht helfen, das Ganze hat einfach was an sich, wo jeder normale Mensch das Kotzen kriegt.«

»Ich weiß, was Sie meinen.«

»Und Garrison selbst hat eine bewegte Vergangenheit. Eine Weile hat er dubiose Aktiengeschäfte gemacht; er wurde ein paarmal angezeigt und in zwei Fällen wegen Betrugs angeklagt. Zwar wurde die Anklage beide Male zurückgezogen, aber ganz koscher ist dieser Bursche auf gar keinen Fall.«

»Allerdings nicht.«

»Auf lokaler Ebene wurde zum Teil schon ziemlich Druck gemacht, diese Agenturen zu verbieten oder ihnen zumindest so strenge Auflagen zu machen, daß sie von selbst das Handtuch werfen. Aber vorerst macht Garrison noch ein Bombengeschäft, und wahrscheinlich springt für ihn auch mehr dabei heraus, als ein Vermittler sonst an Provisionen einstreicht. Das ist einer der Punkte, wo die Auflagen verschärft werden sollen.«

»Daß er dabei nicht zu kurz kommt, habe ich mir fast gedacht.«

»Das können Sie laut sagen. Jedenfalls steckt er im Moment in der Zwickmühle. Einerseits ist er natürlich scharf auf Publicity, weil sie gut fürs Geschäft ist, zugleich möchte er aber auch nicht zuviel Aufsehen erregen, weil er Angst hat, das könnte die Behörden auf den Plan rufen und daß die ihm dann mit ihren Auflagen das Wasser abgraben. Und selbst wenn an der ganzen Geschichte rechtlich nichts auszusetzen ist, ist dieser Kerl ein ausgemachter Gauner; der hat es einfach im Blut, jeder direkten Frage auszuweichen.«

»Ein Mann von echtem Seelenadel.«

»Ein Ausbund an Rechtschaffenheit. Erst ließ ich ihn in dem Glauben, ich sei ein Investor, aber irgendwann kam ihm dann wohl der Gedanke, ich könnte Ermittlungsbeamter einer Bundesbehörde sein; allerdings fand ich gar keine Gelegenheit mehr, ihren Namen in das Gespräch einfließen zu lassen, weil er plötzlich erstaunlich hilfsbereit wurde. Insgesamt hat er bereits drei Abschlüsse mit Ihrem William Havemeyer getätigt. Bei den Transaktionen ging es um Policen, die bei drei verschiedenen Versicherungsgesellschaften abgeschlossen waren.«

Er gab mir Namen, Adressen, Daten und Zahlen durch. Die Männer, an deren Lebensdauer William Havemeyer ein finanzielles Interesse hatte, waren neben Byron Leopold ein gewisser Harlan Phillips aus San Francisco und ein John Wilbur Settle, wohnhaft in Eugene, Oregon. Phillips war bei Massachusetts Mutual versichert, Settle bei Integrity Life and Casualty.

»Life and Casualty«, sagte ich. »Leben und Unfall.«

»Zwei Dinge, die nun mal Hand in Hand gehen. Allerdings weiß ich nicht, was aus diesen beiden Herren geworden ist. Garrison kann nicht sagen, ob sie noch leben. Das ist etwas, was ihn auch nicht mehr zu interessieren braucht. Sobald die Police den Besitzer gewechselt hat und die Transaktion abgeschlossen ist, hat er nichts mehr mit der Sache zu tun.«

»Dürfte aber nicht allzu schwer sein, alles weitere rauszufinden.«

»Ein paar Anrufe dürften genügen.«

»Richtig.«

Darauf sagte er mir, was das Ganze kostete und daß er mir eine Rechnung zuschicken würde. Seine Forderung erschien mir durchaus im Rahmen, und mit Sicherheit kam mich der Spaß so um einiges billiger, als wenn ich selbst nach Texas hätte fliegen müssen. Das sagte ich ihm auch und dankte ihm für seine Bemühungen.

»Gern geschehen«, sagte er. »Dürfte ich Sie vielleicht fragen, worum es hier geht? Befördert unser Freund Havemeyer diese Typen alle ins Jenseits?«

»So sieht es zumindest aus. Aber mit Sicherheit läßt sich das erst sagen, wenn ich bei den Versicherungen nachgefragt habe.«

»Allerdings. Würde Ihre Theorie wahrscheinlich ziemlich erschüttern, wenn sich rausstellt, daß Phillips und Settle noch gesund und munter sind.«

Aber sie waren beide tot.

Zuerst war ich richtig aufgeregt. Ich war einem Serienmörder auf der Spur, ich wußte seinen Namen und wo er lebte, und außer mir ahnte kein Mensch, daß es ihn überhaupt gab. Das ließ mir ganz schön die Brust schwellen. Wenn ich diesen Fall löste, würden sich die Medien wieder um mich reißen, und diesmal nicht nur auf lokaler Ebene, sondern landesweit. Vielleicht sollte ich dem Interesse an meiner Person entgegenkommen und das Beste daraus machen, dachte ich.

Wirklich erstaunlich, was die menschliche Fantasie aus nichts alles machen kann, wenn man sie nur läßt. Im Handumdrehen sah ich mich bei Letterman auftreten und bei *Law & Order* eine kleine Nebenrolle übernehmen. Ich ließ mich mit Charlie Rose am Tisch sitzen und ihm erklären, was im Kopf eines Kriminellen vor sich ging. Erst an dem Punkt, an dem ich auf Lesetour von Stadt zu Stadt hetzte, um mein neues Buch vorzustellen, kam mir der Gedanke, daß etwas mehr nötig wäre als nur der Tod von Harlan Phillips und John W. Settle, um William Havemeyer wegen Mordes anzuklagen.

Schließlich war mit ihrem Ableben zu rechnen gewesen. Sie hatten beide Aids gehabt, und zwar in einem so fortgeschrittenen Stadium, daß sie die medizinischen Kriterien erfüllten, die von den Vermittlern viatikaler Transaktionen verlangt wurden. Die Tatsache, daß sie tot waren, hieß noch lange nicht, daß Havemeyer sie umgebracht hatte. Es war durchaus möglich, daß ihm die Krankheit zuvorgekommen war.

Daher machte ich noch ein paar zusätzliche Anrufe, und was ich auf diesem Weg erfuhr, ersparte mir die schwere Entscheidung zwischen einem »Augenzeugenbericht« und einer »Exklusivveröffentlichung«. Harlan Phillips war zwei Jahre und acht Monate, nachdem er an Aids erkrankt war, und knapp ein Jahr, nachdem er seine Massachusetts Mutual-Versicherung auf William Havemeyer überschrieben hatte, in einem Pflegeheim im Mission District gestorben. John Wilbur Settle hatte sich, zweifellos mit dem Geldsegen, nachdem Havemeyer seine Police gekauft hatte, eine Europareise geleistet und war einer der vierundachtzig Menschen gewesen, die ertranken, als in der Ostsee ein norwegisches Fährschiff Feuer fing, ausbrannte, kenterte und sank.

Ich konnte mich an die Schiffskatastrophe erinnern, auch wenn ich ihr damals nicht viel Beachtung geschenkt hatte. Ich ging in die Bibliothek und fand dort heraus, das Feuer war infolge eines Defekts in der Elektrik ausgebrochen, die Zahl der Passagiere des Schiffes hatte die gesetzlich erlaubte Höchstzahl geringfügig überschritten und bei den meisten hatte es sich um Vergnügungsreisende gehandelt, was häufig nur eine elegantere Wendung dafür ist, daß alle besoffen waren. Die Rettungsmaßnahmen wurden zwar infolge kommunikationstechnischer Probleme verzögert, waren aber dennoch relativ erfolgreich, da über neunhundert Passagiere und Besatzungsmitglieder überlebten. Von dem Dutzend Amerikanern, die sich an Bord befunden hatten, waren drei unter den Opfern, und die Zeitung führte ihre Namen auf. Es waren Mr. und Mrs. D. Carpenter aus Lafayette, Louisiana, und Mr. J. Settle aus Eugene, Oregon.

Irgendwie konnte ich mir nicht recht vorstellen, daß Bad Billy Havemeyer nach Oslo geflogen war, sich an Bord der SS Magnar Syversen gestohlen und im Maschinenraum ein paar Kabel kurzgeschlossen hatte. Ebensowenig konnte ich ihn mir in San Francisco an Phillips' Bett vorstellen, wie er die Schläuche seines Tropfs herausriß oder ihm ein Kissen auf das ausgemergelte Gesicht drückte.

Ich verließ die Bibliothek und wanderte durch die Stadt, ohne groß darauf zu achten, wohin ich ging. Es war kalt, und der Wind ging einem durch und durch, aber die Luft war frisch und klar, so, wie sie bei Nordwind immer ist.

Als ich nach Hause kam, war eine Nachricht auf dem Anrufbeantworter. Marty McGraw hatte angerufen und eine Nummer hinterlassen. Ich rief ihn zurück, und er sagte, er habe sich nur mal melden wollen. Woran ich im Moment gerade arbeitete?

Ich drehte mich im Kreis, sagte ich, und landete immer wieder auf Feld eins; da, wo ich angefangen hatte – auf Square One.

»Wäre ein guter Name für ein Restaurant«, meinte er.

»Was?«

»Square One. Ein Restaurant, eine Kneipe, ein Lokal im Stil des alten Toots Shor's. Wo man sich ein paar hinter die Binde kippen kann und ein gescheites Steak kriegt, ohne daß man sich Sorgen machen muß, was für einen Wein man dazu bekommt. Man nennt den Laden Square One, weil man weiß, man wird immer wieder dort landen. Kommen Sie bei der Suche nach Will voran?«

»Sie meinen, nach Will Nummer zwei.«

»Ich meine den Dreckskerl, der mir einen Brief geschrieben hat und darin drei prominenten New Yorkern mit dem Tod droht, ohne daß sich ein Schwein einen Dreck drum zu scheren scheint. Sie sind der Sache wahrscheinlich auch nicht nachgegangen, oder?«

»Ich habe nicht den Eindruck, daß das mein Bier ist.«

»Wann hat Sie das schon mal abgehalten?« Und als ich darauf nicht gleich etwas erwiderte, fügte er hinzu: »Das war nicht so gemeint, wie es sich vielleicht angehört hat. Nehmen Sie mir das bitte nicht krumm, Matt, ja?«

»Keine Angst.«

»Haben Sie heute morgen diesen Scheiß bei der Konkurrenz gelesen?«

»Bei der Konkurrenz?«

»In der *New York Fucking Post*. Kommt übrigens dem richtigen Namen dieses Blatts ziemlich nahe. *The New York Evening Post* ist der Name, der mal im Impressum stand.«

»Wie die *Saturday Evening Post*.«

»Das war eine Wochenzeitung, Herrgott noch mal.«

»Das weiß ich. Ich dachte nur …«

»Da ist ein kleiner Unterschied. Das eine ist eine Wochenzeitung, das andere eine Tageszeitung.« Inzwischen konnte ich den Alkohol in seiner Stimme hören. »Es gibt da eine Story über die *Post*«, fuhr er fort. »Vor Jahren, bevor Sie geboren wurden oder bevor Ihr Vater geboren wurde, lieferte sie sich mit der alten *New York World* einen erbitterten Konkurrenzkampf. Eines Tages war der *Post* irgendwas sauer aufgestoßen, und sie beschimpfte die *World* im Leitartikel als gelben Hund. Das war in diesen Tagen eine schlimme Beleidigung. Sie wissen ja, in Anspielung auf die Gelbe Presse, wie man bei uns in den Staaten die Boulevardpresse etwas abschätzig nennt. Sie kennen diesen Begriff doch sicher?«

»Nicht so gut wie Sie.«

»Was soll denn das schon wieder? Wollen Sie die Geschichte nun hören oder nicht?«

»Unbedingt.«

»Es haben also alle darauf gewartet, wie die *World* reagieren würde. Prompt bringt die *World* am nächsten Tag ebenfalls einen Leitartikel. ›Die *New York Evening Post* bezeichnet uns als gelben Hund. Nun, unsere Reaktion fällt genau so aus wie die eines jeden Hundes am Laternenpfahl.‹ Verstehen Sie das, oder ist die Subtilität einer verflossenen Ära zu hoch für Sie?«

»Ich habe es kapiert.«

»Mit anderen Worten: Ich pisse auf dich.«

»Wann war das?«

»Keine Ahnung, vor achtzig Jahren? Vielleicht auch noch früher. Heutzutage würde eine Zeitung kein Blatt vor den Mund nehmen und einfach sagen: ›Ich pisse auf dich.‹ Und angesichts des niedrigen Niveaus, auf dem wir inzwischen angelangt sind, würde sich kein Mensch was dabei denken. Wie komme ich überhaupt darauf?«

»Wegen der *Post*.«

»Ach ja, stimmt, die *New York Fucking Post*. Sie haben eine Analyse des letzten Briefs gebracht, die angeblich beweist, daß der Kerl ein Schwindler ist, jemand, der nur redet, aber nicht handelt. Sie war von irgendeinem Experten, so einem Collegeprofessor, der erst die Gebrauchsanweisung auf dem Klopapier liest, bevor er sich den Arsch abwischt. Was halten Sie davon?«

»Von was?«

»Finden Sie das nicht verantwortungslos? Sie sagen diesem Kerl ins Gesicht, daß er ein Lügner ist.«

»Nur, wenn er die *Post* liest.«

Er lacht. »Und auf sie pißt, hm? Aber Sie wissen doch, was ich meine, oder? Sie hetzen ihn doch regelrecht dazu auf. So, als ob Sie zu ihm sagen würden: ›Mach doch, bring jemanden um, zeig uns doch, ob du dich wirklich traust.‹ Also, für mich ist das unverantwortlich.«

»Wenn Sie das finden.«

»Was soll diese herablassende Art? Sind Sie sich plötzlich zu fein dafür, mit mir zu reden?«

Ich widerstand dem Impuls aufzulegen. »Natürlich nicht«, lenkte ich ein. »Wahrscheinlich haben Sie völlig recht, aber mich geht die ganze Geschichte nichts mehr an, nicht mal mehr am Rande. Außerdem habe ich auch so schon genug am Hals.«

»Ach ja? Wegen was?«

»Noch so ein Fall, der mich eigentlich gar nichts angeht; aber irgendwie habe ich ihn trotzdem übernommen. Da ist ein Mann, und ich bin so gut wie sicher, daß er einen Mord begangen hat, aber ich komme einfach nicht drauf, warum.«

»Entweder Geld oder Liebe. Außer er ist auch so ein aufs Allgemeinwohl bedachter Dreckskerl wie mein spezieller Freund.«

»Das Motiv ist Geld, aber irgendwie ergibt das Ganze einfach keinen Sinn. Angenommen, Sie haben eine Lebensversicherung und ich bin der Begünstigte. Ich profitiere also davon, wenn Sie sterben.«

»Warum nicht umgekehrt?«

»Lassen Sie mich doch erst ...«

»Nein, echt.« Seine Stimme wurde lauter, als er sich hineinzusteigern begann. »Ich weiß, das Ganze ist rein hypothetisch, aber warum muß ich der Gelackmeierte sein? Warum kann nicht *ich* was davon haben, wenn *Sie* sterben?«

»Meinetwegen. Dann profitieren Sie eben davon, wenn ich sterbe. Ich springe also aus dem Fenster, und ...«

»Warum wollen Sie so was Verrücktes machen?«

»Und Sie erschießen mich, während ich nach unten segle. Warum?«

»Sie springen aus dem Fenster, und ich erschieße Sie, während Sie nach unten segeln?«

»Richtig. Warum?«

»Um besser zielen zu lernen? Soll das eine Denksportaufgabe sein? Haben Sie einen Fallschirm umgeschnallt oder sonst so einen Scheiß?«

»Herrgott, nein«, sagte ich. »Es ist keine Denksportaufgabe. Das soll nur eine Analogie sein.«

»Ach so, dann bitte ich vielmals um Entschuldigung. Ich erschieße Sie also, während Sie in die Tiefe stürzen?«

»Mhm.«

»Und töte Sie.«

»Richtig.«

»Aber Sie wären bei der Landung sowieso gestorben. Weil das hier eine Analogie ist und keine Denksportaufgabe, und darum erzählen Sie mir jetzt bitte nicht, es war ein Fenster im Erdgeschoß, aus dem Sie gesprungen sind.«

»Nein, es war eins, das sich mehrere Stockwerke über dem Erdboden befand.«

»Und ohne Fallschirm.«

»Ohne Fallschirm.«

»Na, also, ich weiß auch nicht«, sagte er. »Wenn es Selbstmord ist, kriege ich kein Geld. Wie wäre das als Erklärung?«

»Das trifft aber nicht zu.«

»Das trifft nicht zu? Was soll das jetzt wieder heißen, Scheiße noch mal?«

»Ein Selbstmord würde die Versicherung nicht ungültig machen«, sagte ich. »Außerdem, wenn ich aus dem Fenster springe, ist es kein Selbstmord.«

»Nein, es wäre ein Akt christlicher Nächstenliebe. Es wäre die einzig angemessene Reaktion auf ein breites Bedürfnis seitens der Öffentlichkeit. Warum ist es kein Selbstmord, wenn Sie aus dem Fenster springen? Sie sind kein Vogel und auch kein Flugzeug und Superman schon gar nicht.«

»Die Analogie war nicht ganz richtig«, gab ich zu. »Sagen wir lieber, ich stürze aus einem Fenster.«

»Warum? Haben Sie das Gleichgewicht verloren?«

»Wäre nicht das erste Mal.«

»Ha! Was Sie nicht sagen. Es ist also ein Unfall. Ist es das, was Sie sagen wollen? … Wo sind Sie plötzlich? Hey, Erde an Matt. Sind Sie noch da?«

»Ich bin hier.«

»Also, einen Moment habe ich mich echt gefragt. Es ist also ein Unfall, richtig?«

»Richtig«, sagte ich. »Es ist ein Unfall.«

21

Übers Wochenende blieb ich in der Stadt. Ich ging zu ein paar Treffen, und Samstag nachmittag fuhren Elaine und ich mit dem 7er Zug nach Flushing hinaus und sahen uns die neue Chinatown an. Sie beanstandete, sie sei überhaupt nicht wie die Chinatown von Manhattan; sie habe weder was Idyllisches noch was Bedrohliches, sondern nur was tödlich Vorstädtisches. Schließlich aßen wir in einem vegetarischen taiwanesischen Restaurant, und nach zwei Bissen legte sie ihre Stäbchen beiseite und sagte: »Ich nehme alles zurück, was ich gesagt habe.«

»Nicht schlecht, hm?«

»Himmlisch«, sagte sie.

Sonntag abend ging ich zum erstenmal seit mehreren Wochen wieder mit Jim Faber essen, und das bedeutete ein weiteres chinesisches Essen, allerdings in unserem Teil der Stadt, nicht weit draußen in Queens. Wir sprachen über alles mögliche, unter anderem auch über Marty McGraws Kolumne in der heutigen *News*, in der er Will Nr. 2 sinngemäß vorhielt, uns alle an der Nase herumzuführen.

»Das verstehe ich nicht«, sagte ich. »Erst vor ein paar Tagen habe ich noch mit ihm telefoniert, und da war er stinksauer auf die *Post*, weil sie einen Artikel brachten, in dem sie Will vorhielten, er hätte zwar einen Riesenhut, aber kein Vieh. Und jetzt tut er ...«

»Ein Riesenhut, aber kein Vieh?«

»Große Klappe, aber nichts dahinter.«

»Ich weiß, was es bedeutet. Es überrascht mich nur, es von einem Großstadtmenschen wie dir zu hören.«

»Ich habe in letzter Zeit ziemlich viel mit Texas telefoniert«, sagte ich. »Vielleicht hat das ein bißchen abgefärbt. Aber was ich sagen wollte: Er hat sie verantwortungslos genannt, weil sie Will als Schaumschläger hingestellt haben, und jetzt hetzt er ihn selber auf, indem er ihm praktisch sagt: Jetzt scheiß mal, Junge, oder mach den Pott frei.«

»Vielleicht hat ihn die Polizei dazu angestiftet.«

»Vielleicht.«

»Aber glauben tust du es nicht.«

»Ich glaube, die Polizei neigt eher dazu, schlafende Hund nicht zu wecken. Das wäre mehr ihr Stil, als McGraw vorzuschieben.«

»McGraw trinkt doch? Hast du mir das nicht erzählt?«

»Es steht mir nicht zu, ein Urteil über ihn zu fällen.«

»Ach, komm schon. ›Wir sind keine Heiligen.‹ Hast du das etwa vergessen?«

»Na schön, ich schätze, er ist ein Säufer.«

»Und dann wunderst du dich, daß er unberechenbar ist? Vielleicht weiß er nicht mal mehr, daß er sich über den Artikel in der *Post* geärgert hat. Vielleicht weiß er nicht mal mehr, daß er ihn gelesen hat.«

Am Montag setzte ich mich gleich nach dem Frühstück ans Telefon und machte ein halbes Dutzend Anrufe, von denen einige ziemlich lang dauerten. Ich telefonierte von unserer Wohnung aus, und das hieß, daß ich dafür bezahlen mußte. Deshalb konnte ich mir tugendhaft und blöd vorkommen statt korrupt und clever.

Am Dienstag morgen enthielt Marty McGraws Kolumne einen Brief von Will. Die *News* brachte zwar auf der ersten Seite eine Anreißerschlagzeile mit einem entsprechenden Hinweis, aber die Hauptmeldung hatte ein Massaker unter Drogendealern im Brooklyner Stadtteil Bushwick zum Inhalt. Bevor ich die Zeitung jedoch überhaupt zu sehen bekam, rief während des Frühstücks der Türsteher von unten an, um mir zu sagen, es sei etwas mit FedEx für mich gekommen. Ich sagte, ich käme gleich nach unten, um es zu holen, und ich hatte es so eilig, daß ich auf meine zweite Tasse Kaffee verzichtete.

Wie erwartet, handelte es sich um einen Expreßbrief mit drei Fotos. Auf den 10x13-Farbaufnahmen war immer dieselbe Person zu sehen, ein schmächtiger Weißer

Ende Vierzig oder Anfang Fünfzig, sauber rasiert, mit kleinen, regelmäßigen Zügen und einer Stahlrandbrille, hinter der seine Augen nicht zu sehen waren.

Ich piepste TJ an und traf mich mit ihm an einer Imbißtheke im Port Authority-Busbahnhof. Es wimmelte von wachsamen Menschen, deren Augen unablässig durch den Raum zuckten. Ich nehme an, sie hatten ihre Gründe. Es war schwer festzustellen, was sie mehr fürchteten, einen Überfall oder eine Festnahme.

TJ äußerte sich sehr lobend über die glasierten Doughnuts und verdrückte zwei davon. Ich ließ mir einen Bagel toasten und aß ihn zur Hälfte. Ihren Kaffee tat ich mir erst gar nicht an.

TJ studierte die Fotos mit zusammengekniffenen Augen und erklärte, der Abgebildete sehe aus wie Clark Kent. »Außer daß bei dem mehr nötig wäre als ein Kostümwechsel, um sich in Superman zu verwandeln. Ist das der Typ, der Myron umgenietet hat?«

»Byron.«

»Hab ich doch gemeint. Ist er das?«

»Wahrscheinlich.«

»Sieht aber nicht wie ein Killer aus. Sieht eher aus, als würde er erst Verstärkung holen, bevor er eine Kakerlake zermatscht.«

»Diesen Zeugen, den du ausfindig gemacht hast, meinst du, den könntest du wieder finden.«

»Diesen Dealer?«

»Ja, den.«

»Schon möglich, daß ich ihn wieder finde. Wenn du Stoff verkaufst, bist du ja dran interessiert, daß du nicht so schwer zu finden bist. Sonst kaufen die Leute bei jemand anders.« Er tippte auf das Foto. »Bloß hat der Typ den Mörder nur von hinten gesehen.«

»Hat er nicht ganz kurz sein Gesicht gesehen, nachdem die Schüsse gefallen sind?«

Er legte den Kopf auf die Seite und dachte nach. »Er hat gesagt, daß er weiß war. Und daß er irgendwie stinknormal ausgesehen hat. Er muß ihn also wenigstens ein bißchen gesehen haben. Bloß, gibt es nicht noch andere Zeugen, die ihn besser gesehen haben?«

»Sogar mehrere.«

»Wozu dann das Ganze. Um ganz sicher zu gehen?«

Ich schüttelte den Kopf. »Die anderen Zeugen müssen vielleicht vor Gericht aussagen. Das heißt, sie sollten Havemeyer erst bei einer von der Polizei arrangierten Gegenüberstellung zum erstenmal sehen. Wenn sein Anwalt rausbekommt, daß ihnen ein Privatdetektiv vorher schon ein Foto von ihm gezeigt hat, gilt ihre Identifizierung als voreingenommen, und der Richter ließe sie nicht als Beweismittel zu.«

»Aber der Typ, den ich gefunden habe, will sowieso nicht vor Gericht aussagen. Also spielt es auch keine Rolle, wie voreingenommen er ist.«

»Ganz genau.«

»Voreingenommen«, wiederholte er und ließ das Wort auf der Zunge zergehen. »Das einzige Problem ist, ich soll eigentlich heute für Elaine arbeiten. Den Laden hüten, solange sie sich diesen Heilsarmee-Laden ansieht, von dem ihr jemand erzählt hat.«

»Dann springe ich eben für dich ein.«

»Also, ich weiß nicht«, sagte er. »Da muß man eine ganze Menge wissen. Wie man die Verkäufe verbucht, wie man die Quittungen ausstellt, wie man mit den Kunden handelt. Das ist keineswegs so einfach, wie du dir das vorstellst. Da mußt du dich nicht nur mal schnell in den Laden stellen.«

Ich versuchte ihn zu boxen, und er wich grinsend aus. »Was sag ich denn die ganze Zeit?« zog er mich auf. »Du mußt noch hart an deiner Rechten arbeiten.« Damit schnappte er sich die Fotos und ging zum Ausgang.

Die Fotos waren von einem Studenten der Western Reserve in Cleveland aufgenommen worden. Angefangen hatte ich mit einem Namen und einer Telefonnummer von Wally Donn, aber der Kerl, den ich unter ihr erreichte, steckte bis über die Ohren in der Arbeit und wußte nicht, wann er Zeit hätte. Er gab mir zwei andere Telefonnummern, und als ich unter beiden nur einen Anrufbeantworter dran bekam, sah ich in meinem Büchlein nach und rief einen Typen an, den ich in Massillon, Ohio, kenne. Massillon ist zwar nicht gerade auf dem nächsten Weg nach Cleveland, aber ich kannte niemanden, der näher wohnte.

Ich hatte Tom Havlicek vor sechs oder sieben Jahren kennengelernt, als ein Mann, den ich mal hinter Gitter gebracht hatte, eine alte Freundin Elaines mitsamt ihrem Mann und ihren Kindern umbrachte. Havlicek war der für den Fall zuständige Lieutenant gewesen, ein Polizist, der seine Arbeit liebte und etwas davon verstand. Wir waren gut miteinander klargekommen und blieben in Kontakt. Seine regelmäßigen Einladungen, nach Ohio zu kommen und mit ihm auf die Jagd zu gehen, hatte ich zwar abwimmeln können, aber ich hatte ihn zweimal in New York getroffen. Das erste Mal kam er allein, um eine Messe für Polizeiprodukte im Javits Center zu besuchen; ich traf mich mit ihm zum Mittagessen und zeigte ihm anschließend die Stadt ein bißchen. Sie gefiel ihm so gut, daß er ein Jahr oder so später seine Frau mitbrachte, und Elaine und ich gingen mit ihnen essen und besorgten Theaterkarten. In die Wiederaufführung von *Carousel* im Lincoln Center kamen wir mit, aber *Cats* mußten sie sich allein ansehen. Auch Freundschaft, erklärte mir Elaine, kennt gewisse Grenzen.

Tom brauchte nicht lange, um mit Hilfe eines Bekannten bei der Polizei von Cleveland herauszubekommen, daß sich William Havemeyer bisher, ohne anzuecken, durchs Leben geschlängelt hatte. »Es existiert keine Akte über ihn«, teilte er mir mit. »Das heißt, er ist bisher noch nicht verhaftet worden. Jedenfalls nicht in Cuyahoga County. Und nicht unter diesem Namen.«

Ich bedankte mich, und er gab mir Namen und Telefonnummer seines Bekannten in Cleveland.

»Nachdem sie ihn nie festgenommen haben«, fuhr er fort, »haben sie auch todsicher kein Foto von ihm, aber

Garvin« – das war sein Bekannter bei der Polizei von Cleveland – »hat mir die Nummer von jemand gegeben, der erst kürzlich in Pension gegangen ist, aber wie sich herausstellt, ist er den Winter über in Florida. Deshalb fiel mir der Junge meiner Schwester ein.«

»Ist der bei der Polizei?«

»Nein, auf dem College. Er will Anwalt werden. Genau das, was wir am dringendsten brauchen.«

»Man kann nie genug Anwälte haben.«

»So scheint es auch der liebe Gott zu sehen, wenn man sich mal vor Augen hält, daß er immer mehr von ihnen erschafft. Nicht mehr lange, und sie haben niemanden mehr, den sie verklagen können, außer sich selber. Aber der Junge ist, mal unabhängig davon, wer sein Onkel ist, ziemlich hell im Kopf, und Fotografieren ist sein Hobby.«

»Wie gut ist er im Lauern?«

»Im Lauern? Ach so, um das Foto zu kriegen. Ich würde sagen, er ist ein ganz schön hintertriebener Patron. Was ihm in seinem künftigen Beruf sicher sehr zugute kommen wird. Soll ich ihn mal anrufen?« Ich bat ihn darum. »Und wann werden wir beide endlich mal ein paar Hirsche schießen? Kannst du mir das vielleicht sagen?«

»Wahrscheinlich nie.«

»Ich werde wohl nie einen Jäger aus dir machen, hm? Weißt du was? Warum kommst du nicht einfach mal in der Schonzeit vorbei, und wir gehen einfach im Wald spazieren, was sowieso das Schönste an der Jagd ist. Man braucht keine Büchse mit sich rumzuschleppen und läuft auch nicht Gefahr, von jemand, der sein Frühstück aus dem Flachmann gehabt hat, mit einem Zwölfender verwechselt zu werden. Andererseits bringst du so natürlich auch kein Wild mit nach Hause.«

»Dann braucht man wenigstens auch nicht so zu tun, als würde man es gern essen.«

»Ist wohl nicht deine Leibspeise, wie? Meine auch nicht, um mal ganz ehrlich zu sein, aber trotzdem hat es was sehr Befriedigendes, loszuziehen und etwas mit nach Hause zu bringen.«

Ich rief ihn von Elaines Laden aus an, um ihm zu sagen, die Fotos seien gekommen und sein Neffe habe seine Sache gut gemacht.

»Freut mich zu hören«, sagte er, »obwohl es mich keineswegs überrascht. Er hat immer schon gute Fotos gemacht, sogar schon als kleiner Junge. Ich habe erst gestern abend mit ihm gesprochen, und weißt du, was ich wirklich toll finde? Wieviel Spaß ihm das Ganze gemacht hat. Aus diesem Jungen könnten wir einen guten Polizisten machen.«

»Ich kann mir gut vorstellen, wie begeistert deine Schwester darüber wäre.«

»Und mein Schwager genauso. Aber im Grunde genommen kann ich es ihnen nicht mal verdenken. Keine Frage, Anwälte verdienen nun mal mehr als Polizisten. Aber wer hat gesagt, daß es auf der Welt gerecht zugeht?«

»Keine Ahnung«, sagte ich. »Ich jedenfalls nicht.«

Ich hütete ein paar Stunden den Laden, was ich zum Glück nicht allzu oft machen muß. Jemand – ich glaube, es war Pascal – hat einmal sinngemäß geschrieben, alle Probleme des Menschen erwüchsen aus seiner Unfähigkeit, allein in einem Raum zu sitzen. Normalerweise bin ich ganz gut darin, allein in einem Raum zu sitzen – ob nun mit dem Fernseher an oder nicht –, aber an diesem Tag empfand ich es als wahre Tortur. Zum einen hatte ich in der Stadt verschiedenes zu erledigen. Zum anderen störten mich ständig Leute und das auch noch völlig überflüssigerweise. Sie riefen an, fragten nach Elaine, wollten wissen, wann sie zurückkäme, und legten auf, ohne ihren Namen zu hinterlassen. Oder sie kamen an die Tür, steckten ihren Kopf herein, zeigten sich etwas enttäuscht, statt der Dame des Hauses mich vorzufinden, und gingen woanders hin.

Ein paar Leute kamen herein und sahen sich die Sachen an, aber ich mußte weder über den Preis mit ihnen verhandeln noch eine Quittung ausstellen, weil niemand von ihnen etwas kaufen wollte. Eine Frau erkundigte sich nach dem Preis verschiedener Gemälde – er war bei allen deutlich lesbar ausgezeichnet – und sagte, sie käme wieder. Das bedeutete etwa das gleiche, als wenn man einer Frau nach einem gemeinsamen Kinobesuch sagt: »Wir telefonieren.« »Ladenbesitzer«, hatte mir Elaine gesagt, »sind realistischer als Mädchen, die mit jemandem ausgehen. Wir wissen sofort, daß so jemand nicht wieder kommt.«

Ich hatte Zeit zum Zeitunglesen. Marty McGraws Kolumne enthielt tatsächlich Wills letzten Brief. Ohne weitere Namen zu nennen, erklärte der anonyme Verfasser, die drei Männer auf seiner Liste bildeten erst den Anfang. Es gebe noch wesentlich mehr von uns, die als Kandidaten für seine nächste Liste in Frage kämen, es sei denn, wir bereuten und änderten unser Leben. Mir kam der Brief lasch und wenig überzeugend vor. Ich konnte mich des Eindrucks nicht erwehren, daß nicht einmal Will Nr. 2 daran glaubte.

Irgendwann im Lauf des Nachmittags schneite TJ herein. Er trug weite Jeans und eine orangefarbene Daunenweste über seiner Tarnjacke. In Anbetracht der Tatsache, daß er in Sachen Straßenkriminalität unterwegs war, entsprach seine Kleidung ganz dem Anlaß.

»Ich muß mich nur mal schnell umziehen«, sagte er und verschwand im Hinterzimmer. Als er wieder herauskam, hatte er eine Khakihose und ein ordentliches Hemd an. »Möchte schließlich die Kundschaft nicht verscheuchen«, sagte er. »Bloß, wenn ich so in die Stadt gegangen wäre, hätte ich den Typen verscheucht.«

»Hast du ihn gefunden?«

Er nickte. »Er sagt, das ist der Mann, den er gesehen hat.«

»Wie sicher ist er?«

»Sicher genug, um es zu schwören, außer daß er nicht vorhat, irgendwas zu schwören. Ich hab ihm gesagt, das muß er auch nicht. Okay so?«

»Wahrscheinlich. Kannst du jetzt hier übernehmen, bis Elaine zurückkommt?«

»Klar. Wo willst du hin?«

»Rate mal.«

»Ich rate nicht«, sagte er. »Ich ermittle. Und meinen Ermittlungen zufolge willst du nach Cleveland.«

Ich sagte ihm, er wäre ein guter Ermittler.

Ich hatte den Flug schon telefonisch vom Laden aus gebucht, und nun ging ich zu Phyllis Binghams Reisebüro rüber, um das Ticket abzuholen, und von dort in die Wohnung, um ein sauberes Hemd und frische Socken und Unterwäsche in eine Tasche zu packen. Ich hatte keine Ahnung, wie lange das Ganze dauern würde, aber ich nahm an, daß ich auf jeden Fall über Nacht bleiben müßte.

Phyllis hatte mir einen Continental-Flug ab Newark gebucht. Ich kam noch rechtzeitig vor dem Feierabendverkehr zum Flughafen raus, und als wir in Cleveland landeten, saßen die meisten Pendler schon beim Abendessen. Am Ausgang stand eine kleine Gruppe von Leuten mit handbeschrifteten Pappschildern, und auf einem davon stand mein Name. Der hoch aufgeschossene, schlaksige Junge, der es hielt, hatte kurzgeschnittenes rotblondes Haar und ein schmales Gesicht.

»Ich bin Matthew Scudder«, sagte ich, »und du mußt Jason Griffin sein. Dein Onkel Tom hat gesagt, er würde versuchen dich zu erreichen, und wenn du Zeit hast, würdest du mich abholen kommen.«

Er grinste. »Er hat mir gesagt, wenn ich keine Zeit habe, soll ich mir besser welche nehmen. ›Hol ihn vom Flugzeug ab und fahr ihn nach Lakewood raus oder wo er sonst noch hin will.‹ Wollen Sie da als erstes hin? Nach Lakewood, wo dieser Mann wohnt?«

Das bejahte ich, und wir gingen zu seinem Wagen, einem Japaner, der schon ein paar Jahre alt war. Er blitzte vor Sauberkeit, und ich nahm an, er war auf dem Weg zum Flughafen in die Waschanlage gefahren.

Nachdem wir losgefahren waren, fragte ich ihn, was er über den Fall wußte.

»Nichts«, sagte er.

»Hat dir Tom nichts darüber erzählt?«

»Mein Onkel redet nur das Allernötigste. Er hat mir den Namen und die Adresse gegeben und gesagt, ich soll ein Foto von dem Mann machen, ohne daß er was merkt. Ich habe ihm gesagt, daß ich mir vielleicht ein Teleobjektiv kaufen muß.«

»Das zahle selbstverständlich ich.«

Er grinste. »›Leih dir eins‹, hat er gesagt. Also habe ich mir eins geliehen. Ich parkte gegenüber von Mr. Havemeyers Haus und wartete, daß er nach Hause kam. Aber als er schließlich aufkreuzte, fuhr er direkt in die Garage. Es ist eine Anbaugarage, was in dieser Gegend ziemlich ungewöhnlich ist. Die meisten Häuser hier sind schon älter, aber seins ist neuer als die anderen und hat eine Garage, so ähnlich wie einen Carport. Er fuhr da also rein, ohne daß ich ihn gescheit zu sehen bekam. Und ihn mit dem Teleobjektiv aufzunehmen war erst recht nicht drin.«

»Was hast du dann gemacht? Gewartet, bis er wieder rauskam?«

»Nein, weil es beim Wegfahren wahrscheinlich wieder genau dasselbe gewesen wäre. Leider hat mir Onkel Tom nicht gesagt, was ich in so einem Fall tun soll. Eigentlich war der einzige Tip, den er mir gegeben hat – können Sie sich vielleicht denken, was das war?«

»Nimm eine Milchflasche mit.«

»Er hat gesagt, ich soll ein Gurkenglas oder so was ähnliches mitnehmen. Was so ziemlich auf dasselbe rausläuft. Als ich ihn fragte, was ich damit sollte, meinte er, das würde ich schon merken, wenn ich erst mal ein paar Stunden im Auto gesessen hätte. Und an diesem Punkt kam ich dann auch selbst drauf, wofür das Gurkenglas gut war. Aber was er mir dann noch gesagt hat, erraten Sie nie.«

»Was war das?«

»›Wenn das Glas voll ist, leerst du es in den Rinnstein.‹ Und als ich ihn darauf gefragt habe: ›Einfach so? Ich soll es in den Rinnstein schütten?‹, hat er nur gesagt: ›Kein

Mensch wird dich sehen, und außerdem wird es weggespült.‹ Ich dankte ihm für den weisen Rat, sagte ihm aber auch, daß ich wahrscheinlich auch selbst drauf gekommen wäre, wie ich das Glas am besten ausleere. Worauf er meinte, nach all den Polizeianwärtern, die er im Lauf der Jahre ausgebildet hätte, würde er nichts dem Zufall überlassen.«

»Den reichen Erfahrungsschatz deines Onkels in Ehren«, sagte ich, »aber in diesem Punkt muß ich dir doch recht geben. Wenn mich nicht alles täuscht, hättest du auch selbst rausgekriegt, wie du das Ding am besten ausleerst.«

»Wahrscheinlich. Aber andererseits muß ich natürlich zugeben, daß ich nie daran gedacht hätte, das Glas mitzunehmen. Im Kino sieht man jedenfalls nie jemanden in eine Flasche pinkeln.«

Da konnte ich ihm nur beistimmen. »Wie hast du die Fotos gemacht?«

»Ein paar Häuser weiter war ein Junge, der allein Basketball trainiert hat. Ich versprach ihm fünf Dollar, wenn er bei dem Mann klingeln würde, damit er aus dem Haus käme. Er ging sofort los, klingelte und rannte weg. Aber Mr. Havemeyer öffnete die Tür nur einen Spalt und schloß sie gleich wieder. Ich schoß zwar ein Foto, aber es ist keins von denen, die ich Ihnen geschickt habe, weil nämlich nichts darauf zu sehen war. Ich machte dem Jungen klar, das wäre nichts gewesen, aber wenn er es noch mal versuchte und es schaffte, den Mann richtig aus dem Haus zu locken, bekäme er die fünf Dollar und noch mal fünf oben drauf.«

»Und dann hat es geklappt.«

»Er hat dafür gesorgt, daß es klappte. Er ging ins Haus und holte eine Tüte – ungefähr so groß – und füllte sie mit zerknüllten Zeitungen. Die legte er auf Havemeyers Veranda und zündete sie an, und dann klingelte er noch mal, klopfte an die Tür und düste ab. Mr. Havemeyer öffnete die Tür wieder nur einen Spalt, aber dann kam er nach draußen und begann auf der brennenden Tüte rumzutrampeln.« Er grinste. »Ich brauchte mindestens eine Minute, um die Entfernung einzustellen, weil ich so lachen mußte, daß ich die Kamera nicht ruhig halten konnte. Wirklich saukomisch.«

»Das kann ich mir vorstellen.«

»Eigentlich ist das ein alter Halloween-Trick.«

»Wenn ich das recht in Erinnerung habe, ist auch noch eine Überraschung in der Tüte.«

»Aber klar doch. Hundescheiße, damit man voll reinlatscht, wenn man das Feuer austritt. Die hat der Junge aber weggelassen.«

»Auch gut.«

»Auf den Bildern ist zwar nicht zu sehen, was er gerade macht, weil ich nur sein Gesicht im Sucher hatte. Aber ich muß jedesmal lachen, wenn ich sie mir ansehe, weil ich plötzlich wieder alles vor mir sehe.«

»Ich finde, er sieht darauf irgendwie belagert aus.«

»Sehen Sie«, sagte er. »Genau deswegen.«

Der Flughafen von Cleveland ist im Südwesten der Stadt. Lakewood liegt, wie der Name so schön sagt, ein Stück westlich der Stadt am See, so daß wir auf dem Weg dorthin nicht in den Großstadtverkehr gerieten. Jason fuhr und unterhielt sich weiter mit mir, und ich ertappte mich dabei, wie ich ihn mit TJ verglich. Jason war wahrscheinlich ein, zwei Jahre älter, und oberflächlich betrachtet sah es so aus, als hätte er es bisher dank seiner weißen Hautfarbe und seines typischen Mittelschicht-Backgrounds leichter gehabt. Er hatte im gängigen Sinn eine wesentlich gründlichere Ausbildung erfahren, obwohl man geltend machen könnte, daß TJs Realitätssinn genauso nützlich war und die Erziehung, die er auf der Straße genossen hatte, keinen Deut weniger wertvoll. Bis wir nach Lakewood kamen, war ich zu der Überzeugung gelangt, daß die zwei keineswegs so unterschiedlich waren, wie es schien. Sie waren beide schwer in Ordnung.

Lakewood entpuppte sich als ein relativ alter Vorort, mit großen Bäumen und Häusern aus der Vorkriegszeit.

Hier und da konnte man auch ein Grundstück sehen, das damals nicht bebaut worden war und auf dem jetzt ein kleines Ranchhaus stand, das aussah wie bestellt und nicht abgeholt. Gegenüber einem dieser Häuser parkten wir, und Jason stellte den Motor ab.

»Man sieht nicht mehr, wo das Feuer war«, sagte er. »Als ich wegfuhr, hat er alles mit einem Besen weggefegt. Ich schätze, er hat gründlich sauber gemacht.«

»Er hätte dem Jungen was geben können, damit er es ihm wieder wegmacht.«

»Das wäre echt ein Gag gewesen. Ich weiß nicht, ob er zu Hause ist. Wenn das Garagentor zu ist, kann man nicht sehen, ob das Auto drinnen steht oder nicht.«

»Ich glaube nicht, daß ich ein Feuer machen muß, um das rauszufinden«, sagte ich. »Ich werde einfach bei ihm klingeln.«

»Möchten Sie, daß ich mitkomme?«

Ich überlegte. »Nein, lieber nicht.«

»Dann warte ich hier.«

»Das wäre nett. Ich weiß nicht, wie lange es dauern wird. Vielleicht eine ganze Weile.«

»Kein Problem«, sagte er. »Ich hab das Gurkenglas noch dabei.«

Ich mußte nur einmal klingeln. Die achttönige Glockenmelodie hallte noch durch das Haus, als ich hörte, wie sich Schritte näherten. Er öffnete die Tür einen Spalt breit und sah mich, und dann machte er sie ganz auf.

Die Fotos waren gut getroffen. Er war ein kleiner, schmächtiger Mann, in dessen rosigem Gesicht sich die ersten Spuren des Alters bemerkbar machten und dessen ordentlich gekämmtes Haar bereits von etwas Grau aufgehellt wurde. Aus der Nähe konnte ich seine wäßrig blauen Augen hinter seiner Bifokalbrille sehen.

Er trug eine dunkle Gabardinehose und ein kariertes Sporthemd. In der Brusttasche seines Hemds steckten mehrere Stifte. Seine Füße steckten in braunen Schnürschuhen, vor kurzem geputzt.

Diesmal wütete kein Feuer auf seiner Veranda, sondern es stand nur ein ganz normaler Durchschnittstyp mittleren Alters vor seiner Tür. Aber Havemeyer hatte trotzdem seinen belagerten Gesichtsausdruck aufgesetzt, als wäre die Welt einfach eine Spur zu lästig, als er ertragen konnte. Dieses Gefühl kannte ich.

Ich sagte: »Mr. Havemeyer?«

»Ja?«

»Dürfte ich bitte reinkommen? Ich würde gern mit Ihnen sprechen.«

»Sind Sie von der Polizei?«

Oft ist man versucht, auf diese Frage mit einem Ja zu antworten oder ihre Beantwortung geschickt zu umgehen. Gegen diese Versuchung mußte ich diesmal jedoch nicht ankämpfen.

»Nein«, sagte ich. »Mein Name ist Scudder, Mr. Havemeyer. Ich bin ein Privatdetektiv aus New York.«

»Aus New York.«

»Ja.«

»Wie sind Sie hier hergekommen?«

»Wie ich ...«

»Sind Sie geflogen?«

»Ja.«

»Also«, sagte er und ließ die Schultern sinken, »dann sollten Sie vielleicht besser reinkommen.«

22

Man hätte meinen können, es wäre ein Besuch aus privatem Anlaß. Er führte mich ins Wohnzimmer, bat mich, Platz zu nehmen und sagte, er habe Lust auf eine Tasse Tee. Ob ich auch eine wolle? Ich sagte ja, und nicht nur aus Höflichkeit. Es hörte sich nicht schlecht an.

Während er in der Küche herumhantierte, blieb ich im Wohnzimmer, und dabei kam mir der Gedanke, er könnte mit einem Tranchiermesser zurückkommen oder mit derselben Schußwaffe, mit der er Byron Leopold umgebracht hatte. In diesem Fall hätte ich keine Chance gehabt. Ich trug keine kugelsichere Weste, und der Nagelknipser an meinem Schlüsselbund war das, was einer Waffe noch am nächsten kam.

Aber irgendwie wußte ich, daß mir keine Gefahr drohte. Wesentlich größer war da schon das Risiko, daß er die Gelegenheit ergriff, um das Messer oder die Schußwaffe gegen sich selbst zu richten, aber ich fand, darauf hätte er ein Recht. Allerdings kam er mir auch nicht wie ein Selbstmordkandidat vor.

Als er aus der Küche kam, trug er ein Nußbaumtablett mit Silbergriffen, auf dem zusammen mit einer Zuckerschale und einem Milchkännchen, eine Teekanne aus Porzellan stand. Er hatte auch Löffel, Tassen und Untertassen dabei, und er deckte damit den Couchtisch. Während ich meinen Tee schwarz trank, gab er Milch und Zucker in seinen. Der Tee war Lapsang Souchong. Normalerweise kann ich die verschiedenen Teesorten nicht voneinander unterscheiden, aber in diesem Fall erkannte ich das rauchige Bouquet schon, bevor ich überhaupt einen Schluck nahm.

»Es geht nichts über eine gute Tasse Tee«, sagte er.

Ich hatte einen kleinen Kassettenrecorder mitgebracht, den ich nun herausnahm und auf den Tisch stellte. »Wenn

Sie nichts dagegen haben, würde ich das Gespräch gern aufnehmen.«

»Meinetwegen«, sagte er. »Ich glaube nicht, daß das jetzt noch einen großen Unterschied macht.«

Ich schaltete den Recorder ein. »Hier handelt es sich um ein Gespräch zwischen Matthew Scudder und William Havemeyer«, begann ich und nannte Datum und Uhrzeit. Dann setzte ich mich zurück und überließ ihm das Wort.

»Vermutlich wissen Sie schon alles«, begann er.

»Ich weiß das meiste.«

»Ich wußte, Sie würden kommen. Das heißt, natürlich nicht *Sie* speziell. Aber irgend jemand. Ich weiß nicht, wie ich auf die Idee kam, ich könnte damit durchkommen.« Er blickte auf. »Ich muß verrückt gewesen sein.«

»Wie kam es dazu?«

»Das Schiff war schuld. Dieses blöde, blöde Schiff.«

»Die Fähre.«

»Die Magnar Syversen. Es war unverantwortlich, dieses verfluchte Schiff nicht aus dem Verkehr zu ziehen. Es war eindeutig nicht mehr seetüchtig. Sie können sich nicht vorstellen, wie viele Verstöße gegen die Sicherheitsvorschriften sie entdeckt haben. Und wissen Sie, wie viele Menschen völlig sinnlos sterben mußten?«

»Vierundachtzig.«

»Richtig.«

»Und John Wilbur Settle war einer von ihnen.«

»Ja.«

»Und Sie hatten seine Lebensversicherung«, sagte ich. »Sie haben sie über einen Makler in Texas gekauft, der sich auf viatikale Transaktionen spezialisiert hat. Sie waren jedoch bereits vorher an einer solchen Transaktion beteiligt, und zwar mit einem gewissen Phillips.«

»Harlan Phillips.«

»Sie haben an Phillips Geld verdient«, fuhr ich fort, »und investierten es in Settle.«

»Es waren gute Investitionen.«

»So habe ich mir sagen lassen.«

»Gut für alle Beteiligten. Für die armen Männer, die schrecklich krank waren und kein Geld hatten, und für Leute, die an einer sicheren Geldanlage mit einer hohen Rendite interessiert waren. Entschuldigen Sie, Sie haben mir zwar Ihren Namen genannt, aber ich habe ihn wieder vergessen.«

»Matthew Scudder.«

»Ja, natürlich, Mr. Scudder, ich bin Witwer. Meine Frau hatte multiple Sklerose. Sie war fast unsere ganze Ehe lang krank und starb vor fast sieben Jahren.«

»Das muß ganz schön hart für Sie gewesen sein.«

»Das war es wahrscheinlich. Man gewöhnt sich daran – genauso, wie man sich ans Alleinsein gewöhnt. Ich habe über zwanzig Jahre für dieselbe Firma gearbeitet. Vor fünf Jahren boten sie mir an, frühzeitig in Rente zu gehen. ›Sie waren all die Jahre so ein guter und zuverlässiger Mitarbeiter, daß wir Ihnen etwas dafür bezahlen, daß Sie aufhören.‹ Natürlich haben sie es nicht in diesen Worten gesagt, aber darauf lief es letztlich hinaus. Ich nahm das Angebot an. Zudem hatte ich kaum eine andere Wahl.«

»So kamen Sie zu Geld, das Sie investieren konnten.«

»So kam ich zu Geld, das ich investieren *mußte*, wenn es zum Leben reichen sollte. Die Zinsen von einem Sparguthaben hätten nicht genügend gebracht, und ich bin niemand, der gern Risiken eingeht. Sie sind hierher geflogen, nicht wahr? Ich bin in meinem ganzen Leben nie irgendwohin geflogen. Ich hatte immer Angst vorm Fliegen. Ganz schön kindisch, nicht? Ich habe auf offener Straße einen Mann erschossen, ich habe ihn, ohne mit der Wimper zu zucken, kaltblütig ermordet, aber ich traue mich nicht, in einem Flugzeug zu fliegen. Haben Sie schon mal so was Kindisches gehört?«

Ich versuchte, nicht auf den Kassettenrecorder zu sehen. Ich hoffte nur, er zeichnete alles auf.

Ich sagte: »Als das Schiff sank …«

»Die Magnar Syversen. Eine schwimmende Todesfalle. Gerade von den Skandinaviern würde man so etwas eigentlich nicht erwarten, oder?«

»Na ja, es war ein Unfall.«
»Ja, ein Unfall.«
»Und das war der springende Punkt. Die Lebensversicherung von John Wilbur Settle war auf einen Betrag von fünfzigtausend Dollar abgeschlossen, und so viel hätten Sie bekommen, wenn er zu Hause geblieben und an Aids gestorben wäre.«
»Richtig.«
»Aber weil er an den Folgen eines Unfalls starb …«
»Bekam ich doppelt soviel.«
»Hunderttausend Dollar.«
»Ja.«
»Weil die Police eine Klausel enthielt, daß sich im Fall eines Unfalls die abgeschlossene Versicherungssumme verdoppeln würde.«
»Was ich gar nicht wußte. Ich hatte wirklich nicht die leiseste Ahnung. Als das Geld von der Versicherung kam, dachte ich erst, es handelte sich um ein Versehen. Ich rief sie sogar an, weil ich sicher war, wenn ich es nicht täte, kämen sie irgendwann an und wollten das Geld mit Zins und Zinseszins zurück. Aber sie erklärten mir, was es damit auf sich hatte und daß mir aufgrund der Art, wie Mr. Settle ums Leben gekommen war, das Doppelte zustand.«
»Ein Geschenk des Himmels.«
»Ich konnte es kaum glauben. Ich hatte für die Police achtunddreißigtausend Dollar gezahlt, so daß ich auch schon so einen sehr hohen Gewinn gemacht hätte, aber das war einfach unglaublich. Meine Investition hatte sich fast verdreifacht. Aus meinen achtunddreißigtausend Dollar waren hunderttausend geworden.«
»Einfach so.«
»Ja.«
»Also haben Sie wieder eine viatikale Transaktion abgeschlossen.«
»Ja. Ich sah darin einfach eine Investitionsmöglichkeit, wissen Sie.«
»Ich kann verstehen, warum.«

»Einen Teil des Gewinns legte ich bei der Bank an, den Rest in einer viatikalen Transaktion. Diesmal kaufte ich eine Police, deren Versicherungssumme höher war. Fünfundsiebzigtausend Dollar.«

»Haben Sie sich vorher erkundigt, ob sie eine ähnliche Unfallklausel enthielt?«

»Nein! Nein, ich schwöre Ihnen, das habe ich nicht.«

»Ich verstehe.«

»Ich habe nicht danach gefragt. Aber als ich die Police bekam ...«

»Haben Sie sie gelesen.«

»Ja. Nur um zu sehen, ob sie so eine Klausel enthielt, wissen Sie?«

»Und wie sich herausstellte, enthielt sie eine.«

»Ja.«

Das Schweigen zog sich hin, und ich nahm einen Schluck von meinem Tee. Das rote Lämpchen an der Seite meines kleinen Tonbandgeräts brannte nach wie vor. Das Band lief weiter und zeichnete das Schweigen auf.

»Es gibt da einige recht kritische Stimmen, was diese viatikalen Transaktionen angeht. Allerdings nicht, was Ihre Vorzüge als Geldanlage angeht – da sind sich alle einig, daß sie ein gute Investition sind. Diese Kritik bezieht sich vielmehr auf den Umstand, daß man praktisch darauf wartet, daß ein Mensch stirbt, weil man finanziellen Gewinn aus seinem Tod zieht. Ich habe einmal einen Zeichentrickfilm gesehen, in dem ein Mann durch die Wüste geht, und über ihm kreisen bereits die Geier. Aber so ist es keineswegs.«

»Wie ist es dann?«

»Es ist insofern anders, als man keineswegs besonders viel an diesen anderen Menschen denkt. Wenn man überhaupt an ihn denkt, wünscht man ihm alles Gute. Mir wäre es wirklich lieber, so jemand könnte sein Leben einen Monat länger genießen, als daß ich den Gewinn meiner Investition einen Monat früher einstreiche. Schließlich weiß ich, er wird nicht ewig leben, daran gibt es nichts zu rütteln, und sowohl meine Einlage wie meine Rendite sind durch die irreversible biologische Verschlechterung seines Zustands abgesichert. Sowohl bei Harlan Phillips als auch bei John Settle wußte ich selbstverständlich, sie würden sterben, und das in absehbarer Zeit. Aber ich habe nicht ständig daran gedacht, und ich habe mir auch nicht gewünscht, es möchte schneller gehen.«

»Aber bei Byron Leopold war es anders.«

Er sah mich an. »Wissen Sie, was es heißt, von einer fixen Idee besessen zu sein?« fragte er.

»Ich müßte lügen, wenn ich es täte.«

»Wenn die Krankheit ihren erwarteten Verlauf genommen hätte und er daran gestorben wäre, hätte ich fünfundsiebzigtausend Dollar bekommen. Wäre er dagegen von einem Auto überfahren worden oder in der Badewanne ausgerutscht und hingefallen oder bei einem Brand umgekommen, hätte ich doppelt soviel bekommen.« Er nahm seine Brille ab, hielt sie mit beiden Händen und sah mich wehrlos an. »Ich konnte an nichts anderes mehr denken. Es ging mir einfach nicht mehr aus dem Kopf.«

»Ich verstehe.«

»Glauben Sie wirklich? Ich will Ihnen erzählen, was noch passiert ist. Ich begann das Geld als mein Geld zu betrachten. Und zwar die doppelte Summe, die einhundertfünfzigtausend. Ich bekam immer mehr das Gefühl, ein Anrecht darauf zu haben.«

Ich habe bestimmte Diebe schon ähnliches sagen hören. Man hat etwas, und der Dieb will es, und schon findet in seinem Kopf eine Übertragung der Besitzrechte statt, und es wird seines – sein Geld, seine Uhr, sein Auto. Und wenn er sieht, wie man sich immer noch in seinem Besitz befindet, wird er von einem fast gerechten Zorn erfaßt. Wenn er es einem also nimmt, stiehlt er es nicht. Er holt es sich zurück.

»Wäre er an Aids gestorben«, fuhr Havemeyer fort, »wäre die Hälfte des Gelds verlorengegangen. Es ist ja nicht so, daß *er* das Geld bekommen hätte oder seine Erben oder sonst jemand. Es wäre total verloren gewesen.

Aber wenn er bei einem Unfall gestorben wäre, aufgrund widriger Umstände ...«

»Hätte es Ihnen gehört.«

»Ja, und ohne daß jemand einen Nachteil davon gehabt hätte. Es wäre mir einfach in den Schoß gefallen.«

»Und was ist mit der Versicherungsgesellschaft?«

»Die hat dieses Risiko doch einkalkuliert!« Seine Stimme stieg an, sowohl was Tonhöhe wie Lautstärke anging. »Sie haben ihm eine Police mit einer Unfallklausel verkauft. Ich bin sicher, der Versicherungsvertreter hat es ihm vorgeschlagen. Von sich aus würde so etwas doch niemand verlangen. Außerdem waren wegen dieser Klausel die Beiträge etwas höher. Das Geld war also bereits vorhanden. Wäre es mir nicht in den Schoß gefallen, wäre es der Versicherungsgesellschaft in den Schoß gefallen, weil sie es einfach behalten hätte.«

Während ich das noch verarbeitete, sank seine Stimme wieder, und er fuhr fort: »Natürlich kam das Geld nicht einfach aus heiterem Himmel. Es gehörte der Versicherungsgesellschaft, und ich hatte keinerlei Anrecht darauf. Aber ich begann es so zu sehen. Wenn er durch einen Unfall ums Leben käme, gehörte es mir, das ganze Geld. Wenn er dagegen an seiner Krankheit starb, würde ich um die Hälfte des Gelds betrogen.«

»Betrogen.«

»So begann ich es zu sehen, ja.« Er griff nach der Teekanne und füllte unsere Tassen. »Ich fing an, mir alle möglichen Unfälle vorzustellen.«

»Sie sich vorzustellen?«

»Dinge, die passieren könnten. Hier kommen extrem viele Menschen durch Autounfälle um. In New York ist das dagegen wahrscheinlich nicht so oft der Fall.«

»So was kommt auch bei uns vor«, sagte ich, »aber vermutlich nicht so oft.«

»Wenn man an New York denkt, kommen einem automatisch die vielen Menschen in den Sinn, die dort ermordet werden. Obwohl dort die Mordrate im Vergleich zum Rest des Landes gar nicht so besonders hoch ist, oder?«

»Nein, sie ist wirklich nicht so hoch.«

»In New Orleans ist sie wesentlich höher«, fuhr er fort und fügte die Namen einiger anderer Großstädte hinzu. »Aber im Bewußtsein der Öffentlichkeit ist New York die gefährlichste Stadt Amerikas. Sogar der ganzen Welt.«

»In diesem Ruf stehen wir«, gab ich ihm recht.

»Deshalb stellte ich mir vor, es würde ihm so etwas zustoßen. Mit einem Messer oder einer Schußwaffe, schnell und schmerzlos. Und wissen Sie, was ich dachte?«

»Was?«

»Ich dachte, was für eine Erlösung es wäre. Für uns beide.«

»Für Sie und Byron Leopold?«

»Ja.«

»Wie sind Sie denn darauf gekommen?«

»Ein schneller Tod.«

»Fast eine Gnade«, sagte ich.

»Das war jetzt ironisch. Aber ist es nicht tatsächlich weniger grausam als die Krankheit? Wie sie einen langsam dahinsiechen läßt, einen immer mehr aussaugt und einem den Lebenswillen raubt, bevor sie einem schließlich das Leben selbst nimmt? Wissen Sie, wie es ist, zusehen zu müssen, wie das mit jemandem geschieht, den man liebt?«

»Nein.«

»Dann seien Sie dankbar.«

»Bin ich.«

Er nahm wieder seine Brille ab und fuhr sich mit dem Handrücken über die Augen. »Sie starb zentimeterweise.«

Ich sagte nichts.

»Meine Frau. Ihr Sterben hat sich über Jahre hingezogen. Erst mußte sie auf Krücken gehen, dann war sie an den Rollstuhl gefesselt. Die Krankheit nahm ein Stück von ihrem Leben, und wir stellten uns darauf ein, gewöhnten uns daran. Und dann nahm sie wieder ein Stück. Und es wurde nie besser. Es wurde immer schlimmer.«

»Das muß sehr schwer für Sie gewesen sein.«

»Vermutlich schon«, sagte er, als wäre er sich dessen gar nicht bewußt geworden. »Für sie war es grauenvoll. Ich betete darum, sie möge endlich sterben, obwohl ich deswegen ziemliche Gewissensbisse hatte. Wie kann man um den Tod eines Menschen beten, den man liebt? Man kann um die Linderung seiner Schmerzen beten, aber kann man um seinen Tod beten?« Er seufzte, setzte sich gerade auf. »Nicht, daß es etwas genutzt hätte. Die Krankheit nahm ihren eigenen Verlauf. Meine Gebete konnten sie weder beschleunigen noch verlangsamen. Sie quälte sie so lange, wie es ihr paßte, und dann tötete sie sie. Und dann war es vorbei.«

Das Tonbandgerät hatte einen Sinn für Dramatik. Es suchte sich diesen Moment aus, um ans Ende der ersten Seite des Bands zu kommen. Um ihn nicht aus seiner Stimmung zu reißen, wollte ich die Kassette möglichst unauffällig herausnehmen, umdrehen und weiterlaufen lassen. Aber natürlich machten mir meine Finger prompt einen Strich durch die Rechnung und nestelten umständlich am Auswurfmechanismus und an der Kassette herum.

Aber vielleicht war es auch gut so. Vielleicht sollte er aus seiner Stimmung gerissen werden.

Als er weitersprach, kam er wieder auf Byron Leopold zurück. »Zuerst dachte ich, daß ihn vielleicht jemand umbringen würde. Ein Einbrecher, der in seine Wohnung eindringt, jemand, der ihn auf der Straße ausraubt. Oder er hätte auch versehentlich in eine Schießerei rivalisierender Drogendealer geraten können – irgend so etwas, was ich in der Zeitung gelesen oder im Fernsehen gesehen hatte. Ich stellte mir vor, so etwas würde ihm passieren. Es gab mal einen Krankenpfleger, der seine Patienten erstickte. Da es nicht nur hoffnungslose Fälle waren, konnte man nicht unbedingt von einem Gnadenakt sprechen. Ich dachte, so etwas könnte auch ihm zustoßen, doch dann kam mir plötzlich der Gedanke, daß in diesem Fall die wahre Todesursache möglicherweise gar nicht erkannt würde und daß es für die Versicherung dann so aussähe, als wäre er eines natürlichen Todes gestorben.«

»Und Sie wären betrogen worden.«

»Ja, und ohne etwas davon zu erfahren. Es hätte doch durchaus sein können, daß Harlan Phillips auf dem Totenbett von einer mitfühlenden Krankenschwester erstickt wurde. Auch seine Police enthielt diese Klausel für Unglücksfälle. Es hätte also durchaus sein können ...«

»Ja.«

»Wenn Byron Leopold allerdings ermordet wurde, würde es auf keinen Fall so aussehen, als wäre er im Schlaf oder an den Folgen seiner Krankheit gestorben. Und sein Tod hätte auch nicht als Unfall getarnt werden müssen. Für die Versicherungen fällt ein Mord unter Unfälle. Mittlerweile begann ich mit dem Gedanken zu spielen, es selbst zu tun. Ich weiß nicht, wann es losging, wann mir dieser Gedanke kam, aber sobald er sich mal festgesetzt hatte, ging er mir nicht mehr aus dem Kopf. Ich konnte an nichts anderes mehr denken.«

Er hatte nie daran gedacht, dem Leben seiner Frau frühzeitig ein Ende zu setzen. Auch wenn er um ihren Tod gebetet hatte, war er nie auf die Idee gekommen, diesbezüglich ein wenig nachzuhelfen. Erst als er an den Punkt kam, an dem er sich zu überlegen begann, wie er Byron Leopold umbringen könnte, kam ihm zu Bewußtsein, daß ein Messer oder eine Kugel seiner Frau viel Leid erspart hätten.

»Aber dazu wäre ich nicht imstande gewesen«, sagte er.

»Aber bei Leopold haben Sie es sich schon zugetraut.«

»Da war ich mir noch nicht sicher. Jedenfalls konnte ich mir nur die Möglichkeit vorstellen, es mit einer Schußwaffe zu tun. Ihn zu erschlagen oder zu erstechen kam nicht in Frage, aber vielleicht würde ich es schaffen, eine Schußwaffe auf ihn zu richten und abzudrücken. Oder vielleicht auch nicht. Ich war mir da absolut nicht sicher.«

»Woher hatten Sie die Waffe?«

»Ich hatte sie schon jahrelang. Sie gehörte einem Onkel von mir, und als er starb, wollte sie meine Tante nicht mehr im Haus haben. Ich hatte sie zusammen mit einer Packung Munition in einer Truhe auf dem Dachboden verstaut und nie mehr an sie gedacht. Doch dann fiel sie mir wieder ein, und sie war immer noch da, wo ich sie damals hingetan hatte. Ich wußte nicht mal, ob sie funktionieren würde. Ich dachte, sie würde vielleicht in meiner Hand explodieren, wenn ich sie abfeuerte.«

»Aber Sie haben sie trotzdem benutzt?«

»Ich fuhr aufs Land und feuerte sie probeweise ein paarmal ab. Ich schoß nur in einen Baumstamm. Sie schien noch bestens zu funktionieren. Also fuhr ich nach Hause und ließ mir alles durch den Kopf gehen. Ich konnte nichts mehr essen und nicht mehr schlafen, und ich wußte, ich müßte etwas tun. Also fuhr ich nach New York.«

»Wie haben Sie die Waffe durch die Sicherheitskontrollen am Flughafen geschmuggelt?«

»Wie ich die ... Aber ich bin doch gar nicht zum Flughafen. Ich bin nicht geflogen. Ich fliege nie.«

»Das haben Sie mir bereits erzählt«, sagte ich. »Ich habe es ganz vergessen.«

»Ich nahm den Zug. Da gibt es keine Sicherheitskontrollen, da muß man durch keinen Metalldetektor. Vermutlich haben sie da keine Angst vor Entführern.«

»Seit Jesse James' Zeiten jedenfalls nicht mehr.«

»Ich fuhr nach New York und machte das Haus ausfindig, in dem er wohnte, und wie sich herausstellte, war nur eine Straße weiter eine Pension. Ich wußte nicht, wie lange ich bleiben würde, aber ich nahm nicht an, daß es länger als eine Woche dauern würde. Vorausgesetzt, ich wäre überhaupt in der Lage, es zu tun.«

Wie sich herausstellte, hätte er es schon am Morgen nach seiner ersten Nacht in der Frühstückspension tun können. Er war in den kleinen Park gegangen, um den Eingang des Hauses zu beobachten, in dem Leopold wohnte, und kaum sah er den Mann mit der Zeitung, der auf Krücken aus dem Haus kam, wußte er instinktiv, daß das der Mann war, den er suchte. Er hatte nur zu offensichtlich Aids, und eindeutig im letzten Stadium.

Aber er hatte die Schußwaffe nicht dabei. Er hatte sie auf seinem Zimmer gelassen, in ein Geschirrtuch eingeschlagen, in seinem Koffer eingeschlossen.

Aber am nächsten Morgen brachte er sie mit, und als er den Park betrat, saß Byron Leopold bereits auf seiner Bank. Mittlerweile war ihm allerdings der Gedanke gekommen, in dem Haus könnten mehr als ein Aidskranker wohnen, zumal es in dem Viertel einen hohen Anteil an Homosexuellen zu geben schien. Auch wenn ein rascher Tod zweifellos ein Segen für diesen Mann gewesen wäre, und zwar egal, wer er war, schien es ihm dennoch angeraten, sich vorher zu vergewissern, ob er tatsächlich der richtige war. Schließlich beging er diesen Mord ungeachtet aller sonstigen vorgeschobenen Gründe immer noch wegen des Geldes, und den Falschen umzubringen, hätte ihm nichts gebracht.

»Daher ging ich auf ihn zu«, fuhr er fort, »und sprach ihn mit seinem Namen an. Als er nickte, sagte ich seinen Namen noch einmal, und darauf sagte er, ja, er sei Byron Leopold, jedenfalls irgend etwas in der Art, genau kann ich mich da nicht mehr erinnern. Und selbst jetzt war ich noch nicht sicher, ob ich es tun würde, wissen Sie, weil ich immer noch einen Rückzieher hätte machen können. Nachdem ich mich vergewissert hatte, daß er der richtige war, hätte ich einfach weggehen und es ein andermal tun können. Oder ich hätte nach Hause fahren können und das Ganze vergessen.

›Mr. Leopold?‹ ›Ja.‹ ›Byron Leopold?‹ ›Ja, was ist?‹ Irgend etwas in der Art. Und dann zog ich die Waffe und erschoß ihn.«

An das, was danach passierte, konnte er sich nur sehr vage erinnern. Er war losgerannt, und natürlich hatte er erwartet, daß er verfolgt, daß er festgehalten würde. Aber niemand kam ihm hinterher, und niemand hielt ihn zurück. Am frühen Abend saß er wieder im Zug nach Cleveland.

»Ich dachte, sie würden kommen und mich abholen«, sagte er.

»Aber es kam niemand.«

»Nein. Im Park waren mehrere Leute gewesen. Zeugen. Ich dachte, sie würden eine Personenbeschreibung herausgeben, und in allen Zeitungen würde eins dieser Phantombilder veröffentlicht. Ich dachte, irgend jemand würde zwischen mir und der Versicherungspolice einen Zusammenhang herstellen. Aber soweit ich das mitbekam, stand in den Zeitungen nichts, absolut nichts. Und ich rechnete natürlich damit, daß plötzlich jemand vor der Tür stünde, aber nichts passierte.«

»Das hört sich an, als hätten Sie es sich gewünscht.«

Er nickte langsam. »Ich habe die ganze Zeit darüber nachgedacht und kann es noch immer nicht erklären, weder mir selbst noch irgend jemand anderem. Ich lebte in der Illusion, ich könnte nach New York fahren und diesen Mann umbringen und anschließend wieder hierher zurückkommen, und alles, was sich in meinem Leben ändern würde, wäre, daß ich mehr Geld hätte.«

»Aber so war es nicht.«

»In dem Moment, in dem ich abdrückte, verflog diese Illusion wie ein Bild aus Rauch, das von einem Windstoß weggeweht wird. Man konnte nicht einmal mehr sehen, wo es gewesen war. Und es war geschehen, der Mann war tot, es ließ sich nicht mehr rückgängig machen.«

»Das kann man nie.«

»Nein, nichts aus der Vergangenheit läßt sich rückgängig machen. Es ist alles in Stein gemeißelt. Nicht ein Wort, nicht eine Silbe läßt sich entfernen.« Er seufzte schwer. »Ich dachte ... ach was, ist doch egal, was ich dachte.«

»Sagen Sie es mir ruhig.«

»Ich dachte, es würde nichts ausmachen, weil er sowieso sterben würde. Und er hätte auch sterben müssen!«

»Ja.«

»Aber das müssen wir alle, jeder von uns. Wir sind alle sterblich. Aber heißt das, es ist kein Verbrechen, uns zu töten?«

Für Gott ist es kein Verbrechen, dachte ich. Er tut es ständig.

»Ich versuchte mir einzureden, ich täte ihm einen Gefallen«, fuhr er bitter fort. »Ich würde ihm das Sterben erleichtern. Aber wie kam ich dazu zu denken, daß er das wollte? Wenn er wirklich hätte sterben wollen, hätte er doch nur irgendwelche Tabletten nehmen müssen, er hätte sich eine Plastiktüte über den Kopf stülpen können. Es gibt genug Möglichkeiten. Mein Gott, seine Wohnung lag ziemlich hoch oben, er hätte aus dem Fenster springen können. Wenn er das wirklich gewollt hätte.«

Er runzelte die Stirn. »Aber es gibt überhaupt keinen Zweifel, daß er nicht sterben wollte. Er hat diese Police nur aus einem Grund verkauft. Er brauchte Geld, um weiterleben zu können. Er wollte sich sein Leben, so lange es noch dauerte, so angenehm wie möglich machen. Also verhalf ich ihm zum nötigen Geld, und dann nahm ich ihm das Leben.«

Er hatte im Lauf seines Monologs seine Brille abgenommen. Jetzt setzte er sie wieder auf und sah mich durch sie an.

»Und?« fragte er. »Wie soll es nun weitergehen?«

»Sie haben verschiedene Möglichkeiten«, sagte ich. »Da wäre ein Beamter der Polizei von Cleveland, ein Freund eines Freundes, der mit der Situation vertraut ist. Wir können dort auf die Wache fahren, wo man Sie festnehmen und offiziell über Ihre Rechte in Kenntnis setzen wird.«

»Die Miranda-Warnung«, sagte er.

»Ja, so nennt man sie. Und dann können Sie Ihren Anwalt kommen lassen, und er wird Ihnen erklären, welche Möglichkeiten Sie haben. Wahrscheinlich wird er Ihnen raten, einer Auslieferung zuzustimmen, in welchem Fall Sie zur Anklageerhebung nach New York gebracht würden.«

»Ich verstehe.«

»Oder Sie können mich freiwillig begleiten.«

»Nach New York.«

»Richtig. Das hätte für Sie den Vorteil, daß einige Verzögerungen und Formalitäten wegfielen. Und dann wäre da noch ein weiterer Punkt, der der Überlegung wert wäre.«

»Ja?«

»Na ja, ich würde Ihnen keine Handschellen anlegen. Sobald Sie dagegen offiziell verhaftet sind, dürften Sie sich nicht mehr ohne Handschellen bewegen, und das kann in einem Flugzeug nicht nur peinlich, sondern auch unangenehm sein.

Da ich keine offizielle Funktion habe, bin ich nicht an solche Bestimmungen gebunden. Wir müßten nur sehen, daß wir zwei nebeneinanderliegende Sitze bekämen.«

»In einem Flugzeug?«

»Ach, stimmt. Sie fliegen ja nicht.«

»Wahrscheinlich finden Sie das furchtbar dumm. Vor allem jetzt.«

»Einer Phobie ist nun mal mit rationalen Gesichtspunkten nicht beizukommen. Mr. Havemeyer, ich will Sie zu nichts überreden, aber ich will Ihnen zumindest soviel sagen: Wenn Sie offiziell verhaftet und nach New York überführt werden, werden Sie wohl oder übel fliegen müssen.«

»Aber wenn ich mit Ihnen käme ...«

»Wie lange dauert es mit dem Zug?«

»Nicht ganz zwölf Stunden.«

»Im Ernst?«

»Mit dem Lake Shore Limited«, sagte er. »Er fährt um drei Uhr früh in Cleveland ab und kommt zehn Minuten nach zwei an.«

»Und so sind Sie nach New York gefahren?«

»Das ist gar nicht so schlecht. Man kann die Sitze zurückklappen und schlafen. Und es gibt einen Speisewagen.«

Mit dem Flugzeug dauerte es etwas über eine Stunde,

aber wenn ich ihn in eine Arrestzelle in Cleveland brachte, würde ich erst irgendwann am nächsten Morgen eine Maschine erwischen.

»Wenn Sie wollen«, sagte ich, »fahre ich mit Ihnen mit dem Zug.«

Er nickte. »Ich glaube, das wäre das beste.«

23

Es wurde eine lange Nacht.

Ich ließ Havemeyer kurz allein, um über die Straße zum Auto zu laufen und Jason Griffin Bescheid zu sagen. Er hatte zwar für den Abend schon was vor, meinte aber, er könne jederzeit absagen und mich und meinen Gefangenen zum Bahnhof bringen. Ich schlug ihm vor, ins Haus zu kommen, und er war auch der Meinung, das sei angenehmer, als mit dem Gurkenglas, das er auf den Rat seines Onkels mitgenommen hatte, im Auto zu sitzen.

Während er den Wagen abschloß, eilte ich wieder ins Haus zurück. Ich hatte kein gutes Gefühl dabei, Havemeyer allein zu lassen. Ich hatte Angst, er könnte in der Zwischenzeit Hand an sich legen oder mit seinem Anwalt telefonieren. Es war schwer zu sagen, welche der beiden Möglichkeiten beunruhigender war, aber meine Befürchtungen erwiesen sich als grundlos. Ich fand ihn in der Küche, wo er unsere Teetassen spülte.

Ich sagte ihm, ich hätte meinem Fahrer angeboten, ins Haus zu kommen, und wenige Augenblicke später klopfte es, und ich öffnete Jason. Ich hatte keine Ahnung, worüber wir drei uns unterhalten könnten, aber dieses Problem löste sich von selbst, als Havemeyer erfuhr, daß Jason an der Western Reserve studierte. Das führte zu einem Gespräch über die Footballmannschaft des College, und daraus entspann sich eine angeregte Diskussion über das Profiteam der Browns und die Entscheidung ihres perfiden Besitzers, die Lizenz nach Baltimore abzuziehen.

»Das Netteste, was ich über diesen Mann zu sagen weiß«, erklärte Havemeyer, »ist, daß er ein ausgemachter Hurensohn ist.«

Das veranlaßte mich fast unvermeidlich zu einem längeren Exkurs über den Charakter und die mutmaßliche Abstammung Walter O'Malleys, der wiederum in eine stärker theoretisch gefärbte Diskussion mündete, was nun eigentlich ein Club war und in welchem Umfang die Sportler ihrem Club verpflichtet waren beziehungsweise der Club seinen Fans. Das wäre schon für sich allein genommen eine interessante Frage gewesen, aber durch die Begleitumstände erhielt sie noch einmal eine spezielle Brisanz. Die Atmosphäre im Raum war nämlich von zwei Unterhaltungen bestimmt, von der, die wir führten, und von der, die wir bewußt nicht führten. Erstere drehte sich um Sport und seine Illusionen, letztere um Mord und seine Folgen.

Jason machte ein paar Anrufe, um seine Verabredungen für den Abend abzusagen. Ich rief bei Amtrak an, um im Lake Shore Limited zwei Sitze von Cleveland nach New York reservieren zu lassen, dann rief ich Elaine in New York an und bekam von unserem Anrufbeantworter meine eigene Stimme zu hören; ich sprach auf Band, daß ich im Lauf des nächsten Nachmittags nach New York zurückkäme. Als ich ins Wohnzimmer zurückkehrte, machten sich Jason und Havemeyer Gedanken übers Abendessen. Jason bot an, eine Pizza zu holen, und Havemeyer meinte, es sei einfacher und schneller, sich eine kommen zu lassen. Er rief selbst an, und der Junge von Domino's kam ein gutes Stück vor Ablauf der Zwanzig-Minuten-Frist. Während sich Havemeyer eine Flasche Amstel Light zu seiner Pizza genehmigte, tranken Jason und ich ein Coke. Ich hatte das Gefühl, Jason wäre ein Bier lieber gewesen, und fragte mich, warum er keines trank. Dachte er, es gehörte sich nicht, im Dienst zu trinken? Oder hatte ihm sein Onkel erzählt, daß ich ein trokkener Alkoholiker war, weshalb er es nicht für angebracht hielt, in meiner Gegenwart etwas zu trinken?

Nach dem Essen fiel Havemeyer ein, daß er für die Reise ein paar Sachen packen mußte. Ich ging mit ihm ins Schlafzimmer und lehnte mich gegen die Wand, während er in aller Ruhe verschiedene Kleidungsstücke aussuchte und in seinem Koffer verstaute. Als er fertig war, schloß er ihn, hob ihn hoch und verzog das Gesicht. Er sagte, er habe schon die ganze Zeit vorgehabt, sich einen dieser Koffer mit Rädern zuzulegen, die man heute überall sah, aber er sei nicht dazu gekommen.

»Aber jetzt werde ich ja sowieso nicht mehr soviel zum Reisen kommen«, sagte er.

Ich fragte, ob der Koffer schwer sei.

»Es geht«, sagte er. »Diesmal habe ich zwar mehr Kleidung dabei als letztes Mal, aber dafür habe ich die Waffe nicht eingepackt, und die war schwerer, als man meinen möchte. Da fällt mir ein. Was soll ich mit der Waffe machen?«

»Haben Sie sie noch?«

»Das ist wahrscheinlich ganz schön dumm von mir, oder? Ich hätte sie loswerden sollen. In einen Gully werfen oder im See versenken. Aber ich habe sie behalten. Ich dachte, ich könnte sie vielleicht, äh, noch mal brauchen.«

»Wo ist sie?«

»Auf dem Dachboden. Soll ich sie holen? Oder soll ich sie einfach lassen, wo sie ist?«

Ich überlegte. Es gab mal Zeiten, da wäre diese Frage ganz leicht zu beantworten gewesen, aber infolge unzähliger Gerichtsbeschlüsse hatten sich die Richtlinien, was die Zulässigkeit von Beweisen betraf, gravierend geändert. Wäre es besser, die Waffe vorerst da zu lassen, wo sie war, damit sie nach der ordnungsgemäßen Ausstellung eines Durchsuchungsbefehls gefunden werden konnte? Wahrscheinlich.

Aber da auch die Möglichkeit bestand, daß in der Zwischenzeit jemand in das Haus einbrach und die Waffe stahl, gelangte ich zu dem Schluß, es wäre besser, sie an mich zu nehmen. Selbst auf die Gefahr hin, daß sie ein Richter zusammen mit Havemeyers auf Band aufgezeichnetem Geständnis und ein paar anderen Dingen nicht als Beweismittel zulassen würde, war ich mir ziemlich sicher, daß es mehr als genug stichhaltige Beweise gab, um ihn unter Anklage zu stellen.

Er kletterte in den Kriechspeicher hinauf und kam mit der Waffe zurück. Sie war in ein rotweiß kariertes Stück Stoff eingeschlagen, bei dem es sich vermutlich um das Geschirrtuch handelte. Er gab mir die Waffe, und ich konnte sie riechen, ohne sie auszuwickeln. Er hatte sie nicht gesäubert, seit er sie zum letzten Mal benutzt hatte, und sie roch noch nach den Schüssen, die Byron Leopold getötet hatten.

Ich ging nach draußen zu Jasons Auto und verschloß sie in meinem Koffer.

Wir schlugen die Zeit mit Kartenspielen tot, und Havemeyer machte noch eine Kanne Tee. Schließlich fuhr uns Jason zeitig zum Bahnhof, so daß wir fast eine Stunde vor Abfahrt des Zuges eintrafen. Ich gab Jason etwas Geld, obwohl er meinte, eigentlich müsse er für diese tolle Erfahrung *mir* was zahlen. Ich sagte, er solle sich nicht so anstellen, und er steckte das Geld ein.

Genauso, wie er schon darauf bestanden hatte, die Pizza zu bezahlen, bestand Havemeyer nun auch darauf, unsere Zugkarten zu bezahlen. »Zweimal einfach«, verlangte er. »Sie werden nicht nach Cleveland zurückkommen. Und ich auch nicht.«

Der Zug war ziemlich voll, und wir bekamen keine nebeneinander liegenden Sitze mehr. Deshalb nahm ich den Schaffner beiseite und sagte ihm, ich sei Privatdetektiv und begleite einen wichtigen Zeugen nach New York zurück. Darauf brachte er einen Mann dazu, seinen Platz zu tauschen, und ich ließ Havemeyer ans Fenster und setzte mich neben ihn.

Wir unterhielten uns etwa eine Stunde. Er wollte wissen, was ihn erwartete, und ich sagte es ihm, soweit ich es wußte. Ich riet ihm, er solle sich auf jeden Fall einen Anwalt nehmen, auch wenn er nichts anderes vorhabe, als mit der Polizei zu kooperieren und sich schuldig zu bekennen. Er sagte, da sei ein Mann in Cleveland, an den er sich früher ab und zu gewandt habe, aber der übernehme keine Strafsachen, und außerdem sei er in Cleveland. »Aber er könnte mir bestimmt jemanden empfehlen«, meinte er. Ich sagte, das sei höchstwahrscheinlich richtig, und ich könne ihm mehrere New Yorker Anwälte empfehlen.

Er sagte, er rechne damit, den Rest seines Lebens im Gefängnis zu verbringen. Ich sagte, das müsse nicht unbedingt zutreffen, er könne mit ziemlicher Wahrscheinlichkeit auf eine weniger schwerwiegende Anklage als Mord zweiten Grades plädieren, und ein Anwalt könne geltend machen, die psychische Belastung durch die lange Krankheit und den Tod seiner Frau müsse ihm als mildernder Umstand angerechnet werden.

»Ins Gefängnis werden Sie zwar sicher müssen«, sagte ich, »aber wahrscheinlich in eines mit minimalen Sicherheitsvorkehrungen, wo der Großteil der anderen Häftlinge Wirtschaftskriminelle sind, keine Kinderschänder oder Gewaltverbrecher. Damit will ich nicht sagen, es wird Ihnen gefallen, aber es wird nicht irgendein Rattenloch wie in *Die Verurteilten* sein. Und es würde mich wundern, wenn Sie mehr als fünf Jahre sitzen müßten.«

»Für einen Mord an einem Unschuldigen«, sagte er, »kommt mir das nicht sehr viel vor.«

Wenn er es absaß, würde es ihm länger vorkommen, dachte ich. Und wenn es ihm nicht lang genug war, konnte er sich ja noch mal bewerben.

Etwa fünfundvierzig Minuten nach der Abfahrt aus Cleveland nahm Havemeyer ein Valium, was er anscheinend auf langen Zugfahrten immer tat. Mir bot er auch eins an, aber ich lehnte dankend ab. Ich hätte zwar gern eins genommen, aber ich hätte auch gern eine Flasche Early Times gehabt. Havemeyer schluckte sein Valium, kippte seinen Sitz zurück und schloß die Augen, und das war alles, was ich die nächsten fünf oder sechs Stunden von ihm hörte.

Bevor in Newark mein Flug aufgerufen worden war, hatte ich mir ein Taschenbuch gekauft, aber ich hatte es auf dem Weg nach Cleveland nicht einmal aufgeschlagen. Doch jetzt holte ich es aus meiner Tasche und las eine Weile darin. Hin und wieder machte ich eine Pause, um das Buch in meinen Schoß zu legen und ins Unendliche zu starren und nachzudenken. Zugreisen bieten sich für so etwas geradezu an.

Irgendwann vor Tagesanbruch schloß ich die Augen, und als ich sie wieder öffnete, war es draußen hell, und der Zug fuhr in Rochester ein. Ich verdrückte mich auf eine Tasse Kaffee in den Speisewagen. Havemeyer schlief noch, als ich zurückkam.

Er wachte erst einige Zeit später auf, worauf wir frühstücken gingen und wieder zu unseren Plätzen zurückkehrten.

Den Rest der Strecke blieb er wach, obwohl er immer noch leicht schläfrig wirkte und nicht viel sprach. Er las das Amtrak-Magazin, und als er es von vorne bis hinten durch hatte, gab ich ihm mein Taschenbuch.

Gegen Mittag, kurz nach der Abfahrt aus Albany, machte ich einen Anruf. Das war möglich. Es gab im Zug ein Telefon, das man benutzen konnte; man mußte nur seine Kreditkarte durch einen Schlitz ziehen. Ich rief im Sechsten Revier an und schaffte es, Harris Conley dranzubekommen. Ich sagte ihm, ich sei mit einem Verdächtigen im Mordfall Byron Leopold auf dem Weg von Cleveland nach New York. Ich mußte ihn nicht mal daran erinnern, wer Byron Leopold war; aber es war ja auch ein Name, der hängenblieb.

»Was haben Sie mit ihm gemacht?« fragte er. »Ihn verhaftet? Ich weiß nicht, wie weit das rechtlich überhaupt zulässig ist.«

»Er ist freiwillig mitgekommen. Ich habe ein umfassendes Geständnis auf Band. Ich weiß zwar nicht, wie weit das rechtlich zulässig ist, aber jedenfalls habe ich es – zusammen mit der Waffe, die er benutzt hat.«

»Das ist ja ein Ding.« Er bot mir an, mich von einem Polizeiaufgebot am Zug abholen zu lassen, aber das hielt ich für überflüssig. Havemeyer kam freiwillig mit, und ich dachte, er würde sich lieber auf der Wache stellen.

Außerdem hatte ich ihm versprochen, ihm so lange wie möglich Handschellen zu ersparen.

Bei der Ankunft in der Grand Central Station bereute ich bereits, Conleys Angebot abgelehnt zu haben. Es regnete leicht, und wie üblich hatte das zur Folge, daß weit und breit kein Taxi zu sehen war. Aber es dauerte nicht allzu lange, bis eines anhielt und einen Fahrgast absetzte, worauf wir es uns schnappten und in Richtung Downtown losfuhren.

Ich mußte nicht allzu lange im Sechsten Revier bleiben. Ich übergab Conley die Waffe, ein 38er Revolver mit drei Kugeln in seinen sechs Kammern, und das Band mit Havemeyers Geständnis. Ich beantwortete einen ganzen Katalog von Fragen, dann diktierte ich meine Aussage.

»Ich bin froh, daß ich da war, als Sie angerufen haben«, sagte Conley. »Und ich kann von Glück reden, daß ich mich noch an diesen Fall erinnern konnte. Wahrscheinlich brauche ich Ihnen nicht extra zu sagen, daß wir uns wegen dieser Sache nicht gerade Arme und Beine ausgerissen haben.«

»Das wundert mich überhaupt nicht.«

»Sie wissen ja, wie das ist. Man konzentriert sich auf die Fälle, bei denen Aussicht besteht, daß man sie lösen kann. Und auf die, bei denen von oben ordentlich Druck gemacht wird.«

»So war es doch immer schon.«

»Und wird es auch immer bleiben, würde ich sagen. Das war von Anfang kein heißer Fall, jedenfalls nach den ersten zweiundsiebzig Stunden nicht mehr. Außerdem steht heute die ganze Stadt kopf, und vor allem wir bei der Polizei; da ist es sowieso ein Wunder, daß ich noch meinen eigenen Namen weiß, geschweige denn Ihren oder den von Byron Leopold.«

»Warum steht die Stadt kopf?«

»Das wissen Sie nicht? Wo waren Sie denn die letzten zwölf Stunden?«

»In einem Zug.«

»Ach so, richtig. Aber trotzdem, haben Sie keine Zeitung gesehen? Kein Radio gehört? Sie sind doch in der Grand Central Station angekommen, da müssen Sie doch an einem Zeitungsstand vorbeigekommen sein.«

»Ich hatte einiges Gepäck zu schleppen und einen geständigen Mörder zu bewachen«, rief ich ihm in Erinnerung. »Da hatte ich keine Zeit, mich groß drum zu kümmern, was in Bosnien passiert ist.«

»Wer redet denn von Bosnien. Heute waren die Schlagzeilen nicht über Bosnien. Sie waren über Will.«

»Über Will?«

Er nickte. »Entweder ist Nummer eins von den Toten auferstanden, oder Nummer zwei ist gefährlicher, als wir dachten. Können Sie sich noch an den Theaterkritiker erinnern?«

»Regis Kilbourne.«

»Genau der«, sagte er. »Will hat ihn gestern abend umgebracht.«

24

Fast könnte man sagen, er hatte es richtig darauf angelegt.

Aus irgendeinem Grund hatte ich die Kolumne, die er geschrieben hatte, übersehen. Sie war gegen Ende letzter Woche erschienen, nicht im Feuilleton, wo seine Kritiken sonst standen, sondern auf der Leitartikelseite der *Times*. Ich hatte zwar mal in die Ausgabe von diesem Tag reingesehen, und wenn mich nicht alles täuscht, habe ich Safires Kolumne gelesen, einen Durch-die-Brille-von-Beitrag über ein hoffnungsvolles junges Paar im Weißen Haus. Folglich dürfte ich auch in das reingelesen haben, was Kilbourne zu sagen hatte, aber höchstwahrscheinlich hatte ich zu lesen aufgehört, bevor ich zur Pointe kam.

Das wäre keineswegs verwunderlich gewesen, weil sein kurzer Essay mit einer glühenden Verteidigung der Pressefreiheit begann. Dieselben Dinge hatte er schon gesagt, nachdem er auf Wills Liste gesetzt worden war, wobei er sich damals über die schwere Verantwortung ausgelassen hatte, die ein Kritiker seinem Gewissen und der Öffentlichkeit gegenüber trug. Es könnte also durchaus sein, daß ich keine Lust hatte, mir das alles noch einmal anzutun.

Er hatte bereits den größten Teil seiner 850 Wörter aufgebraucht, als er endlich zur Sache kam. Der Schluß seiner Kolumne war einem Schauspiel gewidmet, das nicht am Broadway zur Aufführung gelangte, sondern in der ganzen Stadt. Er besprach Will, und die Kritik fiel schlecht aus.

»Es ist üblich, aber keineswegs erforderlich«, schrieb er, »ein lange gespieltes Stück nach einer einschneidenden Besetzungsänderung zu überarbeiten. Wenn die ursprüngliche Inszenierung vor allem von einem Star gelebt hat, sind solche Neuauflagen fast immer enttäuschend. Und mit Sicherheit gilt dies für das Stück, dem, käme es als Broadway-Musical zur Aufführung, ein Produzent bestimmt den Titel *Will!* gäbe, und zwar einschließlich mit dem inzwischen obligatorischen Ausrufezeichen.

In seiner ersten Inkarnation war *Will!* fraglos packendes Theater. Mit dem inzwischen verstorbenen Adrian Whitfield in der Titelrolle vermochte die Inszenierung mit ihrer dezenten Eleganz ihr Publikum aus acht Millionen New Yorkern nachhaltigst in ihren Bann zu schlagen. Doch was ursprünglich als brillante zum Teil von komischen Momenten aufgelockerte Tragödie so erfolgreich war, kommt nun als Farce daher, und das auch noch als eine Farce, die etwa soviel Pfiff und Witz hat wie ein zusammengefallenes Soufflé.

Nach Whitfields Tod und Entlarvung hat nun die zweite Besetzung seine Rolle übernommen – und ist prompt auf der Nase gelandet.

Will Nummer zwei, wie er anscheinend allgemein genannt wird, ist ein Mann des eitlen Schwulsts und des hohlen Getöses. Wir nehmen diesen schwachen Abklatsch nur deshalb ernst, weil wir noch das Original in Erinnerung haben.

Doch genug davon. ›Ihr seid nichts weiter als Spielkarten‹, sagte Alice, als sie ihre Widersacher in die vier Ecken des Wunderlands verstreute. Das gleiche sage ich zu dieser Memme, die sich mit dem Ruhm des von uns gegangenen Whitfield bekränzt. Ab sofort werde ich mich nicht mehr bewachen lassen und nicht mehr leben, als stünde mein Leben in ständiger Gefahr. Ab sofort wird einer meiner zwei Plätze am Mittelgang nicht mehr von einem kräftigen Burschen eingenommen werden, der sich viel lieber zu Hause *Heiße Spuren* ansähe. Ich werde mein Leben wieder selbst in die Hand nehmen, und dasselbe möchte ich auch dem neuen Will-Darsteller raten. Lassen Sie dieses Theater, räumen Sie die Bühne – und nehmen Sie endlich Vernunft an.«

Kilbourne hatte diese Entscheidung allein getroffen, aber er hatte die Polizei davon in Kenntnis gesetzt, bevor er sie in seinem Artikel dem Rest der Menschheit mitteilte. Obwohl man ihm bei der Polizei davon abgeraten hatte, hatte auch niemand besonders ernsthaft versucht, ihn davon abzubringen. Die Polizei war zu ziemlich dem gleichen Schluß gelangt wie er. Nachahmungstäter können zwar genauso gefährlich sein wie das Original, aber allmählich begann es so auszusehen, als wäre Will gar kein Nachahmungstäter, sondern höchstens ein Nachahmungsbriefschreiber. Natürlich würde man trotzdem nach ihm fahnden und ihn schließlich fassen, aber man maß der Sache keine besondere Bedeutung bei.

Während ich also am Dienstagabend mit einem Jurastudenten und einem geständigen Mörder in der Küche eines Ranchhauses in Lakewood, Ohio, Karten gespielt hatte, hatte sich Regis Kilbourne ein Preview des neuen P. J. Barry-Stücks *Poor Little Rhode Island* angesehen. Seine Begleiterin war eine junge Frau namens Melba Rogin gewesen, die wie ein Model aussah, aber in Wirklichkeit Modefotografin war. Nach der Aufführung hatten die zwei im Joe Allen's ein paar Drinks und ein kleines Abendessen zu sich genommen und waren dann im Taxi zu dem Brownstonehaus in Chelsea gefahren, wo Kilbourne im Hochparterre eine Etagenwohnung hatte.

Etwa um 1 Uhr 15 machte er Melba Rogin den Vorschlag, sie solle über Nacht bleiben, aber sie hatte einen frühen Fototermin und wollte nach Hause. Er begleitete sie zur Seventh Avenue, wo er sie in ein Taxi in Richtung Downtown setzte, wo sie in der Crosby Street ein Loft hatte. Das letzte, was sie von ihm sah, war, wie er sich auf den Heimweg machte.

Anscheinend kehrte er sofort in seine Wohnung zurück, wo er irgendwann im Verlauf der nächsten zwei Stunden Besuch bekam. Wie es aussah, hatte sich Will entweder einen Wohnungsschlüssel beschafft, oder Kilbourne hatte ihn in die Wohnung gelassen; es gab nämlich keinerlei Spuren eines Einbruchs. Ebensowenig hatte sich

Kilbourne anscheinend gegen seinen Mörder gewehrt. Er hatte mit einem schweren Gegenstand einen Schlag auf den Kopf erhalten, der so fest gewesen war, daß er davon aller Wahrscheinlichkeit nach das Bewußtsein verlor. Entweder war er mit dem Gesicht voran zu Boden gestürzt, oder der Mörder hatte ihn so hingelegt, bevor er ihm mit einem Sabatier-Küchenmesser aus Normalstahl in den Rücken stach. Dann zog er das Messer wieder heraus, wusch es in der Spüle ab und legte es zum Trocknen in den Drahtkorb.

»Vom Kochen hat Will jedenfalls keine Ahnung«, meinte Elaine. »Solche Messer muß man mit einem Tuch abtrocknen. Sie sind nicht rostfrei. Ein guter Koch wüßte so was.« Vielleicht wußte er es, sagte ich, und es war ihm egal. Einem guten Koch wäre so was nicht egal, sagte sie.

Ich weiß nicht, ob das Messer schon zu rosten begonnen hatte, aber ich weiß, daß es noch Blutspuren aufwies, die es als Mordwaffe identifizierten. Allerdings waren keine Fingerabdrücke darauf, und auch sonst wurden in der Wohnung keine Fingerabdrücke gefunden außer denen von Kilbourne und Melba Rogin.

Kilbourne war voll bekleidet; er trug den Pullover und die Hose, die er angezogen hatte, um Melba zum Taxi zu bringen. Sie sagte aus, er sei auch in eine Baseballjacke aus braunem Wildleder geschlüpft; dieses Kleidungsstück war über einer Stuhllehne hängend gefunden worden. Entweder war Will aufgetaucht, bevor sein Opfer zu Bett gegangen war, oder Kilbourne hatte sich wieder angezogen, bevor er geöffnet hatte. Laut Melba Rogin war er putzmunter gewesen, als sie ihn verlassen hatte; er könnte also aufgeblieben sein, um zu lesen, fernzusehen oder vielleicht sogar eine Kritik zu schreiben.

Falls er irgend etwas zu Papier gebracht haben sollte, war keine Spur davon zu sehen. Er benutzte immer noch eine Schreibmaschine, eine alte Royal, die für ihn offenbar totemähnliche Bedeutung hatte. Es steckte keine angefangene Seite in der Maschine, es lagen keine Notizen daneben. Irgendein Reporter fragte Melba Rogin, wie ihm das Stück gefallen habe – die gleiche Frage hätte er wahrscheinlich auch Mary Lincoln gestellt –, und sie erklärte, sie wisse es nicht. Ihren Aussagen zufolge äußerte er sich nie über ein Stück, bevor er nicht seine Kritik geschrieben hatte. »Aber ich glaube nicht, daß es ihm gefiel«, gab sie zu.

Das gab Anlaß zu neuen Spekulationen. Irgendein Witzbold schaffte es, in Liz Smith' Kolumne namentlich Erwähnung zu finden, indem er die Theorie aufstellte, Kilbourne habe das Stück abscheulich gefunden und eine vernichtende Kritik geschrieben und der nächtliche Besucher sei der Autor P. J. Barry selbst gewesen, der zuerst seinen Peiniger niedergestreckt habe, um dann die beleidigende Kritik mit nach Hause zu nehmen und dort den Flammen zu übergeben. »Allerdings kenne ich P. J. Barry«, schrieb Liz Smith, »und ich habe *Poor Little Rhode Island* gesehen. Daher kann ich mir ebensowenig vorstellen, daß P. J. so etwas tun könnte, wie ich glauben kann, daß *irgend* jemand auch nur das geringste an seinem Stück auszusetzen haben könnte.«

In dem Zeitraum, in dem der Mord passiert sein mußte, war über Kilbournes Telefonanschluß nicht gesprochen worden, und niemandem war ein Fremder aufgefallen, der das Haus betreten oder sich davor herumgetrieben hatte. Früher oder später würden sie jedoch einen Zeugen auftreiben, der jemanden das Haus hatte betreten oder verlassen sehen, jemanden, der einen Ruf oder Schrei gehört hatte, jemanden, der irgend etwas wußte.

Es war nur eine Frage der Zeit.

Gegen Ende der Woche bekam ich einen Anruf von Ray Gruliow. Er war einer der Anwälte, die ich William Havemeyer empfohlen hatte, und Hard Way Ray hatte sich bereiterklärt, ihn zu vertreten. »Der arme Teufel«, sagte er. »Er ist so ziemlich der letzte, bei dem man sich vorstellen könnte, daß er einen Mord begeht. Eigentlich ist das gar kein Fall nach meinem Geschmack, weißt du. Er ist nicht arm, er ist nicht schwarz, und er hat nicht versucht, das Empire State Building in die Luft zu jagen.«

»Er wird dir das Image ruinieren.«

»Genau, er wird es entschmutzen. Weißt du, wenn es seinen Wünschen nicht so zuwiderliefe, würde ich es drauf ankommen lassen und versuchen, ihn freizubekommen. Ich glaube, das würde ich schaffen.«

»Wie?«

»Ach, wer weiß? Jedenfalls könnte man schon mal damit anfangen, das System unter Anklage zu stellen. Er ist ein armer Schlucker, der sein Leben lang hart arbeitete, ohne einen Cent auf die hohe Kante legen zu können, und seine Firma vergilt es ihm damit, daß sie ihn rausschmeißt. Dann ist da noch der Tod seiner Frau, Jahre der Qual und des Leids, was natürlich notgedrungen Spuren in seiner Psyche hinterläßt. Als erstes werde ich selbstverständlich versuchen, das Geständnis für unzulässig erklären zu lassen.«

»Welches? Nachdem ich ihn alles auf Band hatte sprechen lassen, erschien er im Sechsten Revier und erzählte ihnen dieselbe Geschichte noch mal von vorne bis hinten. *Nachdem* sie ihm die Miranda-Warnung gegeben haben. Und sie haben alles, Miranda einschließlich, auf Video aufgenommen.«

»Lauter Früchte eines vergifteten Baums. Das erste Geständnis ist auf unzulässige Weise zustande gekommen ...«

»Von wegen.«

»... so daß alle weiteren Geständnisse suspekt sind.«

»Das ist doch kompletter Unsinn.«

»Na ja, schon möglich, aber mir wird schon was einfallen. Die Sache ist nur die, daß er das gar nicht will, aber ich glaube, ich kann trotzdem soviel schweres Geschütz auffahren, wenn ich mich mit dem Typen von der Staatsanwaltschaft zusammensetze, daß Havemeyer ganz gut bei der Sache wegkommt.« Darüber stellte er noch verschiedene Spekulationen an, bevor er sagte: »Mich würde interessieren, was mit dem Geld geschieht.«

»Mit welchem Geld?«

»Mit den hundertfünfzigtausend. Integrity Life hat die volle Versicherungssumme gezahlt, und das Geld ist jetzt auf Havemeyers Konto in Lakewood. Er hat noch keinen Cent davon ausgegeben.«

»Ich nehme mal nicht an, daß er es dafür nehmen wird, seinen Anwalt zu bezahlen.«

»Er kann überhaupt nichts damit machen. Von Rechts wegen darf man von den Folgen eines Verbrechens, das man begangen hat, nicht profitieren. Wenn ich schuldig gesprochen werde, dich ermordet zu haben, kann ich weder von dir erben noch deine Lebensversicherung einkassieren. Eine juristische Grundregel.«

»Und eine recht vernünftige, würde ich sagen.«

»Ich glaube nicht, daß jemand ernsthaft etwas gegen diese Regelung einzuwenden hätte, obwohl sie zum Teil auch schon recht folgenschwere Auswirkungen hatte. Da war diese Frau, die vor ein paar Jahren einen Arzt umgebracht hat. Ihr Anwalt hätte auf schuldig unter Berücksichtigung mildernder Umständen plädieren können, und sie wäre wahrscheinlich mit der in U-Haft verbüßten Zeit und etwas gemeinnütziger Tätigkeit davongekommen, aber sie hatte kein Geld und war von dem Doktor als Erbin seines Vermögens eingesetzt worden. Um jedoch ihr Erbe antreten zu können, hätte sie freigesprochen werden müssen, weshalb der Anwalt alles auf eine Karte setzte und verlor, so daß seine Mandantin eine lange Gefängnisstrafe erhielt. Wurde nun seine Entscheidung durch das Wissen beeinflußt, daß sie erben mußte, wenn er zu seinem Geld kommen wollte? Nein, auf gar keinen Fall, denn wir Anwälte lassen uns nie von solchen Erwägungen beeinflussen.«

»Da bin ich aber beruhigt.«

»Havemeyer wird sich schuldig bekennen. Er hat also keinen Anspruch auf das Geld. Aber was geschieht dann damit?«

»Die Versicherung bekommt es zurück.«

»Einen Dreck bekommt sie. Sie hat jahrelang die Prämien einkassiert, sie hat das Risiko akzeptiert, und sie muß das Geld zahlen. Und zwar die volle Summe, weil Mord als Unfalltod gilt. Irgend jemandem muß sie das Geld zahlen. Aber wem?«

»Byron Leopolds Erben, würde ich sagen. Womit es an ein paar Aids-Organisationen ginge.«

»Das träfe zu«, sagte er, »wenn Leopold noch Inhaber der Police wäre. In diesem Fall würde Havemeyer als Begünstigter ausgeschlossen, und das Geld ginge an Leopolds Erben. Nun hat allerdings Leopold die Besitzrechte an der Police veräußert. Und damit ist er völlig aus dem Spiel.«

»Was ist mit Havemeyers Erben?«

»Ah-ah. Havemeyer hat keinerlei Anrecht auf das Geld. Er kann nicht weitergeben, was ihm nie gehört hat. Mal ganz abgesehen davon, daß niemand etwas von ihm erben kann, solange er noch am Leben ist. Doch das wirft eine andere Frage auf. Havemeyer war Inhaber der Police und ließ sich selbst als Begünstigten eintragen. Ließ er für den Fall, daß er vor Leopold versterben sollte, vielleicht einen zweiten Begünstigten eintragen? Möglicherweise hat er sich darüber aber gar keine Gedanken gemacht, weil er dachte, wenn er vor Leopold stürbe, fiele das Geld, das ihm bei Leopolds Tod gezahlt werden müßte, seinem Nachlaß zu.«

»Havemeyers Nachlaß, meinst du?«

»Richtig. Mit anderen Worten, warum sich die Mühe machen und einen zweiten Begünstigten benennen, wenn das Geld sowieso an ihn fällt? Zufällig gibt es jedoch durchaus Gründe, die für eine solche Maßnahme sprechen. Der Begünstigte müßte in diesem Fall nicht erst noch so lange auf sein Geld warten, bis die Nachlaßfrage rechtlich geklärt wäre. Aber es ist durchaus auch möglich, daß Havemeyer nicht auf diese Möglichkeit hingewiesen wurde oder daß es ihm, wenn doch, einfach egal war. Aber angenommen, er hat einen zweiten Begünstigten angegeben: Hat dieser dann Anspruch auf die Versicherungssumme?«

»Warum nicht? Er könnte nicht ausgeschlossen werden, weil er nicht an dem Mord beteiligt war.«

»Wenn nun aber Havemeyer die viatikale Transaktion bereits in der Absicht getätigt hat, Leopold umzubringen?«

»Seinen Aussagen zufolge war das nicht der Fall.«

»Gut für ihn, aber woher wollen wir das mit Sicherheit wissen? Und wenn es so gewesen wäre, könnten wir dann nicht geltend machen, seine kriminelle Absicht habe die viatikale Transaktion ungültig gemacht und die Besitzrechte an der Police wieder Byron Leopold übertragen?«

»So daß also die karitativen Einrichtungen das Geld bekämen?«

»Meinst du wirklich? Waren sie vor der viatikalen Transaktion als seine Begünstigten eingetragen?«

»Herr Jesus«, sagte ich.

»Ich nehme an, das war ein Einwurf, nicht der Name des Begünstigten.«

»Ich kenne seine Begünstigte. Bevor die viatikale Transaktion getätigt werden konnte, mußte sie bestätigen, daß sie wußte, daß sie als Begünstigte gestrichen worden war.«

»Sicher, das ist so üblich. Woher kennst du sie?«

»Sie ist eine Bekannte von mir, sie ist bei den Anonymen Alkoholikern. Sie war es, die mich überhaupt erst dazu gebracht hat, mich mit den Hintergründen seines Tods zu befassen.«

Er lachte laut. »Was sagt man dazu? Ohne es zu wissen, hat sie in ihrem eigenen Interesse gehandelt.«

»Meinst du, am Ende bekommt sie das Geld?«

»Sie hat jedenfalls berechtigten Anspruch darauf«, sagte er. »Wenn Havemeyer vorhatte, einen Mord zu begehen – worauf sein späteres Verhalten nachdrücklichst hindeutet –, kann die viatikale Transaktion für null und nichtig erklärt werden. Wenn sie annulliert wird und die Besitzrechte an der Police somit an Leopold zurückfallen und wenn sie seine Begünstigte war, bis er sie streichen ließ, um die Transaktion tätigen zu können, würde ich sagen, daß sie durch die Annullierung der Transaktion rechtsgültig wieder als Begünstigte eingesetzt ist. Diesen Standpunkt würde ich vor Gericht jederzeit durchfechten. Außer ich würde von den in seinem Testament genannten Organisationen davon abgehalten, dann verträte ich den Standpunkt, daß die Tatsache, daß er die Frau nicht als seine Erbin eingesetzt hatte, seine Absicht zum Ausdruck bringt, diese karitativen Einrichtungen zu begünstigen und nicht deine Bekannte, und ...«

Der Rest war mir zu juristisch und spitzfindig, aber im wesentlichen lief es darauf hinaus, daß Ginnie am Ende vielleicht zu 150.000 Dollar käme. »Sag ihr, sie soll mich anrufen«, sagte er. »Ich kann sie zwar nicht vertreten, aber ich besorge ihr jemand, der es kann.«

Ginnie war natürlich baff, und ihre erste Reaktion war, das Geld stehe ihr nicht zu. Wenn sie es einfach den Organisationen überließe? Ich erklärte ihr, Byrons Intention schiene für mich eigentlich ganz klar und sie könne ihr Gewissen immer noch beruhigen, indem sie den Organisationen einen Teil des Geldes spendete.

»Jedenfalls«, sagte ich, »hast du es dir verdient. Wenn du mich nicht dazu gebracht hättest, nach Byrons Mörder zu suchen, wäre das Geld für immer in Lakewood, Ohio, geblieben. Was Havemeyer nicht für Pizza und Teebeutel ausgegeben hätte, hätte er seinen Verwandten vererbt.«

»Wenn es jemand verdient hat, dann du. Wie findest du die Idee, es zu teilen.«

»Was? Zwischen uns?«

»Zwischen dir, mir und den Aids-Organisationen. In drei Teile.«

»Für mich wäre das zu viel«, sagte ich, »und für die karitativen Organisationen wahrscheinlich auch. Aber darüber können wir uns später noch den Kopf zerbrechen. Jetzt würde ich an deiner Stelle erst mal den Anwalt anrufen.«

Ich weiß nicht, ob tatsächlich ein Zusammenhang bestand. Jedenfalls ging ich an dem Tag, nach dem ich dieses Gespräch mit Ginnie geführt hatte, los und machte meine Weihnachtseinkäufe. Ich wußte weder, ob sie wirklich die Versicherungssumme bekommen würde, noch konnte ich lediglich aufgrund ihres spontanen Vorschlags davon ausgehen, daß sie das Geld tatsächlich mit mir teilen würde. Aber die Aussicht auf einen unverhofften Geldsegen, sei sie auch noch so fraglich und vage, schien zumindest zu genügen, um mich in die entsprechende Weihnachtsstimmung zu versetzen. Weder leerte ich den Inhalt meiner Taschen in irgendwelche Heilsarmee-Sammelbüchsen, noch stolzierte ich »Stille Nacht« pfeifend die Straße hinunter, aber zumindest schaffte ich es, mich in den Geschäften in Midtown ins Getümmel zu stürzen und so viele Geschenke zu kaufen, daß niemand leer ausging.

Die Geschenke für meine Söhne Mike und Andy und für Mikes Frau June fand ich in einem Geschäft in der Madison Avenue, wo ich sie ihnen auch gleich zuschicken lassen konnte – die Aktentasche und die geflochtene Lederhandtasche für Michael und June nach San Jose, das Fernglas für Andy nach Missoula, Montana, wo er nach kurzen Intermezzi in Vancouver und Calgary vor kurzem gelandet war.

Mit Elaines Geschenk würde ich mich schwertun – das ist immer so –, aber dann sah ich in einem Schaufenster ein Paar Ohrringe, und ich wußte sofort, sie würden ihr großartig stehen. Kompakte kleine Herzen aus Mattglas, die mit dunkelblauen Steinen besetzt waren. Sie waren von Lalique, sagte mir die Verkäuferin, und ich nickte ernst, als wüßte ich, was das bedeutete. Ich nahm an, das war gut.

Am nächsten Morgen, dem Tag danach, ging ich nach dem Frühstück ins Morning Star auf der anderen Straßenseite und las dort die Zeitung. Dann ging ich in die Bibliothek in der Fifth, Ecke Forty-second. Dort blieb ich, bis ich Hunger bekam. Ich schlang mein Mittagessen, das ich auf einer Bank im Bryant Park zu mir nahm, ziemlich schnell hinunter, weil es etwas zu kalt war, um im Freien zu sitzen. Als ich fertig war, kehrte ich in die Bibliothek zurück und machte mich wieder daran, Dinge nachzuschlagen und mir Notizen zu machen.

Auf dem Heimweg ging ich in ein schniekes Café in der Fifty-sixth, Ecke Sixth, und bestellte eine Tasse Kaffe und ein Stück Kuchen. Ich dachte über das nach, was ich wußte beziehungsweise zu wissen glaubte, und versuchte mir darüber klarzuwerden, was ich deswegen unternehmen sollte.

In den Abendnachrichten kam diesmal nichts über Will, und am nächsten Morgen stand auch nichts in den Zeitungen. Marty McGraws Kolumne befaßte sich mit dem jüngsten Gerangel zwischen dem Bürgermeister der Stadt und dem Junior Senator des Bundesstaats.

Sie waren beide Republikaner, beide Italoamerikaner, und sie hätten sich nicht mehr verachten können, wenn einer von ihnen Serbe und der andere Kroate gewesen wäre.

Ich griff nach dem Telefon und rief ein paar Polizisten an, darunter Harris Conley und Joe Durkin. Dann versuchte ich Marty McGraw zu erreichen, was mir jedoch nicht gelang, und niemand wußte, wo er war.

Ich hatte jedoch eine Idee, wo ich ihn finden könnte.

25

»Na, wen haben wir denn hier«, begrüßte er mich. »Ich fühle mich über alle Maßen geschmeichelt. Wenn Sie nämlich nicht gerade pervers geworden sind oder plötzlich doch noch Geschmack an der Gesellschaft von Abschaum gefunden haben, können Sie nur hierher gekommen sein, um mich zu sehen.«

»Ich dachte, es bestünde eine gewisse Aussicht, Sie hier anzutreffen.«

Er legte den Kopf in den Nacken und sah mich mit halb geschlossenen Augen an. Er hatte ein leeres Schnapsglas und ein halb volles Glas Bier vor sich stehen, und ich nahm an, es waren nicht seine ersten an diesem Morgen. Aber er wirkte vollkommen nüchtern. »Sie dachten, es besteht eine gewisse Aussicht, mich hier anzutreffen. Also, ich habe ja schon immer gesagt, daß Sie ein großer Detektiv sind, Mattie. Morgen werden Sie mit Judge Crater aufkreuzen, und übermorgen werden Sie vor aller Welt bekanntgeben, wer das Lindbergh-Baby wirklich entführt hat. Glauben Sie, da besteht ein Zusammenhang?«

»Möglich ist alles.«

»Klar. Die da könnten sogar echt sein.«

Als ich in die Richtung sah, in die er deutete, fiel mein Blick auf eine Bedienung in der üblichen Bunnyaufmachung – hohe Hacken, Netzstrümpfe, knallrote Hot Pants mit weißem Kaninchenschwanz und darüber nichts als die Hasenohren und zu viel Augen-Makeup. Trotz der ganzen Schminke war ihr Gesicht unmöglich jung, und ihre Brüste hatten die der Schwerkraft spottende Unbekümmertheit von Silicon.

»Eins würde mich wirklich interessieren«, sagte er zu ihr, als sie an unseren Tisch kam. »Welchem Orden gehörst du an?« Als sie ihn nur verständnislos ansah, fuhr er fort: »Ich meine, bist du Karmeliterin oder eine von diesen Barmherzigen Schwestern oder was?« Sie erwiderte immer noch nichts, worauf er sagte: »War nicht ernst gemeint, Mädchen. Also nur keine Sorge. Ich weiß, du bist neu hier, aber bestimmt haben sie dir schon gesagt, daß ich harmlos bin.«

»Oh, da bin ich mir nicht so sicher«, sagte sie. »Ich wette, Sie sind schwer bewaffnet und gefährlich.«

Er grinste entzückt. »He, du bist ja schwer in Ordnung. Kannst anscheinend doch ganz gut zurückgeben. Weißt du was? Bring mir noch eine Runde, einen doppelten und ein Bier – das heißt, mach am besten gleich *zwei* Doppelte und *zwei* Bier draus.« Ich muß wohl ein komisches Gesicht gemacht haben, denn er sagte: »Keine Angst, Mattie. Ich weiß, Sie würden um Ihres lieben Seelenheils willen keinen Tropfen anrühren, Sie selbstgerechter Scheißer. Entschuldige bitte meine Ausdrucksweise, Kleines, und erzähl bitte deiner Mutter Oberin nicht, was ich gerade gesagt habe. Ich möchte deshalb, daß du mir gleich zwei Runden bringst, damit wir dich später nicht stören müssen, und außerdem kannst du meinem Abstinenzlerfreund da bringen, was er gern will.«

»Ein Club Soda bitte«, sagte ich.

»Bring ihm zwei Club Soda«, sagte er, »und den letzten holt der Teufel.« Als sie sich mit wippendem Kaninchenschwanz entfernte, sagte er: »Ich weiß nicht, was ich von Silicon halten soll. Sie sehen alle perfekt aus, aber sie sehen nicht echt aus. Und wie wirkt sich das auf die nächste Generation aus? Werden unsere Kids in dem Glauben groß, alle Frauen haben perfekte Titten?«

»In dem Alter«, sagte ich, »findet man alle Titten perfekt.«

»Nicht, wenn man nie andere als aus Silicon gesehen hat. Früher waren es junge Mädchen, die sich ihre Titten machen ließen, um sich einen Typen zu angeln. Inzwischen sind es verheiratete Männer, die ihre Frauen bitten, bei einem Schönheitschirurgen anzurufen und sich einen Termin geben zu lassen. ›Was ich zu Weihnachten möchte, Mona? Also, wenn du schon fragst, so ein Paar

Riesendinger fände ich toll.‹ Finden Sie das etwa noch normal?«

»Was ist heute schon noch normal?«

»Das können Sie allerdings laut sagen.«

»Und trotzdem kommen Sie hierher.«

»Ich stehe auf aufgedonnert«, sagte er. »Und ich stehe auf geschmacklos, und ich habe einen Hang zum Paradoxen. Und obwohl ich mir die Titten kaum ansehe, ist es doch schön zu wissen, daß sie da sind, wenn es mich überkommt. Außerdem liegt der Laden hier nur drei Blocks von der bescheuerten Redaktion entfernt, aber da keiner von diesen Scheißern hier gesehen werden will, bin ich hier absolut ungestört. Das also sind meine Gründe, Monsieur Poirot. Und was haben Sie für eine Ausrede?«

»Ich bin hergekommen, um Sie zu sehen.«

Als die Bedienung die Drinks brachte, sagte er: »Auf meine Rechnung«, und gab ihr fünf Dollar Trinkgeld. »Jetzt sagen Sie bloß, ich hätte keinen Stil«, fuhr er an mich gewandt fort. »Haben Sie gesehen? Ich habe ihr das Geld nur gegeben. Ich habe nicht versucht, es ihr vorne in ihre Lycra-Shorts zu stopfen, wie ich das schon einige Gäste habe tun sehen. Daß Sie meinetwegen hergekommen sind, habe ich mir schon fast gedacht. Ich frage mich nur, warum.«

»Um zu sehen, was Sie mir über Will erzählen können.«

»Ah, ich verstehe. Sie wollen einen Hattrick schaffen.«

»Wie bitte?«

»Sie haben einen Mörder entlarvt und einen anderen lebend nach New York zurückgebracht. Wie ist es übrigens in Lakewood, Ohio? Tragen die Leute dort Schuhe?«

»Die meisten.«

»Gut zu hören. Sie haben Whitfield geschnappt, Sie haben diesen Havemeyer überführt, und jetzt haben Sie es auf Will Nummer zwei abgesehen. Whitfields zweite Besetzung, wenn Sie in dem Theaterjargon bleiben wollen, den Kilbourne in seiner Kolumne so treffend benutzt hat.« Er bekam plötzlich große Augen. »Moment mal. Havemeyer heißt doch mit Vornamen William, oder nicht? Wie nennen sie ihn?«

» Mr. Havemeyer«, sagte ich.

»Er könnte also Bill oder Willie heißen. Oder sogar Will.«

»Er könnte alles mögliche heißen«, sagte ich. »Ich habe Ihnen doch gesagt, wie ich ihn angesprochen habe.«

»Ich dachte immer, Cops sprechen Verbrecher mit dem Vornamen an.«

»Wahrscheinlich bin ich schon zu lange nicht mehr bei der Polizei.«

»Klar, Sie sind richtig respektabel geworden. Nur gut, daß Sie keine Uniform mehr tragen, sonst würden Sie ihr nur Schande machen. Wenn sie ihn also Will nennen, und es würde mich keineswegs wundern, wenn sie es täten, dann wäre es doch bereits ein Hattrick, oder nicht? Drei Typen, die Will heißen, und Mattie erwischt sie alle.«

»Ich bin nicht hinter Will Nummer zwei her.«

»Nicht?«

Ich schüttelte den Kopf. »Ich bin nichts weiter als ein stinknormaler Durchschnittsbürger. Alles, was ich weiß, habe ich in der Zeitung gelesen.«

»Sie und Will Rogers.«

»Und ich habe mich gefragt, ob Sie vielleicht etwas wissen, was nicht in der Zeitung steht. Zum Beispiel, ob der Kerl noch einen Brief geschrieben hat?«

»Nein.«

»Bisher hat er nach jedem Mord einen Brief geschrieben. Wie irgendwelche Terroristen, die sich zu einem Bombenanschlag bekennen.«

»Und?«

»Ich fände es ziemlich ungewöhnlich, wenn er auf einmal das Schema durchbräche.«

Er verdrehte die Augen. »Das war Whitfields Schema, und Whitfield schreibt keine Briefe mehr. Warum sollte sich der neue Will so genau daran halten?«

»Da könnten Sie natürlich recht haben.«

»Whitfield hat auch nie drei Kerle gleichzeitig bedroht. Es bestehen einige Unterschiede zwischen den beiden; Sie brauchen sich ja bloß mal das psychologische Gewäsch anhören, das man von allen Seiten zu hören bekommt.« Einen Doppelten hatte er bereits gekippt, und jetzt nahm er einen kleinen Schluck aus dem anderen Glas und spülte ihn mit einem gleichermaßen kleinen Schluck Bier hinunter. »Das war ja auch der Grund, daß ich geschrieben habe.«

»Die Kolumne, in der Sie sich über ihn lustig gemacht haben?«

»Mhm. Ich weiß auch nicht. Erst fand ich es noch ziemlich blöd, daß ihn alle einen Papiertiger nannten, und dann gehe ich plötzlich selber her und versuche, ihn zu ködern.«

»Darüber habe ich mich auch schon gewundert.«

»Ich kam zu der Überzeugung, daß die Leute recht hatten«, sagte er, »und daß dieser Typ nie was *tun* würde, und dann kam mir die glorreiche Idee, wenn ich was durch die Gitterstäbe seines Käfigs stecke und ihn damit ein bißchen piekse, brüllt er vielleicht wenigstens, und unter Umständen liefert das dann den Cops weitere Anhaltspunkte. Ich war mir ganz sicher, es wäre völlig ungefährlich, ihn zu reizen, weil er nie aus seinem Käfig kommen würde.«

»Aber dann ist er doch rausgekommen.«

»Allerdings. Ich würde zwar nicht unbedingt sagen, es war meine Schuld, weil ihn dieser Idiot Kilbourne selber auch ganz schön provoziert hat, als er ihm riet, endlich von der Bühne zu verschwinden. Aber Sie können mir gern glauben, daß ich inzwischen die Schnauze voll habe von der ganzen Geschichte.«

»Ach?«

»Ich bin heilfroh, daß ich keinen Bekennerbrief mehr von diesem Dreckskerl bekommen habe. Sollte er vorhaben, noch mehr Briefe zu schreiben, hoffe ich nur, er schickt sie jemand anderem. Ich glaube zwar nicht, daß er das tun wird, und ich glaube auch nicht, daß er noch jemanden umbringen wird, obwohl ich Peter Tully und Judge Rome nicht unbedingt raten würde, sich nicht mehr beschützen zu lassen. Ich will damit nur sagen, daß ich mich von der ganzen Geschichte distanziere. Es gibt auch andere Themen, über die ich schreiben kann.«

»Das ist in dieser Stadt ja auch nicht schwer.«

Ich nahm einen kräftigen Schluck Club Soda. Aus dem Augenwinkel beobachtete ich, wie unsere Bedienung von einer Gruppe Neuankömmlinge eine Bestellung entgegennahm: drei Männer Anfang Dreißig in Sakko und Krawatte. Einer von ihnen streichelte ihren Hintern und tätschelte ihren Kaninchenschwanz. Sie schien es nicht mal zu merken.

Ich sagte: »Vielleicht sollte ich ja gar nicht mehr damit anfangen, da Sie ja inzwischen das Interesse an der Sache verloren haben. Aber ich wollte trotzdem gern Ihre Meinung dazu hören.«

»Schießen Sie los.«

Ich kramte mein Notizbuch hervor und schlug es auf. »›Verflucht sei die verwelkte Hand, die meine Nation an der Kehle packt.‹«

Er führte gerade das Glas an die Lippen, erstarrte aber mitten in der Bewegung und runzelte die Stirn. »Was ist das nur gleich wieder?«

»Kommt es Ihnen bekannt vor?«

»Ja, aber ich weiß nicht, woher. Helfen Sie mir auf die Sprünge, Mattie.«

»Es ist aus dem ersten Brief von Will Nummer zwei, in dem er uns die drei Namen seiner Kandidaten mitteilt.«

»Ach ja, stimmt. In diesem Stil hat er sich noch eine ganze Weile weiter über Peter Tully ausgelassen, nach diesem ganzen Scheiß, daß er einen Schraubenschlüssel ins Getriebe der Stadt wirft oder so ähnlich. Und?«

»Nur daß er es leicht abgeändert hat. ›Verflucht sei die verwelkte Hand, die eine Stadt an der Kehle packt.‹ *Eine Stadt* anstatt *meine Nation*.«

»Und?«

»Will paraphrasierte also das Original.«

»Welches Original?« Er runzelte wieder die Stirn, dann nahm er den Kopf zurück und sah mich an. »Einen Augenblick mal.«

»Lassen Sie sich ruhig Zeit, Marty.«

»Ich glaube, ich spinne. Wissen Sie, wen dieser Lutscher zitiert hat?«

»Wen?«

»Mich.« Er zog verärgert die Augenbrauen hoch. »Er hat mich zitiert beziehungsweise paraphrasiert oder wie Sie es sonst nennen wollen.«

»Tatsächlich?«

»Sie können das ja nicht wissen, weil es niemand weiß, aber mir ist mal die peinliche Entgleisung und das Unglück unterlaufen, ein Theaterstück zu schreiben.«

»*Tumult in den Wolken.*«

»Du meine Güte, woher wissen Sie denn das? Der Titel ist von Yeats, aus dem Gedicht ›Ein irischer Flieger erwartet den Tod‹. Ich kann Ihnen sagen, einfach grauenhaft.«

»So schlecht war es sicher auch wieder nicht.«

»Doch, der reinste Mist, und das sage keineswegs nur ich. Was diesen Punkt angeht, waren die Kritiken von seltener Einhelligkeit. Am Titel hatte allerdings niemand was auszusetzen, obwohl das Ganze nichts mit Fliegen zu tun hatte. Aber Tumult gab es jede Menge. Wolken waren eher dünn gesät, aber Tumult gab's dafür um so mehr. Aber es war durch und durch irisch, mein aus tiefstem Herzen kommender, autobiographisch eingefärbter Versuch über die irisch-amerikanische Erfahrung, und bekanntlich verhilft nichts einem irischen Buch oder Stück zu einem besseren Start als ein Titel von Yeats. Nur gut, daß der alte Knabe so viel geschrieben hat.«

»Und die Zeile ist aus Ihrem Stück?«

»Welche Zeile?«

»Die Zeile über die verwelkte Hand und die Kehle der Nation.«

»Oh, die Will übernommen hat? Wenn ich mich recht erinnere, war im Stück die verwelkte Hand die von

Königin Victoria. Und die Kehle gehörte unserem geliebten Irland, was Sie wahrscheinlich nicht sonderlich überraschen wird. Es war eine Kesselflickerin, die diesen Satz sagte. Heilige Mutter Gottes, was wußte ich schon von Kesselflickerinnen? Oder auch von Irland? Ich bin nie in diesem armen gottverlassenen Land gewesen und will dort auch nie hin.«

»Sie sind ganz schön raffiniert«, sagte ich.

»Wieso raffiniert, Mattie?«

»Daß Sie die Zeile erst nicht erkannten. Daß Sie dann merkten, ich müßte wissen, woher sie stammt, und beschlossen, lieber selbst damit herauszurücken. Und daß Sie dann so getan haben, als wüßten Sie nicht, daß ich weiß, woher die Zeile stammt. Bloß, wie sollten Sie das nicht gewußt haben? Denn woher hätte ich den ursprünglichen Wortlaut der Zeile kennen sollen, wenn ich nichts von dem Stück gewußt hätte?«

»Moment mal, da komme ich leider nicht mehr ganz mit.«

»Wirklich nicht?«

Er packte sein Glas. »Ihr nüchternen Drecksäcke, euch will wohl partout nicht in den Kopf, daß dieses Zeug da die Denkprozesse etwas bremst. Könnten Sie also vielleicht noch mal von vorn anfangen? ›Sie müssen es gewußt haben, weil ich es wissen mußte, weil Sie wußten, weil ich gesagt habe, daß Sie gesagt haben‹ – wissen Sie, was ich meine, Mattie? Ein bißchen wirr, das Ganze.«

»Ich weiß.«

»Könnten Sie mir's also noch mal erklären?«

»Lieber nicht.«

»Auch schön. Sie sind schließlich derjenige, der damit angefangen hat, also ...«

»Geben Sie doch endlich auf, Marty.«

»Wie bitte?«

»Ich weiß, daß Sie es waren. Sie haben die Briefe geschrieben und Regis Kilbourne umgebracht.«

»Sie haben sie wohl nicht mehr alle.«

»Da bin ich anderer Meinung.«

»Warum sollte ich so was tun? Können Sie mir das vielleicht sagen?«

»Sie haben die Briefe geschrieben, um weiter im Rampenlicht zu stehen.«

»Ich? Das soll wohl ein Witz sein, wie?«

»Will hat Sie wirklich wichtig gemacht. Sie schreiben eine Kolumne, und prompt bringt jemand reihenweise Prominente um.«

»Und in Omaha. Vergessen Sie Omaha nicht.«

»Doch dann brachte sich Will selbst um, und wie sich herausstellte, war der ehemalige Schrecken von New York in Wirklichkeit nur ein harmloser Popanz. Es war Adrian Whitfield, und er wurde plötzlich auf Normalmaß zurechtgestutzt. Das Ganze war keine große Story mehr, und für Sie sprangen keine Schlagzeilen mehr heraus. Und das konnten Sie nicht ertragen.«

»Ich habe dreimal die Woche eine Kolumne«, sagte er. »Wissen Sie, wie viele Leute lesen, was ich schreibe, Will hin oder her?«

»Eine ganze Menge.«

»Millionen. Wissen Sie, was ich dafür bezahlt bekomme? Keine Millionen, aber viel fehlt nicht.«

»Eine Story wie diese hatten Sie noch nie.«

»Ich hatte im Lauf der Jahre jede Menge Stories. Diese Stadt ist doch bis hier oben voll mit Stories. Eine Story ist wie ein Arschloch, jeder hat eins und fast jedes stinkt.«

»Die war anders. Das haben Sie mir selbst gesagt.«

»Wenn man sie schreibt, sind sie alle anders. Man muß sogar daran glauben, daß sie was Besonderes sind. Aber irgendwann laufen sie sich tot, und man wendet sich einer anderen zu und sagt sich wieder, sie ist was Besonderes und sogar doppelt so besonders wie die letzte.«

»Will war Ihr Produkt, Marty. Sie haben ihn auf die Idee gebracht. Und er schrieb alle seine Briefe an Sie. Jedesmal wenn es etwas Neues gab, wußten Sie als erster Bescheid. Sie zeigten das, was Sie hatten, den Cops, und Sie waren der erste, den sie informierten.«

»Na und?«

»Deshalb konnten Sie es nicht ertragen, daß mit der Story Schluß war. Regis Kilbourne kam der Sache näher, als er ahnen konnte, als er das Ganze mit einer Broadway-Aufführung verglich. Nachdem der Star von der Bühne abgetreten war, brachten Sie es nicht über sich, die Aufführung abzusetzen. Sie schlüpften in sein Kostüm und versuchten, die Rolle selbst zu spielen. Sie schrieben an sich selbst Briefe und verrieten sich schließlich selbst, weil Sie es nicht lassen konnten, aus Ihrem durchgefallenen Stück zu zitieren.«

Er sah mich nur an.

»Sehen Sie sich doch nur die drei Männer an, die Sie auf Wills Liste gesetzt haben«, fuhr ich fort. »Ein Gewerkschaftsboß, der damit droht, die ganze Stadt lahmzulegen, und ein Richter, der ständig Verbrecher laufen läßt. Zwei Kerle, die es geschafft haben, weite Teile der Bevölkerung stinksauer auf sich zu machen.«

»Und?«

»Und jetzt sehen Sie sich den dritten Namen auf der Liste an. Der Theaterkritiker der *New York Times*. Wer in aller Welt setzt schon einen Kritiker auf so eine Liste?«

»Ob Sie's glauben oder nicht: Das habe ich mich auch schon gefragt.«

»Für so blöd können Sie mich doch nicht wirklich halten, Marty.«

»Und für wie blöd halten Sie mich eigentlich? Sie können sich doch nicht einfach über alle Fakten hinwegsetzen, weil Sie nämlich sonst mit Ihrem geistigen Höhenflug sehr schnell auf der Schnauze landen werden. Wissen Sie, wann *Tumult in den Wolken* rauskam? Vor fünfzehn Jahren. Wissen Sie, wann Regis Kilbourne für die fragliche Zeitung Kritiken zu schreiben begann? *Ich* weiß es zufällig, weil es in allen Nachrufen stand. Vor nicht mal zwölf Jahren. Es war jemand anderer, der *Tumult* für die *Times* besprochen hat, und er ist vor fünf oder sechs Jahren an einem Herzinfarkt gestorben.«

»Ich habe die Kritik in der *Times* gelesen.«

»Dann wissen Sie ja Bescheid.«

»Ich habe auch Kilbournes Kritik gelesen. Im *Gotham Magazine.*«

»Meine Herren, wo haben Sie denn die ausgegraben? Ich weiß nicht mal, ob ich die überhaupt selbst gelesen habe.«

»Wie kommt es dann, daß Sie sie zitiert haben? Im selben Brief, in dem Sie von Peter Tullys verwelkter Hand sprachen, die die Stadt an der Kehle hat, hatten Sie über Richter Rome folgendes zu sagen.« Ich fand es in meinem Notizbuch. »›Sie haben nicht das leiseste Gespür für die Gefühle der Öffentlichkeit, keinerlei Interesse an ihren Wünschen.‹ Das ist, was Sie geschrieben haben. Und hier ist, was Kilbourne über Sie geschrieben hat: ›Als Journalist geriert sich Mr. McGraw eher volkstümlich und nicht wie jemand, der auf dem hohen Roß daherkommt. Doch als Bühnenautor hat er nicht das leiseste Gespür für die Gefühle des Theaterpublikums und keinerlei Interesse an seinen Wünschen.‹«

»Ich kann mich an die Kritik erinnern.«

»Das kann ich mir denken.«

»Jetzt, wo Sie sie mir vorlesen, kann ich mich wieder an sie erinnern. Aber ich schwöre Ihnen, die Zeile in Wills Brief habe ich nicht wiedererkannt. Ich meine, er hat mein Stück zitiert, warum soll er da nicht auch aus einer der Kritiken zitiert haben? Vielleicht dachte er, er könnte sich bei mir lieb Kind machen, wenn er mit ein paar Zitaten um sich wirft, die ich dann allerdings dummerweise gar nicht wiedererkannt habe.« Er sah mich an, dann hob er die Schultern. »Damit will ich weiß Gott nicht behaupten, daß sich das sonderlich einleuchtend anhört, aber der Kerl ist nicht ganz dicht im Kopf. Wer wird schon aus so jemandem schlau?«

»Geben Sie endlich auf, Marty.«

»Was soll diese Scheiße, Mann? ›Geben Sie endlich auf, Marty.‹ Sie hören sich an wie aus so einer bescheuerten Fernsehsendung. Hat Ihnen das eigentlich schon mal jemand gesagt?«

»Kilbournes Kritik im *Gotham* war vernichtend. Positiv aufgenommen wurde das Stück zwar nirgendwo, aber Kilbourne war richtig gemein, und seine ganze Häme richtete sich gegen das Stück selbst und gegen den Mann, der es schrieb. Im Grunde war es eine sehr persönliche Attacke; so, als störte es ihn, daß sich ein Kolumnist anmaßte, ein Stück zu schreiben, und als wollte er dafür sorgen, daß Sie so etwas nie wieder versuchen würden.«

»Na und? Das war vor fünfzehn Jahren. Ich habe mir ein paar hinter die Binde gekippt, mal kräftig gegen einen Stuhl getreten, gegen eine Wand geboxt und ein paar Worte gesagt, die ich ganz sicher nicht von den Nonnen gelernt habe, und damit hatte es sich. Warum schütteln Sie schon wieder so blöd den Kopf?«

»Weil Sie die Kritik zitiert haben.«

»Es war Will, der die Kritik zitiert hat, vergessen Sie das bitte nicht. Will Nummer zwei. Ich weiß zwar nicht, wer der Kerl ist, aber ich bin es jedenfalls nicht.«

»Sie haben die Kritik in Ihrer Kolumne zitiert, Marty.« Ich öffnete das Notizbuch wieder und führte unter genauer Angabe der jeweiligen Stelle die einzelnen Wendungen aus Kilbournes Kritik auf, die in die verschiedenen Kolumnen Marty McGraws Eingang gefunden hatten, die er vor und nach dem Tod Adrian Whitfields geschrieben hatte. Als ich fertig war, klappte ich das Notizbuch zu und sah ihn an. Er hielt den Blick gesenkt, und es verstrich eine ganze Minute, ohne daß er ein Wort sagte.

Er sah mich immer noch nicht an, als er schließlich sagte: »Kann ja sein, daß ich die Briefe geschrieben habe.«

»Und?«

»Was soll daran schon so schlimm sein? Es war eine Möglichkeit, eine gute Story am Laufen zu halten und gleichzeitig auch noch drei Dreckskerle das Fürchten zu lehren. Erzählen Sie mir bloß nicht, das ist verboten.« Er seufzte. »Ich habe keine Probleme damit, gegen das Gesetz zu verstoßen, wenn ich einen berechtigten Grund dafür habe. Und ich habe auch keine Probleme damit, das seelische Equilibrium von drei Arschlöchern zu stören, die sich nie einen Rattenarsch darum geschert haben, auf wieviel seelischen Equilibrien sie rumgetrampelt sind. Oder muß es Equilibria heißen? Sind Sie Lateiner, Mattie?«

»Seit der High School nicht mehr.«

»Die Kids lernen kein Latein mehr. Oder vielleicht ist es ja inzwischen wieder in? *Amo, amas, amat. Amamus, amatis, amant*. Wissen Sie noch?«

»Vage.«

»*Vox populi, vox dei*. Die Stimme des Volkes ist die Stimme Gottes. Und ich schätze, der Wille des Volkes ist der Wille Gottes, meinen Sie nicht auch?«

»Ich bin kein Fachmann.«

»Was Latein angeht?«

»Oder auch den Willen Gottes.«

»Klar. Dann will ich Ihnen mal was sagen, Herr Fachmann. Sie erinnern sich doch noch an die erste Kolumne, die ich geschrieben habe? Als ich Richie Vollmer mehr oder weniger geraten habe, der Welt einen Gefallen zu tun und sich umzubringen?«

»Was ist damit?«

»Was ich in dieser Kolumne geschrieben habe, war mein voller Ernst. Ich dachte damals zwar nicht, die Kolumne könnte jemanden zu einem Mord anstiften, aber vermutlich hätte mich selbst das Wissen um diese Möglichkeit nicht davon abgehalten, sie trotzdem zu schreiben.« Er beugte sich vor und sah mir in die Augen. »Hätte ich allerdings geahnt, daß die Briefe, die ich an Wills Stelle schrieb, zur Ermordung eines der darin Genannten führen würden, ob nun Tully, Rome oder Kilbourne, hätte ich es auf keinen Fall getan.«

»Sie behaupten also, Sie haben diese Idee jemand anderem in den Kopf gesetzt?«

Er nickte. »Unabsichtlich. Ich schwöre es. Ich brachte Whitfield auf die Idee und diesen Trottel ebenfalls.«

»Wissen Sie«, sagte ich, »die Cops werden sich um Sie kümmern. Sie haben sicher kein Alibi für die Nacht von Kilbournes Tod, und wenn doch, wird es einer genaueren Überprüfung nicht standhalten. Die Polizei wird Zeugen aufspüren, die Sie am Tatort gesehen haben, und sie werden Teppichfasern oder Blutspuren oder sonst etwas finden. Aber das wird gar nicht nötig sein, weil Sie längst gestanden haben werden, bevor sie die nötigen Beweise gefunden haben.«

»Denken Sie, hm?«

»Dessen bin ich ganz sicher.«

»Und was soll ich jetzt Ihrer Meinung nach tun?«

»Endlich aufgeben«, sagte ich.

»Warum? Damit Sie Ihren Hattrick schaffen?«

»Ich habe schon mehr Publicity, als mir lieb ist. Darauf kann ich gern verzichten.«

»Warum dann das Ganze?«

»Ich vertrete einen Klienten.«

»Wen? Doch wohl nicht Whitfield?«

»Ich glaube, er hätte es gern gesehen, daß ich diese Sache zum Abschluß bringe.«

»Und was hätte ich davon, Mattie? Könnten Sie mir das vielleicht mal sagen?«

»Sie würden sich besser fühlen.«

»*Ich* würde mich besser fühlen?«

»Bei Havemeyer war es auch so. Er dachte, er könnte einen Mord begehen und danach genauso weiterleben wie bisher. Aber er merkte, daß das nicht ging. Es machte ihn völlig fertig, und er wußte nicht, was er tun sollte. Er hat es erst gar nicht lange zu leugnen versucht, als ich bei ihm aufkreuzte, und er gestand mir, er wäre richtig erleichtert gewesen.«

»Das mit dem Mord hat ja auch wirklich bestens geklappt«, sagte McGraw. »Bei Havemeyer, meine ich. Erschießt den Kerl, rennt weg, kommt ungeschoren davon.«

»Niemand kommt ungeschoren davon.«

Er schloß kurz die Augen. Als er sie wieder öffnete, sagte er, jetzt könnte er was zu trinken vertragen. Er fing den Blick der Bedienung auf, hielt zwei Finger hoch und machte damit eine kreisende Bewegung. Keiner von uns sagte etwas, bis sie mit einer weiteren doppelten Runde an den Tisch kam, zwei Schnäpse und zwei Bier für McGraw, zwei weitere Club Soda für mich. Ich hatte von der letzten Runde noch eineinhalb Gläser vor mir stehen, aber sie nahm sie zusammen mit McGraws leeren Gläsern weg.

»Ach, scheiß doch drauf«, sagte er, als sie außer Hörweite war. »In einem Punkt haben Sie recht, wissen Sie das? Niemand kommt mit irgendwas ungeschoren davon. Was soll ich schon sagen? Ich habe die Briefe geschrieben und diesen Drecksack umgebracht. Sind Sie jetzt zufrieden? Was soll das denn da?«

Ich legte das Tonbandgerät auf den Tisch. »Ich würde das gern aufnehmen.«

»Und wenn ich nein sage, stellt sich raus, daß Sie ein Mikrophon am Körper tragen, oder? Die Tour kenne ich schon.«

»Ich trage kein Mikrophon. Wenn Sie nein sagen, lasse ich es nicht mitlaufen.«

»Aber lieber würden Sie es aufnehmen.«

»Wenn Sie nichts dagegen haben.«

»Meinetwegen«, sagte er. »Ist doch sowieso schon egal.«

26

SCUDDER: Bitte geben Sie Ihren Namen zu Protokoll.

MCGRAW: Was soll dieser ... Mein Name ist Martin Joseph McGraw.

S: Wollen Sie mir erzählen, was passiert ist?

M: Sie wissen doch, was passiert ist. Sie haben mir bereits *gesagt*, was passiert ist ... aber schön, meinetwegen. Nach dem Tod von Adrian Whitfield wünschte ich mir als Journalist, die Story weiter am Laufen zu halten. Zu diesem Zweck schrieb ich weitere Briefe.

S: Von der Person, die sich Will nannte.

M: Ja.

S: Whitfields letzter Brief war doch gar nicht falsch adressiert, oder?

M: Die Postleitzahl war falsch. Das passiert ziemlich oft, aber es verzögert die Auslieferung nicht. Ich meine, wir sind die *Daily News*. Uns finden sogar die Genies bei der Post.

S: Der Brief kam also ...

M: Freitag morgen an. Die Leiche war kaum kalt, da lag schon der Brief auf meinem Schreibtisch, in dem sich der Täter zu der Tat bekannte. Ich sah mir den Stempel genauer an, weil ich wissen wollte, wann und wo er aufgegeben worden war, und dabei merkte ich zufällig, daß die Postleitzahl falsch war.

S: Und?

M: Zuerst dachte ich, er wäre nicht von Will, weil die Postleitzahl sonst immer stimmte. Doch dann las ich den Brief, und ich wußte, daß er von Will war; er konnte unmöglich von jemand anderem sein. Und er schrieb darin, er wolle jetzt Schluß machen. Keine weiteren Briefe, keine weiteren Opfer mehr. Das sei das letzte Mal gewesen.

S: Hatten Sie Whitfield im Verdacht, den Brief geschrieben zu haben?

M: Damals noch nicht. Sie dürfen nicht vergessen, als ich das las, gab es diese Selbstmordspekulationen noch nicht. Und ich wußte auch noch nichts von der Obduktion, die ergab, daß er Krebs hatte. Ich hielt es nur für besser, den Brief zurückzuhalten und abzuwarten, was weiter passieren würde. Schließlich könnte er wegen der falschen Postleitzahl verspätet zugestellt worden sein. Was sollte also daran auszusetzen sein, wenn ich etwas Zeit zu gewinnen versuchte, um alles in Ruhe überdenken zu können?

S: Aber schließlich haben Sie den Brief doch herausgerückt …

M: Um der Selbstmordtheorie den Wind aus den Segeln zu nehmen. Denn er bewies, daß Will der Mörder war. Ich überlegte sogar, ob ich einen neuen Umschlag adressieren und an mich schicken sollte, aber das hätte als Behinderung der Ermittlungen gelten können.

S: Hatten Sie die nicht ohnehin schon behindert?

M: Ich hatte sie ein bißchen verzögert, aber mit einem neuen Umschlag hätte ich den Anschein erweckt, daß er später aufgegeben worden war, als tatsächlich der Fall war, und nun stellen Sie sich mal vor, irgendwann schnappen sie Will, und er kann nachweisen, daß er zu dem Zeitpunkt, als der Brief abgestempelt wurde, in Saudi-Arabien war? Ich wollte mich gegen alle Eventualitäten absichern, ohne jedoch irgendwelche Hinweise zu beseitigen. Und dann fiel mir die Sache mit der Postleitzahl ein, und ich beschloß, sie mir zunutze zu machen. Ich nahm also den Umschlag, machte einen roten Kreis um die Postleitzahl und schrieb daneben: ›Auslieferung verzögert – falsche Postleitzahl‹. Ich schrieb es so unleserlich, daß der Eindruck entstand, als hätte es irgendein Postangestellter flüchtig hingeschmiert. Wenn sich also jemand den Umschlag genauer ansah, um festzustellen, wann er eigentlich abgeschickt worden war, hätte es so ausgesehen, als wäre er irgendwo auf der Post liegengeblieben.

S: Raffiniert.

M: Ja, das war tatsächlich raffiniert, aber es war auch dumm, weil es der erste Schritt war, mit dem ich aktiv ins Geschehen eingriff.

S: Und der nächste Schritt war, selbst einen Brief zu schreiben.

M: Ich wollte das Ganze einfach am Laufen halten.

S: Die Story.

M: Ja. Selbst wenn Whitfield tatsächlich Selbstmord begangen haben sollte, was ich nicht glaubte, wäre der mehrfache Mörder Will weiter auf freiem Fuß gewesen. Er wollte zwar Schluß machen, aber wie würde er darauf reagieren, wenn sich jemand anderer als er ausgäbe? Irgendwie hätte er doch reagieren müssen, oder nicht? Und selbst wenn er es nicht getan hätte, hätte er weiter für Gesprächsstoff gesorgt.

S: Deshalb schrieben Sie den Brief …

M: Deshalb schrieb ich den Brief, doch dann lösten Sie den Fall und überführten Whitfield als Will. Und ich sitze mit diesem dämlichen getürkten Brief von einem blöden Nachahmungstäter da, und gleichzeitig wollen plötzlich alle ganz genau wissen, daß nur der letzte Schlappschwanz so einen bescheuerten Brief schreiben kann. Dabei fand ich den Brief ziemlich gut. Und vergessen Sie nicht, er sollte ja nicht von Will sein. Er sollte Will aus der Deckung locken.

S: Aber das konnte er nicht …

M: Weil Whitfield Will war und weil der arme Teufel tot war. Gleichzeitig beginnt das Interesse an der Story nachzulassen, und ich versuche die Sache wieder ein bißchen anzuheizen, doch dann genügt es diesem Arschloch Kilbourne plötzlich nicht mehr, im Feuilleton rumzustänkern, nein, er muß auf der Leitartikelseite sein blödes Maul aufreißen. Und er kann es auch nicht einfach dabei belassen zu sagen, seht mal her, Leute, ich bin tapferer als die Kerle, die Errol Flynn gespielt hat. Nein, dieser miese Schwanzlutscher untersteht sich auch noch, mich zu kritisieren.

S: Er hat Sie noch mal schlecht besprochen.

M: Er hat *Tumult* in der Luft zerrissen, wissen Sie. Die meisten anderen Kritiken waren durchaus wohlwollend, auch wenn sie die Leute nicht gerade in Scharen ins Theater trieben. Aber die von Kilbourne war richtig fies. Vor allem dieser eine Satz gegen Ende: Er schriebe das alles in der aufrichtigen Hoffnung, mich davon abzubringen, jemals wieder ein Stück zu schreiben. Finden Sie das eine Art, ein erstes Stück so zu beurteilen?

S: Das muß Sie tief getroffen haben.

M: Natürlich. Und ich muß sagen, es hat seinen Zweck erfüllt. Ich habe kein zweites Stück mehr geschrieben. Ich habe es zwar versucht, ich wollte diesem miesen Sack beweisen, daß er unrecht hatte, aber ich schaffte es nicht. Ich tippte ›1. Akt, 1. Szene‹, und auf einmal herrschte totale Leere im Kopf. Er hat mich als Bühnenautor erledigt, dieses Schwein. Er hat mir in den Rücken gestochen.

S: Und Sie haben es ihm mit gleicher Münze heimgezahlt.

M: Komisch, nicht? Das war nicht geplant. Außer daß sich schwer sagen läßt, was geplant war und was nicht.

S: Was ist passiert?

M: Er kritisierte mich ein zweites Mal, riet mir, von der Bühne abzutreten und es lieber bleiben zu lassen. Und ich dachte, mein Gott, er legt es doch förmlich darauf an, oder etwa nicht? Ich fand heraus, welches Stück er sich an diesem Abend ansehen wollte, und als der Vorhang fiel, wartete ich vor dem Theater. Ich folgte ihm ins Allen's. Dort sah ich dann das Plakat.

S: Welches Plakat?

M: Das von *Tumult*. Sie haben dort lauter Plakate von Stücken hängen, die durchgefallen sind. *Kelly. Christine.* Wenn Ihr Stück schon ein paar Tage nach der Premiere abgesetzt wird, ist Ihnen ein Ehrenplatz im Joe Allen's sicher.

S: Das wußte ich, aber Ihr Plakat ist mir dort nie aufgefallen.

M: Oh, es ist aber da, gleich neben der Tür zur Herrentoilette. *Tumult in den Wolken*, ein neues Stück von Martin

Joseph McGraw. Und da ist auch der Mann, der es verrissen hat; sitzt mit dieser scharfen Braut am Tisch und überlegt sich gerade, wie er auf das Lebenswerk von jemand anderem pissen kann. Ich hab mir an der Bar ein paar hinter die Binde gekippt, während sich Kilbourne und diese Fotografin was reingeschoben haben, und als sie nach draußen gingen, folgte ich ihnen. Ich brauchte nicht die alte ›Fahren Sie diesem Taxi hinterher‹-Nummer abziehen. Ich stand so dicht hinter ihnen, daß ich hören konnte, was er zum Taxifahrer sagte. Also nahm ich mir ebenfalls ein Taxi und postierte mich gegenüber von seinem Haus. Fast wäre ich schon rein, als sie noch da war.

S: Ah?

M: Weil ich dachte, vielleicht ist er allein, vielleicht hat sie ihn nur zu Hause vorbeigebracht und ist mit dem Taxi gleich weitergefahren. Wenn ich reingegangen wäre und sie noch dagewesen wäre ...

S: Hätten Sie sie beide umgebracht?

M: Nein, nie im Leben. Erstens hätte er mich nicht reingelassen. ›Das geht im Moment nicht. Ich habe Besuch.‹ Wissen Sie was? Ich wäre nach Hause gefahren und hätte drüber geschlafen, und die Sache wäre gegessen gewesen.

S: Statt dessen ...

M: Statt dessen blieb ich, wo ich war. Ich hatte eine Flasche eingesteckt und nahm immer wieder einen Schluck, um mich warm zu halten, und dann kamen die zwei nach draußen und gingen zur nächsten Ecke. Ich dachte schon, Scheiße, soll ich ihnen jetzt vielleicht zu ihrer Wohnung folgen? Oder fahren sie noch irgendwohin, um bis in die frühen Morgenstunden einen drauf zu machen? Das hätten sie ohne mich tun können. Aber statt dessen setzte er sie in ein Taxi und kam zurück.

S: Und?

M: Und ging in sein blödes Haus.

S: Und was haben Sie gemacht?

M: Meine Flasche leergetrunken. Und dann stand ich

erst mal blöd da und wußte nicht, was ich weiter tun sollte. Schließlich ging ich über die Straße und klingelte bei ihm. Er ließ mich ins Haus, aber nicht in seine Wohnung. Ich sagte ihm, wer ich bin, und daß es im Fall Will Neuigkeiten gab. Auch dann wollte er mich noch nicht so recht in die Wohnung lassen, aber schließlich tat er es doch, und ich ging rein und fing an zu quatschen, die Cops dies und Will das, ich weiß nicht mehr, was ich ihm alles erzählt habe, und er wurde wahrscheinlich auch nicht besonders schlau daraus. Langer Rede kurzer Sinn, ich sorgte dafür, daß ich hinter ihm zu stehen kam und zog ihm mit einem Kristallbriefbeschwerer eine über. So ein protziges blödes Ding, hat mindestens eine Tonne gewogen, er hat es für eine Rede gekriegt, die er irgendwo gehalten hat. Ich schlug mit aller Kraft zu, und er lag sofort flach.

S: Und dann sind Sie in die Küche ...

M: Ja.

S: Und haben das Messer geholt?

M: Und ich habe das Messer geholt, ja. Und habe ihm damit in den Rücken gestochen. Ich dachte, das soll dir eine Lehre sein, mir den Rücken zuzukehren, du mieser kleiner Wichser. Ich dachte, du hast mich auch mal in den Rücken gestochen, und jetzt sind wir quitt. Was weiß ich, was ich alles dachte? Ich war zu besoffen, um irgendwas zu denken, das viel Sinn ergeben hätte.

S: Sie haben das Messer abgewaschen.

M: Ich habe das Messer abgewaschen, aber tun Sie mir einen großen Gefallen und fragen Sie mich nicht, warum. Hätte ich mir wegen irgendwelcher Fingerabdrücke Sorgen gemacht, hätte ich es nur abwischen müssen, stimmt's? Aber ich habe es abgewaschen, und dann steckte ich den Briefbeschwerer ein und nahm ihn mit nach Hause. Und dann legte ich mich schlafen.

S: Und als Sie aufwachten, konnten Sie sich an alles erinnern?

M: An alles. Hatten Sie öfter mal einen Filmriß?

S: Ständig.

M: Ich hatte in meinem ganzen Leben noch keinen. Ich konnte mich an jede scheiß Kleinigkeit erinnern. Ich habe mir einzureden versucht, ich hätte alles vielleicht nur geträumt. Nur lag dieser scheiß Briefbeschwerer auf dem Nachttisch, also konnte es kein Traum gewesen sein. Ich habe ihn umgebracht. Können Sie das glauben?

S: Das werde ich wohl müssen.

M: Ja, und ich auch. Ich habe einen Menschen umgebracht, weil er vor fünfzehn Jahren mein Stück verrissen hat. Ich kann es einfach nicht glauben. Aber ich glaube es.

27

»Du hast doch eine Schwäche für Ironie«, sagte ich zu Ray Gruliow. »Mal sehen, was du von der hältst. Ich hatte McGraw schon ziemlich früh im Verdacht. Genau genommen, habe ich ihn schon verdächtigt, bevor er überhaupt etwas getan hat.«

»Da kann man allerdings von Ironie reden«, sagte er. »Wäre auch schwerlich zu übersehen. Wir haben damals sogar darüber gesprochen. Du hast McGraw überprüft, weil du sichergehen wolltest, daß er anderweitig beschäftigt war, als sich ein paar von Wills Opfern für die Letzte Ölung empfahlen.«

»Patsy Salerno und Roswell Berry. Er konnte keinen von den beiden umgebracht haben, aber bevor sich das herausstellte, ging mir ständig folgende Theorie durch den Kopf: Er schreibt die erste Kolumne und läßt seinen Gefühlen über Richie Vollmer freien Lauf.«

»Und Richie ruft ihn an und sagt, so schlimm bin ich doch auch wieder nicht, und darauf verabredet sich McGraw mit ihm, schlägt ihn bewußtlos und knüpft ihn auf.«

»Hört sich ziemlich weit hergeholt an«, sagte ich.

»Ach?«

»Mir erschien folgendes einleuchtender: Irgendein rechtschaffener Bürger liest McGraws Kolumne und kommt dadurch auf eine Idee.«

»Er schreibt McGraw einen Brief und murkst Vollmer ab.«

»Was Punkt zwei angeht, ja«, sagte ich. »Aber zu Punkt eins ein entschiedenes Nein. So, wie ich es mir zurechtgelegt hatte, waren alle Briefe Wills von McGraw. Er schreibt die Kolumne, die alles ins Rollen bringt, denkt aber zu diesem Zeitpunkt noch, damit hätte es sich. Doch dann baumelt Vollmer plötzlich tatsächlich an einem Ast.

Und *jetzt* wittert McGraw seine Chance, aus einer tollen Story einen richtigen Knüller zu machen. Er erfindet Will und schreibt zwei Briefe: einen, in dem er sich zustimmend zum Inhalt der Kolumne äußert und von dem er behauptet, ihn vor Richies Ermordung bekommen zu haben, und einen, den er sich danach zuschickt und in dem er sich zu der Tat bekennt.«

»Aber nur, um eine bessere Story daraus zu machen. Und sich dabei eine Schlüsselfunktion zu sichern.«

»Ohne die Absicht, noch weiter zu gehen. Bloß war es eine Wahnsinnsstory.«

»Noch brisanter als Bosnien.«

»Und direkt vor Ort. Wenn du mal so eine Story hast, möchtest du natürlich gerne, daß sie nicht so schnell wieder einschläft. Du hast bereits zwei Will-Briefe geschrieben, und keiner hat dich schief angesehen, also schreibst du noch einen und bedrohst jemanden, auf den die Stadt gern verzichten kann.«

»Patsy Salerno zum Beispiel.«

»Richtig. Bloß war McGraw ganz woanders und hielt eine Rede, als Salerno umgebracht wurde. Damit konnte ich mit meiner weit hergeholten Theorie endgültig einpacken. Trotzdem dachte ich mir noch ein paar Varianten davon aus. Vielleicht hatte doch McGraw die Briefe geschrieben, und der Kerl, der Vollmer umgebracht hatte, war so nett gewesen, auch noch die anderen Leute auf der Liste aus dem Verkehr zu ziehen. Ich dachte zwar nie ernsthaft, daß es so gewesen sein könnte, aber der Mord in Omaha hat diese Theorie dann endgültig zunichte gemacht.«

»Inwiefern?«

»Der Briefschreiber wußte, daß Roswell Berry erstochen worden war, bevor er die Kleiderbügelbehandlung erhielt. Das war etwas, was nur der Mörder wissen konnte, und McGraw war in New York, als es passierte.«

»Und dann starb Adrian.«

Ich nickte. »Richtig. Adrian starb und entpuppte sich als Will, und das verlieh der Story so gigantische Dimensionen, daß sie McGraw unter keinen Umständen im Sand verebben lassen wollte. An diesem Punkt kam ihm die Idee, selbst einen Brief zu schreiben. Warum auch nicht? Schreiben konnte er ja.«

»Hast du ihm eigentlich mal gesagt, daß du ihn überprüft hast?«

Ich mußte nachdenken. »Nein«, sagte ich schließlich. »Warum?«

»Dann brauchst du dir wenigstens keine Sorgen zu machen, *du* könntest ihn auf diese Idee gebracht haben.«

»Darauf bin ich noch gar nicht gekommen. Außerdem bin ich nicht der einzige, der ihn schon ziemlich bald überprüft hat. Auch die Polizei hat sich vergewissert, daß er keinen Dreck am Stecken hatte, und er muß gewußt haben, daß er Gegenstand polizeilicher Ermittlungen war. Aber ich glaube nicht, daß irgend jemand oder etwas ihn auf die Idee gebracht haben könnte, da weiterzumachen, wo Adrian aufgehört hatte. Eher würde ich sagen, das Ganze war eine fixe Idee, die ihm nicht mehr aus dem Kopf ging.«

»Und er brauchte nicht mehr zu befürchten, verdächtigt zu werden, weil er bereits von der Liste der Verdächtigen gestrichen war. Sowohl von dir als auch von der Polizei.«

»Mhm.«

»Und erst war es nur ein harmloser Scherz, ohne jede Mordabsicht. Bis er sich in seinem eigenen Lügengeflecht verhedderte.«

»Du hörst dich an wie sein Anwalt.«

»Nein«, sagte Ray, »da sei Gott vor. Im Moment habe ich schon genügend schuldige Mandanten.« Er erzählte von einem, der zur Abwechslung sogar mal in der Lage war, sein Honorar zu bezahlen, und dann sagte er: »Wenn ich die Sache richtig sehe, kommst auch du zu etwas Geld.«

»So sieht es aus.«

»Soviel ich gehört habe, will dir Leopolds Begünstigte ein Drittel geben.«

»Sagt sie zumindest. Wenn sie das Geld allerdings erst mal hat, könnte sie es sich durchaus noch anders überlegen. So ist das bei manchen Leuten.«

»Glaubst du, bei ihr auch?«

»Nein«, sagte ich. »Ich glaube, sie steht zu ihrem Wort.«

»Also, ich hoffe nur, du machst dir nicht wieder ein schlechtes Gewissen dabei.«

»Es ist eine Menge Geld.«

»Du hast es dir verdient, Herrgott noch mal. Nicht nur, weil deine Bemühungen Erfolg hatten, sondern schon allein wegen des Zeitaufwands. Sieh dir doch mal an, wieviel Monate Arbeit du da reingesteckt hast, und was ist für dich dabei herausgesprungen? Die zweitausend Dollar Vorschuß von Adrian?«

»Und wenn schon?«

»Wahrscheinlich belaufen sich inzwischen deine Ausgaben schon auf mehr.«

»Nicht ganz.«

»Stell dich bloß nicht so an. Nimm das Geld einfach.«

»Das habe ich auch vor.«

»Na, Gott sei Dank.«

»Normalerweise nehme ich Geld immer an, wenn es mir angeboten wird«, sagte ich. »Schließlich habe ich das so gelernt. Außerdem handelt es sich hier um Geld, das ich mit einigermaßen gutem Gewissen annehmen kann. Und brauchen kann ich es auch. Weihnachten steht vor der Tür.«

»Das habe ich auch schon gehört. Aber du hast deine Weihnachtseinkäufe doch sicher schon erledigt.«

»Nicht alle«, sagte ich.

In der Woche vor Weihnachten unternahmen wir soviel mit anderen Leuten wie sonst selten. Wir gingen fast jeden Abend aus. Einmal waren wir mit Jim und Beverly Faber essen, und ein anderes Mal mit Elaines Freundin Monica und ihrem verheirateten Freund.

An einem Nachmittag gingen wir zu einem Empfang in Chance Coulters Kunstgalerie in der oberen Madison

Avenue, und danach aßen wir mit Ray Gruliow und seiner Frau zu Abend. Wir beendeten den Abend an Danny Boy Bells Tisch in einem neuen Kellerjazzclub in den westlichen Nineties und hörten einem jungen Mann zu, der wohl jede Menge Coltrane gehört hatte, wenn er sich nicht Sonny Rollins reingezogen hatte. Am nächsten Nachmittag rief Mick an und sagte mir, er habe zwei gute Plätze für das Knicks-Spiel bekommen und ob Elaine und ich sie haben wollten? Elaine, der es mit Basketball ungefähr so geht wie Mick mit Ballett, bestand darauf, daß ich mit Mick hinging. Wir sahen zu, wie die Knicks gegen die Hornets in der Verlängerung verloren, und anschließend trafen wir uns mit ihr im Paris Green zum Abendessen.

Am Heiligen Abend aßen wir zu Hause zu Abend. Sie machte Nudeln und einen Salat, und wir überlegten, ob wir im Kamin Feuer machen sollten, fanden dann aber, es wäre die Mühe nicht wert. Außerdem, meinte sie, wäre der Weihnachtsmann nicht gerade begeistert. Im Lauf des Abends klingelte mehrere Male das Telefon, lauter Leute, die uns frohe Weihnachten wünschten. Unter ihnen war auch Tom Havlicek, der mich darauf aufmerksam machte, daß ich es wieder mal geschafft hätte, den Eröffnungstag der Jagdsaison zu versäumen. »So was Blödes«, sagte ich. »Dabei habe ich mir in meinen Terminkalender extra einen Vermerk gemacht.« Er erkundigte sich nach Havemeyer, und ich erzählte ihm, sein Landsmann aus Ohio habe einen guten Anwalt und werde wahrscheinlich mit einem relativ milden Urteil davonkommen.

Das würde Jason bestimmt interessieren, sagte er. Der Junge hatte sich schon die ganze Zeit die New Yorker Zeitungen gekauft und die Meldungen zu dem Fall ausgeschnitten. Und er war zu Tom nach Massillon gekommen, um mit ihm ein langes Gespräch über seine künftigen Berufspläne zu führen. Er hatte vor, ein paar Seminare in Polizeiwissenschaften zu belegen und sich nach Abschluß seines Jurastudiums für irgendeine polizeiliche Tätigkeit zu bewerben.

»Ich schätze, er landet irgendwo bei der Staatsanwaltschaft«, sagte Tom, »aber wenn man ihn im Moment so reden hört, möchte man meinen, er würde am liebsten eine Uniform und eine Dienstmarke tragen. Hast du schon mal von einem Streifenpolizisten mit abgeschlossenem Jurastudium gehört?« Ich sagte, wahrscheinlich würde er als nächster Polizeichef von Massillon enden, worauf Tom ein unanständiges Geräusch von sich gab und sagte: »Dafür sind zwei Dinge nötig, die er hoffentlich nie haben wird: ein fetter Arsch und eine miese Gesinnung. Und du hast mich das nie sagen gehört.«

Kurz vor Mitternacht gingen wir nach St. Paul hinauf. Es war eine klare Nacht und nicht zu kalt, und es sah so aus, als würde die Mette recht gut besucht. Wir waren jedoch nicht in die Kirche selbst unterwegs, sondern ins Souterrain, wo meine AA-Gruppe ihr jährliches Mitternachtstreffen abhielt. Da es ein offenes Treffen war, zu dem nicht nur selbst ernannte Alkoholiker Zutritt hatten, war auch Elaine willkommen. Wegen des besonderen Anlasses dienten Kerzen als Beleuchtung, und die Kekse, die bei den Kaffeekannen ausgelegt waren, waren besser als sonst, aber sonst war es in jeder Hinsicht ein ganz normales Treffen, dessen erste zwanzig Minuten der Lebensgeschichte des Sprechers gewidmet waren, gefolgt von den Wortmeldungen der restlichen Teilnehmer.

Um ein Uhr sprachen wir das Gelassenheitsgebet, räumten die Stühle weg und gingen heim, und als wir dort ankamen, beschlossen wir, mit dem Öffnen der Geschenke nicht bis zum Morgen zu warten. Ich bekam eine Strickjacke von Barney's und ein Seidenhemd von Bergdorf's, begleitet von dem nachdrücklichen Hinweis, ich könne beide Sachen jederzeit umtauschen, wenn ich dächte, ich würde sie wahrscheinlich nicht anziehen. Außerdem bekam ich einen Hut von Worth & Worth – »weil du doch den Hattrick geschafft hast«, erklärte sie dazu, »und deshalb dachte ich, du hättest einen verdient.«

»Der hier ist aber gar nicht mein Stil.«

»Es ist ein Homburg. Paßt er dir? Müßte er eigentlich, denn er hat dieselbe Größe wie dein Filzhut. Probier ihn doch mal. Wie findest du ihn?«

»Also, passen tut er. Ich glaube, ich mag ihn. Er macht mehr her als der Filzhut, oder?«

»Ein bißchen. Laß mal sehen. Also, ich finde ihn richtig gut.«

»Liegt wohl an mir, hm?«

»Nicht jeder Mann könnte so einen Hut tragen.«

»Aber ich schon?«

»Sie sollten dich für ihre Werbung nehmen, du alter Bär.«

Ihr schienen ihre Geschenke zu gefallen. Ich sorgte dafür, daß sie die Ohrringe zuletzt aufmachte, und das Leuchten in ihren Augen sagte mir, ich hatte gut gewählt. »Warte mal kurz«, sagte sie. »Ich möchte sie mal anprobieren. Gib mir den Homburg.«

»Wozu?«

»Gib ihn mir einfach.«

Sie ging ins Bad, und als sie ein paar Minuten später wieder herauskam, trug sie den Hut und die Ohrringe und sonst nichts. »Und?« fragte sie mich. »Wie findest du's?«

»Ich finde, die Ohrringe sind wirklich das Tüpfelchen auf dem I.«

»Ja? Und was findest du sonst noch?«

»Komm her«, sagte ich, »dann zeige ich es dir.«

Am Weihnachtsmorgen schliefen wir lange, und wir waren gerade beim Frühstücken, als uns der Türsteher über die Sprechanlage mitteilte, wir hätten einen Besucher, der seinen Namen mit TJ angegeben hatte. Schicken Sie ihn rauf, sagte ich.

Er hatte Geschenke dabei, eingepackt und mit einem Band. Elaine bekam eine Garderobengarnitur, Bürste, Kamm, Spiegel und Schere, antik und alles in Perlmutt. »Die ist ja wunderschön«, sagte sie. »Wie bist du darauf gekommen, mir so was zu kaufen?«

»Ich hab mitbekommen, wie du dir mal so eine Garnitur angesehen hast, als wir auf dem Flohmarkt in der Twenty-sixth Street waren. Nur war die damals nicht so gut in Schuß, und du hast sie wieder zurückgelegt. Drum dachte ich, vielleicht finde ich mal eine, die besser in Schuß ist.«

»Also, das finde ich wirklich riesig, TJ«, sagte sie.

»Ach was, und übrigens, frohe Weihnachten.«

»Frohe Weihnachten, TJ.«

Zu mir sagte er: »Worauf wartest du noch? Willst du deins nicht aufmachen?«

Es war ein Visitenkartenetui aus Straußenleder. Es war sehr elegant, und das sagte ich ihm auch.

»Dachte, so was könntest du brauchen. Für deine Visitenkarten, weißt du? Aber mach mal auf, der Clou kommt erst noch. Siehst du? Zwei Fächer. Im Geschäft haben sie mir gesagt, das eine ist für deine Karten und das andere für die Karten, die du kriegst. Aber *ich* habe mir gedacht, eins ist für deine richtigen Karten und das andere für die falschen, für die, die du nimmst, wenn du dich als jemand anderer ausgibst.«

»Das ideale Geschenk«, sagte Elaine, »für den Mann, der schon alles hat außer Integrität.«

Dann packte TJ seine Geschenke aus, darunter einen Pullover, den Elaine für ihn ausgesucht hatte, und eine neue Geldbörse. »Deine sieht nämlich schon ein bißchen schäbig aus, Klaus«, sagte sie dazu, und er verdrehte nur die Augen. Sie forderte ihn auf hineinzusehen, worauf er den Geschenkgutschein entdeckte.

»Es bringt nämlich Unglück, wenn man jemandem eine Geldbörse ohne Inhalt schenkt«, erklärte sie ihm.

»Von Brooks Brothers«, sagte er. »Damit ich mir was richtig Schniekes für die Deuce kaufen kann.«

»Gott steh der Deuce bei.« Ich stand auf und reckte mich. »So, das wär's.«

»Weihnachten schon vorbei?«

»So ziemlich. Ich bräuchte gegenüber noch mal kurz deine Hilfe.«

»Wo, im Hotel? Möbel umstellen willst du da aber wahrscheinlich nicht. Weil du nämlich kaum welche hast.«

»Schwer heben mußt du jedenfalls nicht«, sagte ich. »Das kann ich dir jetzt schon versprechen.«

TJs Gesicht ist sehr ausdrucksstark, aber nur, wenn er will. Wenn man auf der Straße lebt, lernt man vermutlich, seine Gefühle zu verbergen. Ich habe gesehen, wie er Dinge erfuhr, die ihn verblüfft haben mußten, aber seine Überraschung war ihm in keiner Weise anzumerken gewesen.

Doch als ich nun die Tür meines Hotelzimmers öffnete, konnte ich sein Gesicht gut beobachten, und diesmal fiel die Maske. Er bekam große Augen, und sein Mund stand offen.

»Hast du dir also doch einen zugelegt«, sagte er, als er staunend auf den Schreibtisch zuging. »Das hätte ich echt nie gedacht. Ich hab's dir zwar immer wieder gesagt, aber ich hätte nie gedacht, daß du dir einen zulegen würdest. Wahrscheinlich hat ihn dir Elaine gekauft, oder?«

Ich schüttelte den Kopf. »Ich habe ihn selbst ausgesucht.«

»Ein Mac«, sagte er. »Die sind leichter zu bedienen, sagen alle. Weißt du noch, dieses Mädchen, das mir geholfen hat, diesen ganzen Scheiß über Zyanid rauszufinden? Sie hatte einen Mac. Sicher bringt sie mir auch bei, wie man damit umgeht. Nicht das Zeugs, das die Kongs machen, aber den ganzen normalen Scheiß. Und ich kann einen Kurs machen, und andere Leute können mir auch was beibringen. Wahnsinn, du hast ja alles da. Sogar einen Drucker und ein Modem. Sag bloß, du hast das alles selber angeschlossen.«

»Der Typ, der ihn mir verkauft hat, hat mir auch beim Aufbauen geholfen. Und er hat mir auch die ganze Software installiert, ohne die das Ding nicht funktioniert, wie er mir versichert hat. Die Disketten sind im Schrank, und da, auf dem Stuhl, ist ein ganzer Stapel Handbücher.«

»Nimmt alles ganz schön Platz weg«, sagte er. »Hast du das ganze Zeug deshalb hier aufgebaut und nicht gegenüber?«

»Das ist mit ein Grund.«

Er griff nach einem dicken Handbuch, strich mit dem Daumen über die Seiten, legte es wieder auf den Stapel zurück. »Da haben wir ja beide monatelang was zu lesen. Mann, das ist ja ein Ding. Da hast du dir wirklich ein klasse Geschenk gemacht.«

»Nein.«

»Nein?«

»Es ist für dich«, sagte ich. »Frohe Weihnachten.«

»Es ist für mich?«

»Ganz richtig.«

»Nein, das ist es nicht. Wahrscheinlich werde ich die Kiste zwar am meisten benutzen, aber deswegen gehört sie noch lange nicht mir.«

»Ich habe ihn für dich gekauft«, sagte ich. »Und ich schenke ihn dir. Also gehört er dir.«

»Ist das dein Ernst?«

»Natürlich. Frohe Weihnachten.«

Er brauchte einen Moment, um das zu verdauen. »Darum hast du ihn hier aufgebaut? Daß ich damit rummachen kann, ohne dich und Elaine zu stören? Kannst du das mit denen unten so regeln, daß ich jederzeit hier hochkommen kann, wenn ich will?«

»Wie sollten sie dich daran hindern?«

»Wie meinst du das? Denen gehört das Hotel. Die brauchen keinen reinlassen, wenn sie nicht wollen.«

»Nicht, wenn es dein Zimmer ist.«

»Wie bitte?«

Ich warf ihm den Schlüssel zu, und er schnappte ihn aus der Luft.

Ich sagte: »Ich habe das Zimmer jetzt schon zwanzig Jahre lang, und die Miete ist so niedrig, daß ich verrückt sein müßte, wenn ich es aufgäbe. Aber ich benutze es nie. Ich komme vielleicht einmal im Monat vorbei, um mich in den Schmollwinkel zurückzuziehen oder umsonst zu telefonieren. Was soll ich also schon groß damit anfangen?«

»Und deshalb gibst du es mir?«

»Ich zahle weiter die Miete«, sagte ich, »und der Mietvertrag läuft weiter auf mich, damit die Mietpreisbindung nicht wegfällt. Aber unten an der Rezeption wissen sie Bescheid, daß ich dich hier wohnen lasse, und weil der Weihnachtsmann heuer sehr großzügig war, werden sie dir auch keinen Ärger machen.« Ich hob die Schultern. »Hin und wieder werde ich vielleicht vorbeikommen, um Ferngespräche zu führen oder mir deine Zauberkunststücke am Computer anzusehen, aber ich werde vorher auf jeden Fall anrufen. Denn ab sofort ist das hier deine Wohnung.«

Er wandte sich dem Computer zu, legte die Finger auf die Tastatur. »Du denkst wahrscheinlich, ich habe selber keine.«

»Ganz im Gegenteil«, sagte ich. »Ich schätze, du hast mindestens sechs Wohnungen, darunter ein Penthouse am Sutton Place und ein Strandhaus auf Barbados. Aber egoistisch, wie ich nun mal bin, wollte ich unbedingt, daß du bei uns gleich über die Straße wohnst.«

»Hab ich mir doch fast gedacht, daß du irgendeinen Hintergedanken dabei hattest.« Er sah immer noch den Computer an. Nach kurzem Schweigen sagte er: »Weißt du, ich hab schon Jahre nicht mehr geheult. Das letzte Mal war, als meine Großmutter vom Doktor nach Hause gekommen ist und gesagt hat, sie muß sterben. Dann, als sie gestorben ist, war ich wirklich traurig, weißt du, aber ich hab mir nichts anmerken lassen. Ich hab nicht eine Träne vergossen. Und seitdem hab ich nicht mehr geheult.«

Ich sagte nichts.

»Und ich *will* auch nicht heulen«, sagte er. »Alles mögliche möchte ich jetzt sagen, über dich und Elaine, und darüber, was jetzt, du weißt schon, was jetzt in mir abläuft und so. Aber ich werd's nicht sagen.«

»Verstehe.«

»Denn wenn ich das jetzt sagen würde ...«

»Verstehe.«

»Aber das heißt nicht, daß es nicht so ist, weil es nämlich so ist.«

»Auch das verstehe ich.«

»Klar, du verstehst ja immer alles so gut, Knut.« Inzwischen hatte er sich wieder unter Kontrolle und wandte sich mir zu. »Frohe Weihnachten.«

»Frohe Weihnachten.«